La vida frenética de Kate

ALLISON
PEARSON

La vida frenética de Kate

Traducción de Isabel Merino

Círculo de Lectores

Para Evie, con amor

Juegos malabares: m. pl. **1.** Ejercicios de habilidad y destreza que se practican generalmente como espectáculo, manteniendo diversos objetos en equilibrio inestable, lanzándolos a lo alto y recogiéndolos, etcétera. **2.** Combinaciones artificiosas de conceptos con que se pretende deslumbrar al público.

Malabarista: com. **1.** Persona que hace juegos malabares. **2.** *Chile*. Persona que roba o quita una cosa con astucia.

Diccionario de la Lengua Española,
Real Academia Española,
vigésima segunda edición

The wheels on the bus go round and round,
Round and round, round and round,
The wheels on the bus go round and round,
All day long

The babies on the bus go Waah, Waah, Waah,
Waah, Waah, Waah, Waah, Waah, Waah,
The babies on the bus go Waah, Waah, Waah,
All day long

The mummies on the bus go Shh, Shh, Shh,
Shh, Shh, Shh, Shh, Shh, Shh,
The mummies on the bus go Shh, Shh, Shh,
All day long[1]

Tradicional

1. Las ruedas del autobús giran y giran / Giran y giran, giran y giran / Las ruedas del autobús giran y giran / Todo el santo día. // Los bebés en el autobús no paran de llorar Uaa, Uaa, Uaa / Uaa, Uaa, Uaa, Uaa, Uaa, Uaa / Los bebés en el autobús no paran de llorar Uaa, Uaa, Uaa / Todo el santo día. // Las mamás en el autobús no paran de hacer Chit, Chit, Chit / Chit, Chit, Chit, Chit, Chit, Chit / Las mamás en el autobús no paran de hacer Chit, Chit, Chit / Todo el santo día.

PRIMERA PARTE

1

EN CASA

1.37 h. ¿Cómo he llegado hasta aquí? ¿Me lo puede decir alguien? No a esta cocina, me refiero a esta vida. Es la mañana del recital de villancicos de la escuela y estoy golpeando pastelillos de frutas; no, digámoslo claramente, lo que estoy haciendo es deslucir los pastelillos, un proceso mucho más delicado y sutil.

Les quito el lujoso envoltorio de Sainsbury's, extraigo los pasteles de sus moldes de aluminio, los coloco en una tabla de carnicero y hago caer sobre sus caras inocentes y harinosas el rollo pastelero. No es tan fácil como suena, creedme. Si les das con demasiada fuerza, se desmoronan, con una especie de reverencia de dama gorda, con sus faldas de masa abultándose hacia los lados, y la fruta empieza a rezumar. Pero con un firme movimiento descendente –imaginad la suficiente presión como para aplastar un pequeño escarabajo– puedes provocar un desmigajamiento, como un pequeño desprendimiento de tierras, que les dará una agradable apariencia de cosa hecha en casa. Y «hecho en casa» es lo que yo persigo. En casa es donde está el corazón. En casa es donde está una buena madre, haciendo pasteles para sus hijos.

Todo este jaleo debido a una carta que Emily trajo de la escuela hace diez días y que ahora está sujeta a la nevera con un imán de Tinky Winky; en esa carta se pedía «si los padres podrían hacer, por favor, una aportación voluntaria de comida o refrescos» para la fiesta de Navidad que se celebra siempre después de los villancicos. La nota está impresa en color rojo fresa y al final, junto a la firma de Ms. Empson, hay un muñeco de nieve tocado con un birrete y que esboza una tímida sonrisa. Pero no hay que dejarse engañar por el esforzado tono relajado ni por el estallido de signos de exclamación, símbolo de camaradería. No, no. Las notas de la escuela están escritas en clave, una clave enterrada tan astutamente en el texto que sólo podrían descifrarla los de Bletchley Park[1] o las mujeres que se sienten culpables y se encuentran en un avanzado estado de falta de sueño.

Cojamos la palabra «padres», por ejemplo. Cuando escriben «padres» lo que de verdad quieren decir es «madres». (¿Acaso un padre que tiene una esposa en casa ha leído alguna vez una nota de la escuela? Técnicamente no es imposible, supongo, pero en ese caso la nota será una invitación a una fiesta y, además, una invitación a una fiesta que se habrá celebrado hace ya diez días.) ¿Y «voluntario»? «Voluntario» es lo que los maestros escriben cuando quieren decir «Bajo pena de muerte y/o de que su hijo no consiga entrar en la escuela secundaria que usted elija». En cuanto a «aportación de comida y refrescos», podéis tener por seguro que no se trata de algo comprado por una madre perezosa y tramposa en el supermercado.

¿Que cómo lo sé? Porque todavía recuerdo la mirada que mi madre cruzó con Frieda Davies en 1974, durante la fiesta de la Cosecha, cuando un niño con una polvorienta parka verde se acercó al altar con dos latas de melocotones en almíbar, marca Libby's, metidas en una caja de zapatos. Aquella mirada no se me olvidará nunca. Decía: «Hay que ser muy ruin y perezosa para celebrar la generosidad del Señor con una cosa cualquiera comprada en el último momento en el supermercado de la esquina, cuando está claro que lo que Dios quiere es un surtido de frutas en una cesta envuelta con un bonito papel de celofán. O una trenza de pan». El pan de Frieda Davies, que sus gemelos paseaban por toda la iglesia, estaba tan bien trabajado que se parecía a las apretadas trenzas de una doncella renana.

–Mira, Katharine –me explicó la señora Davies más tarde haciendo aquel ruidito desaprobador, una especie de estornudo hacia arriba, desde sus senos nasales, mientras tomaba pastas de té–, hay madres que hacen el esfuerzo, como tu mamá y yo. Y luego está esa otra gente que –largo resoplido– no hace ese esfuerzo.

1. Edificio sede del organismo que elaboraba y descifraba claves militares. Construyeron el primer ordenador con este fin. *(N. de la T.)*

Por supuesto, yo ya sabía quiénes eran. Mujeres que se saltan las cosas a la torera. Ya en 1974, se había empezado a extender un lenguaje vejatorio contra las madres que trabajaban fuera de casa. Mujeres que llevaban trajes sastre y que incluso, se decía, dejaban que sus hijos vieran la televisión cuando todavía era de día. Eran criaturas que llevaban adheridos rumores de dejadez, igual que el polvo se adhería a las guías de sus cortinas.

Así que ya veis, antes de que tuviera realmente la edad necesaria para saber qué significaba ser una mujer, ya comprendía que el mundo de las mujeres estaba dividido en dos: estaban las madres como deben ser, sacrificadas horneadoras de tartas de manzana y requetelimpias supervisoras del baño... y estaban las demás. Ahora, a mis treinta y cinco años, sé perfectamente a qué clase pertenezco y supongo que eso es lo que estoy haciendo aquí en la madrugada del 13 de diciembre, dándole a los pastelillos con un rodillo para que tengan aspecto de haber sido hechos por una madre. Antes, las mujeres tenían tiempo de hacer pasteles y tenían que fingir orgasmos, pero lo que nosotras tenemos que fingir son los pasteles. Y a esto le llaman progreso.

–Mierda. Mierda. ¿Dónde ha escondido Paula el cedazo?

–Kate, ¿qué demonios estás haciendo? Son las dos de la madrugada.

Richard está en la puerta de la cocina guiñando los ojos debido a la luz. Rich lleva su pijama Jermyn Street, lavado y centrifugado hasta dejarlo esponjoso como un copo de algodón. Rich, extremadamente razonable, como buen inglés, e irritantemente amable. Richard *el Lento* lo llama mi compañera americana, Candy, porque el trabajo en su empresa de arquitectura ética ha ido disminuyendo hasta quedar casi parado, le cuesta media hora sacar el cubo de la basura y siempre me está diciendo que afloje la marcha.

–Frena, Katie; eres como ese aparato del parque de atracciones. ¿Cómo se llama? Eso que hace que la gente chille y se pegue a un lado mientras esa maldita cosa gira sin cesar.

–Fuerza centrífuga.

–Eso ya lo sé. Lo que quiero decir es cómo se llama la máquina.

–Ni idea. ¿El muro de la muerte?

–Eso es.

Entiendo lo que quiere decir. No estoy tan ida como para no entender que hay algo más en la vida que falsificar pasteles en mitad de la noche. Y el cansancio. Un cansancio de buceador de aguas profundas, un viaje hasta el fondo del agotamiento; para ser sincera, nunca he vuelto a salir a la superficie desde que nació Emily. Cinco años de andar en círculos vestida con el traje de plomo de la falta de sueño. Pero ¿qué alternativa tengo? ¿Ir a la escuela esta tarde, echarle cara al asunto y dejar, decidida, una caja de Sainsbury's en la mesa de las ofrendas para la fiesta? Entonces, a la «mamá que nunca está» y a la «mamá que chilla», Emily podrá añadir la «mamá que no hizo el esfuerzo». Dentro de veinte años, cuando arresten a mi hija en los jardines del palacio de Buckingham por tratar de secuestrar al rey, aparecerá un psicólogo criminalista en las noticias y dirá: «Para explicar los problemas mentales de Emily Shattock, sus amigos se remontan a un recital de villancicos en la escuela, donde su madre, una presencia oscura en su vida, la humilló delante de todos sus compañeros».

–¿Kate? ¿Estás ahí?

–Necesito el cedazo, Richard.

–¿Para qué?

–Para cubrir los pasteles con azúcar glas.

–¿Por qué?

–Porque tienen un color muy homogéneo y, en la escuela, todo el mundo se dará cuenta de que no los he hecho yo. Por eso.

Richard parpadea lentamente, como Stan Laurel después de recibir otra tarta en plena cara.

–No te pregunto por qué azúcar glas, sino por qué hacer pasteles, Katie. ¿Estás loca? Sólo hace tres horas que has vuelto de Estados Unidos. Nadie espera que hagas nada para la fiesta.

–Pues yo lo hago. –La rabia que hay en mi voz me coge por sorpresa y veo que Richard se estremece–. Bueno, ¿dónde mierda ha escondido Paula ese cedazo?

De repente Rich parece mayor. La arruga de preocupación, en un tiempo un divertido signo de exclamación entre las cejas de mi marido, se ha ido haciendo más profunda y ancha hasta convertirse en una reja con cinco barrotes, sin que yo me diera cuenta. Mi encantador y divertido Richard, que en otros tiempos me miraba como Dennis Quaid miraba a Ellen Barkin en *Querido detective*, ahora, después de trece años de una relación de igualdad, de apoyo mutuo, me mira como un sabueso fumador mira al investigador médico; consciente de que quizá esos experimentos sean necesarios en aras del progreso humano, pero rogando, pese a ello y por favor, que lo liberen.

–No grites –dice susurrando–, los despertarás. –Un brazo con huellas de caramelo señala hacia el piso de arriba donde nuestros hijos duermen–. Además, Paula no lo ha escondido. Tienes que dejar de echarle la culpa de todo, Kate. El cedazo siempre está en el cajón de al lado del microondas.

–No, su sitio es aquí, en este armario.

–No, desde 1997 no está ahí. Cariño, por favor, ven a la cama. Tienes que levantarte dentro de cinco horas.

Al ver que Richard se va arriba siento unos enormes deseos de seguirlo, pero no puedo dejar la cocina en este estado. Sencillamente, no puedo. Parece que en la habitación haya habido una batalla; hay metralla de Lego diseminada por una amplia zona y un par de Barbies mutiladas –una sin piernas y la otra sin cabeza– están haciendo una especie de picnic encima de nuestra manta de viaje escocesa, que sigue apelmazada con la hierba de nuestra última excursión a Primrose Hill en agosto. Al lado de la cesta de verduras, en el suelo, hay un montón de pasas que estoy segura de que ya estaban allí la mañana que me fui al aeropuerto. Algunas cosas han cambiado durante mi ausencia; media docena de manzanas se han incorporado al enorme cuenco de cristal encima de la mesa de pino, al lado de las puertas que dan al jardín, pero nadie ha pensado en tirar la fruta vieja que estaba debajo y las peras del fondo han empezado a soltar una pegajosa resina de color ambarino. Mientras tiro las peras, una a una, a la basura, me estremezco un poco al contacto con la pulpa podrida. Después de lavar y secar el cuenco, limpio cuidadosamente cualquier pringue ambarino adherido a las manzanas y las vuelvo a colocar en su sitio. Toda esa operación me lleva unos siete minutos. A continuación, empiezo a limpiar el azúcar glas descarriado de la encimera de acero inoxidable, pero al pasar la bayeta noto un olor apestoso. Huelo la bayeta. Viscosa, llena de bacterias, tiene el dulce y repugnante hedor del agua del jarrón cuando tiras las flores muertas. ¿Cómo de rancio debe estar un trapo en esta casa para que a alguien se le ocurra tirarlo?

Tiro la bayeta con furia dentro del atestado cubo y busco una nueva debajo del fregadero. No hay ninguna. Por supuesto, claro que no hay ninguna nueva, Kate, porque tú no estabas aquí para comprarla. Extraigo la bayeta vieja del cubo y la meto en agua caliente con un poco de Dettol. Lo único que me queda por hacer es sacar las alas y la aureola de Emily para que estén preparadas para mañana por la mañana.

Acabo de apagar las luces; estoy empezando a subir la escalera cuando se me ocurre algo horrible. Si Paula ve las cajas de Sainsbury's en el cubo, difundirá la noticia de mi gran falsificación de pasteles por radio macuto. ¡Joder! Recupero las cajas del cubo, las envuelvo en el periódico de ayer y, con el brazo bien estirado, llevo el paquete hasta la puerta de la calle. Miro a derecha e izquierda para estar segura de que nadie me ve y lo meto dentro de la gran bolsa negra que hay frente a la casa. Finalmente, ya libre de la prueba de mi culpabilidad, sigo a mi marido a la cama.

A través de la ventana del rellano y de la niebla de diciembre, veo cómo la luna en cuarto creciente está recostada en su hamaca, por encima de Londres. Incluso la luna consigue poner los pies en alto una vez al mes. El Hombre de la Luna, claro. Si fuera la Mujer de la Luna, ni siquiera llegaría a sentarse. A ver, decidme, ¿lo haría?

Me tomo mi tiempo para lavarme los dientes. Veinte veces cada diente. Si me quedo en el cuarto de baño el tiempo suficiente, Richard se quedará dormido y no tratará de que lo hagamos. Si no lo hacemos, podré saltarme el baño por la mañana. Si me salto el baño, tendré tiempo de empezar con los *e-mails* que se han amontonado mientras he estado fuera y quizá incluso conseguiré comprar algunos regalos de camino al trabajo. Sólo quedan seis días para hacer compras antes de Navidad y sólo cuento con nueve regalos, así que faltan doce, más las chucherías para los calcetines de los niños. Y no ha llegado nada de KwikToy, el servicio urgente de regalos por la Red.

–Kate, ¿no vienes a acostarte?

Rich me llama desde la habitación. Su voz suena como empañada por el sueño. Bien.

–Hay algo de lo que tengo que hablarte. ¿Kate?

–Un minuto –digo–. Voy a echar una ojeada a los niños.

Subo el tramo de escaleras hasta el siguiente rellano. La alfombra está tan desgastada que el reborde de cada peldaño parece la hierba muerta que encuentras debajo de una marquesina cinco días después de una boda. Alguien va a tener un accidente un día de éstos. Arriba, me detengo para recuperar el aliento y maldigo en silencio estas casas londinenses altas y estrechas. De pie en medio del silencio, frente a las puertas de los niños, escucho sus diferentes estilos de dormir; los ronquidos de cerdito de él, los suspiros de princesa de ella.

Cuando no puedo dormir y, creedme, soñaría con poder dormir si no me lo impidiera la cantidad de cosas que tengo en la cabeza, me gusta entrar de puntillas en la habitación de Ben, sentarme en la silla azul y quedarme mirándolo. Parece que mi pequeño se haya lanzado a la inconsciencia, como un hombrecillo diminuto que tratara de subir de un salto a un autobús en marcha. Esta noche, está despatarrado en la cuna, boca abajo, con los brazos bien abiertos y los diminutos dedos doblados en torno a un barrote invisible. Acurrucado contra la mejilla, tiene a ese repugnante canguro que tanto adora. Con toda una estantería atestada de los más preciosos peluches que unos padres ansiosos pueden comprar y ¿qué elige como objeto de su amor? Un marsupial bizco de la caja de restos de serie de Woolworth's. Ben todavía no sabe decirnos cuándo está cansado; así que se limita a decir «Roo». No puede dormir sin Roo porque, para él, Roo significa dormir.

Es la primera vez que veo a mi hijo en cuatro días. Cuatro días, tres noches. Primero fue el viaje a Estocolmo para dedicarle un tiempo, en persona, a un nuevo cliente nervioso; luego Rod Task me llamó desde el despacho para decirme que moviera el culo y me fuera a Nueva York a mimar a un viejo cliente que necesitaba estar seguro de que el nuevo cliente no me absorbía demasiado tiempo.

Benjamin nunca me pasa factura por mis ausencias. Todavía es demasiado pequeño. Siempre me recibe con una alegría incontrolable, como una fan haciendo molinetes con los brazos en un estreno de Hollywood. Con su hermana es diferente. Emily tiene cinco años y está llena de celosa sabiduría. La vuelta de mamá siempre da pie a una intrincada secuencia de desaires y castigos.

«En realidad, Paula me lee ese cuento.»

«Pero yo quiero que me bañe papá.»

Wallis Simpson tuvo una acogida más calurosa de la Reina Madre que la que yo tengo de Emily después de un viaje de negocios. Pero lo soporto. Es como si mi corazón se encogiera dentro de mí pero, de algún modo, lo soporto. Quizá crea que me lo merezco.

Dejo a Ben roncando suavemente y empujo con cuidado la puerta de la otra habitación. Bañada por el fulgor acaramelado de su lamparita de Cenicienta, mi hija está, como a ella le gusta, desnuda igual que una recién nacida. (La ropa, a menos que se trate del traje de novia de una condesa o de una princesa, es motivo de constante irritación para ella.) Cuando la arropo con el edredón, patalea protestando como una rana de laboratorio. Incluso cuando era un bebé, Emily no soportaba que la tapáramos. Le compré uno de esos sacos de dormir con cremallera, pero se revolvía en su interior e hinchaba los carrillos como si fuera el dios del Viento que hay en una esquina de los viejos mapas. Al final tuve que aceptar la derrota y lo regalé. Incluso dormida, cuando su cara tiene el aspecto aterciopelado de un albaricoque, se ve la determinación de su barbilla. El último informe de la escuela decía: «Emily es una niña muy competitiva y tendrá que aprender a perder con más elegancia».

–¿No te recuerda a alguien, Kate? –dijo Richard y soltó aquel gemido de cachorro pisoteado que ha adquirido últimamente.

Ha habido veces, durante este último año, en que he tratado de explicarle a mi hija –pensaba que tenía la edad suficiente para entenderlo– por qué mamá tiene que ir a trabajar. Porque mamá y papá, los dos, necesitan ganar dinero para pagar la casa y para todas las cosas que a ella le gustan, como las clases de ballet y las vacaciones. Porque mamá tiene un trabajo que sabe hacer bien y porque es muy importante que las mujeres trabajen igual que los hombres. Mi discurso alcanza siempre un clímax emocionante –trompetas, coros, la hermandad de mujeres agitando emocionadamente banderas– en el cual le aseguro a Emily que lo comprenderá todo cuando sea mayor y también ella quiera hacer cosas interesantes.

Por desgracia, los argumentos a favor de la igualdad de oportunidades, establecidos hace ya tanto tiempo en la sociedad occidental, a mi hija de cinco años la dejan fría. No hay otro dios que mamá y papá es su profeta.

Por la mañana, mientras me preparo para marcharme, Emily me hace la misma pregunta, una y otra vez, hasta que me dan ganas de darle una torta y luego, durante todo el trayecto hasta el trabajo, me entran ganas de llorar por haber querido dársela.

–¿Me acostarás tú esta noche? ¿Mamá, me acostarás esta noche? ¿Lo harás? ¿Quién me acostará esta noche? ¿Me acostarás tú, mamá? ¿Me acostarás?

¿Sabéis cuántas maneras hay de decir la palabra «no» sin llegar a usar la palabra «no»? Yo sí.

DEBO RECORDAR

Alas de ángel. Presupuesto para nueva alfombra escalera. Sacar lasaña congelador para almuerzo sábado. Comprar rollo de cocina, chisme especial para pulir acero inoxidable, regalo y tarjeta para la fiesta de Harry. ¿Cuántos años tiene Harry? ¿Cinco? ¿Seis? Tengo que organizarme y montar un cajón de regalos bien surtido, como una madre como es debido. Comprar árbol de Navidad y luces nuevas recomendadas en el *Telegraph* (¿Selfridge's o Habitat? No me acuerdo. Mierda). Soborno/regalo de Navidad para la niñera (¿Billete Eurostar? ¿Efectivo? ¿Algo de DKNY?). Emily quiere un muñeco bebé que hace pipí (por encima de mi cadáver). Regalo para Richard (¿Cata de vinos? ¿Arsenal? ¿Pijama?). Libro para suegros: *Los jardines perdidos de no sé dónde*. Pedir a Richard que recoja la ropa de la tintorería. ¿Qué me pongo para la fiesta de la oficina? Traje de terciopelo negro demasiado pequeño. Dejar de comer. ¡YA! Medias lila. No hay tiempo depilación cera; afeitar. Pedir hora para masaje antiestrés. Pedir hora lo antes posible para reflejos (empiezo a parecerme al George Michael del período medio). Ejercicios Kegel. ¡¡¡Comprar píldora!!! Pastel helado (¿Glacé Real? Preguntar Delia). Arándanos. Mini salchichas para fiesta. Sellos felicitaciones, segunda clase, 40. ¿Regalo maestra Emily? Y sin falta, como sea, hacer que Ben deje el chupete antes de Navidad con suegros. Perseguir KwikToy, esos inútiles de los regalos por *mail.* Test Pap. Vino, ginebra. Vinsanto. Llamar mamá. ¿Dónde he metido la receta de oca «seca con secador» de Simon Hopkinson? ¿Relleno? ¿¿¿Hámster???

2

EN EL TRABAJO

6.37 h. «¡Venid y adoremos. Venid y adoremos. Venid y adoreeemos...!» Me acaricia, tira de mí y, cuando nada de eso funciona, Emily me despierta cantándome villancicos. Está de pie al lado de mi cama y quiere saber dónde está su regalo. «No puedes comprar su cariño», dice mi suegra, que, evidentemente, nunca ha gastado el dinero suficiente en ese terreno.

En una ocasión traté de volver a casa de un viaje de negocios con las manos vacías, pero en el taxi que me traía desde Heathrow perdí la confianza y le pedí al taxista que parara en Hounslow donde me metí de cabeza en un Toys'Я'Us, con lo que añadí una vibración tóxica a mi *jet lag*. La colección completa de Barbies de Emily es ya tan increíblemente inmoral que quizá sólo sea cuestión de tiempo que se convierta en una instalación de Tracey Emin[1]. La Barbie con vestido flamenco, la Barbie del Milan AC (los colores del equipo, una monada de botas), la Barbie tailandesa –una descarada flexible que puede doblarse hacia atrás hasta chuparse los dedos de los pies– y la que Richard llama Barbie Klaus, una aterradora super rubia alemana, de ojos azules sin vida, vestida con pantalones de montar y botas negras.

–Mamá –dice Emily, considerando su último regalo con ojos de experta–, esta Barbie hada podría llevar una varita mágica y hacer que el Niño Jesús no estuviera enfadado.

–Barbie no sale en la historia del Niño Jesús, Emily.

Me lanza su mejor mirada Hillary Clinton, llena de esa noble condescendencia que dice «esto me duele más a mí que a ti».

–No *ese* Niño Jesús –suspira–. Otro diferente, tonta.

1. Artista, considerada la «niña terrible» del arte británico por sus instalaciones provocadoras, y que muchos consideran escandalosas. *(N. de la E.)*

¿Sabéis?, lo que compras a una niña de cinco años cuando vuelves de una visita a un cliente, si no llega a amor o tan siquiera a perdón, es al menos una especie de amnistía. Varios minutos durante los cuales la necesidad de echarte la culpa queda superada brevemente por la necesidad de abrir el paquete con un derroche de júbilo. (Cualquier madre trabajadora que diga que no soborna a sus hijos puede añadir «mentirosa» a su currículo.) Ahora Emily tiene un regalo para señalar cada infidelidad de su madre –que anda por ahí con su trabajo–, igualito que cuando mi madre recibía un colgante nuevo para su brazalete cada vez que mi padre andaba por ahí con otras mujeres. Cuando mi padre se marchó, yo tenía trece años, mamá casi no podía levantar la dorada esposa que llevaba en la muñeca.

Estoy aquí tumbada, pensando que las cosas podrían ser mucho peores (por lo menos, mi marido no es un alcohólico ni un adúltero compulsivo) cuando Ben entra vacilando en el dormitorio y apenas puedo creer lo que veo.

–¡Por Dios, Richard!, ¿qué le ha pasado en el pelo?

Rich saca la nariz por encima del edredón, como si viera a su hijo, que cumplirá un año en enero, por vez primera.

–Ah, Paula lo llevó a ese sitio al lado del taller. Dijo que se le metía el pelo en los ojos.

–Pues ahora parece recién salido de las Juventudes Hitlerianas.

–Bueno, ya le volverá a crecer. Y Paula pensó, y yo también, claro, que todos esos rizos a lo Fauntleroy, bueno... ahora los chicos ya no tienen ese aspecto, ¿verdad?

–No es un chico; es mi bebé. Y ése es el aspecto que quiero que tenga; el de un bebé.

Últimamente, he observado que Rich ha adoptado un procedimiento estándar para hacer frente a mis ataques de furia. Una especie de postura con la cabeza baja, una actitud sumisa como «en caso de ataque nuclear», pero esta mañana no puede reprimir un murmullo de rebelión.

–No creí que pudiéramos organizar una teleconferencia internacional con el peluquero de un día para otro.

–¿Qué se supone que quiere decir eso?

–Sólo quiere decir que tienes que aprender a no controlarlo todo, Kate.

Y con un movimiento fruto de mucha práctica, coge al bebé, le limpia un moco putrefacto de la naricilla y se dirige escalera abajo para desayunar.

7.15 h. El cambio de ritmo entre trabajo y casa es a veces tan brusco que os juro que oigo cómo me chirrían los engranajes en el cerebro. Cuesta un rato volver a la longitud de onda de los niños. Desbordando buenas intenciones, empiezo al estilo Julie Andrews, llena de entusiasmo tipo club de tenis y demenciales énfasis cantarines.

–Veamos, niños, ¿qué os gustaría desayunar hoy?

Emily y Ben le siguen la corriente a esa simpática extraña durante un rato, hasta que Ben no lo soporta más, se pone de pie en su trona, estira el brazo y me pellizca como si quisiera comprobar que soy yo. Su alivio es patente cuando, durante la siguiente irritante media hora, la vieja cascarrabias que conocen como mamá vuelve a estar allí.

–¡Vais a tomar Shreddies y no se hable más del asunto! No, no tenemos Fruitibix. Y no me importa lo que papá os deja comer.

Richard tiene que irse temprano. Una visita con un cliente a un solar de Battersea. ¿Puedo esperarme hasta que llegue Paula? Sí, pero sólo si puedo marcharme a las siete y cuarenta y cinco en punto.

7.57 h. Y ahí llega ella, blandiendo las múltiples excusas de quien no se arrepiente de nada. El tráfico, la lluvia, la alineación de los planetas. Ya sabes lo que pasa, Kate. Claro que lo sé. Chasqueo la lengua y suspiro en las pausas reservadas para que muestre mi comprensión mientras mi niñera se prepara una taza de café y ojea sin interés mi periódico. Señalar que durante los veintiséis meses que lleva cuidando a nuestros hijos, Paula se las ha arreglado para llegar tarde una de cada cuatro mañanas sería arriesgarse a tener una bronca y una bronca contaminaría el aire que respiran mis hijos. Así que no, no habrá bronca. Hoy no. Tres minutos para llegar al autobús, y la parada está a ocho minutos a pie.

8.27 h. Voy a llegar tarde al trabajo. Tarde de una forma indecente, intrépida. El carril del autobús está lleno de autobuses. Me bajo del autobús. Me lanzo a la carrera, quemándome los pulmones, City Road abajo y luego corto por Finsbury Square, donde mis tacones agujerean el prohibido césped y me gano el acostumbrado grito de «¡Eh!» que me lanza el viejo cuya tarea es gritarte por cruzar corriendo el césped.

–¡Eh, joven! ¿No puede dar la vuelta como todo el mundo?

Que te griten resulta embarazoso, pero está empezando a preocuparme que a una pequeña, vergonzante parte de mí, en realidad le guste que me llamen «joven» en un lugar público. Con treinta y cinco años, con la gravedad y dos niños tirando de ti hacia abajo, hay que recoger los cumplidos donde se puede. Además, calculo que el atajo me ahorra dos minutos y medio.

8.47 h. Una de las instituciones más antiguas y distinguidas de la City, Edwin Morgan Forster, se levanta en la esquina de Broadgate y St Anthony's Lane. Es una fortaleza del siglo XIX, dotada de una enorme y prominente proa de cristal del siglo XX; parece como si un transatlántico hubiera chocado contra unos grandes almacenes y hubiera salido por el otro lado. Mientras me acerco a la entrada principal, reduzco la velocidad hasta el trote y llevo a cabo la inspección de mi equipo.

¿Zapatos, conjunto, dos? Comprobado.

¿Sin cereales del desayuno en la chaqueta? Comprobado.

¿Falda no metida dentro de las bragas? Comprobado.

¿Sostenes no visibles? Comprobado.

Bien, allá voy. Cruzo con paso airoso el atrio de mármol y le enseño mi tarjeta a Gerald, el guardia de Seguridad. Desde la modernización de hace un año y medio, el vestíbulo de Edwin Morgan Forster, que antes parecía un banco, ahora parece uno de esos recintos de un zoo diseñados por los constructivistas rusos para albergar a los pingüinos. Todas las superficies son de un blanco ártico que taladra los ojos, excepto la pared del fondo, pintada exactamente del mismo turquesa que el jabón de regalo marca Yardley, que hace ya treinta años era el preferido de mi tía abuela Phyllis, pero que el diseñador del vestíbulo describió como «un color oceánico de visión y futurismo». Por esta muestra de sabiduría, una empresa que cobra por administrar el dinero de otras personas, pagó una cantidad sin confirmar de setecientos cincuenta mil dólares.

¿Podéis creeros cómo es este edificio? Diecisiete plantas, con cuatro ascensores. Dividid por cuatrocientos treinta empleados, incluid un factor de seis tipos nerviosos que no paran de apretar el botón, dos cabrones despreciables que no sujetan la puerta y Rosa Klebb con un carrito de bocadillos y tendréis que escoger entre esperar cuatro minutos o subir por la escalera. Subo por la escalera.

Llego a la planta trece con la cara color fucsia y me doy de narices con Robin Cooper-Clark, nuestro director de inversiones, con su traje de raya diplomática. El choque de aromas es tan inmediato como punzante. Yo, Eau de Sweat; él, Floris Elite con un recuerdo de salpicadero de nogal y Winchester.

Robin es excepcionalmente alto y una de sus cualidades es que puede mirarte desde arriba, sin mirarte por encima del hombro, sin hacer que te sientas pequeño en modo alguno. No fue ninguna sorpresa enterarme por una necrológica, el año pasado, de que su padre era obispo y tenía la Cruz al Mérito Militar. Robin tiene algo que es, a la vez, angelical e indestructible; ha habido veces en EMF que he pensado que me moriría si no fuera por su amabilidad y por su respeto, ligeramente burlón.

–¡Qué color tan estupendo, Kate! ¿Has estado esquiando?

La boca de Robin se curva hacia arriba en las comisuras y parece dirigirse hacia una sonrisa, pero una de sus espesas cejas grises se enarca señalando hacia el reloj que hay encima de la mesa de operaciones.

¿Me arriesgo a fingir que estoy aquí desde las siete y que acabo de salir para tomarme un capuchino? Una mirada a través de la oficina me dice que mi ayudante Guy está ya, con una sonrisita de suficiencia, al lado de la máquina del agua. Maldición. Guy debe de haberme detectado justo en el mismo momento porque, por encima de las cabezas inclinadas de los operadores, con sus teléfonos sujetos bajo la barbilla, por encima de las secretarias y la sección europea y el equipo de Valores Globales, con sus camisas Lewin idénticas, de color púrpura, me llega la voz de «Llamando a todos los superiores» de mi ayudante.

–He puesto el documento de Bengt Bergman en tu mesa, Katharine –anuncia–. Siento que otra vez hayas tenido problemas para llegar.

Observad el «otra vez», la gotita de veneno en la punta de la daga. Pedazo de gilipollas. Cuando financiamos a Guy Chase para que fuera a la European Business School, hace tres años, era como un dolor de cabeza salido del Balliol[1] con un traje con dos chalecos y un enorme déficit en higiene personal. Volvió vestido con un traje marengo de Armani y la expresión de alguien con un máster en Ambición Ciega. Me parece que puedo decir, honradamente, que Guy es el único hombre de Edwin Morgan Forster que se alegra de que yo tenga hijos. Varicela, vacaciones de verano, villancicos en Navidad... todo son oportunidades para que Guy brille en mi ausencia. Veo que Robin Cooper-Clark me está mirando expectante. Piensa, Kate, piensa.

En la City, es posible llegar tarde sin que te lo hagan pagar. La clave es ofrecer lo que mi amiga Debra, que es abogada, llama una «Excusa de Hombre». Los altos cargos, que quedarían francamente horrorizados ante la historia de un bebé que vomita por la noche o una niñera que no se presenta (misteriosamente, el cuidado de los niños, aunque lo pagan el padre y la madre, siempre se entiende que es responsabilidad de la mujer), aceptarían sin vacilar cualquier cosa que tenga que ver con un motor de combustión interna. «Se me ha averiado el coche», «Me han abierto el coche», «Tendríais que haber visto el caos en la calle (rellenar)». Cualquiera de estas excusas será perfecta. La alarma de los coches ha sido una incorporación reciente y valiosa al repertorio de excusas masculinas porque, aunque tiene ciertos síntomas femeninos –imprevisibilidad al dispararse, aullido muy agudo–, va unida a una Excusa de Hombre y puede ser necesario llevar el coche al taller para que la arreglen.

–Tendrías que haber visto el jaleo en Dalston Junction –le digo a Robin, revistiéndome de una máscara facial de estoica resignación

1. Uno de los *colleges* de Cambridge. *(N. de la E.)*

urbana y señalando, con los brazos muy abiertos, todo un panorama de carnicería automovilística–. Un sonado en una camioneta blanca. Los semáforos, cada uno a su aire. Increíble. Debo de haber estado allí, atascada, sus buenos veinte minutos.

Robin asiente:

–Conducir en Londres hace que casi demos gracias por los trenes de cercanías de la Network Southeast.

Se produce una pausa mínima. Una pausa en la que trato de preguntar por la salud de Jill Cooper-Clark, a la que le diagnosticaron cáncer de mama el verano pasado. Pero Robin es uno de esos ingleses dotados desde que nacieron con un sistema de alarma preventiva que les ayuda a interceptar y desviar cualquier posible pregunta de naturaleza personal. Así que, cuando mis labios aún no han empezado a formar el nombre de su esposa, dice:

–Haré que Christine nos reserve mesa para almorzar, Kate. Sabes que han convertido en restaurante un sótano al lado del Old Bailey? Deben de servir testigos asados al punto, seguro. Suena divertido, ¿no crees?

–Sí, quería preguntarte cómo...

–Estupendo. Luego hablamos.

Para cuando llego al refugio de mi mesa, he recobrado la compostura. ¿Sabéis?, me encanta mi trabajo. Puede que a veces no lo parezca, pero es así. Me encanta el acelerón en la sangre cuando las acciones por las que he apostado cumplen lo prometido. Me flipa formar parte de ese reducido puñado de mujeres en la sala VIP del aeropuerto y, cuando vuelvo, adoro compartir mis terroríficas historias de viaje con mis amigas. Me encantan los hoteles con un servicio de habitaciones que aparece como un genio al frotar la lámpara y una pradera de algodón blanco que me da el sueño que anhelo. (Cuando era más joven, quería irme a la cama con alguien; ahora que tengo dos niños, mi más ardiente deseo es irme a la cama conmigo misma, a ser posible para dormir doce horas seguidas.) Y sobre todo adoro el trabajo; reviento de satisfacción porque soy buena en lo que hago, porque tengo el control, mientras que el resto de la vida parece un lío horroroso. Me encanta el hecho de que los números hagan lo que yo digo y nunca pregunten por qué.

9.03 h. Pongo en marcha el ordenador y espero que se conecte. La red es tan lenta esta mañana que sería más rápido volar a Hong Kong y recoger al maldito Hang Seng en persona. Introduzco mi contraseña –Ben Pampers– y voy directa a Bloomberg para ver qué nos han deparado los mercados esta noche. El Nikkei está estable, Bovespa de Brasil sigue con su enloquecida samba de costumbre, mientras el Dow Jones parece la gráfica de un paciente al que no hay que resucitar, sometido a cuidados intensivos. Cielos, hace frío ahí fuera y no sólo debido a la niebla que acaricia los edificios de oficinas que veo desde mi ventana.

A continuación, compruebo las divisas por si hay algún movimiento espectacular, luego tecleo TOP para ver todas las noticias de las grandes corporaciones. La principal se refiere a Gayle Fender, una operadora de bonos, mejor dicho, ex operadora. Ha demandado a su empresa, Lawrence Herbert, por discriminación sexual, porque sus compañeros hombres recibieron primas mucho mayores que ella por unos resultados inferiores. El titular dice: LA DONCELLA DE HIELO PIERDE EL ENTUSIASMO POR LOS HOMBRES. Para los medios, las mujeres de la City son todas Isabel I o *lapdancers*[1] en reposo. Es la vieja historia de la virgen y la puta, envuelta en el *Wall Street Journal.*

Personalmente, siempre me ha atraído la idea de convertirme en una doncella de hielo, a lo mejor se puede comprar el traje. Ribeteado con pieles blancas, y con unos tacones como estalactitas y un pico a conjunto. En cualquier caso, la historia de Gayle Fender acabará como acaban siempre esas historias; con un «sin comentarios» cuando, con los ojos bajos, abandone el juzgado por una puerta lateral. La City acalla las discrepancias; tenemos medios para hacer que no hables. Llenarle la boca a alguien con billetes de cincuenta libras suele funcionar.

1. Bailarinas en locales de alterne. *(N. de la T.)*

Miro los *e-mails*. Cuarenta y nueve entradas en mi Bandeja desde la última vez que estuve en el despacho. Recorro la lista rápidamente para eliminar primero la bazofia.

¿Ejemplar gratis de una nueva revista de inversiones? Basura.

Está usted invitada a un congreso sobre globalización a orillas del lago Ginebra. El *chef* Jean-Louis, famoso mundialmente, se encargará de la restauración. Basura.

Recursos Humanos quiere saber si apareceré en el nuevo vídeo corporativo de EMF. Sólo si me dan mi propia escena con John Cusack atado a la cama.

¿Firmaré una tarjeta para un pobre cabrón del Tesoro al que han despedido? (Jeff Brooks se va voluntariamente, dicen, pero pronto empezarán las marchas forzosas.) Sí.

El mensaje que ocupa el primer lugar de la Bandeja de Entrada es de Celia Harmsworth, directora de Recursos Humanos. Dice que mi jefe, Rod Task, no podrá asistir a la charla para los empleados de EMF en prácticas a la hora del almuerzo; ¿podría ir yo en su lugar? «Nos alegraría verte en la sala de conferencias de la planta treinta a partir de la una.»

No, no y no. Tengo que escribir nueve informes sobre fondos antes del viernes. Y además tengo que asistir a una representación de Navidad muy importante esta tarde a las dos y media.

Con los memorandos de trabajo liquidados, puedo dedicarme a los *e-mails* de verdad, los que importan; mensajes de amigos, chistes e historias que recorren el mundo como si fueran caramelos. Si es verdad lo que dicen, que la mía es una generación hambrienta de tiempo, entonces el *e-mail* es lo que picoteamos, culpables, entre horas, es nuestra comida consuelo. Sería difícil explicar el sustento que recibo de mis corresponsales habituales. Está Debra, mi mejor amiga de la universidad, ahora madre de dos hijos, que trabaja como abogada con Addison Pope, justo enfrente del Banco de Inglaterra y a unos diez minutos a pie de Edwin Morgan Forster. Aunque no por eso voy a verla; sería igual si trabajara en Plutón. Y luego está Candy. Candace Marlene Stratton, compañera en la gestión de fondos, malhablada, un hacha en la Web y soberbio producto de exportación de Rockaway, New Jersey. Mi hermana de armas y una mujer a la vanguardia de lo último en corsetería mundial. Mi personaje literario favorito es Rosalind, de *Como gustéis;* el de Candy es ese tipo duro de Elmore Leonard que lleva una camiseta que dice: «Está claro que me has confundido con alguien a quien le importa una mierda».

Candy se sienta ahí mismo, al lado de la columna, a cinco metros de mí; sin embargo, es raro que intercambiemos más que unas pocas palabras en voz alta durante un día normal. En cambio, en la pantalla, entramos y salimos la una de la mente de la otra como si fuéramos vecinas a la vieja usanza.

De: Candy Stratton, EMF

Para: Kate Reddy, EMF

Kate,

P: ¿X q las mujeres casadas están más gordas q las solteras?

R: Las mujeres solteras llegan a casa, miran lo q hay en la nevera y se van a la cama.

Las mujeres casadas llegan a casa, miran lo q hay en la cama y se van a la nevera.

¿Q.tal? Yo, cistitis. Demasiado sxo.

xxxx[1]

De: Debra Richardson, Addison Pope

Para: Kate Reddy, EMF

Mañana. ¿Q.tal Suecia y NYC? Pobrecita. Felix se cayó de la mesa y se rompió el brazo por cuatro sitios (no sabía q se pudieran romper 4 sitios). Pesadilla. Seis horas en urgencias. ¡Bendito National Health Service! Ruby anunció ayer q adora a su niñera, a su papá, a su conejito, a su hermano, a todos los Teletubbies y a su mamá, en ese orden. Agradable saber q valía la pena, ¿no? ¿Recuerdas almuerzo el viernes? Dime q no lo cancelas.

xxxx, Deb

1. En inglés la *x* al final de una carta o similar significa besos. *(N. de la T.)*

De: Kate Reddy

Para: Candy Stratton

Más días de descanso, Estocolmo, Nueva York, Hackney. Levantada hasta alba falsificando pastelitos para recital villancicos Emily. Ni preguntes.

Además, Pol Pot ha hecho corte pelo espantoso a Ben y no me atrevo a quejarme xq no estaba aquí y no estar aquí significa q cedes todos los derechos de autoridad materna. Además, tengo q recordar al Maestro Rod Task q tengo q salir pronto para ir concierto.

¿Alguna idea de cómo hacerlo sin mencionar las palabras a) niño, b) salir?

Un abrazo

Kate xxxx

P. D.: ¿Q es sxo? No sé, pero me suena vagamente a algo.

De: Candy Stratton

Para: Kate Reddy

Cariño, elimina esa basura diosa hogar. Mira otras mamás a los ojos y di: Tengo un trabajo y estoy orgullosa, o te vas a matar.

Dile a Rod Task q tienes una emergencia menstrual. Australianos alucinan + q británicos con problemas mujeres.

Hasta luego

xxxxxx

Miro al otro lado de la oficina y veo a Candy tomando un trago de una lata que levanta en un brindis alegre hacia mí. Hasta hace poco, la dieta de Candy se limitaba a Coca-Cola –del tipo Diet y del otro– que la dejaba delgada como un junco y con unos pechos prominentes; esto le conseguía un montón de amantes, pero no mucho amor. Es un año mayor que yo y, a sus treinta y seis, Candy es una soltera congénita y, a veces, le envidio su capacidad para hacer las cosas más fantásticas, como ir a tomar una copa después del trabajo o meterse en el cuarto de baño el fin de semana sin la compañía de un cincoañero curioso o llegar al trabajo con unas enormes ojeras después de haber estado levantada toda la noche practicando el sexo, en lugar de llegar al trabajo con unas enormes ojeras después de estar levantada toda la noche con el lloroso producto del sexo. Candy estuvo comprometida hace unos dos años con un consultor de Andersen. Por desgracia, estaba tan ocupada trabajando en una final para un fondo de pensiones alemán que le dio plantón tres veces seguidas. A la tercera, Bill la esperaba en un restaurante de Smithfield y empezó a hablar con una enfermera del St Bartholomew que estaba en la mesa de al lado. Se casaron en agosto.

Sin embargo, Candy dice que no va a preocuparse por su fertilidad, al menos hasta que Cartier empiece a hacer un reloj biológico.

De: Kate Reddy, EMF

Para: Debra Richardson, Addison Pope

Querida D.

Voy tan atrasada que no puedo escribir mucho. Cancelar almuerzo ni loca.

¿Por qué una Excusa de Mujer sincera es menos aceptable que una Excusa de Hombre falsa?

Intrigada, Kate

De: Debra Richardson

Para: Kate Reddy

Porque no quieren que les recuerdes que tienes una vida, idiota.

Hasta viernes

D xx

Decidí no abordar a Rod Task en persona por la cuestión de salir antes para ir a la representación de Navidad de Emily. Mejor añadirlo como quien no quiere la cosa, una especie de P. D., a algún *e-mail* de trabajo. Como si fuera un hecho normal, no un favor. Acabo de recibir la respuesta.

De: Rod Task

Para: Kate Reddy

Jesús, Kate, si parece que fue ayer cuando hacías tu propia representación de Navidad.

Claro, tómate el tiempo que quieras, pero tenemos que hablar hacia las cinco y media. Y necesito que vuelvas a Estocolmo para mimar a Sven. ¿Te va bien el viernes, preciosa?

Saludos,

Rod

No, el viernes no me va bien. No puedo creer que espere que haga otro viaje antes de Navidad. Significa que me perderé la fiesta del despacho, tendré que cancelar el almuerzo con Debra, otra vez, y perderé el tiempo para compras con el que contaba.

Nuestras oficinas son un espacio abierto, pero el director de marketing tiene una de las dos salas con paredes; la otra pertenece a Robin Cooper-Clark. Cuando entro, pisando fuerte, en el despacho de Rod para protestar, está vacío, pero me quedo unos momentos para absorber el panorama que se ve por el ventanal que ocupa toda la pared, desde el suelo al techo. Directamente debajo, está la pista Broadgate, una bandeja de hielo incrustada en medio de las escalonadas torres de hormigón y acero. A estas horas está vacía, salvo por un patinador solitario, un tipo alto y moreno con una sudadera verde, trazando lo que al principio tomo por ochos pero que, cuando acaba el largo trazo hacia abajo, se convierte en el signo del dólar. Con la niebla deshaciéndose, la City tiene el mismo aspecto que durante el Blitz[1], cuando el humo de los incendios se dispersaba, desvelando mágicamente la cúpula de San Pablo. Si te vuelves en la dirección opuesta, ves la torre de Canary Wharf guiñando el ojo como un cíclope cachondo.

Al salir del despacho de Rod, me doy de narices con Celia Harmsworth, aunque ninguna de las dos resulta herida porque yo reboto contra su formidable busto. Cuando las inglesas de una cierta clase social llegan a la edad de cincuenta años, ya no tienen pechos, tienen pecho o incluso, dependiendo de las hectáreas de tierra y de la antigüedad de su linaje, busto. Los pechos vienen por pares, pero un busto es siempre singular. El busto niega la posibilidad de

1. Bombardeos alemanes sobre Londres durante la Segunda Guerra Mundial. *(N. de la T.)*

un escote o de cualquier tipo de balanceo. Donde los pechos dicen: «¡Ven a jugar!», el busto, como la protección de un auto de choque, dice: «¡Aparta de ahí!». La Reina tiene busto y Celia Harmsworth también.

–Katharine Reddy, siempre con tantas prisas –dice regañándome.

Como directora de Recursos Humanos, Celia es, sin esforzarse, una de las personas menos humanas de todo el edificio; sin hijos, sin encanto, fría como un Chablis, tiene el don de hacerte sentir a la vez sin uso y usada. Cuando volví a trabajar después de nacer Emily, descubrí un día que Chris Bunce, director de los Fondos de Cobertura y quien más ingresos había generado para EMF en los dos años anteriores, había puesto un chorro de vodka en la leche extraída que guardaba en la nevera del despacho, al lado de los ascensores. Fui a ver a Celia y le pregunté, de mujer a mujer, qué medidas me aconsejaba tomar contra aquel gilipollas que, cuando me enfrenté a él en el Bar Davy's, afirmó que meter alcohol en el alimento de un bebé de doce semanas «era sólo una broma sin importancia».

Todavía recuerdo el mohín de desagrado que apareció en la cara de Celia y que no iba dirigido al cabrón de Bunce.

–Usa tus ardides femeninos, querida –dijo.

Celia me dice que está encantada de que pueda hablar a los empleados en prácticas a la hora del almuerzo.

–Rod dijo que podías hacer la presentación dormida. Diapositivas y unos sándwiches, ya sabes de qué va, Kate. Y no te olvides de la declaración de misión, ¿eh?

Hago un cálculo rápido. Si la introducción dura, digamos, una hora incluyendo las bebidas, eso me deja treinta minutos para encontrar un taxi, cruzar la City hasta la escuela de Emily y llegar al principio de la obra. Tendría que ser suficiente. Me parece que puedo conseguirlo siempre que no hagan ninguna maldita pregunta.

13.01 h. –Buenas tardes, señoras y señores, me llamo Kate Reddy y me gustaría darles la bienvenida a todos a la planta trece. Para algunos, trece es sinónimo de mala suerte, pero no es ése el caso aquí, en Edwin Morgan Forster, que está entre las diez primeras administradoras monetarias del Reino Unido, entre las cincuenta primeras globalmente en términos de activos y que, durante cinco años seguidos, ha sido votada administradora monetaria del año. El año pasado, generamos unos ingresos superiores a los trescientos millones de libras, lo cual explica por qué no se ha escatimado dinero alguno en esos fabulosos sándwiches de atún que ven hoy desplegados frente a ustedes.

Rod tiene razón. Puedo hacer esto dormida; es más, lo estoy haciendo bastante dormida, porque el *jet lag* se está apoderando de mí, el cráneo empieza a tensarse en la coronilla y parece que alguien me esté llenando las piernas con agua helada.

–Estoy segura de que ya estarán familiarizados con el término «gestor de fondos». Para decirlo simplemente, un gestor de fondos es un apostador de alto nivel. Mi trabajo consiste en estudiar el estado de las empresas en todo el mundo, evaluar qué tal se cotizan sus productos en el mercado, comprobar el historial de los competidores, apostar un buen montón de dinero a la mejor opción y luego confiar en que no se caerán al primer obstáculo.

Hay risas por la sala, las risas agradecidísimas de unos veinteañeros atrapados entre la arrogancia de haber conseguido uno de los seis únicos puestos de capacitación con sueldo de EMF y el miedo a hacérselo encima al pensar que puedan pillarlos en falso.

–Si los caballos que he respaldado se caen, tengo que decidir si los matamos allí mismo o si vale la pena cuidar esa pata rota hasta que se cure. Recuerden, señoras y señores, la compasión puede resultar cara, pero no necesariamente es un despilfarro de dinero.

Yo también fui una empleada en período de formación hace doce años y esperé sentada en una sala igual que ésta, cruzando y descruzando las piernas, dudando qué era peor, si parecer la duquesa de Kent o Sharon Stone. Era la única mujer reclutada aquel año, estaba rodeada de tíos, unos animales enormes, cómodos con sus pieles de raya diplomática. No como yo; el traje Whistles de crepé negro en el que me había gastado mis últimas cuarenta libras me daba el aspecto de inspectora escolar de Wolverhampton.

El racimo de novicios de este año es bastante típico. Cuatro tíos, dos chicas. Los tíos siempre se quedan atrás; las chicas se sientan muy derechas en primera fila, con las plumas listas para tomar notas que nunca necesitarán. Acabas conociendo a cada tipo después de un tiempo. Mirad al señor Anarquista, allá al fondo, con patillas de Velcro y el ceño de Liam Gallagher. Hoy lleva traje, pero mentalmente sigue con su chaqueta de cuero. Probablemente, Dave era una especie de activista en la universidad. Estudió economía para armarse mejor para la lucha de los trabajadores, mientras chantajeaba moralmente a todos los chicos de su pasillo para que compraran ese imbebible café de Ruanda.

En este momento, está sentado ahí, diciéndose que hará esta mierda de trabajo en la City durante dos años, cinco como máximo. Reunirá un buen montón de pasta y luego lanzará su cruzada humanitaria. Casi me da pena. Dentro de siete años lo veo en su casa, algún mausoleo modernista en Notting Hill, con las mensualidades del colegio de dos niños y una esposa con una ruinosa adicción a Jimmy Choo, Dave estará cabeceando delante de *Cold Feet*, igual que todos nosotros, con un ejemplar de *New Statesman* sin abrir encima de las rodillas.

Los otros tres son terratenientes de aspecto saludable, peinados con la raya típica de una escuela privada. El que se llama Julian tiene una nuez tan hiperactiva que prácticamente está destilando licor. Como de costumbre, las chicas son mujeres, sin lugar a dudas, mientras que los hombres apenas son más que chicos. Juntas, las dos mujeres en período de prácticas de EMF cubren todo el espectro de las mujeres; una es una chica de la zona rural con pasta, con una amable cara de panecillo y una cinta de terciopelo en el pelo, la que suelen llevar las de su clase durante el día. Clarissa algo. Miraré la lista de biografías enlatadas para ver si Clarissa se ha graduado en «estudios modernos» en la Universidad de Peterborough. Puro material para trabajos rutinarios. Debe de ser la sobrina de uno de los directores; no se entra en EMF con un título como el suyo, a menos que seas familia del dinero.

La chica que esta a su lado parece más interesante. Nacida y criada en Sri Lanka, pero educada en Cheltenham Ladies y la London School of Economics, una de esas nietas del Imperio que acaban siendo más inglesas que los ingleses; la dulzura de sus modales, el decoro de su gramática. Con unos extraordinarios ojos almendrados, que miran con firmeza hacia delante a través de unas gafas con montura de concha, y una compostura gatuna, Momo Gumeratne es tan bonita que no debería entrar en la Milla Cuadrada salvo que fuera acompañada por un guardia armado.

Los aprendices me devuelven mi mirada tasadora. Me pregunto qué ven. Pelo tirando a rubio, piernas decentes, en la suficiente buena forma como para no ser catalogada como madre. Tampoco sospecharán que soy del norte (pulí el acento hasta hacerlo desaparecer cuando vine a estudiar al sur). Incluso puede que les asuste un poco. El otro día Rich dijo que, a veces, le daba miedo.

–Bien, estoy segura de que todos ustedes habrán visto esa línea que está escrita en sus cuentas hipotecarias y bancarias, en una letra tan diminuta que parece la última hilera de la consulta de un óptico. Dice: «Recuerde que el valor de su inversión tanto puede bajar como subir». ¿Sí? Bien, se refiere a mí. Si me equivoco en mi elección, el valor baja, así que en EMF hacemos todo lo que podemos para asegurarnos de que eso no suceda y la mayoría de veces lo conseguimos. A mí me resulta útil tener siempre presente, cuando vendo tres millones de dólares de acciones de una compañía aérea, como he hecho esta mañana, que la nuestra es la única apuesta en el mundo que puede dejar a una ancianita de Dumbarton sin su pensión. Pero no se preocupe, Julian, los que están en período de formación tienen un límite en los negocios que se les permite hacer. Les daremos cincuenta de los grandes para empezar, sólo para que empiecen a practicar.

Las mejillas de Julian pasan de trucha ahumada a fresa y la mano de la chica panecillo sale disparada hacia arriba.

–¿Puede decirme por qué ha vendido concretamente esas acciones hoy?

–Es una buena pregunta, Clarissa. Bien, tenía una cartera de cuatro millones de dólares y el precio estaba alto y continuaba subiendo, pero ya habíamos hecho un montón de dinero y sabía por la prensa especializada que se avecinaban malas noticias sobre las líneas aéreas. El trabajo de los administradores de fondos es sacar el dinero de nuestros clientes antes de que el precio se debilite. Lo que trato de hacer todo el tiempo es sopesar las cosas buenas que pueden suceder y la acción de un Dios Todopoderoso cabreado que pueda estar acechando a la vuelta de la esquina.

Según mi experiencia, la prueba máxima para cualquier empleado en período de formación en Edwin Morgan Forster no es su capacidad para captar los fundamentos de las inversiones o para conseguir un pase para el aparcamiento. No, lo que muestra de qué madera estás hecho es que no sueltes una carcajada la primera vez que oyes la Declaración de Misión de la firma. Conocida internamente como los «Cinco Pilares de la Sabiduría», la Declaración de Misión es la principal chorrada corporativa. (¿Por qué capricho de la lógica los capitalistas a ultranza del siglo XX han acabado repitiendo como cotorras los lemas que vociferaban unos campesinos maoístas que ni siquiera tenían derecho a ser propietarios de su propia bicicleta?)

–Y nuestros Cinco Pilares son:

1. ¡Trabajar codo con codo!
2. ¡Sinceridad mutua!
3. ¡Resultados óptimos!
4. ¡Cuidar al cliente!
5. ¡Entrega al éxito!

Veo que Dave se esfuerza como todo un hombre por reprimir una sonrisita. Buen chico. Miro el reloj. Mierda. Hora de marcharme.

–Bueno, si no tenéis más preguntas...

Mierda. La otra chica ha levantado la mano. Por lo menos, puedes confiar en que los hombres no harán preguntas. Incluso cuando no saben nada, como este grupo, pero especialmente a mi nivel, cuando hacer una pregunta equivale a admitir que hay cosas en el mundo que están fuera de tu alcance.

–Perdóneme, por favor –empieza la joven de Sri Lanka, como si se disculpara por un error que todavía no ha cometido–. Sé que EMF tiene... bueno, como mujer, Ms. Reddy, ¿puede decirme sinceramente qué le parece trabajar en este puesto?

–Bien, Ms...

–Momo Gumeratne.

–Bien, Momo, aquí hay sesenta administradores de fondos y sólo tres somos mujeres. EMF tiene una política de igualdad de oportunidades y siempre que estudiantes como ustedes sigan llegando hasta aquí, vamos a lograr que esa política se haga realidad. En segundo lugar, me han dicho que los japoneses están trabajando en una cuba donde se pueden criar bebés fuera del seno materno. Para cuando usted esté lista para tener hijos, seguramente ya la habrán perfeccionado, Ms. Gumeratne, así que podremos tener el primer bebé hecho durante la hora del almuerzo. Créame, eso nos haría a todos los que trabajamos en Edwin Morgan Forster muy felices.

Doy por supuesto que eso acabará con las preguntas, pero Momo no es tan poquita cosa como yo pensaba. Con su tez color café teñida de rubor, vuelve a levantar la mano. Mientras me vuelvo para coger el bolso, dando a entender que la sesión ha terminado, empieza a hablar:

–Perdóneme otra vez, Ms. Reddy, pero ¿puedo preguntarle si tiene hijos?

No, no puede.

–Sí, la última vez que miré había dos. Y me permito aconsejarle, Ms. Gumeratne, que no empiece sus frases con «perdóneme». Hay muchas palabras que le serán útiles en este edificio, pero «perdone» no es una de ellas. Bien, si eso es todo, tengo que marcharme inmediatamente para echar una ojeada a los mercados; seleccionar ganadores, administrar dinero. Gracias por su atención, señoras y señores, y por favor, no vacilen en acudir a mí si me ven por el edificio; comprobaré si se saben sus Cinco Pilares de la Sabiduría. Si tienen mucha suerte, les ofreceré mi personal Pilar Número Seis.

Me miran desconcertados.

–Pilar Número Seis: si el dinero responde a tu toque mágico, entonces no hay límites a lo que una mujer puede conseguir en esta City. El dinero no entiende de sexos.

14.17 h. Siempre se puede coger un taxi en la parada frente a Warburg's. Siempre, menos hoy. Hoy todos los taxistas participan con entusiasmo en el rally «Hagamos que Kate llegue tarde». Después de siete minutos en el bordillo, sin ponerme histérica, me lanzo delante de un taxi con la luz apagada. El conductor da un viraje brusco para no atropellarme. Le digo que le pagaré el doble de lo que marque el contador si me lleva a la escuela de Emily sin pisar el freno. Lanzada de un lado a otro en el asiento de atrás mientras zigzagueamos por las calles estrechas y atascadas, noto cómo el pulso de la nuca y las muñecas brinca igual que un saltamontes.

14.49 h. El suelo de parquet del vestíbulo de la escuela de Emily fue instalado con el expreso propósito de poner en evidencia a las madres trabajadoras con tacones altos que llegan tarde. Entro repiqueteando en el momento en que el arcángel San Gabriel le comunica la gran noticia a la Virgen María y ella empieza a arrancar la lana del burro que está sentado a su lado. El papel de María lo hace Genevieve Law, hija de Alexandra Law, representante del curso y madre superiora; en otras palabras, alguien que de no trabajar hace un reto. Entre las madres superioras hay una fuerte rivalidad para asegurarse de que su progenie tendrá un papel protagonista. Creedme, no abandonaron aquel puesto en el Consejo o aquella importante serie de televisión para que el pequeño Joshua haga el papel de hermano del posadero, vestido con un jersey de cuello alto de Gap.

–Hacer de cordero fue perfecto el año pasado –exclaman–, pero esta Navidad sentimos, de verdad, que puede hacer algo más estimulante.

Mientras los tres Reyes Magos –un chico pelirrojo y menudo, empujado por dos niñas– cruzan el escenario con sus presentes para el Niño Jesús, la puerta del vestíbulo se abre detrás de nosotros con un chirrido traidor. Un centenar de pares de ojos se vuelven para mirar a una mujer con la cara roja, una bolsa de la compra de Tesco y un portafolios. Mientras se introduce, avergonzada y deshaciéndose en disculpas, en la última fila, Alexandra Law le regala un «chiiit» sonoro e imperioso. Mi simpatía instintiva hacia esta compañera de penurias se ve contrarrestada casi inmediatamente por una fea oleada de gratitud porque, gracias a ella, ya no he sido la última en llegar. (No quiero que otras madres trabajadoras sufran indebidamente. De verdad que no. Sólo quiero saber que todas nosotras la estamos jodiendo por igual.)

En el escenario, el tembloroso gemido de las flautas anuncia el villancico final. Mi ángel es el tercero por la izquierda en la última fila. En esta gran ocasión, Emily tiene la misma concentración impenetrable, la misma arruga inquisitiva en la frente que tenía al salir del útero. Recuerdo que miró alrededor de la sala de partos durante un par de minutos como si dijera: «No, no me lo digáis, lo captaré en un minuto». Esta tarde, flanqueada por chicos inquietos, uno de los cuales está claro que necesita ir al váter, mi niña canta el villancico sin vacilar en ninguna de las palabras y siento una oleada de orgullo que me recorre las costillas.

¿Por qué unos niños que cantan *Away in a Manger* a toda velocidad son mucho más conmovedores que todo el coro del King's College con su afinación perfecta? Hurgo en un recóndito rincón del bolsillo de la chaqueta y saco un pañuelo de papel.

15.41 h. En el refrigerio de la fiesta, hay un puñado de padres camuflados detrás de cámaras de vídeo, pero el vestíbulo desborda de madres, como un enjambre de polillas aleteando en torno a las lucecitas de su vida. En las funciones escolares, las demás mujeres siempre me parecen madres auténticas; nunca creo ser lo bastante mayor ni lo bastante cualificada para ostentar ese título. Noto que mi cuerpo adopta gestos maternales exagerados, como si fuera un mimo. No obstante, la prueba fehaciente de que soy una madre me agarra con fuerza de la mano izquierda e insiste en que me ponga su aureola en el pelo. Emily se siente claramente aliviada y agradecida porque su mamá ha conseguido venir; el año pasado le fallé en el último minuto, cuando unas negociaciones entraron en una fase crítica y tuve que saltar a un avión para ir a Estados Unidos. Le traje una bola de cristal con música, una imagen de Nueva York con nieve que caía al agitarla, comprada en Saks de la Quinta Avenida, como premio de consolación, pero no sirvió. Las ocasiones en que no lo consigues son las que los niños recuerdan en esas otras ocasiones en que sí lo logras.

Estoy deseando escaparme y llamar al despacho, pero no hay forma de evitar a Alexandra Law, que está recibiendo encendidas alabanzas por la Virgen María de Genevieve y por su propio *Lebkuchen* bávaro. Alexandra coge uno de mis pastelillos y lo acuchilla con la uña, desconfiada, a través del azúcar glas que lo recubre, antes de metérselo entero en la boca y anunciar su veredicto en medio de una rociada de migajas.

–Unos pasteles sensacionales, Kate. ¿Bañaste la fruta en brandy o en grapa?

–Oh, un chorrito de esto y otro de aquello, Alex, ya sabes cómo funciona.

Asiente.

–Estaba pensando en pediros a todas que hicierais *stollen* el año que viene. ¿Qué te parece? ¿Tienes una buena receta?

–No, pero sé de un supermercado que sí la tiene.

–¡Ja, ja, ja, ja! Muy bueno. ¡Ja, ja, ja!

Alexandra es la única mujer que conozco que se ríe como si lo tuviera por escrito. Una risa sin alegría, con gran agitación de hombros, al estilo de Ted Heath. Dentro de un segundo me preguntará si ya he pasado a trabajar a media jornada.

–¿Así que ya trabajas a media jornada?

–No. Todavía a jornada completa.

–¡Cielo santo! Francamente, no sé cómo lo haces. Ah, hola, Clara, le estaba diciendo a Kate que no sé cómo lo hace. ¿Y tú?

19.27 h. La tensión de ser un ángel le ha pasado factura a Emily. Está tan agotada que calculo que podré saltarme tres páginas de su cuento sin que se entere. Tengo que seguir con todos los *e-mails* atrasados. Pero justo cuando me salto las páginas, un ojo desconfiado se abre de golpe.

–Mamá, te has equivocado.

–¿Sí?

–¡Te has saltado el trozo en el que Piglet se mete de un salto en el bolsillo de Kanga!

–Vaya, ¿de verdad?

–No te preocupes, mamá. Podemos volver a empezar desde el principio.

20.11 h. El contestador que hay en la mesa al lado del televisor está lleno. Pulso para escuchar los mensajes. Un zumbido procedente del West Country me informa de que KwikToy me devuelve mi llamada sobre los regalos de Navidad no entregados. «Por desgracia y debido a una demanda sin precedentes, no recibirá la mercancía hasta Año Nuevo.»

Dios santo, ¿qué demonios le pasa a esa gente?

A continuación hay un mensaje de mi madre que ocupa la mayor parte de la cinta. No confía en la tecnología y deja pausas para que la persona al otro extremo de la línea responda. Me llama para decir que no nos preocupemos; se las arreglará perfectamente sin nosotros por Navidad. De alguna manera sus palabras tranquilizadoras resultan más desgarradoras que cualquier queja. Es esa serie de golpes, uno, dos, que te deja fuera de combate y que las madres han perfeccionado a lo largo de los siglos; primero hacen que te sientas culpable y luego resentida porque te han hecho sentirte culpable, lo cual hace que te sientas aún peor.

–Os envío unos libros para Emily y Ben por correo y un detalle para ti y para Richard. Espero haber acertado.

Tiene miedo de no acertar en esto igual que en tantas otras cosas.

Después de los tenues reproches de mi madre, es un alivio oír la voz de Jill Cooper-Clark deseándome una feliz Navidad. Dice que siente no haberse organizado para enviar felicitaciones este año, ha estado un poco indispuesta –risas– aunque, por lo menos, su nuevo médico se parece a Dirk Bogarde. Me envía besos y me pide que la llame cuando pueda.

Finalmente, oigo una voz tan vacía de calidez que apenas la reconozco; Janine, una antigua amiga, agente de Bolsa. Janine dejó el trabajo el año pasado cuando la empresa de su marido subió como la espuma en la Bolsa y Graham ganó la clase de dinero que te permite comprar un yate llamado *Tabitha*, que había sido propiedad de un primo de Aristóteles Onassis. Cuando Janine trabajaba, disfrutábamos de la camaradería de viejas compañeras de armas que llevan una casa mientras tratan de cruzar el Territorio del Hombre evitando a los francotiradores. En la actualidad, Janine asiste a clases nocturnas en el Chelsea Physic Garden para aprender a sacar el máximo partido de sus macetas con plantas de temporada. Tiene fundas de verano y fundas de invierno para los sofás, que se cambian en el momento oportuno del año y últimamente ha ordenado las fotografías de toda la familia en álbumes acolchados, que descansan en la mesita del café, en su sala de estar, y despiden olor a cuero y satisfacción. La última vez que le pregunté a Janine a qué se dedicaba, dijo:

–Bueno, ya sabes, me entretengo con un poco de esto, un poco de aquello.

Pues no, no lo sé. Me parece que no me han presentado a ese señor «un poco de esto, un poco de aquello».

Janine telefonea para confirmar si vamos a ir a su cena de Fin de Año. Siente molestarnos. No suena como si lo sintiera. Suena despechada, con la indignación de una anfitriona desdeñada.

¿Qué cena de Fin de Año? Unos minutos excavando en el montón que hay en la mesa del recibidor –folletos de *tandoori*, hojas muertas, un único mitón de color marrón– sacan a la superficie una pila de correo navideño sin abrir. Revuelvo entre los sobres hasta encontrar uno con la dirección escrita con la mejor caligrafía de Janine. Dentro hay un fotomontaje de Graham, Janine y sus hijos, perfectamente apacibles, más una invitación a cenar. «Rogamos respuesta antes del 10 diciembre.»

Entonces hago lo que suelo hacer en estas ocasiones. Le echo la culpa a Richard. (No es necesario que sea culpa suya, pero alguien tiene que cargárselas, si no ¿cómo podríamos soportar esta vida?) Arrodillado en el suelo de la cocina, Rich le está haciendo un reno a Ben con un trozo de cartón y lo que parece el otro mitón marrón. Le digo que ya no somos capaces ni de rechazar las invitaciones a las que no podremos asistir; nuestro ostracismo social es casi absoluto. De repente, siento un desbordante anhelo de ser una de esas mujeres que responden prontamente a las invitaciones, usando un grueso papel de color crema con un reborde William Morris. Y con pluma, no con uno de esos rotuladores verdes resecos que he robado de la caja de lápices de Emily.

Rich se encoge de hombros.

–Déjalo ya, Kate. Vas a volverte loca.

Quizá, pero sería bonito poder elegir.

23.57 h. El baño. El sitio que prefiero en este mundo. Me inclino sobre la bañera vacía y saco los patos y el galeón hundido, despego las letras del alfabeto que, desde que las vocales se fueron por el desagüe del váter, han formado furiosos dictados croatas alrededor del borde *(scrtzchk!)*. Desprendo la toallita de Barbie, medio seca, medio convertida en costra, que empieza a oler a algo que me recuerda vagamente a los renacuajos y luego, comenzando por una esquina, levanto la alfombrilla antideslizante cuyas ventosas se aferran al fondo un segundo antes de ceder con un eructo indignado.

A continuación, entro a saco en el armario, buscando un aceite de baño relajante –lavanda, cohombro de mar, bergamota–, pero siempre ando escasa de desestresantes y tengo que conformarme con algo con burbujas llamado Vitality con limo nuclear. Luego abro el agua caliente, más caliente de lo que se puede soportar; tan caliente que cuando entro en la bañera, mi cuerpo la confunde, por un momento, con agua fría. Me estiro hacia atrás, con la nariz resoplando por encima de la superficie como un caimán. Miro a la mujer que se va desvaneciendo rápidamente en el espejo empañado que hay al lado y pienso que ese tiempo es suyo, de ella sola, excepto por el extraño Barney, el dinosaurio olvidado, que aparece de repente entre sus rodillas con una sonrisa de asesino en serie.

El baño es muy viejo y la porcelana está reticulada de venas azules. Nos quedamos sin dinero después de reformar la cocina, así que la casa está en un orden ascendente de mugre; cuanto más arriba subes, más bajos los niveles. La cocina, de Terence Conran, la sala, de Ikea, el baño, de Moho, el hombre del pantano. Pero sin mis lentillas y a la luz de las velas, la descamación leprosa de la bañera me sugiere un templo de vestales romanas y no los cinco grandes que cuesta el inexistente tratamiento aislante.

Cuando las burbujas se evaporan de mis manos, quedan al descubierto pequeños islotes rosados y escamosos en torno a los nudillos. Ya han empezado a aparecer también detrás de la oreja derecha. Eccema provocado por el estrés, lo llamó la enfermera del despacho. «¿Se te ocurre algo para aliviar algunas de las presiones que hay en tu vida, Kate?» Veamos, un trasplante de cerebro, un premio de la lotería, que reprogramen a mi marido para que comprenda que lo que se deja al pie de la escalera suele tener que llevarse al piso de arriba.

No sé cómo puedo seguir así. Pero tampoco sé cómo parar. No puedo menos que preguntarme si fui demasiado dura con aquella chica de Sri Lanka en la presentación. ¿Momo Nosequé? Parecía bastante amable. Me pidió que fuera sincera. ¿Debería haberlo sido? Entonces debería haberle dicho que el único medio para avanzar en EMF es actuar como uno de los hombres y que, cuando lo haces, te dicen que eres brusca, desagradable y difícil; así que actúas como una mujer, y entonces dicen que eres emocional y difícil. «Difícil» es su palabra para todo lo que no sea ellos mismos. Bah, ya lo aprenderá ella sola.

Si a su edad hubiera sabido lo que sé ahora, ¿habría tenido hijos? Cierro los ojos y trato de imaginar un mundo sin Emily ni Ben; es como un mundo sin música ni luces.

Me sumerjo en el agua e insto a mis pensamientos a flotar libremente, pero parecen estar aferrados como lapas a mi cerebro.

DEBO RECORDAR

Hablar con Paula detallando la nueva y firme manera de abordar los cortes de pelo de los niños/los horarios, etc. Hablar con Rod Task detallando la nueva y firme manera de abordar mi cometido con los clientes; es decir, NO SOY SU GEISHA DE URGENCIAS. Aumento de sueldo: repite después de mí, ¡No Aceptaré Trabajo Extra sin Dinero Extra! Pedir presupuesto para nueva alfombra escalera. Comprar árbol de Navidad y luces con estilo (¿John Lewis o Ikea?). Regalo para Richard *(How to be a Domestic Goddess?)*, familia política (queso o plantas alpinas anunciadas en suplemento color del Times Dom., ¿dónde dejé el recorte?). Cosas para meter en los calcetines de E&B. Caramelos blandos de frutas para Tío Alf. ¿Caramelos antimareo? Pedir a Paula que recoja tintorería. ¿Cuánto por un comprador personal? Hacer glaseado para pastel Navidad; demasiado tarde; comprar hecho. Sellos para postales, primera clase × 30. ¡Quitarle chupete a Ben! ¡¡No olvidar Roo!! Llamar KwikToy, jodida co. de inútiles, y amenazarlos con presentar una demanda. Pañales, biberones, vídeo de *La Bella Durmiente*. ¡¡¡Papanicolau!!! Reflejos. ¿Hámster?

3

FELICES FIESTAS

Puedo lavarme y vestirme, lavar y vestir a dos niños y salir de casa en media hora; puedo hacer malabarismos con nueve divisas diferentes, en cinco zonas horarias diferentes; puedo llegar al orgasmo con discreta eficiencia; puedo preparar y comer una cena de pie mientras hablo por teléfono con la costa Oeste; puedo leerle *Guess How Much I Love You* a Ben mientras escaneo precios en el teletexto, pero ¿puedo conseguir un taxi que me lleve al aeropuerto?

Como parte de un programa de recorte de gastos, Edwin Morgan Forster ya no me envía un coche para llevarme al aeropuerto. Si lo quiero, tengo que pedirlo yo. Anoche reservé un taxi, que esta mañana no ha aparecido. Cuando he llamado para protestar, el tipo del otro lado me ha dicho que lo sentía mucho, pero que no podían enviarme un coche antes de media hora.

–Estamos en hora punta, bonita.

Ya sé que estamos en hora punta; por eso reservé el taxi anoche.

Dice que cree que quizá pueda conseguirme algo para dentro de veinte minutos. Furiosa, rechazo esta insultante oferta y cuelgo el teléfono con rabia. No tardo en arrepentirme, ya que todas las demás compañías a las que llamo o no tienen un coche disponible o me proponen un tiempo de espera todavía más desastroso.

Me estoy poniendo frenética cuando veo una tarjeta sucia, de color bronce, que asoma por debajo del felpudo. Es de una compañía de taxis de la que no he oído hablar en mi vida: «Pegaso. Su chófer alado». Cuando marco el número, el tipo al otro lado dice que viene enseguida. El alivio tiene una corta vida. Como esto es Hackney, lo que aparece en la puerta es «Pegaso. Su chófer colocado». Aparcado formando un ángulo de casi cuarenta y cinco grados con el bordillo, el carro de combate de Pegaso es un Nissan Sunny de impenetrable tristeza, envuelto en velos de nicotina y hachís. Entro, pero es técnicamente imposible respirar allí, así que trato de bajar la ventanilla y sacar la cabeza fuera, como un perro.

–La ventanilla no funciona –me informa el conductor, ateniéndose a los hechos y sin lamentaciones.

–¿Y el cinturón?

–No funciona.

–Sabe que es ilegal, ¿verdad?

Por el retrovisor, Pegaso me lanza una mirada de lástima, una mirada que dice que espabile, que en qué mundo vivo.

Que no se presentara el taxi me ha puesto tan nerviosa que he tenido esa pelea tan, tan estúpida, con Richard. Ha encontrado el cheque de la paga extra de Navidad para Paula, que yo había escondido en la fiambrera de Emily. Ha dicho que no podía entender por qué gastaba más en el regalo de Navidad de la niñera que en los de toda la familia junta.

He tratado de explicárselo.

–Porque si no tengo contenta a Paula, se marchará.

–¿Y eso sería, de verdad, tan terrible, Katie?

–Francamente, sería más fácil si tú te marcharas.

–Entiendo.

No tendría que haberlo dicho así. Fue el maldito cansancio. Siempre te hace decir lo que no quieres decir, aunque lo pienses. Después de eso, Rich se ha quedado sentado en la cocina fingiendo que había encontrado algo fascinante para leer en *Architectural Digest*, mientras se las arreglaba para parecerse a Trevor Howard al final de *Breve encuentro*, todo dignidad animosa y ojos brillantes.

Ni siquiera ha querido mirarme cuando he dicho adiós. Luego Ben se ha puesto de pie en su silla y ha empezado a soltar alaridos pidiendo un abrazo. No. Lo siento. No con mi traje limpio; ¡y tal como estaba Ben! Lleno de mermelada y queso fresco con albaricoque, como si fuera su propia salida de sol.

El taxi se detiene y arranca y se detiene otra vez a lo largo de Euston Road. Si ésta es una de las principales arterias de Londres, entonces Londres necesita un *bypass* coronario. Sus ciudadanos permanecen en sus coches, con un depósito de furia cada vez mayor en el corazón.

Después de pasar King's Cross abro el correo. Hay una tarjeta de mamá, adjuntando el suplemento navideño de una revista: «¡26 recetas para una Navidad mágica, libre de tensiones!». Hojeo las páginas sin dar crédito a lo que veo. ¿Cómo puede nada libre de tensiones incluir caramelizar una chalota?

Continuamos arrastrándonos hacia el oeste, por el paso elevado y más allá de las casas pareadas de ladrillo rojo, una milla tras otra de dentaduras postizas boquiabiertas. Cuando vivía en una casa así, la Navidad era un asunto bastante sencillo. Era un árbol, un pavo granulento, mandarinas en una red naranja, quizá unos dátiles pegados unos a otros en una canoa en forma de palmera y una lata de Quality Street que toda la familia comía mirando el show televisivo *Morecambe and Wise*. El regalo grande te esperaba abajo, al lado del árbol –una casa de muñecas, unos patines, quizá una bici con ruedecillas o timbre– y había un calcetín cuyo peso, intrigante y deforme, descubrías explorando con los pies al final de la cama. Pero la Navidad, como todo lo demás, va a toda marcha. Ahora son las representaciones de *El Cascanueces*, para las que tienes que reservar entradas en agosto, y Kelly Bronze. Cuando oí el nombre por primera vez, supuse que Kelly era uno de esos bebés hinchables de Baywatch, pero resulta que es la única clase de pava que ahora vale la pena comer. Y cuando te has pasado una hora al teléfono, esperando, para suplicar al supermercado que te ponga en lista de espera para Kelly, no tienes más remedio que llevártela a casa y rellenarla. Según mi paga de Navidad, el relleno, que en un tiempo consistía en miga de pan sentado con cebolla cortada a dados y una cucharada de salvia marchita, se ha convertido en «mantequilla *porcini* con arroz rojo y arándanos para reanimar los paladares cansados».

No creo que tuviéramos paladar en los setenta; éramos golosos y teníamos ardor de estómago, que calmábamos chupando pastillas que tenían el color y la textura de una lápida. Tiene gracia, cuando lo piensas, ¿verdad? Justo cuando las mujeres huyen, a millones, del papel de amas de casa, aparecen, de repente, unos alimentos que vale la pena cocinar. Piensa en todos los maravillosos platos que podrías estar preparando, Kate, si estuvieras alguna vez en la cocina.

8.43 h. Pegaso ha elegido un «atajo» para ir a Heathrow. Así que cuando falta una hora y veinte minutos para despegar, aquí estamos, inmóviles, frente a una hilera de carnicerías musulmanas en Southall. Noto que el corazón me va a toda marcha; el pie está pisando a fondo un invisible acelerador.

–Oiga, ¿no puede ir más deprisa? Es absolutamente necesario que llegue a tiempo.

Un tipo joven con un pijama blanco de algodón baja a la calzada delante de nosotros, con un cordero del tamaño de un niño sobre el hombro. Mi conductor frena de golpe y desde la parte delantera del coche me llega una lenta y lacónica frase:

–Verá, señora, es que la última vez que miré, atropellar a la gente seguía estando prohibido por la ley.

Cierro los ojos y me concentro en calmarme. Parecerá que controlo mejor las cosas si aprovecho el tiempo de forma eficaz; llamo a KwikToy (¡Diversión las veinticuatro horas!) por el móvil para quejarme de que los regalos de Navidad no han aparecido.

–Gracias por elegir KwikToy. Lo sentimos, pero nuestras líneas están ocupadas. Atenderemos su llamada en breve.

Típico.

Cojo las hojas que he arrancado de las Páginas Amarillas y empiezo a recorrer la lista de tiendas de animales del norte de Londres. No me produce ninguna sorpresa averiguar que hay una escasez nacional de crías de hámster, aunque quizá quede uno en Walthamstow. ¿Me interesa? Sí.

Cuando por fin consigo comunicar con KwikToy un empleado absolutamente negado parece resistirse a admitir que tengan un pedido mío registrado. Le digo que soy una importante accionista de su empresa y que estamos a punto de replantearnos nuestra inversión.

–Mire –reconoce–, es que ha habido algunas dificultades de entrega, debido a una demanda sin precedentes.

Le señalo que no puede decirse que la demanda sea algo sin precedentes.

–El nacimiento del Niño Jesús, ¿sabe? Llevamos dos mil años celebrándolo. Juguetes y Navidad. Navidad y Juguetes. ¿Le suena de algo?

–¿Quiere un vale, señorita?

–No, no quiero un vale. Lo que quiero es que entreguen mis juguetes inmediatamente para que mis hijos tengan algo que abrir el día de Navidad.

Hay una pausa, se oye un «bip» y resuena un grito:

–Eh, Jeff, tengo aquí una fulana pija montándome el número por el juego de platos y el arrastre perro pastor. ¿Coñoledigo?

9.17 h. Llego a Heathrow con tiempo de sobra para tratar de hacer las paces con el chófer por haberle gritado. Le pregunto cómo se llama.

–Winston –dice, desconfiado.

–Gracias, Winston. Realmente era un buen atajo. Me llamo Kate. Un nombre estupendo, Winston. ¿Como Churchill?

Saborea el momento antes de responder:

–Como Silcott[1].

9.26 h. Mientras me abro paso a empujones por una sala de embarque atestada, recuerdo otra cosa que he olvidado. Tengo que llamar a casa. El móvil está fuera de servicio. ¿Por qué? Pruebo una cabina, que se traga tres monedas de una libra, sin efecto alguno, mientras repite el mensaje: «Gracias por elegir British Telecom».

Finalmente consigo hablar desde un teléfono que funciona con tarjeta de crédito al lado del mostrador de embarque, observada por tres miembros de la tripulación con sus uniformes azul marino.

–Richard, oye; hagas lo que hagas no olvides las medias.

–¿La lencería?

–¿Qué?

–Medias. ¿Me estás hablando de lencería, Katie? ¿Liguero, encaje negro, diez centímetros de muslo cremoso o estamos hablando del viejo y aburrido receptáculo para los regalos de Papá Noel?

1. Winston Silcott, miembro de la comunidad negra condenado a cadena perpetua por el asesinato de un policía en 1987. Fue puesto en libertad en 1991 porque el Tribunal de Apelaciones descubrió que la policía había falsificado los informes del interrogatorio. *(N. de la T.)*

–¿Richard, has estado bebiendo?
–No, pero es una idea, sin duda.
Cuando cuelga, juraría haber oído que Paula le ofrece un Hubba Bubba a Emily.

MI HIJA TIENE PROHIBIDO EL CHICLE.

De: Kate Reddy, Estocolmo
Para: Candy Stratton
Cliente amenaza con dejarnos debido a la preocupante caída de los resultados de los fondos. Les pego un rollo diciendo que los administradores de activos de Edwin Morgan Forster son como Bjorn Borg, jugadores brillantes desde el fondo de la pista, lanzan tiros porcentuales y apuntan a unas victorias constantes a largo plazo; no artistas ostentosos que se queman enseguida, que sólo buscan unos beneficios rápidos y luego cometen dobles faltas. Parece que se lo han tragado. Dios sabe por qué.

Me he ido escapando de la sala de juntas de Bengt Bergman para ir a los lavabos de ejecutivos, encerrarme en el cubículo y utilizar el móvil para llamar a las tiendas de animales en Walthamstow. Hasta hace tres días, las cartas de Emily a Papá Noel no mencionaban un hámster, pero de repente lo ha ascendido hasta el número uno.

Todos los clientes suecos tienen nombres que se parecen a una mala mano de Scrabble. Sven Sjostrom no paraba de coger filetes de arenque de mi plato diciendo que es un apasionado defensor de una «Unión Europea más estrecha».

Típico de mí; tenía que tropezarme con el único hombre no políticamente correcto de Escandinavia.

Ugh, Kate xxxxx

De: Candy Stratton
Para: Kate Reddy
Sven, ¿te veré de nuevo?
Sven, ¿compartiremos preciosos momentos?
¡Adelante, bonita, a por él; te relajará!
Adoro Cistitis xxx

De: Kate Reddy

Para: Candy Stratton

NO ME HACE NINGUNA GRACIA. Recuerda, soy una mujer felizmente casada. Bueno, en todo caso, casada.

De: Debra Richardson

Para: Kate Reddy

Acabo de sufrir una humillación inenarrable a manos –o mejor boca– de una odiosa secretaria escolar en Piper Place (lo sé, lo sé, tengo que dejar esta obsesión por la educación). Sí, podían evaluar a Ruby para una plaza en el dos mil dos, «Pero tengo que advertirle, Mrs. Richardson, que hay más de cien niñas en nuestras listas y que tenemos una política decidida a favor de los hermanos».

¿Tienes algo de Semtex[1]? Hay que detener como sea a esas focas petulantes.

¡¡Vaya novedad!!

De: Kate Reddy

Para: Debra Richardson

Todavía no he apuntado a Em en ninguna escuela. Para cuando me decida, seguro que tengo que acostarme con el director para tener alguna posibilidad de que entre... Problema más acuciante: tengo dos días para hacer que Ben deje el chupete. Mi suegra cree que es un instrumento del diablo, que sólo lo usan los gitanos o la gente de los bajos fondos, que fuman como chimeneas y que «aparcan a los niños delante del vídeo». ¿Qué otra cosa se supone que se puede hacer con los niños en Yorkshire?

He encontrado hámster para Emily. Parece que los hámsteres hembra tienen muy mal genio y, a veces, muerden y se comen a sus crías. ¿Por qué será?

1. Explosivo plástico. *(N. de la T.)*

14.17 h. Ventisca. Vuelo a casa retrasado. Segundos preciosos reservados para compras de último momento en Londres, desaparecidos. Doy una batida por las tiendas del aeropuerto de Estocolmo en busca de regalos de Navidad. ¿Qué preferirá Rich: Reno secado al aire libre o el nuevo vídeo titulado, *Dulces adolescentes suecas en la nieve*? Sigo negándome a comprarle a Emily ese vulgar bebé que hace pipí que sale en la tele durante el desayuno. Llego a un compromiso: muñeca sueca, tipo Barbie, sana, probablemente socialdemócrata, vestida con uniforme caqui de las Fuerzas de Paz.

Nochebuena. Oficinas de Edwin Morgan Forster. Debía de haber imaginado adónde habían ido a parar mis negociaciones para un aumento cuando Rod Task vino por detrás de mi silla, me dio tres palmaditas en el hombro, como si fuera un veterinario preparando a un gato para ponerle una inyección, y me describió como «un miembro altamente valorado de nuestro equipo». Era media tarde, los despojos del día, y el cielo sobre Broadgate tenía color de té.

Rod explicó que no habría primas este año; esa gratificación con la que contaba para acabar con las reformas de la casa y para tantas otras cosas. Eran tiempos difíciles para todos, dijo, pero tenía unas noticias realmente estupendas; iban a plantearme un nuevo e importante reto.

–Creemos que eres la persona ideal para el servicio al cliente, Katie, porque lo haces condenadamente bien. Por lo menos, tienes las mejores piernas.

Australiano, bajo, fornido, con una voz que los otros tíos usan para llamar al camarero, Rod se transportó desde Sidney para incorporarse a EMF como director de marketing hace tres años y medio. Lo trajeron para que se le levantara el lapicero a la firma inglesa. Llegué a pensar que tendría que marcharme. Estaba su incapacidad para mirarme a los ojos y no sólo porque soy cinco centímetros más alta que él; estaba la forma en que hacía comentarios sobre algunas partes de mi cuerpo, como si estuvieran de oferta; estaba su costumbre de acabar cada reunión con la orden «Salid ahí fuera y jodedlos vivos». Unas semanas después, cuando Candy le pidió, con mucha dulzura, si podía traducir esa frase al inglés, pareció perplejo unos segundos y luego sonrió de oreja a oreja: «¡Jodedle al cliente hasta el último centavo!».

Así que iba a tener que marcharme. Pero entonces Emily llegó a los terribles dos años y compré un libro llamado *Cómo domar a tu pequeño*. Fue una revelación. Los consejos para tratar con esas personitas pequeñas, iracundas e inmaduras, que no tienen ni idea de dónde están los límites y que constantemente ponen a prueba a su madre, eran perfectamente aplicables a mi jefe. En lugar de tratarlo como a un superior, empecé a manejarlo como si fuera un niño pequeño y difícil. Cuando veía que estaba a punto de portarse mal, hacía todo lo que podía por distraerlo; si quería que hiciera algo, siempre procuraba que pareciera que era idea suya.

Bien, Rod dice que, a partir de hoy, asumo la responsabilidad de la Salinger Foundation. Sede en Nueva York. Nombre del presidente, Jack Abelhammer. Doscientos millones de dólares de negocio, necesita a alguien de mi talla. Me podré familiarizar con el portafolio durante las vacaciones, claro, y además continuaré haciendo de niñera para todos mis antiguos clientes mientras Rod encuentra a la persona adecuada para hacerse cargo de ellos.

Le pregunto a Rod qué tal es Abelhammer.

–Buen *swing*.

–¿Cómo dices?

–Pero tiene que trabajar el juego corto.

–Ah, golf.

–¿De qué pensabas que hablaba, Kate, de sexo?

Las vacaciones no empiezan, estrictamente hablando, hasta el cierre de hoy, pero las oficinas están prácticamente vacías; oficiosamente estamos en un limbo entre un almuerzo bien regado y un té alcohólico. Cuando vuelvo a mi mesa, Candy está sentada en el radiador bajo la ventana con las piernas estiradas y apoyadas en el respaldo de mi silla. Lleva una asombrosa blusa de color escarlata, medias de malla de color púrpura y brillo de oro en el pelo.

–Bien, déjame que lo adivine –dice–. ¿Se te cagó encima y te ofreciste a limpiarle el culo?

–Perdona –la cojo por los tobillos y le quito los pies de la silla–. En realidad, todo fue muy bien. Rod cree que mis cualidades para tratar con los clientes son un activo importante así que, como voto de confianza, me dan esa enorme fundación toda para mí sola.

–Bien.

Cuando Candy se ríe se vislumbra toda una boca de envidiables dientes americanos.

–No me mires así.

–Kate, aquí, un importante voto de confianza siempre va acompañado de, por lo menos, cuatro ceros detrás, tú ya lo sabes. ¿Qué más ha dicho?

No tengo tiempo de responder, porque Candy se lleva un dedo a los labios cuando Chris Bunce, cabrón residente, pasa tambaleándose hacia los lavabos con un enorme almuerzo por debajo del cinturón. Drogata de envergadura, Bunce se las arregla para parecer al mismo tiempo flaco e hinchado. Desde que le dejé claro, con toda educación, que no me interesaba el contenido de sus calzoncillos, la tensión sexual entre nosotros ha cedido el paso a algunas escaramuzas en broma, con ocasionales asaltos con fuego real cuando consigo un negocio que él quiere. (Los tipos como Bunce entienden el rechazo como un insulto que debe devolverse con interés compuesto, como la deuda del Tercer Mundo.)

Candy señala con un movimiento de la cabeza hacia la figura que se aleja:

–Está entrando un montón de basura en EMF de una y otra manera. ¿También te has ofrecido a limpiarles las oficinas?

–¿Por quién me tomas? Rod ha dicho que no iban a dar primas a nadie.

–¿Y tú te lo has creído? –Candy cierra los ojos y suspira con una sonrisa–. Eso es lo que me encanta de ti, Kate. La economista más inteligente desde Maynard Keynes y todavía piensas que cuando te atracan, te están haciendo un favor.

–Candy, Maynard Keynes era un hombre.

Niega con la cabeza y el oropel emite destellos de luz.

–No lo era. Era homosexual. En mi opinión, las mujeres tenemos que reclamar como propios a todos los tipos, habidos y por haber, que hayan tenido un fuerte lado femenino.

18.09 h. Meterlo todo en el coche para el viaje al norte, a casa de mis suegros, nos lleva por lo menos dos horas. Está la primera hora durante la cual Richard ensambla un agradable rompecabezas de cosas del bebé en el maletero. (Luis XIV viajaba más ligero de equipaje que Ben.) Luego llega el momento en que tiene que encontrar la llave que abre la caja para equipaje, que descansa como un bote volcado en el techo del coche.

–¿Dónde la pusimos, Kate?

Después de diez minutos soltando tacos y abriendo todos y cada uno de los cajones de la casa, Richard encuentra la llave en el bolsillo de la chaqueta.

Después de que Rich me diga que meta a los niños en el coche «ya», siguen veinte minutos de frenética descarga de todo, porque quiere «asegurarse» de que ha metido el esterilizador, aunque «sabe a ciencia cierta» que lo encajó al lado de la rueda de recambio. A continuación, vuelve a cargar el coche, puntuando la actividad con muchos «¡joder!», mientras va metiendo las cosas a presión, unas encima de otras, de cualquier manera, y lo que queda lo incrusta en cualquier espacio disponible en el suelo, entre los pies, delante y detrás. La alfombrilla de cambiar a Ben, fácil de limpiar, la trona portátil, fácil de plegar con su acompañante, el portacunas bermellón, fácil de montar. Baberos, cuencos de melamina de la serie *Thomas the Tank*. Peleles. La mantita de Emily, una trágica madeja de lana amarilla que tiene el mismo aspecto que si la hubieran atropellado varias veces. Siempre viajamos con todo un bestiario de tranquilizadores nocturnos: el amado Roo de Ben, una oveja, un hipopótamo con tutú, un marsupial que es el espeluznante doble del columnista de *The Guardian*, Roy Hattersley. Los chupetes de Ben (que hay que ocultar a los padres de Richard a toda costa). El hámster sorpresa para Emily va escondido en el maletero.

Atados en sus asientos, como cosmonautas esperando despegar, las placenteras riñas entre Emily y Ben pronto ceden el paso al combate cuerpo a cuerpo. En un momento de debilidad –¿cuándo tengo yo un momento de fortaleza?– he abierto la caja de bombones de Papá Noel que guardaba para la mañana de Navidad y les he dado un par, envueltos en papel de aluminio, a cada uno, para que se callen. Como resultado, Emily, que, hace sólo quince minutos llevaba un pijama blanco, ahora parece un dálmata con un bozal marrón alrededor de la boca y churretes de cacao por todas partes.

Richard, que demuestra una indiferencia heroica hacia la limpieza o presencia general de sus vástagos durante once meses y medio al año, de repente me pregunta por qué Emily y Ben tienen un aspecto tan desastroso. ¿Qué va a pensar su madre?

Limpio a los niños con toallitas húmedas de viaje. Tenemos por delante tres horas por la A1. El coche va tan sobrecargado que se bambolea como un barco.

–¿Todavía estamos en Inglaterra? –pregunta una voz incrédula desde el asiento trasero.

–Sí.

–¿Estamos ya en casa del abuelito?

–No.

–Pero yo quiero estar en casa del abuelito.

Al llegar a Hatfield los dos niños están ejecutando una fuga para berrido y lloriqueo. Pongo en marcha la cinta *Carols from King's* y Rich y yo cantamos a pleno pulmón. (Rich es el especialista en el contrapunto y yo hago el papel de Jessye Norman.) Cerca de Peterborough, a ciento treinta kilómetros de Londres, una pequeña y molesta idea se las arregla para abrirse paso entre el montón de estiércol que, en este momento, compone el contenido de mi cabeza.

–Rich, ¿te acordaste de coger a Roo?

–No sabía que se supusiera que tuviera que acordarme de Roo. Pensaba que tú te acordarías de Roo.

Al igual que cualquier otra familia, los Shattock tienen sus propias tradiciones navideñas. Una de ellas es que yo compro todos los regalos para mi lado de la familia y compro todos los regalos para nuestros hijos y para nuestros dos ahijados y compro los regalos para Richard y los regalos para los padres de Richard y para su hermano Peter y para la mujer de Peter, Cheryl, y para sus tres hijos y para el tío de Richard, Alf, que viene desde Matlock el día de San Esteban y que es aficionado a la liga de rugby y que sólo puede comer cosas blandas. Si Richard se acuerda, siempre que las tiendas cierren tarde, él me compra un regalo a mí.

–Así pues, ¿qué hemos comprado para papá? –preguntará Rich durante el viaje a Yorkshire.

El marital «nosotros» quiere decir «tú», y ésa soy yo.

Compro el papel para envolver y el celo y envuelvo todos los regalos. Compro las postales y un montón de sellos normales. Cuando he acabado de escribir todas las postales, imitando la firma de Richard y habiendo escrito algo afectuoso, pero desenfadado, sobre cómo vuela el tiempo y que nos veremos, seguro, durante el Año Nuevo (mentira), es demasiado tarde para ese franqueo y tengo que hacer cola en Correos para comprar sellos para correo urgente. Luego me abro camino a codazos por la sección de alimentación de Selfridges para comprar queso y las pequeñas Florentinas que le gustan a Barbara.

Y cuando llegamos a casa de Barbara y Donald, sacamos todo lo del coche y ponemos todos los regalos debajo del árbol y la comida y las bebidas en la cocina, todos dicen a coro:

–¡Oh, Richard, gracias por traer el vino. No tenías que haberte molestado!

¿Es posible morir de ingratitud?

Misa del Gallo. Santa María, Wrothly. La hierba del prado está tan llena de hielo que es casi musical; hacemos «cling» «chin» durante todo el camino desde el viejo molino de los Shattock hasta la diminuta iglesia normanda. Dentro, los bancos están atestados, el aire es denso, húmedo y aromatizado con aliento vinoso. Sé que se espera que desapruebes a los borrachos que sólo acuden a la iglesia esta única vez en todo el año, pero de pie al lado de Richard, pienso en lo bien que me caen, en lo mucho que los envidio. Sus ruidosos intentos por permanecer en silencio, la sensación de que han venido en busca de calor y luz y un poco de amabilidad humana.

Me mantengo firme, os lo prometo, hasta que llegamos a esa línea de *O Little Town in Bethlehem*, entonces tengo que llevarme ambos guantes a los ojos:

«Above thy deep and dreamless sleep the silent stars go by.»

4

DÍA DE NAVIDAD

5.37 h. Wrothly, Yorkshire. Fuera, todavía es de noche. Los cuatro estamos en la cama juntos en un abrazo tentacular, desparramado. Emily, medio enloquecida de ansia navideña, está rasgando papel de envolver. Ben juega a «ahora estoy, ahora no estoy» con los despojos. Le doy a Richard un paquete de reno secado al aire, dos pares de calcetines suecos (color crudo), un curso de cata de vinos de cinco días de duración en Borgoña y *Cómo ser una Diosa del Hogar* (es una broma). Más tarde, Barbara y Donald me darán un delantal estampado de Liberty's, impermeable, y *Cómo ser una Diosa del Hogar* (no es una broma).

Richard me regala:

1. Ropa interior de Agent Provocateur, sostenes rojos con puntos negros en realce y una copa de balconcillo por encima de la cual asoman los pezones como si fueran guerreros medievales con casco oteando por encima del parapeto. Y también un artilugio combinado de bragas y liguero que parece ribeteado con una red de pesca de arrastre.
2. Carnet de socia del National Trust[1].

Ambos regalos pertenecen a la categoría de lo que yo llamo «regalos PFC»: «Por favor, cambia». Emily me regala un fantástico despertador de viaje. En lugar de timbre, tiene un mensaje grabado por ella: «¡Despierta, mamá, despierta, dormilona!».

Le regalamos a Emily un hámster (hembra, pero que se llamará Jesús), una bicicleta de Barbie, una casa de muñecas Brambly Hedge, un perro robot con control remoto y un montón de cosas va-

1. Organismo encargado de velar por la conservación del patrimonio y de los espacios naturales de interés especial. *(N. de la T.)*

rias de plástico que no necesita. Emily está entusiasmada con la Barbie de las Fuerzas de Paz que compré en el último minuto en el aeropuerto de Estocolmo hasta que abre el regalo de Paula: un bebé que hace pipí, algo que yo había prohibido expresamente.

A riesgo de caer en la histeria, procuramos abrir la mayoría de regalos de los niños en la habitación, para que mis suegros no se sientan abrumados por el excesivo derroche metropolitano («¡Qué forma de despilfarrar el dinero!») y la escandalosa manera de malcriar a los niños («En mis tiempos, podías considerarte afortunado si te regalaban una muñeca con la cara de porcelana y una naranja»).

Hay cosas que resulta más difícil silenciar. Por ejemplo, es difícil fingir ante los abuelos que tu hija sólo ve vídeos de uvas a peras, cuando durante el desayuno, la niña repite, palabra por palabra, todas las canciones de *La Sirenita*, y añade alegremente que la versión en DVD tiene una melodía más. En la mesa, detecto otra fuente de conflicto cuando le recuerdo a Emily que deje de jugar con la sal.

–Emily, el abuelo te ha pedido que dejes eso.

–No, no exactamente –dice suavemente Donald–. Yo le he mandado que dejara el salero. Ésa es la diferencia entre mi generación y la tuya, Kate; nosotros mandábamos, vosotros pedís.

Unos minutos más tarde, de pie frente a los fogones, removiendo los huevos revueltos, noto de repente que Barbara se cierne sobre mí. Le resulta difícil ocultar su incredulidad ante el contenido de la sartén.

–Dios mío, ¿a los niños les gustan los huevos resecos?

–Sí, así es como se los preparo siempre.

–Ah.

Barbara está obsesionada con lo que come mi familia, tanto si se trata de la falta de verduras en la alimentación de los niños como de mi extraña resistencia a hacer comidas de tres platos completos al día.

–Tienes que recuperar fuerzas, Katharine.

Y ninguna reunión familiar de los Shattock estaría completa sin que mi suegra me acorralara en el rincón de las violetas africanas al lado de la despensa para decirme entre dientes:

–¡Qué delgado está Richard, Katharine! ¿No es verdad que está muy delgado?

Cuando Barbara dice «delgado» esa palabra engorda inmediatamente; se vuelve pesada, jadeante, acusadora. Cierro los ojos y procuro recurrir a las reservas de paciencia y comprensión que no tengo. La mujer que está delante de mí dotó a mi marido del ADN que le da una permanente silueta de recambio de boli y, treinta y seis años después, me culpa a mí por ello. ¿Creéis que es justo? Pero yo estoy por encima de esos desaires a mi calidad de esposa, sea ésta la que sea.

–Pero Richard *es* delgado –protesto–. Rich era flaco cuando nos conocimos. Fue una de las cosas que me gustaron de él.

–Siempre fue delgado –admite Barbara–, pero ahora es todo huesos. Cheryl dijo en cuanto lo vio bajar del coche: «¿No te parece que Richard tiene mal aspecto, Barbara?».

Cheryl es mi cuñada. Antes de casarse con Peter, el hermano contable de Richard, Cheryl era algo en la cooperativa de viviendas de Halifax. Desde que tuvo el primero de sus tres hijos en 1989, Cheryl se ha convertido en miembro de lo que mi amiga Debra llama la «Mamifia»; esa poderosa camarilla de madres organizadas que se quedan en casa. Tanto Cheryl como Barbara tratan a los hombres como si fueran ganado que necesita unas cuidadosas atenciones. Ninguna Navidad en la familia Shattock estaría completa sin que Cheryl me preguntara si mi elegante jersey Joseph de cachemira con cuello vuelto es del popular British Home Stores o si de verdad no pasa nada porque Richard esté arriba bañando a los niños él solo.

Peter ayuda mucho menos en la familia que Richard, pero con los años he acabado por darme cuenta de que a Cheryl le encanta y que incluso fomenta la inutilidad de su marido. En la vida de Cheryl, Peter representa el valioso papel de «la cruz que tengo que soportar». Toda mártir necesita un Peter que, con el tiempo, pueda ser entrenado para no saber cuáles son sus propios calzoncillos.

Las cosas que yo doy por supuestas en Londres aquí se consideran de un igualitarismo demencial.

–*Somme* –dice Richard triunfante en la adversidad, mientras cruza la cocina con un abultado pañal cuyo perfume a albaricoque está perdiendo la batalla contra el hedor que lleva dentro.

(Rich ha creado un sistema de clasificación para los pañales de Ben: un incidente menor es un *Tant Pis*, una carga media es un *Croque Manure*, mientras que algo total, que necesita siete toallitas limpiadoras es un *Somme*. Una vez, pero sólo una vez, tuvimos un *Krakatoa*. En fin, no pasa nada, salvo si estás en un aeropuerto griego.)

–Desde luego, en nuestros tiempos, los padres nunca echaban una mano –dice Barbara, mostrando su desaprobación–. No hubieras conseguido que Donald se acercara a un pañal. Sería capaz de conducir un par de kilómetros para alejarse de uno.

–Richard es fantástico –digo, cautelosa–. No podría arreglármelas sin él.

Barbara coge una cebolla roja y la trocea a cuartos con furia.

–Hay que cuidarlos un poco, a los hombres. Son flores delicadas –dice, cavilosa, apretando el cuchillo hasta que la cebolla rompe a llorar silenciosamente–. ¿Puedes remover esa salsa, por favor, Katharine?

Cheryl entra y empieza a descongelar palitos de queso y volovanes para la fiesta de mañana.

Me siento muy sola cuando Barbara y Cheryl cotorrean juntas en la cocina, aunque yo también esté allí. Supongo que así es como fue durante siglos. Mujeres haciendo lo que hay que hacer e intercambiando miradas de complicidad y suspiros indulgentes sobre los hombres. Pero yo nunca he formado parte de la Mamifia; no conozco el código, las contraseñas, los apretones de manos especiales. Yo espero que un hombre –mi hombre– haga el trabajo de las mujeres, porque, de lo contrario, yo no puedo hacer el trabajo de un hombre. Y aquí arriba, en Yorkshire, el orgullo que siento por conseguirlo, el hecho de que puedo lograr, y logro, que nuestra vida siga bien encarrilada, aunque sea por los pelos, se convierte en agria desazón. De repente, comprendo que una familia necesita muchos cuidados, un lubricante que haga que siga funcionando suavemente; mientras que mi pequeña familia sólo avanza a sacudidas y los frenos están empezando a chirriar.

Richard vuelve a entrar en la cocina, sin pañal, me rodea la cintura con los brazos, me levanta hasta sentarme en la encimera, apoya la cabeza en el hueco del cuello y empieza a juguetear con mi pelo. Igual que Ben.

–¿Feliz, cariño?

Suena como una pregunta, pero en realidad es una respuesta. Rich es feliz aquí, lo sé, con el ajetreo femenino y el calor de las cosas en el horno y sin que yo tenga que acudir al teléfono cada cinco minutos.

–Es muy hogareño, mi Richard –dice Barbara, orgullosa.

Le digo a Rich, sólo a medias en broma, que le habría ido mejor casándose con alguna niña bien con un superrepertorio de pasteles de frutas.

–No lo hice porque me hubiera muerto de aburrimiento. Además –dice acariciándome la mejilla y poniéndome un rizo de pelo detrás de la oreja–, si necesitamos pastelillos, conozco a una mujer increíble que es capaz de falsificarlos.

Después de la comida de Navidad con los Shattock, lo único que quiero es acurrucarme con Leonardo DiCaprio en *Titanic*, que dan por la tele, pero en cambio, acabo convirtiéndome en la sombra de Ben alrededor de la sala, mientras él se lanza encima de frágiles mesas auxiliares, mordisquea cables eléctricos o coge a puñados almendras plateadas. Considero el peligro de negarle las almendras, arriesgándome así a una rabieta embarazosa («¿Es que ni siquiera puede controlar a su propio hijo?») o permitirle seguir adelante y atragantarse, poniendo así en peligro su vida y la alfombra de Barbara y Donald.

Consigo escaparme mientras Ben hace la siesta. Tumbada en la cama con mi portátil, tecleo un *e-mail* para otro mundo.

De: Kate Reddy, Wrothly, Yorkshire

Para: Debra Richardson

Queridísima Debs, ¿qué tal te ha ido?

Todos los elementos de la Navidad tradicional están aquí: rollos de salchicha, villancicos, sutiles recriminaciones. Suegra muy ocupada preparando paquete de comida de urgencia para hijo abandonado por insensible zorra de la City (yo).

Sabes que siempre digo que quiero estar con mis hijos. Bueno, de verdad que es así. Algunas noches, si llego demasiado tarde para acostar a Emily, voy al cesto de la colada y huelo su ropa. ¡Los echo tanto en falta! Nunca se lo había dicho a nadie. Y luego, cuando estoy con ellos, como ahora, su exigencia de mí es demasiado exigente. Es como tener toda una relación amorosa condensada en un único fin de semana: pasión, besos, lágrimas amargas, te amo, no me dejes, tráeme una copa, te gusta más él que yo, llévame a la cama, tienes un pelo adorable, abrázame, te odio.

Agotada, flipada, necesito volver al trabajo lo antes posible para tener un descanso. ¿Qué clase de madre tiene miedo de sus propios hijos?

Wrothlymente tuya,

Kate xxxxxxx

Estoy a punto de pulsar ENVIAR, pero pulso BORRAR. Hay cosas que no se pueden confesar, ni siquiera a tu mejor amiga. Ni siquiera a ti misma.

5

BOXING DAY[1]

Bueno, superamos los días de buena voluntad bastante bien, salvo el almuerzo del día de San Esteban. He olvidado el origen de *Boxing Day*, pero la sensación de que quieres invitar a tus seres queridos, de uno en uno, a salir afuera para darles un buen puñetazo en la cara, ¿tendrá algo que ver?

De todos modos, fue todo culpa mía, según dijo Richard, y no se equivocaba del todo, pero alego que hubo flagrante provocación. Siempre que estamos en casa de mis suegros, es como si los niños se convirtieran en granadas de mano. En cualquier momento, la espoleta puede soltarse y explotarán encima de la *chaise-longue eau-du-nile* o vaciarán todo un armario de hueveras Royal Worcester. Rich y yo corremos tras ellos, saltando para atrapar objetos que caen, como el servidor de un equipo de críquet bajo la postrera luz de un partido internacional ya sentenciado.

12.03 h. Hoy es la fiesta anual de los Shattock. Barbara me ha puesto a cargo de los frutos secos; anacardos, pistachos, cacahuetes, para los niños mayores. El dinero de Donald es reciente, es propietario de una cadena de tiendas de artículos de deporte por todo el norte, pero hace todo lo posible, como cualquier inglés que se precie, en lograr que el dinero parezca antiguo. Como quien planta musgo en un sendero recién abierto. Sus hijos fueron los primeros Shattock que estudiaron en una escuela privada, pero fueron a la mejor.

Mientras voy colocando los frutos en los pequeños aguamaniles de cristal de la familia, pienso en lo agradecida que me siento por

1. *Boxing Day* (26 de diciembre) significa «día de las cajas»; se dan propinas o pequeños regalos a los carteros, sirvientes, etc. Significa también «día de boxeo». *(N. de la T.)*

ser útil, mientras que un sentimiento bastante más complicado hace que me duela el pecho. Como acidez, pero todavía no he comido nada. La Navidad en casa de los Shattock es muy difícil para mí; aquí estoy yo, en el seno de una familia relativamente normal y cada Navidad desde mi niñez reverbera en mis huesos. Sólo tengo que oír a Harry Belafonte cantando *Mary's Boy Child* por Radio 2 y me traslado allí, con papá tambaleándose en la cocina, de vuelta del *pub*, trayéndole a mi madre alguna ofrenda en son de paz; un espumoso camisón de encaje de la talla equivocada, un reloj de oro que le ha conseguido un colega del mercado. Mi padre siempre hacía su entrada como si fuera una estrella de cine, absorbiendo todo el aire disponible en la habitación. Julie y yo nos quedábamos, respirando apenas, detrás del sofá, rogando que mamá volviera a perdonarlo, que lo aceptara de nuevo y pudiéramos tener la clase de Navidad que se supone que han de tener las familias, esa Navidad que tiene la familia de Richard.

Llevo algunos frutos a la gran sala en forma de L, con las cristaleras que dan al jardín. Un radiante Donald me coge del brazo y me presenta a uno de sus compañeros de golf. Sesentón, lleva una chaqueta deportiva y una camisa roja con una corbata apenas menos abigarrada que una carta de ajuste.

–Jerry, te presento a mi nuera, Katharine. Katharine es una mujer de carrera, ¿sabes? Ha conservado su propio apellido. Muy moderna.

Jerry se anima.

–Ah, entonces, ¿viajas por tu trabajo, Katharine?

–Sí, voy mucho a Estados Unidos y...

–Entonces, ¿quién cuida de Richard mientras tú estás fuera?

–Richard. Quiero decir, Richard cuida de Richard. Y de los niños. Y tenemos una niñera que cuida de los niños y... Bueno, todo funciona de alguna manera.

Jerry asiente, ausente, como si le acabara de traer noticias de algún acueducto minoico.

–Ah, eso es maravilloso. ¿Conoces a Anita Roddick, la del Body Shop?

–No, yo...

–Hay que reconocérselo, ¿verdad? Todo ese pelo. Asombroso para su edad. Y ni un gramo de más. Con frecuencia se abandonan cuando llegan a ese momento de la vida, ¿no?

–¿Quién?

–Las italianas.

–No sabía que Anita Roddick fuera italiana...

–Claro que sí. Hay una mujer en nuestra calle, clavada a Claudia Cardinale cuando era joven, antes de que los macarrones con queso dieran cuenta de ella. ¿En qué dijo Donald que trabajabas?

–Soy gestora de fondos; invierto dinero en nombre de los fondos de pensiones y de las compañías...

–Siempre digo que no puede uno equivocarse mucho con Bradford and Bingley. Cuentas de depósito a treinta días, con disponibilidad instantánea.

–Suena bien.

–Supongo que los tuyos son los que nos quieren meter en ese condenado euro, ¿no?

–No...

–Antes de que nos demos cuenta, Katharine, Gordon Brown[1] hará que paguemos en nuestro viejo *pub* con un puñado de marcos de los boches. ¿Para qué ganamos la guerra? A ver, dime para qué.

Hay un momento en estas conversaciones navideñas en el que la persona que eres el resto del año, y que está luchando por salir a respirar a través de todos los envoltorios y grasas saturadas, salta al exterior de repente, como el alienígena del pecho de John Hurt.

–En realidad, Jerry –digo con voz más alta de lo que quería–, la entrada en el euro dependerá del nivel de desequilibrios fiscales, del progreso en la reforma de la oferta y del estado de la Cuenta del Capital. En cualquier caso, la economía global está en manos de Alan Greenspan y la Reserva Federal, así que deberíamos mirar más a Estados Unidos que a Europa.

1. Ministro de Finanzas británico y miembro del gobierno laborista que quería imponer el euro a un público británico poco favorable a esa medida. *(N. de la T.)*

Jerry retrocede y choca con un armario lleno de porcelana que tintinea como las campanillas de un trineo.

–Bien, me ha encantado hablar contigo. Richard es un tipo con suerte. Oye, Barbara, tu Richard se lo ha montado bien. Tu Katharine podría ir a *Countdown*[1], tiene una buena cabeza sobre los hombros y una carita bonita para hacerle compañía.

Aprieto con fuerza un vaso de jerez entre los dedos, salgo por las puertas cristaleras y caigo, agradecida, en el mordiente aire del jardín. Me siento en una roca. Vamos, Kate, ¿por qué has aplastado a ese animoso vejete ahí dentro? Estabas alardeando. Alardeando de que no eres sólo otra rubia con jersey y chaqueta a juego. No tenía mala intención. ¿Cómo iba a saber el pobre Jerry qué clase de mujer soy, qué extraña nueva especie? En Londres, en Edwin Morgan Forster creen que me aparto de la norma porque tengo una vida fuera de la oficina. Aquí, piensan que soy un bicho raro por tener un trabajo en lugar de una vida.

Ayer, le dije a Barbara que a Emily le encantaba el brécol. Y no tengo ni idea de si es verdad o no. En EMF, por otro lado, finjo que leo la columna Lex de *Financial Times* cada día antes de ir al trabajo, aunque si lo hiciera de verdad, a veces no podría arrancar esos trece minutos con Emily en el autobús repasando su ortografía, charlando, cogiéndonos de la mano. Los agentes dobles mienten para vivir.

15.12 h. La familia al completo –Donald, Barbara, el resto de los adultos y un amplio surtido de nietos– está cruzando el prado, haciendo crujir la hierba, abriéndose camino entre las vacas. Una fuerte escarcha ha convertido las boñigas en tapetes de blonda; los niños les saltan encima, liberando el asqueroso líquido verde que hay debajo. El cielo es como un estropajo Brillo que va frotando las nubes hasta que, de repente, las taladran los rayos del sol, como focos inverosímiles. Estoy admirando la calidez que el sol derrama sobre las colinas de delante cuando suena mi móvil. De forma simultánea, las vacas y Barbara abren al máximo unos ojos de largas

1. Programa parecido a *Cifras y letras*. (*N. de la T.*)

pestañas como si fueran Elizabeth Taylor fingiendo que está escandalizada.

–¿Qué es ese horrible ruido, Katharine?

–Lo siento, Barbara, es mi teléfono. ¿Diga? ¿Sí, diga?

Una voz de hombre rebota en un satélite y cae a los valles. Es Jack Abelhammer, el cliente americano que Rod me dio como premio de consolación por no haberme aumentado el sueldo. La voz está llena de sarcasmo *wasp* (los yanquis no pueden entender esa costumbre de los perezosos británicos que se toman toda una semana de vacaciones entre Navidad y Año Nuevo). Todavía no conozco personalmente a Mr. Abelhammer, pero suena como si fuera capaz de hacer honor a su nombre y yo estuviera a punto de convertirme en un clavo bien clavado[1].

–Por todos los santos, Katharine Reddy, no hay nadie en su oficina. Llevo dos horas intentándolo. ¿Ha visto lo que ha pasado con Toki Rubber Company?

–Me parece que se me ha pasado, Mr. Abelhammer. Por favor, recuérdemelo.

Gana tiempo, Kate. Gana tiempo.

EMF compró recientemente un buen montón de acciones para el fondo de Abelhammer en Toki Rubber de Japón. Ahora resulta que el genio que hizo el trato pasó por alto que Toki Rubber es propietaria de una pequeña empresa de Estados Unidos que fabrica colchones para cunas. Los mismos colchones que han sido retirados del mercado en Estados Unidos después de que los científicos establecieran una posible relación con la muerte súbita. Mierda, mierda y mierda.

Abelhammer dice que cuando ayer abrió el mercado en Tokio, el precio cayó un quince por ciento. Se hundió en un cráter. Puedo notar cómo se me encoge el estómago en el mismo porcentaje.

–Esas acciones venían fuertemente recomendadas por ustedes –me espeta Abelhammer. Me lo imagino, un magnate de sienes pla-

1. En un juego de palabras, *Ablehammer* puede traducirse por «martillo hábil». *(N. de la T.)*

teadas y entrecejo fruncido, en alguna torre neoyorquina–. ¿Qué va a hacer exactamente al respecto? Miss Reddy, ¿me oye?

Sacadas con sobresalto de su ensoñación diurna, un par de vacas se me han acercado para explorar con el morro mi chaqueta impermeable Barbour prestada. Pase lo que pase, tengo que evitar que mi cliente más importante se entere de que me está lamiendo una vaca.

–Mire, Mr. Abelhammer, lo que tenemos que evitar a toda costa es una reacción instintiva. Por supuesto, necesito unos días para hacer un análisis detallado. Y evidentemente, voy a hablar con nuestro analista japonés. Como probablemente sabe, Roy es el mejor del sector –(Mentira. El analista es el yonqui de Romford que ahora está de vacaciones en Dubai, follándose a una bailarina de *striptease* que se levantó en Faringdon Road. Posibilidades de sacar a ese desgraciado mequetrefe de la cama: cero.)–. Y le llamaré con un plan de acción bien meditado.

Desde el otro lado del prado, invadiendo el helado silencio transatlántico de Abelhammer, flota la voz de mi suegra, clara como la campana de una catedral:

–Realmente, esos americanos no tienen absolutamente ningún sentido de la tradición.

19.35 h. De vuelta en casa me pongo a quitar restos de boñiga de los pantalones Mini Boden de Emily. Pana fina de color lila. (Paula parece haber hecho las maletas para una semana en Florida, no en Yorkshire. Tendría que haberlas hecho yo.) Cheryl entra en la sala y hace una mueca. Sus hijos iban vestidos de poliéster de lavar y poner de color marrón.

–Lo encuentro tan absolutamente práctico... –dice.

2.35 h. Hay alguien inclinado sobre nuestra cama. Me incorporo, alargo la mano buscando el interruptor de la luz. Es mi suegro.

–Katharine, hay un tal Mr. Hokusai al teléfono, llama desde Tokio. Parece muy ansioso por hablar contigo. Por favor, ¿podrías cogerlo en el estudio?

La voz de Donald es aterradoramente calmada, como si estuviera reprimiendo todo lo que podría decir. Cuando paso a su lado, tambaleándome, enarca una ceja plateada. Me veo en el espejo del vestíbulo y me doy cuenta de que no llevo camisón. Llevo los sostenes Agent Provocateur.

3.57 h. Emily vomita. La excitación, creo; demasiados bombones Tweenies más una ración desacostumbrada de mamá. Acabo de dejar el teléfono después de hablar con la empresa japonesa de caucho y estoy metiéndome en la cama junto a un Richard que ronca cuando oigo un chillido en la habitación de al lado, como el de un animal al que estuvieran acosando en sueños. Entro y encuentro a Em sentada en la cama, tapándose la oreja izquierda con la mano. Hay vómito por todas partes: en el camisón, en el edredón –Dios mío, el edredón de Barbara–, en la mantita, en la oveja y en el hipopótamo, incluso en el pelo. Me mira con un horror lleno de súplica; Emily odia cualquier pérdida de dignidad.

–Voy a vomitar, mamá; no dejes que vomite otra vez –me ruega.

La cojo en brazos, la llevo al cuarto de baño y la sostengo encima del váter, inclinándola para que no toque el borde como mi madre hacía conmigo. Noto la palma de la mano fría al contacto con su frente; noto cómo se le tensa el estómago de repente y luego se le relaja cuando sale lo que quedaba dentro. Luego, después de desnudarnos las dos, tomamos un silencioso baño juntas y la peino para quitarle los arándanos del pelo.

Después de buscar camisones limpios, cambiar las sábanas y arropar a Emily, quito lo mejor que puedo la sucia ensalada rusa de la funda del edredón de Barbara y lo dejo en remojo en la bañera; luego me tumbo en el suelo al lado de la cama de mi hija y hago una estimación de las pérdidas por si Abelhammer está tan furioso como para que la Salinger Foundation deje Edwin Morgan Forster. Una cuenta de doscientos millones de dólares. Caerán cabezas. Y en mi cabeza ni siquiera hay reflejos. No hubo tiempo. Ayer Emily me regaló un dibujo que había hecho de mí.

–Ah, ¿mamá lleva un bonito sombrero marrón? –exclamé.

–No, tonta, la parte de arriba de tu pelo es marrón y la de abajo, amarilla.

Me sorprendo al notar cómo unas enormes lágrimas de niña pequeña empiezan a caerme por las mejillas y se me meten dentro de las orejas.

8.51 h, 27 de diciembre. Emerjo a la superficie. Me siento como un buzo con botas de plomo. Emily sigue dormida. Le toco la frente; mucho más fresca. Abajo, Barbara guarda un silencio desaprobador y lanza continuas miradas, cargadas de intención, al reloj.

–Katharine, espero que no pienses que me meto donde no me llaman, pero tienes que maquillarte un poco antes de bajar. No querrás que Richard piense que hemos dejado de esforzarnos, ¿verdad? Los hombres se fijan enseguida en ese tipo de cosas.

Le digo que lo siento, pero que he estado levantada casi toda la noche con Emily y que, en realidad, no he dormido. Noto cómo me clava la mirada; esa mirada fría y calibradora que me echó la primera vez que Rich me llevó a su casa; como se miraría a una vaquilla en una feria de ganado.

–Ya sé que eres paliducha, incluso en tus mejores momentos, cariño –reconoce alegremente–. Pero un toque de colorete puede hacer maravillas. Personalmente, no puedo elogiar lo bastante Autumn Bonfire de Helena Rubinstein. ¿Una taza de té?

No tenía intención de describirme como el principal sostén de la familia durante el almuerzo de San Esteban. Sólo salió así. Había una conversación generalizada en torno a la mesa sobre los buenos propósitos de Año Nuevo y Donald –justo, pero melancólico, como Bernard Hepton en *Colditz*– dijo que quizá Katharine podría trabajar un poco menos los próximos doce meses. Habría estado bien –galante, amable, incluso solícito– si mi cuñada no hubiera añadido con un bufido:

–Para que los niños puedan identificarla en una rueda de reconocimiento.

¡Vaya! Estaba claro que Cheryl había tomado una copa de tinto de más y lo que yo tenía que hacer era estar por encima de todo eso. Pero después de tres días de mostrarme obligadamente humilde, como debe serlo una buena esposa, no me sentía capaz de estar por encima de nada. Y fue entonces cuando empecé una frase con las palabras:

–Como principal sostén de mi familia...

Una frase que nunca llegué a acabar porque, cuando miré las asustadas caras en torno a la mesa, me pareció más seguro dejar que muriera como un toque de clarín.

Donald se empujó las gafas hacia arriba de la nariz y se sirvió nabos, algo que sé que no soporta. Barbara se llevó la mano a la garganta como para tapar el oscuro sonrojo escandalizado que se extendía por debajo. No habría sido peor si hubiera anunciado que llevaba implantes de mama, o que era lesbiana o que me gustaba Alan Bennet. Todos ellos trastornos de orden natural.

Rich, entretanto, se esforzaba valientemente por fingir que había dicho Sauternes en lugar de sostén y servía generosas raciones de ese vino a todos sus parientes.

–El problema contigo, Kate –me dijo más tarde en nuestra habitación, contemplándome sentado en la cama, mientras yo preparaba una maleta para mi reunión de crisis en Londres–, es que crees que si la gente tiene los datos correctos aceptará tu análisis de la situación. Pero ellos no quieren tus datos. La gente, los padres, llegan a una edad en la que la nueva información les asusta, en lugar de ayudarles. No quieren saber que ganas más que yo. Para mi padre es algo literalmente impensable.

–¿Y para ti?

Baja los ojos y fija la mirada en los cordones de los zapatos.

–Bueno, para ser sincero, a mí también me resulta bastante difícil.

13.06 h. La calefacción del tren a Londres se ha estropeado y las ventanas del vacío vagón están recubiertas de escarcha. Me uno a la cola para el bufet. Todos mis compañeros refugiados de Navidad están ansiosos de alcohol. O bien no tienen familia o están huyendo de un exceso de familia, situaciones ambas solitarias y estimulantes.

Compro cuatro miniaturas; whisky, Bailey's, Bailey's y Tia Maria. Hace sólo unos minutos que he vuelto a mi asiento cuando oigo el zumbido del móvil en el bolso. Por el número veo que es Rod Task. Antes de responder, tomo la precaución de sostener el aparato lejos de la oreja.

–A ver, ¿puedes explicarme cómo compramos esa mierda de acciones de no sé qué mierda de empresa japonesa que fabrica una mierda de colchones que matan a niños? ¡Por Dios! Joder, Katie, ¿me oyes?

Le digo que me gustaría poder oírle, pero que se corta la comunicación y que estamos a punto de entrar en un túnel. Pulso CERRAR. Mientras mezclo el segundo Bailey's con el whisky se me ocurre que quizá la razón de que me dieran a Salinger como cliente es que alguien sabía que Toki Rubber estaba a punto de irse a paseo y me cargaron el muerto. Eres una ingenua, Kate, una ingenua.

Pocos segundos después, Rod llama de nuevo para que él y yo tengamos una conferencia telefónica con el apabullante Abelhammer de Nueva York. Mientras le ofrezco las habituales garantías a un cliente que está a cinco mil seiscientos kilómetros de distancia, observo cómo mis palabras se elevan en anillos humeantes de pura palabrería. Con un dedo enguantado, dibujo una palabra en el cristal escarchado: RICH.

–¿Esperas que te toque la lotería, bonita? –dice el camarero con acento de Liverpool, señalando la ventana, cuando viene a recoger las botellas vacías.

–¿Cómo? Ah, Rich no es dinero –le digo–, es un hombre. Rich es mi marido.

DEBO RECORDAR: BUENOS PROPÓSITOS AÑO NUEVO

Reorganizar el equilibrio trabajo-vida para tener una existencia más feliz y sana. Levantarme una hora antes para maximizar el tiempo disponible. Pasar más tiempo con los niños. Aprender a ser yo misma con los niños. ¡No dar por sentado a Rich! Invitar más a los amigos a almorzar los domingos y todo eso. ¿¿Actividad relajante?? Aprender italiano. Aprovechar mejor Londres: teatros, la Tate Modern, etcétera. Dejar de cancelar los tratamientos antiestrés. Organizar un cajón de regalos como una madre bien organizada. Tratar de volver a la talla 38. ¿Preparador personal? Llamar a amigos, confiar en que se acuerden de mí. Jengibre, pescado azul, nada de cereales. ¿Sexo? Nuevo lavavajillas. Autumn Bonfire de Helena Rubinstein.

6

EL TRIBUNAL DE LA MATERNIDAD

Un silencio denso, como de iglesia, llena la sala con paneles de roble. En el banquillo de los acusados hay una rubia bien entrados los treinta, con un camisón de algodón blanco y unos sostenes rojos claramente visibles debajo. Cuando se enfrenta a los caballeros del tribunal, ladea la cabeza como un perro de caza que ha encontrado el rastro. La mujer parece exhausta pero desafiante. No obstante, de vez en cuando, cuando se rasca detrás de la oreja derecha, se os podría perdonar que pensarais que está a punto de echarse a llorar.

–Katharine Reddy –dice el juez con voz sonante–, comparece ante el Tribunal de la Maternidad esta noche acusada de ser una madre trabajadora que compensa excesivamente con cosas materiales no estar en casa con sus hijos. ¿Cómo se declara?

–Inocente –dice la mujer.

El fiscal se pone en pie de un salto.

–Por favor, ¿puede decirle al tribunal, Mrs. Shattock, creo que ése es el nombre correcto, puede decirle al tribunal qué les regaló a sus hijos, Emily y Benjamin, para Navidad?

–Bueno, no me acuerdo exactamente.

–No se acuerda –dice, sarcástico, el acusador–. Pero sería acertado decir que se compraron regalos por un valor aproximado de cuatrocientas libras, ¿no es así?

–No estoy segura.

–Para dos niños pequeños, Mrs. Shattock. ¡Cuatro... cien...tas libras! ¿Estoy también en lo cierto al afirmar que, después de decirle a su hija Emily que Papá Noel le compraría una bicicleta de Barbie o una casa de muñecas Brambly Hedge o un hámster con una jaula dotada de bebedero plegable, fue y le regaló las tres cosas mencionadas más un muñeco bebé Beanie por el que había mostrado interés durante una breve parada en una estación de servicio cerca de Newark?

–Sí, pero primero le compré la casa de muñecas y luego ella escribió a Papá Noel y dijo que quería un hámster...

–¿Es igualmente cierto que su madre política, Mrs. Barbara Shattock, le preguntó si a Emily le gustaba el brécol y usted le dijo que le encantaba, aun cuando en aquel momento no estaba segura de que fuera así?

–Sí, pero no podía decirle a la madre de mi marido que no sabía si a mi hija le gustaba el brécol.

–¿Por qué no?

–Porque es la clase de cosas que las madres saben.

–¡Hable más alto! –exige el juez.

–He dicho que las madres saben esa clase de cosas.

–¿Y usted no?

La mujer nota cómo se le hace un nudo en la garganta y cuando traga no tiene humedad alguna en la boca, sólo una especie de capa de cartón. Piensa que ése es el sabor que tendría si tuviera que tragarse sus palabras. Cuando empieza a hablar de nuevo, lo hace en voz muy baja.

–A veces no sé qué les gusta a los niños –admite–. Quiero decir, las cosas que les gustan cambian de un día para otro, incluso de una hora para otra. Ben no podía soportar el pescado y luego, de repente... Verán, es que no siempre estoy allí cuando cambian. Pero si le hubiera dicho eso a Barbara, habría pensado que no soy una madre como es debido.

El fiscal se vuelve hacia el jurado, con una sonrisita de complicidad en su larga y pálida cara:

–Ruego al tribunal que observe que la acusada prefiere mentir a sufrir cualquier bochorno.

La mujer mueve la cabeza con rabia. Apela al juez:

–No, no, no. Eso es muy injusto. No es bochorno, Su Señoría. No puedo describirlo. Es como vergüenza, una profunda y visceral vergüenza, como no ser capaz de reconocer tus propias manos o cara. Mire, sé que no hay manera alguna de que Richard, Richard es mi marido, bueno no hay manera alguna de que Richard sepa si a

Emily le gusta el brécol o no, pero que él no lo sepa parece normal. Que una madre no lo sepa parece antinatural...

–Exacto –dice el juez, anotando las palabras «antinatural» y «madre» y subrayándolas.

–Evidentemente –dice la mujer rápidamente, temiendo haber dicho demasiado–, evidentemente, no quiero malcriar a mis hijos.

Vemos cómo se queda callada. Parece estar pensando. Por supuesto que quiere malcriar a sus hijos. Con desesperación. Necesita creer que, por lo menos en esto, les va mejor que ella no esté con ellos. Quiere que Emily y Ben tengan todas las cosas que ella nunca tuvo. Pero eso no puede decírselo a los hombres del tribunal. ¿Qué sabrán ellos de presentarse a la escuela primaria el primer día de clase con un jersey de un tono verde equivocado, porque tu mamá lo compró en la tienda de Oxfam y todos los demás en la clase llevan el jersey del nuevo color gris plomo comprado en Wyatt & More? Sabe que ellos no tienen ni idea de lo que significa no tener nada.

Se aclara la voz y se esfuerza por dar con el tono frío y carente de emoción que, como le ha enseñado la experiencia, los hombres respetan.

–¿Para qué trabajo tanto si no es para comprarles cosas a mis hijos, cosas que les produzcan placer?

El juez la mira por encima de sus gafas de media luna.

–Mrs. Shattock, no es asunto del tribunal entrar en el terreno de las especulaciones filosóficas.

–Bien, quizá debería serlo –dice la mujer, frotándose con rabia detrás de la oreja derecha–. Ser una buena madre consiste en algo más que en saber perfectamente qué verduras prefieren sus hijos.

–¡Silencio! ¡Silencio en el tribunal! –dice el juez–. Que comparezca Richard Shattock.

«Oh, no, por favor, que no llamen a Richard. Rich no testificaría contra mí, ¿o sí?»

SEGUNDA PARTE

7

FELIZ AÑO NUEVO

Lunes, 5.57 h. –Yyyyy abre el mundo. Yyyyy cierra el mundo. Abre el mundo yyy cierra el mundo.

Estoy de pie en medio de la sala, con las piernas bien abiertas y los brazos por encima de la cabeza. En cada mano sostengo una pelota, una de esas cosas blandas que parecen la cabeza de un pulpo gigante. Con las pelotas, tengo que dibujar un círculo en el aire.

–Yyyyy abre el mundo, yyyyy cierra el mundo.

La persona que me está diciendo esto es una cincuentona alocadamente jovial, que lleva un cristal colgado de una cadenita al cuello. Probablemente dirige una liga para la protección de animales; unos animales que a nadie más le importaría lo más mínimo que murieran atropellados: ratas, murciélagos, comadrejas. Fay es la preparadora personal que he contratado para que me ayude con mi programa intensivo de ejercicios y relajación del nuevo año. La contraté por teléfono en la Juno Academy of Health and Fitness. No es barata, pero imagino que ahorraré mucho si puedo volver a meterme en mi ropa de antes del embarazo. Además, debe de resultar menos caro que apuntarme a gimnasios a los que nunca tengo tiempo de ir.

–El único ejercicio que haces, Kate, es levantar tu billetero con todas esas tarjetas de socia de clubes de salud que llevas dentro –dice Richard.

Es injusto; injusto y cierto. Según una estimación conservadora, mi ejercicio de natación anual en el más reciente de los clubes, metido con calzador entre un almuerzo en Conundrum y una entrevista de negocios en Blackfriars, me salió a 47,5 libras el largo de piscina.

Bueno, pues allí estaba yo esperando que llegara Cindy Crawford, vestida de lycra rosa y ¿qué me encuentro al abrir la puerta?

Pues, a Isadora Duncan con un loden verde. Una criatura fantástica con el pelo arremolinado, mi preparadora personal exhibía la clase de capa doble que antes sólo vestía Douglas Hurd cuando era secretario de Asuntos Exteriores.

–Me llamo Fay –dijo y, de una de esas bolsas enormes donde Mary Poppins guarda su perchero, sacó lo que llamó «mis bolas Chi».

Hacer girar las bolas Chi en círculos lentos y pacientes no es exactamente lo que yo tenía en mente. Pregunto si podríamos pasar a otra cosa y trabajar en mi barriga.

–¿Sabe?, es que me hicieron una cesárea y tengo todos esos colgajos de piel que no quieren desaparecer.

Fay se estremece ante la interrupción, impaciente como un galgo en un concurso de perros pastores.

–Mi enfoque está dirigido a la persona completa, Katya. Puedo llamarte Katya, ¿verdad? Verás, una vez que hayamos liberado la mente, podremos pasar al cuerpo, iremos presentando gradualmente una parte a otra hasta que establezcamos una conversación armoniosa.

–Mira –le digo a Fay con toda la armonía que puedo conseguir–, en realidad, estoy increíblemente ocupada; así que si pudiéramos limitarnos a decir: «Hola, músculos de la barriga, ¿os acordáis de mí?», sería estupendo.

–No hace falta que me digas que estás muy ocupada, Katya. Es fácil verlo en el peso de tu cabeza. De verdad que tienes una cabeza muy pesada. Una pobre cabeza estresada. Y los ligamentos de la nuca. ¡Flojos! ¡Muuy flojos! ¡Flojíííísimos! Apenas pueden sostener tu pobre cabeza. Y esto a su vez está sometiendo la parte inferior de la región lumbar a una presión verdaderamente intolerable.

Vaya, y yo que pensaba que pagabas a este tipo de gente para que te hicieran sentir mejor. Después de treinta minutos con Fay, me siento como si mi siguiente cita fuera con un embalsamador. Ahora me pide que me tumbe de espalda, que extienda los brazos por encima de la cabeza y finja que estoy sobre un potro de tortura. Mi mente deriva hacia imágenes de traidores encerrados en la Torre de Londres, a quienes su viejo torturador personal les arranca los secretos a veinticinco libras la hora. Según Fay, este ejercicio realineará mi columna vertebral, esa columna que es una de las más lamentables y con peor forma que Fay ha visto en su vida.

–Eso es, eso es, Katya. Excelente –dice con una radiante sonrisa–. Ahora, lleva los brazos lentamente hacia delante por encima de la cabeza y repite después de mí: «Si com... petimos, no estamos com... pletas. Si com... petimos, no estamos com... pleetas».

7.01 h. Se marcha Fay. Desaparece una presión auténticamente insoportable. Me regalo un cuenco de aritos de frutos y miel; no puedo hacer ejercicios y privarme de cosas en una misma mañana. Sentada a la mesa de la cocina, me doy cuenta de repente de un sonido desacostumbrado, como el zumbido seco y áspero de una radio. Miro alrededor en busca de su origen. Me cuesta un par de minutos identificarlo; es el silencio. El sonido de la nada me grita en los oídos. Tengo cinco minutos para mí sola, absórbelo, antes de que Emily y Ben aparezcan gritando por la puerta.

Después de las vacaciones, siempre noto un nerviosismo especial ante las exigencias de mis hijos. Lejos de estar satisfechos por el tiempo que hemos pasado juntos, parecen hambrientos, con un hambre de atención tan devoradora como si fueran recién nacidos. Es como si cuanto más tuvieran de mí, más se acordaran de lo mucho que quieren. Puede que sea así con todos los apetitos humanos. Dormir provoca sueño; comer despierta el hambre; follar aviva el deseo. Está claro que mis hijos no han captado el principio de Calidad de Tiempo. Desde que volvimos de casa de los padres de Richard, cada vez que salgo por la puerta es igual que cuando *los niños del ferrocarril*[1] ven cómo se llevan a su padre a la cárcel. La cara de Ben es un globo rojo e hinchado lleno de angustia. Y Emily ha empezado a tener aquella horrible tos de perro por la noche; tose y tose hasta vomitar. Cuando se lo comenté a Paula, me dijo para tranquilizarme: «Lo que busca es atención», en un suave tono triunfal. (Dando a entender que le faltaba atención, claro.)

1. *The Railway Children* es una historia para niños muy conocida, escrita por Edith Nesbit. *(N. de la T.)*

Luego están las demandas constantes de Emily para que juegue con ella, siempre en los momentos más inconvenientes, como si me estuviera poniendo a prueba y al mismo tiempo esperando que fallara. Como esta mañana, cuando voy desesperada porque tengo hora con el médico y viene y se me cuelga de la falda.

–Mami, veo, veo; veo algo que empieza por be.

–Ahora no, Em.

–Venga, pooor favooor. Algo que empieza por be.

–¿Bollo?

–No.

–¿Ballena?

–No.

–¿Balanza?

–No.

–No lo sé, Emily, me rindo.

–¡Bídeo[1]!

–Vídeo no empieza por be.

–Sí que empeza.

–Sí que empieza.

–Sí que empieza por be.

–No, empieza por uve. Uve como ventana, uve como volcán, uve como violento. Si eliges la letra correcta, Emily, te ahorrarás un montón de tiempo.

–Katie, dale un respiro; sólo tiene cinco años –dice Richard, que ha bajado con el pelo todavía húmedo de la ducha y ahora está recortando con cuidado una máscara de Cruella de Vil de la caja de Frosties.

Lo miro furiosa. Típico de Richard no respaldarme. No sabe cómo presentar un frente unido.

–Bueno, si yo no la corrijo, ¿quién va a hacerlo? No esas ulemas de la escuela que creen que todas las formas de ortografía son igualmente válidas.

–Kate, es «Veo, veo», por todos los santos. No «¿Quiere ser millonario?».

1. En inglés, la *b* y la *v* se pronuncian de forma distinta. *(N. de la T.)*

He observado que Rich ya no me mira como si estuviera simplemente loca. Un cierto parpadeo, mirándome de reojo y arrugando la frente, parece indicar que está sopesando cuánto más puede esperar antes de llamar a una ambulancia.

–Para ti, todo se reduce a una competición, ¿no es así, Kate?

–Todo es una competición, Rich, por si no te habías dado cuenta. Alguien que quiere quedarse con tus canicas, alguien que quiere una Barbie de una versión especial, más bonita, alguien que quiere robarte a tu mayor cliente sólo para demostrar que tú no podías con él.

Mientras vacío el lavavajillas, pienso en Fay y en su absurdo mantra. ¿Cómo era?

«Si competimos, no estamos completas.» Tendría que ponerlo a prueba en las oficinas de Edwin Morgan Forster. «Si no competimos, la jodimos y en la calle nos pudrimos.»

–Mami, ¿puedo ver un *bídeo*? Poor favooor, ¿puedo ver un *bídeo*?

Emily se ha subido a la encimera de granito y me está poniendo un pasador de Barbie en el pelo.

–¿Cuántas veces te he dicho que no vemos *bídeos*, Dios, vídeos a la hora del desayuno?

–Kate, en serio; lo que necesitas es aflojar la marcha.

–No, Richard, lo que necesito es un helicóptero. Tengo hora en el médico y voy a llegar diez minutos tarde y eso hará que llegue incluso más tarde a mi conferencia telefónica con Australia. El número del taxi Pegaso está en el tablero, ¿puedes llamar? Y diles que no envíen a aquel tío tan raro con el Nissan Sunny.

Richard es una persona más agradable que yo, todo el mundo puede verlo. Pero en cuanto a sufrimiento, a amarga experiencia, lo supero y llevo ese conocimiento como un cuchillo clavado. ¿Por qué soy mucho más dura con Emily que él? Supongo que porque tengo miedo de que Richard quiera criar a nuestros hijos para vivir en una Inglaterra que ya no existe. Un lugar donde la gente dice, «Usted primero» en lugar de «Yo primero», un lugar mejor y más amable, seguro, pero no es un lugar donde yo haya vivido ni trabajado nunca.

Rich tuvo una infancia feliz. Y una infancia feliz es una preparación maravillosa; en realidad, es el único aprendizaje conocido para llegar a ser un adulto feliz. Pero las infancias felices no sirven de una puta mierda para la lucha y el éxito; el sufrimiento y el rechazo y tener que hacer cola bajo la lluvia para coger el autobús, eso sí alimenta esas cosas. Consideremos, por ejemplo, la trágica falta de astucia de Richard, cobrar de menos repetidamente a clientes que le dan pena o su demencial optimismo que le ha llevado recientemente a comprar ropa interior erótica para una esposa que, desde el nacimiento de su primer hijo, ha ido al lecho nupcial con una camiseta XXXL con el dibujo de un perro salchicha.

Los niños te hacen eso. Él es papá y yo soy mamá y encontrar el tiempo para ser Kate y Richard, para ser tú y yo, bueno eso ha desaparecido del orden del día. El sexo aparece ahora bajo el epígrafe «Otros», junto con los permisos de aparcamiento y una nueva alfombra para la escalera. Emily –entonces no debía de tener más de tres años– nos encontró una vez besándonos en la cocina y la emprendió contra sus padres como si fuera la reina Victoria descubriendo a un lacayo con el dedo metido en el oporto.

–No hagáis eso. Me da dolor de barriga –dijo entre dientes.

Así que no lo hacemos.

8.17 h. Pese a mi clara petición, Coches Pegaso ha vuelto a enviarme el Nissan Sunny. El asiento trasero está tan húmedo que se podría montar un cultivo de hongos. Tensando los músculos de los muslos y las nalgas y levantándome la falda de lana gris de Nicole Farhi, hago todo lo que puedo por quedar unos centímetros por encima del moho.

Cuando le pregunto al conductor si podría encontrar un camino más rápido para la consulta del médico, responde subiendo tanto el volumen de la música que me empiezan a temblar las mejillas debido a esos sonidos que tienen la fuerza de una galerna. (¿Será esto *rap gangsta*?)

Después de mi intento por ser amable con Winston antes de Navidad, no pienso hablar con él de nuevo. Pero cuando estoy esforzándome por salir del coche, se vuelve y, en medio de una exhalación de humo amarillo, me dice:

–Espero que ahí dentro tengan algo lo bastante fuerte para tratarla, señora.

Menudo descaro. ¿Qué quiere decir con eso? Las cosas no mejoran cuando entro a ver al doctor y le pido mi abastecimiento anual de la píldora. El doctor Dobson teclea en su ordenador y la pantalla empieza a destellar con una luz verde de emergencia como si yo fuera alguna retorcida mente criminal buscada por la CIA.

–Ah, Mrs. Shattock, veo que no se ha hecho el Papanicolau desde... Veamos, ¿desde cuándo?

–Bueno, me hice uno en el noventa y seis y rompieron la muestra; quiero decir que se rompió y dijeron que se había roto durante el transporte y me pidieron que volviera de nuevo. Pero, claro, yo ya había venido y voy muy apurada de tiempo, así que, por favor, ¿podría darme mis píldoras?

–¿Y no ha tenido ni un momento durante los últimos cuatro años para pasar a hacerse otra prueba?

Un basset con forma humana, el doctor Dobson tiene esa solicitud de ojos húmedos tan común en los perros y en quienes tienen una profesión con vocación social.

–Pues no. Quiero decir, hay que llamar para pedir hora y esperar siglos porque parece que nunca contestan al teléfono y...

Recorre con el dedo mis notas y se detiene en una fecha hacia la mitad.

–Y en una ocasión se olvidó de cancelar la visita.

–Taiwan.

–¿Cómo dice?

–Estaba en Taiwan. Es difícil cancelar una visita cuando estás en mitad de la noche en otro hemisferio y no dispones de una hora para colgarte del teléfono confiando que la recepcionista en Drayton Lane por pura curiosidad lo cogerá.

El doctor se tira nerviosamente de la corbata; es beige y parece tejida con hebras sueltas.

–Ya veo, ya veo –dice y está claro que no lo ve en absoluto–. Mire, creo que no sería sensato por mi parte recetarle otro año de

Microgynon hasta que se haya hecho la prueba, Mrs. Shattock. Como habrá oído, el gobierno está adoptando una posición muy activa en la salud uterina.

–¿El gobierno piensa que sería mejor que tuviera otro hijo?

Mueve la cabeza tristemente, con un gesto negativo.

–Yo no lo expresaría así. Lo que el gobierno quiere es animar a las mujeres a evitar una enfermedad que puede poner en peligro su vida, sólo tienen que hacerse una simple prueba.

–Mire, si tengo otro hijo, me moriré.

Dios mío, no puedo creer que haya dicho eso. ¿Qué has querido decir, Kate?

–No hay necesidad de alterarse, Mrs. Shattock.

–No estoy alterada –insisto con voz un poco demasiado estridente–. Lo que sucede es que soy una mujer muy ocupada que no quiere tener más hijos en este momento, si a usted no le importa. Así que, ¿podría darme mis píldoras?

El doctor anota algo, lenta y cuidadosamente, con un boli antiguo que tiene un pegote de tinta en la punta. Le da a cada palabra que escribe un borrón por adelantado. Me pregunta si tengo otros síntomas.

–Pero si no estoy enferma.

–¿Duerme bien? ¿Qué tal duerme?

Por vez primera desde que la Demencial Fay llegó a las seis de la mañana, mis rasgos se relajan lo suficiente como para formar una sonrisa.

–Veamos, tengo un hijo de once meses al que pronto le saldrán los dientes. El sueño no es algo que vaya incluido en el contrato, ¿verdad?

El doctor Dobson me devuelve la sonrisa, pero con arrugas en las comisuras de los labios, unas arrugas que encierran la sonrisa entre comillas. Me doy cuenta de que la expresión de su cara podría describirse adecuadamente como expresión de un «prolongado sufrimiento». ¿Quién sino un médico tiene una tan dilatada experiencia en el sufrimiento? La cantidad de dolor que debe de haber visto. De todas formas, me dice que vaya en cualquier momento en que crea que lo necesito. En cualquier momento. Dice que llamará a la enfermera enseguida para ver si puede arreglárselas para hacerme el Papanicolau ahora.

–Seguro que dispone de diez minutos, ¿verdad?

Seguro que no, pero me quedo.

Oficinas de Edwin Morgan Forster. 9.06 h. Llego tarde y muriéndome de ganas de ir al lavabo. Tendré que esperar. Tengo que entregar siete informes sobre fondos después de haber hablado con doce gestores diferentes antes del miércoles. También tengo que presentar un dossier detallado sobre el fiasco de la Toki Rubber Company japonesa antes del miércoles. Entonces Rod Task se acerca a mi mesa y me dice que tengo que ir y salvar mi carrera haciéndole una buena mamada a Jack Abelhammer en Nueva York, mira por dónde, el miércoles. No estoy segura de que dijera una «mamada», pero sin ninguna duda dijo: «De rodillas, preciosa».

De: Kate Reddy

Para: Candy Stratton

Estupendo comienzo de día. Frotis. Igual que practicar el sexo con el Hombre de Hojalata. ¿No pueden hacer esa maldita sonda de goma o es que entonces se encontrarían con largas colas de pobres mujeres como yo esperando para que se lo hicieran dos veces a la semana?

He llegado dieciséis minutos tarde y me he encontrado con Guy en mi mesa diciéndole a todo el mundo que estaba casi seguro de que Kate llegaría en algún momento. Me he sentido como la Mamá Osa y quería rugir: «¿Quién se ha sentado en mi silla?». No he dicho nada. No he querido darle esa satisfacción a ese gusano.

Además, tengo que ir a N Y a «apaciguar» al cliente. No conozco a Jack Abelhammer pero ya lo odio.

De: Candy Stratton

Para: Kate Reddy

Querida Desdémona, tendrías que vigilar a Guy «Yago» Chase. No pierdas el pañuelo, cariño. Tiene tantas ganas de quedarse con tu puesto que le duelen las encías.

P. D.: Me he follado al Espantapájaros sin cerebro y al León cobarde (sáb. noche, Nobu), pero nunca he probado con el Hombre de Hojalata. Able Hammer suena prometedor.

De: Kate Reddy

Para: Debra Richardson

Me alegra saber que sigues viva después de Navidad. Yo no estoy segura de estarlo. (¿Cómo saberlo?) Siento lo de la rodilla de Felix y la infección de oído de Ruby. ¿Podría alguien, por favor, acuñar una nueva palabra para vacaciones con niños que no signifique:

a) vacaciones

b) descanso

c) placer?

¿infiernociones?

K xxxxx

14.35 h. Justo cuando voy a entrar en la reunión del Grupo Europeo, llama Paula. Dice que le parece que ha cogido el virus intestinal que Emily tuvo en Navidad. ¿Puede marcharse antes hoy? Pienso: «No, es algo totalmente impensable, es mi primer día de trabajo después de dos semanas enteras». Digo:

–Sí, claro, pobrecita, tienes una voz horrible.

Llamo a Richard a su despacho. Está en una reunión para diseñar no sé qué Pagoda de la Paz para la British Nuclear Fuels. Dejo un recado urgente pidiéndole que vaya a casa lo antes posible y se quede de guardia.

20.12 h. Me escapo a casa a tiempo para acostar a Emily. Choco con Richard en el recibidor. Dice que no, que todavía no ha hecho lo del nuevo permiso de aparcamiento. Sí, les ha lavado el pelo a los dos. Corro escalera arriba. Estoy ansiosa por hacer las paces con mi hija después de lo dura que he estado esta mañana con lo del «Veo, veo». Toda dulzura y calidez, mi hija enrolla un mechón de mi pelo en su dedo.

–¿Quién es tu Tweenie favorito, mamá?

–No lo sé, cariño.

–Milo es el más grande.
–Vaya. ¿Qué has hecho hoy en la escuela, tesoro?
–Nada.
–Estoy segura de que sí. ¿Qué has hecho, Em?
–Veo, veo; veo algo que empieza por ge.
–¿Gato?
–No.
–¿Golosina?
–No.
–Veamos, ¿qué podrá ser? ¿Gobot?
–¡Siiií! ¡Qué lista eres, mamá!
–Lo intento, cariño, de verdad que lo intento.

DEBO RECORDAR

Cartas de agradecimiento. Cortar árbol de Navidad y esconderlo en bolsas de basura para que se lo lleven los basureros que no quieren llevarse árboles. (No es parte de nuestro trabajo, guapa.) Cheque para la clase de Bouncy Babies (noventa y cuatro libras el trimestre, es más barato apuntarse a un curso de formación de astronautas). Nuevas mallas de ballet para Emily (azules, no rosas). Buscar osteópata para ver «cabeza pesada». Llamar mamá, devolver llamada hermana o confirmaré su opinión de que soy una tía pija que ha perdido contacto con sus raíces. ¡REFLEJOS! Caducidad pasaporte; Dios mío, por favor, no. Pedir a amigo en la onda qué es *gangsta rap*. Ningún amigo en la onda. Hacer amigo en la onda. Válvula cisterna abajo ¿Richard? Canguro Sáb./Miér. Pagar cuenta periódicos, leer periódicos atrasados, llamar agencia para niñera temporal si Paula sigue enferma. Ver asombrosa nueva peli de kung-fu *¿Tigre Sentado?*, *¿Dragón Dormido?* Cortar uñas Ben. Etiquetas nombre, hora dentista, llamar Juno Academy of Fitness y contratar preparador personal que reduzca barriga en lugar de expandir alma. Pastel Teletubbies cumpleaños Ben ¿dónde? Ejercicios Kegel. ¡Devolver vídeo *Blancanieves* biblioteca! Solicitudes escuelas Emily. ORGANIZARME. Ser más amable y más paciente con Emily para que no crezca siendo una psicópata insatisfecha. PRESUPUESTO

PARA NUEVA ALFOMBRA ESCALERA. Llamar Jill Cooper-Clark. Vida social: invitar gente almorzar domingo. ¿Simon y Kirsty? ¿Alison y Jon? Pensar planes para vacaciones medio trimestre. ¿Ya? Sí, ya. Fiesta piscina el domingo para «Jedda». ¿Averiguar si niño o niña? Vaciar vejiga más a menudo. Prepararme para reunión Jack Abelhammer.

8

PROBLEMAS DE DENTICIÓN

Martes, 4.48 h. Un chillido en la habitación de Ben. Un chillido de películas de vampiros. La tercera vez esta noche, ¿o es la cuarta? Los dientes de nuevo. Y ya hemos superado el límite legal de Calpol. Probablemente, me desenmascararán en *News of the World* como «Madre sin entrañas droga a su hijito para poder dormir». Tienen razón al decir que te han partido la noche, partida en pedazos, sin posibilidad de recomponerla. Te arrastras de vuelta a la cama y te echas procurando montar el rompecabezas del sueño con sólo la mitad de las piezas. Quizá volverá a dormirse solo. Por favor, que se duerma solo. Es siempre a esas horas, cuando la oscuridad empieza a volverse plateada con los primeros indicios de luz, cuando empiezas a hacer tratos desesperados con Dios. «Oh, Dios mío, si haces que vuelva a dormirse, te prometo que...»

¿Qué? Seré una madre mejor, no volveré a quejarme nunca, saborearé cada gramo de sueño que consiga desde ahora hasta el día de mi muerte.

No, no vuelve a dormirse. Los gemidos experimentales de Ben que dicen «¿estás ahí?» han cedido el paso a un aria de Pavarotti a pleno pulmón. (*Nessun Dorma* significa «Que nadie duerma», ¿no es así?) El manual te dice que tienes que dejar que el niño llore, pero Ben no lo ha leído. No sabe que después de cuarenta minutos de llanto continuado, el bebé se calmará. El libro dice que Ben puede tener problemas de apego; yo creo que acaba de averiguar que la mamá que no está ahí durante el día, sí que está disponible para los mimos nocturnos.

Mi cerebro está dispuesto a dejar la cama, pero mi cuerpo remolonea como un adolescente perezoso. A mi lado, Richard acostado boca arriba, con las manos cruzadas sobre el pecho, exhala suspiros de tamaño gigantesco. Duerme como un bebé. (¿Quién diablos se habrá inventado esa expresión?)

Al subir la escalera siento como si llevara aparatos ortopédicos. A través de la ventana del rellano distingo la terraza de las casas más allá de nuestro jardín, con sus espectrales ojos ciegos. Algún madrugador enciende la luz en una cocina y la habitación queda iluminada con un resplandor azafrán como una cerilla. Las ventanas ofrecen una vista bastante buena de la riqueza de la gente que vive dentro; nuestra zona está al nordeste de la City, así que muchos financieros astutos, entre ellos yo, nos hemos trasladado aquí y nos hemos arruinado arreglando unas ruinas victorianas húmedas y que se caen a pedazos. Nuestras casas son las que tienen las ventanas al descubierto, porque los dueños prefieren unas contraventanas que les ha costado una fortuna restaurar, mientras que nuestros vecinos más pobres siguen conformándose con cortinas como debe ser u ocultan sus asuntos detrás de visillos como velos. En los setenta, las parejas como nosotros arrancaron todos los accesorios victorianos –hogares, cornisas, baños con retorcidas garras de animal en cada esquina– en nombre de la modernidad y ahora nosotros, en nombre de un nuevo tipo de modernidad, hemos pagado una fortuna para que volvieran a instalarlos. ¿Será una coincidencia que gastemos mucho más de lo que nuestros padres gastaron nunca en mejorar y volver a diseñar nuestras casas, unas casas en las que cada vez pasamos menos tiempo porque estamos ganando el dinero necesario para esos grifos franceses cromados y esos suelos de madera de roble? Es como si la casa se hubiera convertido en una especie de escenario preparado para una obra que, un día, esperamos protagonizar.

Arriba, me encuentro a Ben sacudiendo los barrotes de la cuna. Sonríe y tiene un hilo de baba que le cae, como si hiciera *puenting*, desde el extremo de la barbilla y le baja hasta la entrepierna del pelele, donde se queda, refulgente, girando en la oscuridad.

–Hola, diablillo. ¿Sabes qué hora es?

Lo saco de la cuna y, desbordado por la alegría de nuestro encuentro, prueba un incisivo recién estrenado en mi cuello. ¡Ayy!

Yo no quería un niño. Después de Emily, imaginé que mi cuerpo sólo podía hacer otras como ella y, además, estaba más que satisfecha con tener otra niña; bonita, independiente, complicada como un reloj.

–Los chicos son como demasiado –anunció Candy en un almuerzo para compañeras de trabajo hace ahora un año.

Mi bombo era tan enorme que el encargado del bar tuvo que traer una silla porque no podía meterme entre el sofá y la mesa como todo el mundo. Todas nos reímos, con una risa nerviosa, incontrolable, pero teñida de triunfo; la risa de los celtas cuando supieron que el tiempo de los romanos tocaba a su fin. Pero luego, tres días más tarde, me lo dieron en la sala de partos. ¡Él! Algo tan pequeño, enfrentándose a la enorme e increíble tarea de convertirse en un hombre y lo adoré. Lo adoré a la velocidad del rayo. Y él nunca tenía bastante de mí. Todavía sigue sin tener bastante. La madre de un niño de un año es una estrella de cine en un mundo sin críticos.

De repente noto cuánto pesa, mi bebé; ese flexible cuerpo se está llenando para hacerse un niño. Unos muslos tan compactos y regordetes como un guante de boxeo. Lo llevo al sillón azul, le cojo la mano y empiezo a tararear su canción favorita:

> La lavanda es azul, mi tesoro, la lavanda es verde,
> cuando yo sea rey, mi tesoro, tú serás reina.

Las madres la llevan cantando desde hace siglos y nadie tiene ni idea de qué significa. Las canciones de cuna son un poco como la propia maternidad; algo que se hace instintivamente en la oscuridad, aunque se sienta que su propósito es algo mágicamente claro.

Noto cómo cada parte de Ben se relaja, y su peso se desplaza, como arena, dentro del pelele hasta que queda distribuido de forma uniforme encima de mi pecho. Hay que encontrar el momento preciso, hay que adivinar cuándo la somnolencia se ha convertido en sueño. Me pongo de pie y voy sigilosamente hacia la cuna, sin soltarlo hasta el último segundo. Ya está. ¡Aleluya! Entonces, justo cuando pienso que lo he logrado, abre los ojos de golpe. El labio inferior le tiembla unos segundos como a Rick al ver a su perdida Ilsa en *Casablanca*, luego toda la boca forma una temblorosa O y los pulmones se llenan de aire para repetir el chillido.

(Los bebés nunca te prorrogan el crédito. Tienen un desdén tiránico por la justicia. No conceden tiempo alguno por los mimos recibidos, ni libertad condicional por las largas horas de cuidarlos por la noche. Puedes responder a su grito un centenar de veces y a la ciento uno te formarán, sin dudarlo, consejo de guerra por desertora.)

–Está bien, está bien, mamá está aquí. No pasa nada, estoy aquí.

Volvemos al sillón azul, le cojo la mano y empiezo el ritual del sueño una vez más.

5.16 h. Ben se ha dormido por fin.

5.36 h. Emily me pide que le lea un libro llamado *Little Miss Bussy*. No.

7.45 h. Paula ha vuelto hoy y se siente mucho mejor, gracias a Dios. Le pido que se acuerde del pastel de los Teletubbies para el cumpleaños de Ben el viernes y también de las velas. Y que no se exceda con las galletas, por si las otras mamás son intransigentes ayatolás antiazúcar. (El año pasado, Angela Brunt proclamó una *fatwa* contra las pasas.) Paula me pide más dinero, suficiente para comprar comida para una fiesta en Buckingham Palace, pero no me atrevo a discutir.

8.27 h. Cuando llego a Broadgate, estoy tan fuera de este mundo que pido dos cafés dobles en Starbucks y me los trago como si fueran vasos de vodka. He leído en algún sitio que la gente que sufre privación de sueño está en lo que se llama un estado hipnagónico, una especie de purgatorio entre el sueño y la vigilia, donde le pasan por el cerebro imágenes surrealistas. Es como haber quedado atrapada para siempre en una película de David Lynch. Esto podría explicar el hecho de que Rod Task esté dejando de darme la impresión de ser simplemente un irritante fanfarrón australiano y esté empezando a parecerse a un impasible Dennis Hopper con una risa de demente. Me siento a mi mesa y me pongo el viejo par de gafas que guardo en el cajón para dar la impresión de intensa actividad cerebral, luego selecciono la tarea menos cerebral disponible, una donde los errores importen lo mínimo. Mientras no compre o venda algo, todo tendría que ir bien. Tengo veintinueve *e-mails*. Apenas puedo creer lo que pone en el primero.

De: Jack Abelhammer, Salinger Foundation

Para: Kate Reddy, EMF

Katharine,

No puedo decirle lo aliviado que me siento por haber resuelto el problema que nos cayó encima durante las vacaciones. Seguro que también fue un mal momento para usted.

Lo de Toki Rubber y el profiláctico irrompible es una noticia estupenda. Una asombrosa recuperación de las acciones. Admiro su serenidad bajo la presión. ¿Podríamos celebrarlo cuando venga el jueves? Hay un sitio nuevo cerca de aquí donde preparan unas langostas estupendas.

Saludos,

Jack

De: Candy Stratton

Para: Kate Reddy

¿Qué tal si nos llegamos a Corny & Barrow y nos trincamos una o dos botellas para que nos arresten por conducta desordenada y nos perdamos esa M de reunión estratégica?

Pareces derrotada.

C xxxxx

De: Kate Reddy

Para: Jack Abelhammer

No tengo que estar borracha para conducta desordenada. Necesito meterme en la cama durante una semana.

Cariño y besos

Kate xxxxxx

De: Kate Reddy

Para: Candy Stratton

¡URGENTE! Dime que has recibido el mensaje.

De: Candy Stratton

Para: Kate Reddy

¿Qué mensaje?

De: Kate Reddy

Para: Candy Stratton

El de la borrachera y la conducta desordenada. Rápido. ¡APRISA!

De: Candy Stratton

Para: Kate Reddy

Lo siento, cariño. Debes de haberlo enviado a otra suertuda.

De: Kate Reddy

Para: Candy Stratton

En realidad a un cliente de Nueva York. Soy mujer muerta. No envíes flores, por favor.

De: Candy Stratton

Para: Kate Reddy

Hostia puta. Envía otro ya.

Apreciado Señor, mi depravada y malvada gemela, que también se hace llamar Kate Reddy, acaba de enviarle un *e-mail* ofensivo y demencial. Por favor, no le haga caso.

De todos modos, no te preocupes. Abelhammer es americano, ¿verdad? Recuerda que no tenemos sentido del humor.

15.23 h. Los jefes de equipo van entrando en el despacho de Roy Task para la reunión estratégica. Se me están cerrando los párpados como si fuera una muñeca. Lo único que me mantiene despierta es pensar que Jack Abelhammer me demandará por acoso sexual. Los yanquis están obsesionados con la «conducta inadecuada». Todavía no ha llegado su *e-mail* de respuesta. Las esperanzas de que achaque el mío a esa encantadora excentricidad británica se van desvaneciendo a la velocidad de la luz. Perdida en una pesadilla adormilada, no me doy cuenta de que se acerca Celia Harmsworth. Alargando un huesudo dedo, la directora de Recursos Humanos toca el sitio donde Ben me hundió los dientes esta madrugada. Parece como si hiciera tres vidas de eso.

–¿Te pasa algo en el cuello, Katharine?

–Ah, eso... Me mordió mi hijo pequeño.

Un par de tipos sentados a la mesa empiezan a reírse, socarrones, dentro de su vaso de Perrier. Celia sonríe con esa mueca helada que tiene en la cara la Malvada Reina cuando le da la manzana a Blancanieves. Me excuso y salgo disparada hacia los lavabos perseguida por Candy. La luz allí es terrible, pero el espejo revela lo que parece ser un chupetón dejado por un vampiro adolescente en medio de mi cuello. Pruebo con maquillaje de base. No sirve de nada. Pruebo con polvos compactos. Mierda. El mordisco tiene un aspecto rabioso y espumajoso, como una vista aérea del monte Etna.

Candy entra blandiendo una barrita de Touche Éclat antiojeras y empieza a pasármela por el cuello.

–Vaya, ¿Richard *el Lento* te pegó un chupetón? Es genial, cariño.

–No, fue el pequeño que está echando los dientes. Mi amado esposo durmió todo el rato. Fui yo quien casi lo muerde para despertarlo.

De vuelta al despacho de Task, mis compañeros masculinos están haciendo lo que más les gusta hacer: tener una reunión. Si esta reunión va bien de verdad, si la prolongan lo suficiente, entonces podrán recompensarse con otra reunión para mañana. Con suerte, la falta de progresos de la reunión Uno podrá revisarse en las reuniones Tres, Cuatro y Cinco. Cuando empecé a trabajar en la City, daba por supuesto que las reuniones eran para tomar decisiones; me llevó unas cuantas semanas darme cuenta de que son palestras donde exhibirse, el equivalente en la Milla Cuadrada a esas sesiones de acicalado de los gorilas que se ven por televisión. Algunos días, al observar cómo los machos maniobran para tomar posiciones, me parece estar viendo un documental de David Attenborough y oyendo su tenue susurro comentando cómo se golpean el pecho y cómo se despiojan.

«Y aquí en el corazón mismo de la jungla urbana, vemos a Charles Baines, un simio joven de la sección EE.UU., mientras se acerca al jefe del grupo, Rod Task, curtido en cien batallas. Observen la postura de Charlie, la forma en que demuestra su sumisión mientras busca desesperadamente la aprobación del macho de rango superior...»

La mayoría de mujeres que conozco por aquí tienen un nivel de tolerancia muy bajo para este tipo de politiqueo. Por razones obvias, nos perdemos toda esa agitación de pichulines que tiene lugar en los urinarios corporativos. Por otro lado, tratar de conseguir un zureo casposo para adular al jefe en el bar después del trabajo no funciona. Francamente, ¿a quién le quedan energías? Actuamos como las buenas chicas que éramos en la escuela y seguimos pensando que si lo hacemos lo mejor que podemos y acabamos nuestro trabajo a tiempo, entonces:

a) El mérito tendrá su propia recompensa.

b) Estaremos en casa a las siete.

Pues no lo tiene y no estamos.

Una ligera vibración procedente del móvil que llevo en el bolsillo de la chaqueta me dice que acaba de llegar un mensaje de texto. Pulso LEER. Es de Candy.

P. ¿Cuántos hombres hacen falta para
enroscar una bombilla?
R. Uno.
Se limita a sujetarla
y espera que el mundo
gire en torno a él.

Mi resoplido de risa atrae miradas hostiles de todo el mundo en torno a la mesa excepto la de Candy, que finge estar tomando notas, a toda máquina, de las ideas de Charlie Baines para algo que llama mejoramiento organizativo.

La revisión de los informes mensuales sigue y sigue. Estoy perdiendo la batalla contra la inconsciencia de nuevo cuando me doy cuenta de que el ordenador de Rod continúa exhibiendo su pantalla protectora de Navidad. Muestra un muñeco de nieve que va desapareciendo gradualmente en medio de la ventisca. Pienso en lo descansado que sería quedar enterrada en la nieve, lo delicioso que resultaría dejarse deslizar al interior de su fría y acogedora nada. Pienso en el capitán Oates en el Polo Sur: «Me voy fuera; quizá tarde un poco».

–Si sólo acabas de volver, Katie –me espeta Rod, apuntándome con su pluma Mont Blanc como si fuera un dardo.

Supongo que he estado diciendo en voz alta mis pensamientos, como esas mujeres locas que pasean por la calle vestidas con cartones y sueltan comentarios paranoicos.

–Lo siento, Rod, es el capitán Oates. Sólo lo estaba citando.

Toda una sala llena de gestores de fondos eleva sus ojos al cielo al unísono. En el extremo de la mesa, a una distancia adecuada para lamerle el culo a Rod, la nariz de ejemplar de pura raza de mi ayudante Guy olisquea apreciativamente el primer tufillo de humillación.

–Ya sabes, el capitán Oates –le apunto a mi jefe–, el que salió de la tienda para ir a una muerte segura durante la expedición Scott al Polo Sur.

–Justo lo que haría un jodido inglés –gruñe Rod–. Un sacrificio sin sentido. ¿Cómo llamáis a eso, Katie? ¿Honor?

Ahora todos me están mirando; se preguntan cómo voy a salir de ésta. ¡Venga, Kate! Kate llamando a cerebro, Kate llamando a cerebro, ¿me recibes?

–En realidad, Rod, la expedición al Polo Sur no es un mal modelo de gestión. ¿Qué tal si lo aplicamos al fondo que peor esté yendo? ¿El que esté minando nuestros recursos? Puede que el peor fondo necesite darse un paseo por la nieve.

Ante la idea de un recorte de gastos, los ojillos de Rod empiezan a mostrar un brillo viscoso como los de un cerdito.

–Humm, no está mal, Katie, no está mal. Estúdialo, Guy.

Los ojos se apartan de mí. Salvada por los pelos.

19.23 h. Me arrastro de vuelta a casa y me encuentro con Paula enfurruñada. El enfurruñamiento de una niñera puede caernos encima tan de repente como la niebla en el mar y ser dos veces más traicionero. Sé que esta vez es fuerte porque está ordenando la cocina. Lo que yo querría hacer es dejarme caer en el sofá con una copa de vino y averiguar si todavía reconozco algunos de los personajes que siguen vivos en *East Enders*, una serie que no he visto desde junio, tiempo suficiente para que dinastías enteras hayan caído en Albert Square y para que Phil Mitchell haya engendrado por los menos a otros dos hijos naturales con las ex esposas de su hermano muerto. En lugar de eso, tengo que orientarme con un cuidado extremo por los acontecimientos del día. Elogio el nutritivo contenido de la fiambrera del almuerzo de Emily; prometo recoger las etiquetas con el nombre mañana, diciendo que de verdad no me cuesta nada; luego pruebo descaradamente a darle jabón cultural mencionando a una estrella de la tele que acaba de tener un niño y que aparece a lo largo de siete páginas enteras del nuevo número de *Hello!* de Paula.

Dos embarazos han arruinado mi memoria para las cosas cercanas, pero me han dejado con una extraña capacidad para recordar instantáneamente los nombres de los bebés de todas las celebridades. Conocer los nombres de los vástagos de, digamos, Demi Moore y Bruce Willis (Rumer, Scout, Tallulah) o de Pierce Brosnan (Dylan, que es también el nombre del primer chaval de Zeta-Jones y Michael Douglas y del segundo de Pamela Anderson) quizá no tenga una utilidad profesional inmediata, pero ha hecho subir mi valor accionarial ante Paula en varias ocasiones críticas.

–Dylan está empezando a ser un nombre muy popular –observa Paula.

–Sí –confirmo–, pero piensa en la pequeña de Woody Allen y Mia Farrow. La llamaron Dylan y acabó queriendo cambiarse de nombre.

Paula asiente:

–Y a la otra también le pusieron un nombre estúpido, ¿no?

–¡Satchel!

–Sí, eso es.

Paula se echa a reír y yo la acompaño; la tontería sin límites de las estrellas es uno de los grandes placeres de la democracia. Veo que el malhumor empieza a desaparecer cuando, estúpidamente, tiento mi suerte y le pregunto a Paula si ha conseguido encontrar el pastel Teletubbies.

–No puedo acordarme de todo –dice.

Y se marcha, furiosa, con un revoloteo de su invisible capa negra. Cuando el golpe de la puerta todavía resuena, descubro la causa del malhumor; está abierta encima de la encimera. *The Evening Standard* publica un reportaje sobre lo que se paga a las niñeras en Londres y sus increíbles extras: coches de la gama alta, medicina privada, pertenencia a un gimnasio, uso de reactor, uso de caballo.

¿Caballo? Pensaba que era suficiente con que Paula usara mi coche mientras yo cogía el autobús. Pase lo que pase, no voy a dejar que me chantajee para pagarle más dinero. Ya hemos llegado a nuestro infranqueable límite.

20.17 h. Le digo a Richard que tendremos que darle un aumento a Paula. Quizá incluso clases de equitación. Sigue una terrible bronca en la cual Rich señala que, después de pagarle los impuestos y la Seguridad Social, Paula está ganando más que él.

–¿Y de quién es la culpa? –digo.

–¿Qué quieres decir con eso?

–Nada.

–Ya me conozco yo tus «nadas», Kate.

Durante la cena, permanecemos sentados a escasos centímetros el uno del otro a la mesa de la cocina, guardando un furioso silencio. Richard ha cocinado espaguetis y preparado una ensalada de aguacate y tomate. Iniciamos una cauta conversación sobre los niños; el enorme apetito de Ben, la nueva fijación de Emily con *Mary Poppins*, y está empezando a gustarme de nuevo cuando, enrollando algunos espaguetis en el tenedor menciona, como quien no quiere la cosa, que ha hecho el pesto él mismo. Es a la vez admirable y horriblemente desmoralizador. No puedo soportarlo.

–¿Cómo has encontrado tiempo para hacer pesto? ¿Y los platos? Supongo que lo siguiente será que te dé por la alfarería. ¿Por qué demonios no puedes hacer algo que sea necesario hacer? Por ejemplo, renovar el permiso de aparcamiento.

–El nuevo permiso de aparcamiento está en el coche –dice–, si la señora pudiera tomarse un par de segundos de su ocupado tiempo para mirar.

–Vaya, así que somos el marido ideal, ¿no?

Hay un chirriar de metal contra madera cuando Rich arrastra la silla, apartándola de la mesa.

–Tiro la toalla, Kate. Me pides que haga cosas para ayudar y luego, cuando las hago, me desprecias por hacerlas.

Por alguna razón, no puedo dar con una réplica para esto. Parece, al mismo tiempo, algo increíblemente brutal de decir y también algo contra lo que no hay argumentos. Las mujeres suelen decir bromeando que necesitan una esposa que las cuide y lo dicen en serio; todos necesitamos una esposa. Pero no esperéis que agradezcamos a los hombres que asuman el papel de amos de casa por librarnos de esa carga.

–Kate, tenemos que hablar.

–Ahora no, Rich, necesito un baño.

Sigo sin aceite para el baño. Encuentro un viejo saquito de sales de lavanda al fondo del armario de la caldera. Promete «sosegar y estimular». Añado algunas burbujas de Pirate Pete, de Ben, que ponen el agua de un color azul marino como el uniforme del colegio.

Me meto en el hirviente estanque azul y me recuesto con mi lectura favorita; en los últimos años, para ser sincera, mi única lectura. Mejor que cualquier obra de ficción, *Country Property Guide*, de Jameson, es un folleto satinado atestado de fotografías de deseables propiedades en venta en todas las islas Británicas. Podríamos cambiar la casa en Hapney por, digamos, un molino remodelado en las Cotswolds o un castillo tamaño bolsillo en Peeblesshire. (¿Dónde estará Peeblesshire? Suena a algo lejano.) Las fotos son fabulosas, pero lo que de verdad me gusta son las especificaciones. En la página dieciocho hay una casa en Berkshire que alardea de un estudio anexo con techo con bóveda de cañón y huertos llenos de árboles con fruta madura. ¿Qué es un techo con bóveda de cañón? No estoy segura del todo, pero quiero uno. ¡Y los árboles con fruta madura! Me imagino a mí misma cruzando, como si flotara, una biblioteca forrada de madera, donde habría flores recién cortadas en altos jarrones, para ir a una cocina campestre dotada de una mezcla de armarios tradicionales y lo último en electrodomésticos. De pie junto al Aga –no para cocinar, para eso usaría el doble horno Neff– anotaría fechas en las etiquetas de la jalea hecha con las manzanas recogidas en los árboles de fruta madura en los amplios jardines mientras mis hijos juegan alegremente en la recámara tapizada con exquisitas telas.

«El porno de Kate.» Así es como Richard llama el folleto de Jameson cuando se tropieza con un ejemplar oculto como algo vergonzoso bajo mi lado de la cama. Tiene algo de razón. Todas las fotos que me hacen la boca agua, desplegadas para mi placer visual, permiten tomar posesión de esas vidas sin tener que tomarse la molestia de vivirlas. Cuanto más deprimida me siento en mi propia casa, más me consume mi ansia lujuriosa por la propiedad.

Pensar en Rich me recuerda nuestra pelea por el pesto y me estremezco al pensar en mi parte en ella. Su amabilidad y sensatez bastan para despertar lo opuesto en mí. ¿Por qué? Richard cree que le consiento demasiado a Paula, que dejo que se salga con la suya en cosas en las que ningún empleado retribuido con tanta generosidad, en la paga y en las condiciones, tendría que salirse con la suya. Cree que es una chica de Kent, de veinticinco años, razonablemente lista que, aunque es muy agradable con nuestros hijos, trata de sacarnos todos los peniques que puede. Cree que tiene demasiado poder en nuestra casa. Tiene razón. Pero Rich no se preocupa por el cuidado de los niños como yo lo hago; los hombres piensan en el cuidado de los niños con sus carteras, las mujeres lo sienten en las entrañas. Puede que los teléfonos hayan perdido el cordón, pero las madres nunca lo harán.

Miro a Paula y veo a la persona que está con mis hijos todas las horas que yo no estoy; una persona en la que tengo que confiar para que los quiera y los mime y vigile por si aparecen los primeros síntomas de la meningitis meningocócica. Si lo deja todo hecho un desastre, si convierte en una cuestión de honor no poner en marcha el lavavajillas porque contiene utensilios de adultos junto con los de los niños, si no me devuelve el cambio correcto del supermercado y «pierde» las cuentas, bueno... no voy a armar una bronca por eso.

Dicen que el problema de las mujeres profesionales de mi generación es que no sabemos cómo actuar con el servicio. Error. El problema con las mujeres profesionales de mi generación es que nosotras somos el servicio; humildemente agradecidas por cualquier ayuda doméstica, por la cual pagamos un ojo de la cara, mientras nosotras nos esforzamos por cumplir con el puesto del amo.

Cuando volví al trabajo después de nacer Emily, la puse en una guardería. Hay una a unos diez minutos de casa, a pie, y me gustó la escocesa risueña y fuerte que la dirigía. Pero, gradualmente, vi cosas que me empezaron a molestar. La sala de los bebés era pequeña y había doce cunas; cuando fuimos a verla la primera vez me pareció acogedora, pero cada día que dejaba allí a Emily, me parecía más un orfanato rumano amueblado por Habitat. Cuando le pregunté a Moira cómo podían los pequeños dormirse con todo el ruido que hacían los mayores en la sala de al lado, se encogió de hombros y dijo: «Bah, al final se acostumbran». Y luego estaban las multas. Si recogías al niño en Children's Corner después de las seis y media, te cargaban diez libras por los diez primeros minutos y cincuenta libras por todo lo que pasara de ese tiempo. Yo siempre llegaba después de las seis y media. La vergüenza se me revolvía en el estómago, como si fuera bilis, mientras iba a la carrera desde el metro para recoger a mi hija.

Rodeada de otros treinta niños, Emily atrapaba cualquier infección que pasara por allí. Su primer resfriado de invierno duró desde octubre hasta marzo y tenía la naricilla incrustada de verdín. Una vez que te habían proporcionado las bacterias para la infección, la guardería siempre se mostraba convencida de que era mejor que te quedaras el niño en casa, sin reducción de tarifa. Recuerdo horas al teléfono en el trabajo llamando a agencias de trabajo temporal, fingiendo que llamaba a clientes, o suplicando ayuda a mis amigas. (Y odio pedir favores, odio la sensación de estar en deuda.) Luego, una mañana con un frío glacial tuve que dejar a Em con fiebre en casa de alguien que conocía a alguien de mi grupo posnatal de madres y bebés y que vivía en Crouch End. Al final del día, la mujer me informó de que Emily no había dejado de llorar, salvo durante una hora, mientras miraban un vídeo de *La Bella Durmiente* que pareció tranquilizarla. Ese día mi hija formó su primera frase: «Quiero ir casa». Pero yo no estaba allí para oírla ni tampoco en esa casa a la que tantas ganas tenía de ir.

Así que no, puede que Paula no sea ideal, pero ¿qué es ideal? ¿Que mamá se quede en casa y extienda su vida en el suelo para que unos pequeños pies la pisen? ¿Vosotros lo haríais? ¿Podría hacerlo yo? No me conocéis bien si creéis que sí.

Salgo del baño, me pongo una crema hidratante en la piel escamada y enrojecida de las manos y detrás de las rodillas y las orejas, me envuelvo en un albornoz y voy al estudio para mirar los mensajes antes de irme a la cama.

De: Jack Abelhammer

Para: Kate Reddy

Katharine, no recuerdo haber mencionado las copas, pero lo de la conducta desordenada suena estupendo. La cama durante una semana podría ser un problema; tendría que reorganizar la agenda. ¿Y si lo cambiáramos por una ostrería?

Con cariño, Jack

¿Con cariño? ¿Un cliente importante? Oh, Dios mío, Kate. Mira lo que has hecho.

DEBO RECORDAR

Cortarle las uñas a Ben. ¿Cartas de agradecimiento por Navidad? También carta al ayuntamiento echándoles la bronca por no recoger el árbol de Navidad. Humillar al impresentable Guy delante de Rod para que quede claro quién manda. Aprender a enviar mensajes txt. Cumpleaños Ben, encontrar pastel Teletubbies. Mallas ballet (¡azules no rosas!). Regalo. ¿Tinky Winky bailarín o juguete pedagógico? Tinky Winky MÁS juguete pedagógico. Emily: zapatos, escuelas, enseñarla a leer. Llamar mamá, llamar Jill Cooper-Clark. DEBO devolver llamada Julie, ¿por qué está mi hermana tan cabreada conmigo? Única persona en Londres que no ha visto nueva película genial. *¿Tigre Mágico?*

¿Dragón Bufador? Vacaciones mitad trimestre, ¿cuándo/qué? Invitar amigos almorzar domingo. Comprar piñones y albahaca para hacer propio pesto, curso intensivo cocina (Leith's o similar). Folletos vacaciones verano. Comprar una pelota de ejercicio para Jesús. ¿Presupuesto alfombra escalera? ¿Bombillas, tulipanes, crema de cacao labios, Botox[1]?

1. Producto usado en cirugía estética para reducir arrugas, aumentar los labios, etcétera. *(N. de la T.)*

9

LA PRIMERA VEZ QUE VI A JACK

7.03 h. Estoy escondida, con la maleta, en el baño de abajo para que Ben no me vea. Está al lado, en la cocina, donde Richard le está dando el desayuno. Me muero de ganas de ir, pero me digo que no es justo robarle, egoístamente, unos pocos minutos de su compañía para luego dejarle un bebé inconsolable. (El manual dice que los niños superan la ansiedad por la separación a los dos años, pero no hay límite de edad para las madres.) Es mejor que no me vea. Acuclillada aquí junto al cesto de la colada, tengo tiempo para estudiar el cuarto y observar jirones de pelusa gris que cuelgan de la ventana, como cortinas de bruja. (Nuestra asistenta, Juanita, sufre de vértigo y, como es comprensible, no puede limpiar nada por encima del nivel de su cintura.) Además, el albañil dejó a medio embaldosar el salpicadero de mosaico con sirenas cuando nos negamos a pagarle más dinero, así que es todo tetas y nada de colas.

Por la puerta cerrada, distingo unos apagados «ruuun, ruuun» seguidos de la pegajosa risita, a lo Sid James, de Ben. Rich debe de estar haciendo ver que las cucharadas de Shreddies son coches que adelantan para conseguir que abra la boca. Fuera, una bocina anuncia que ha llegado Pegaso.

Estoy saliendo sigilosamente de mi propia casa, como si fuera un ladrón, cuando oigo un acusador «Mooc, mooc» del Volvo aparcado al otro lado de la calle. Angela Brunt, líder de la Mamifia del barrio. Tiene la cara como un Ford Anglia. Con unos ojillos saltones, como faros protuberantes, incrustados en un cráneo triangular, Angela es heroicamente poco atractiva. Apenas son las siete de la mañana, ¿qué está haciendo en la calle? Probablemente, acaba de volver de llevar a Davina a su clase de japonés de antes del alba. Como le dé treinta segundos, me preguntará si ya tengo escuela para Emily.

–Hola, Kate, cuánto tiempo sin vernos. ¿Ya tienes escuela para Emily?

¡Cinco segundos! Sí, Angela ha superado su propio récord mundial de paranoia educativa. Me siento tentada de decirle que estamos considerando la escuela estatal. Con algo de suerte, eso le provocará una trombosis coronaria instantánea.

–Me parece que no hemos descartado St Stephen's, Angela.

–¿De verdad? –Los faros recorren un asombrado circuito en sus órbitas–. Pero ¿cómo conseguirás ingresarla luego en algún sitio decente a los once años? ¿Has leído el último informe Ofsted sobre St Stephen's?

–No, yo...

–¿Y sabes que los alumnos de la escuela estatal están 2,4 años por detrás del sector privado después de dieciocho meses, y llegan hasta los 3,2 a la edad de nueve años?

–Cielos, eso suena terrible. Bueno, Richard y yo vamos a echar una ojeada a Piper Place, pero suena como si hubiera mucha presión. Lo que quiero para Emily, ¿sabes?, es que sea feliz mientras todavía es tan pequeña.

Angela retrocede ante la palabra «feliz» como un caballo ante una serpiente de cascabel.

–Mira, ya sé que todas tienen anorexia en cuarto curso en Piper Place –dice alegremente–, pero dan una educación estupenda y equilibrada.

Estupendo. Mi hija se convertirá en la primera anoréxica bien equilibrada del mundo. La admitirán en Oxford con un peso de treinta y cinco kilos y se levantará de la cama del hospital para conseguir matrícula de honor en filosofía, política y economía. Luego tendrá un trabajo durante seis años, se convertirá en madre, abandonará el trabajo porque todo junto es demasiado y pasará las mañanas en Coffee Republic descifrando los requisitos para la admisión en St. Paul's tomando cafés con leche descremada con el ama de casa Davina Brunt, que habla japonés como una nativa. Dios santo, ¿qué caray les pasa a estas mujeres?

–Lo siento, Angela, tengo que irme corriendo. He de coger el avión.

Todavía estoy peleándome con los goznes gotosos del taxi para cerrar la puerta cuando Angela dispara su andanada final.

–Mira, Kate, si de verdad te interesa que Emily entre en Piper Place, puedo darte el teléfono de un psicólogo. Todo el mundo lo utiliza. La preparará para dar las respuestas correctas, la imagen adecuada en la entrevista.

Respiro hondo, agradecida al aire dulzón, rico en marihuana, del taxi de Winston. Me devuelve a unos días más apacibles, un tiempo antes de los niños, cuando ser irresponsable era casi un deber.

–¿Y qué aspecto tiene la imagen adecuada, Angela?

La Brunt se ríe:

–Bueno, ya sabes, imaginativa, pero no demasiado imaginativa.

Dios, cómo me desprecio después de las conversaciones con Angela Brunt. Siento cómo la ambición maternal de Angela se mete dentro de mí como si fuera el virus de la gripe. Tratas de luchar contra él, tratas de mantenerte fiel a tu intuición de que a tu hija le irá perfectamente bien sin que la ceben a la fuerza con datos, como a cualquier pobre cría de oca para hacer *foie gras*. Pero un día tu sistema inmunológico está un poco bajo y, ¡bam!, Angela se te ha metido dentro con sus tablas clasificatorias, sus resultados de lectura y su teléfono del psicólogo. ¿Sabéis lo que es realmente penoso? Al final, acabaré apuntando a Emily en la Escuela de Anorexia; el miedo a lo que una enseñanza demencialmente competitiva le hará a mi hija queda superado por el temor a no dejarla avanzar, a que se quede atrás y que eso sea culpa mía. Y la carrera cada año empieza antes; en realidad hay un jardín de infancia en nuestro municipio con un muro dedicado a los impresionistas. Las madres han acabado por aceptar, a regañadientes, la idea de que el dinero no puede comprarte el amor, pero creen que puede comprarte a Monet y eso les basta.

Unas madres trabajadoras exhaustas que apuntan a sus hijas a escuelas de estrés. Quizá sea ya el único medio que comprendemos. Agobiar, triunfar. Incluso riman.

9.28 h. –¿Qué problema tiene esa señora?

–¿Cómo?

Winston me está estudiando por el retrovisor. Sus ojos, tan oscuros que son casi negros, están punteados de risa.

–¿Angela? No lo sé. Angustia urbana, mujer frustrada que vive a través de sus hijos, sexo oral insuficiente. Lo habitual.

La carcajada de Winston llena el coche. Profunda y llena de humor, reverbera en mi plexo solar y, durante un momento, me calma.

El tráfico al aeropuerto es tan denso que tengo mucho tiempo para meditar sobre la ordalía que me espera cuando me encuentre con Abelhammer. Cuando hablé con Rod Task anoche me dijo:

–Jack parece tener muchísimas ganas de conocerte, Katie.

–Debe de ser por la bajada de medio punto del tipo de interés de Greenspan –le digo improvisando.

No puedo decirle a mi jefe que he enviado a mi cliente un *e-mail* prometiéndole una conducta desordenada y una semana de cama, por no hablar del cariño y los besos.

No puedo dejar de rascarme. Me lavé el pelo anoche con un nuevo champú; ¿será una reacción alérgica? O quizá he atrapado alguna forma de vida inferior en el taxi de Pegaso. Como un pantano, el prehistórico taxi bien podría ser un caldo de cultivo para todo tipo de invertebrados.

Por otro lado, la música que lo inunda me saluda desde el otro extremo del desarrollo humano. El cálido resonar de las trompetas y el sincopado repiqueteo de la percusión me recuerdan *Rhapsody in Blue*.

–¿Es Gershwin, Winston?

Niega con la cabeza.

–Ravel.

¿Mi taxista escucha a Ravel?

Estamos pasando por delante de la fábrica Hoover cuando empieza el movimiento lento. Es lo más triste que he oído nunca. Hacia la mitad, entra una flauta y parece respirar por encima del piano; cuando cierro los ojos, veo un pájaro cerniéndose sobre el mar.

Oficinas de la Salinger Foundation en Nueva York. 15.00 h. Hora de la costa Este. La cabeza me da vueltas cuando llego a las oficinas del Apabullante Abelhammer a la vuelta de la esquina del Wall Street Center. Acompañada por mi ayudante Guy, que no muestra señal alguna de *jet lag*. Por el contrario, está odiosamente a punto y conoce las fluctuaciones del Nasdaq mejor que su propio pulso.

He elegido un atuendo adecuadamente desalentador para la presentación ante Abelhammer. Casto, marengo, por debajo de la rodilla; zapatos de viuda siciliana. Tengo el mismo aspecto que Maria von Trapp antes de cortar aquellas cortinas.

Mi resolución de mantener el tono de la reunión un par de grados bajo cero se funde cuando Jack Abelhammer entra en la sala. En lugar del patricio canoso estilo Brooks Brothers que había imaginado, ahí está un atleta relajado, con el pelo muy corto, más o menos de mi edad, con una sonrisa a cámara lenta, a lo George Clooney, que le llega a los ojos antes de que la boca participe plenamente de ella. Mierda. Mierda.

–Bien, Kate Reddy –dice el Apabullante Abelhammer–, es un auténtico placer poner una cara a todas esas cifras que me ha estado enviando.

¡Caramba! Pongo al día a Salinger sobre los resultados del fondo a lo largo de los últimos seis meses. Todo va como una seda hasta que uno de los consultores junior de Jack –una agente Scully pelirroja con cara de pocos amigos– se coloca bien las gafas metálicas en el caballete de la nariz y dice:

–¿Puedo preguntarle por qué, si la previsión de beneficios para Japón es tan baja, su peso allí es tan importante?

–Ésa es una pregunta muy perspicaz. Me parece que te toca contestar a ti, Guy.

Cedo el turno elegantemente a mi ayudante, me siento y me apoyo en el respaldo para ver cómo ese pequeño pelota se las arregla para salir bien de ésta. Con disimulo, miro el móvil.

Mensaje de texto de Paula Potts para Kate Reddy
Emily envda ksa d squela con PIOJOS.

Familia komplta db tratarse. Tú también
Salu2, Paula

Me cuesta creer lo que estoy leyendo. He cruzado el Atlántico exportando piojos como si fueran escarabajos de Colorado. Me disculpo y me precipito a los lavabos. A la luz del mareante verde de los lavabos para ejecutivos trato de examinarme el pelo, separando los mechones de la cabeza. ¿Qué aspecto tienen las liendres? Veo un grupo de huevos cerca de la raya, pero es posible que sea caspa. Me peino frenéticamente.

Es imposible librarme de la cena acordada con Abelhammer. No puedo utilizar el control urgente de plagas como excusa.

Brody's Seafood Restaurant. 19.30 h. Durante la cena, permanezco sentada más tiesa que un palo y a cierta distancia de la mesa. Tengo una visión de unas liendres muy activas haciendo *rappel* hasta la sopa de almejas de mi cliente.

–¿La llevo al hotel, Kate? –pregunta Jack.

–Sí, gracias, pero ¿podemos parar en una farmacia? Necesito comprar una cosa.

Enarca las cejas esperanzado.

–Me refiero a champú. Tengo que lavarme el pelo.

–¿Ahora? ¿Tiene que lavarse el pelo en este preciso momento?

–Sí. Eliminar a Londres de mi pelo.

Ésa es mi chica. Imaginativa, pero no demasiado imaginativa.

RAZONES PARA NO TENER UN LÍO CON ABELHAMMER

1. No me he depilado las piernas a la cera desde Halloween.
2. Las liendres podrían lanzarse en paracaídas al inmaculado corte de pelo estilo Harvard Business School.
3. Cliente principal, *ergo* poco profesional.
4. Estoy casada.

¿Estos puntos no deberían ir en un orden diferente?

10

EL CUMPLEAÑOS

Viernes, 6.02 h. Hoy es el primer cumpleaños de mi hijo y yo estoy en el cielo por encima de Heathrow. El avión lleva mucho retraso: mala visibilidad, aeropuertos atestados. Llevamos aquí, esperando, cincuenta y tres minutos, el equivalente, aquí en las alturas, a mantenerse a flote en el agua y me estoy poniendo nerviosa. Noto cómo se me tensan los pies descalzos debajo de la manta en un esfuerzo para evitar que nos desplomemos. Pienso en todos esos jumbos que se entrecruzan en medio de la niebla con un susurro.

Por el altavoz suena la voz del piloto. Uno de esos tipos coleguillas, llámenme Pete. Me inunda el desánimo. En momentos como éste no quiero un piloto que se llame Pete. Necesito urgentemente un piloto llamado Roger Carter, de Weybridge, teniente coronel de las Fuerzas Aéreas, del tipo que libró la Batalla de Inglaterra, con una amante en Agadir, buen amigo de Raymond Baxter, de *Tomorrow's World.* La clase de sujeto que podría llevarnos a tierra con una mano atada a su bigote estilo Dalí si fuera necesario. Verá, es que tengo que seguir viva, soy madre.

El piloto nos dice que tenemos que dirigirnos a Stansted. Nos estamos quedando sin combustible. No hay motivos para preocuparse. No, ninguno en absoluto. Hoy es el cumpleaños de Ben. Necesito aterrizar sana y salva para recoger un pastel Teletubbies de la pastelería, también para vestir a mi hijo para su primera fiesta con sus pantalones de terciopelo color borgoña y su suave camisa crema antes de que Paula pueda ponerle el uniforme caqui de campaña, estilo Tormenta del Desierto, que ella prefiere. Que yo muera es algo totalmente imposible. Para empezar, Richard nunca podría hablarle a Emily de la regla; lo delegaría en su madre y Barbara le haría un pequeño discurso a Em sobre la «frescura personal» antes de mostrarle una compresa. Y se referiría al sexo como

«Esa Sección». Como en «No hay ningún problema entre Donald y yo en Esa Sección, gracias». (En los enormes almacenes universales de la vida, creo que «Esa Sección» queda en la planta que hay entre Ropa de Señora y Electrodomésticos.) No, no, no. Tengo que vivir. Soy madre. La muerte no era un problema antes; quiero decir, evidentemente uno quiere evitarla el mayor tiempo posible, pero desde que llegaron los niños veo al Hombre sin Sonrisa por todas partes y salto cada vez más alto para evitar el silbido de su guadaña.

–¿Todo bien, señora?

Con esta luz, en la cabina, la más tenue posible, la azafata se ha convertido en un buzón dibujado con lápiz de labios en torno a una sonrisa blanca como la nieve.

Me dirijo a los dientes:

–En realidad, es el primer cumpleaños de mi hijo y confiaba estar en casa para el desayuno.

–Mire, le aseguro que estamos haciendo todo lo que podemos. ¿Quiere un poco de agua?

–Con whisky, gracias.

Aeropuerto Stansted. 8.58 h. El avión ha repostado pero sigue en la pista. «Poncio», el piloto, dice que no es culpa suya, tenemos que regresar a Heathrow. Vaya, qué maravilla. Al ir ganando altura, dos botellas miniatura de whisky saltan de mi bandeja y casi le caen encima de la falda a la mujer del otro lado del pasillo. Me dedica una lánguida sonrisa, se ajusta su *pashmina* verde menta y luego abre un bolso de viaje de Gucci. Saca una botella de aromaterapia y se da unos toques de lavanda en los pulsos, se aplica un ligero rociado en la cara antes de tomar unos cuidadosos sorbos de una gran botella de Evian. Luego deja que su lustrosa cabeza, libre de liendres, se recueste de nuevo en una monísima almohada de cachemira verde. Me gustaría alargar la mano, darle unos golpecitos en el brazo y preguntarle si puedo comprarle su vida.

En cuanto estoy segura de que la diosa está bien dormida, abro furtivamente mi bolso. Contenido:

Dos sobrecitos de emergencia de antipirético infantil Calpol.

Cuchara sucia de medicina blanca con borde pegajoso.

Braguitas de recambio para Emily (natación).

Peine contra piojos comprado para mí misma en N Y.

Tampax solitario y mugriento.

Horroroso Pokemon morado del fin de semana pasado, cuando la «crisis» en McDonald's.

Rotulador naranja sin tapa.

Libro de cuentos.

Paquete de kleenex teñido de naranja por el rotulador.

Paquete de la versión limitada de Munchies, sabor Banoffee (asquerosos, pero sólo quedan tres).

Miniatura de Eau de Toilette Coco Chanel (atomizador roto).

Cuento *Little Miss Busy* que Emily insistió en que me llevara para el viaje.

Entre la cartera y unas toallitas Pamper resecas, encuentro la tarjeta de Jack Abelhammer con el teléfono de su casa y un mensaje garabateado al dorso: «¡A cualquier hora!».

Al ver su letra, noto una sensación como de garras que me recorren el vientre. La sensación de los achuchones adolescentes, del sexo cuando todavía era enigma y emoción a partes iguales. Durante la cena en Nueva York, Jack y yo hablamos de todo; música, cine, Tom Hanks (¿el nuevo Jimmy Stewart?), la poesía de Emily Dickinson, la *Elizabeth* de Cate Blanchett, *Apolo 13*, los caramelos de goma, Art Tatum, Roma comparada con Venecia, el misterioso encanto de Allan Greenspan, incluso de los calcetines que voy a comprarle. De todo salvo de niños. ¿Por qué no mencionaste a tus hijos, Kate?

14.07 h. Volviendo de Heathrow paso por la oficina para que me vean la cara. Creo una impresión de intensa actividad apilando libros y periódicos financieros en mi mesa, luego llamo a mi teléfono desde mi móvil y dejo que suene. Lo cojo y tengo una vivaz y dinámica conversación conmigo misma sobre unas nuevas acciones muy cotizadas antes de colgar. Le digo a Guy que tengo que salir a recoger una información vital. Llamo a un taxi y le digo al conductor que me lleve a Highbury Corner y me espere fuera de la pastelería mientras voy de un salto a recoger el pastel Teletubbies. No está mal; quizá Po pone cara de «puah» y Laa-Laa es más mostaza que amarilla. Diez minutos más tarde, al entrar en nuestra calle, veo un globo azul atado a la puerta. Cuando entro en casa, Ben aparece con sus andares de pato en el recibidor, suelta un alarido de reconocimiento y rompe a llorar. Me dejo caer de rodillas, lo cojo y lo abrazo muy fuerte.

A esta hora, el año pasado, sólo tenía unos minutos y estaba desnudo salvo por una capa mantecosa de vernix. Hoy, Paula lo ha vestido con los colores del Arsenal con Adams grabado en la espalda. No dejo ver lo mucho que esto me disgusta, pero, en cuanto ella sale de la cocina, le doy tranquilamente a Ben un envase de Toothkind Ribena y observo cómo lo vuelca, derramándose por encima un chorro de color púrpura que le baja desde el cuello hasta el ombligo.

–¡Oh, cielos! –digo en voz muy alta–. Te has tirado todo el zumo encima de ese precioso uniforme de fútbol. Será mejor que subamos a cambiarte.

¡Siií!

16.00 h. La fiesta de Ben está llena de niñeras, amigas de Paula, con sus pupilos, muchos de los cuales no reconozco. Son parte de su vida sin mí. Cuando esas desconocidas dicen su nombre y la cara de mi hijo se ilumina de placer, siento un espasmo de... ¿qué? Si no supiera que es falso, lo llamaría remordimiento.

En la sala, un puñado de mamás que no trabajan sostienen una animada conversación sobre una nueva guardería. Apenas parecen estar pendientes de sus hijos a quienes manejan con un envidiable toque invisible, como expertas en el arte de hacer volar cometas, mientras que las madres inferiores como yo estamos excesivamente atentas a nuestros ruidosos vástagos.

Hay un mantenerse a distancia incómodo entre los dos tipos de madre, que a veces, hace que nos resulte difícil hablarnos. Imagino que la madre que no trabaja mira a la que trabaja con envidia y miedo porque piensa que se ha salido con la suya, y la madre que trabaja le devuelve la mirada con miedo y envidia porque sabe que no es así. A fin de seguir adelante con el papel que sea, tienes que convencerte a ti misma de que la otra alternativa es mala. La madre que trabaja dice: «Como soy una persona más realizada, puedo ser mejor madre para mis hijos». Y algunas veces, hasta puede que se lo crea. La madre que se queda en casa sabe que les está dando a sus hijos una ventaja; es algo a lo que puedes aferrarte cuando tu hijo pequeño ha vaciado la taza de zumo por encima de tu última camiseta limpia.

No obstante, aquí en la cocina, encuentro solaz en la compañía de un puñado de mujeres conocidas, los restos baqueteados de mi grupo posnatal de madres y bebés. Es asombroso pensar que nos conocemos desde hace más de cinco años. Judith, la morenita gordezuela que está al lado del microondas, era agente de patentes. Volvió a trabajar durante un par de años, pero un día descubrió pelos de perro en el asiento trasero del Peugeot de la familia. El problema era que no tenían perro. Se dijo que no tenía importancia hasta que una corrosiva sensación en el estómago la impulsó a escaparse del trabajo. Aparcó frente a su casa, esperó a que saliera la niñera y la siguió hasta un piso cerca de Holloway Road. Al otro lado de la puerta, que no estaba cerrada con llave, encontró a Joshua aparcado en un rincón, detrás de una pantalla de chimenea, contemplado por un pastor alemán. Mientras, en la habitación de al lado, Tara, la niñera, se lo estaba pasando en grande con un amigo que exhibía un tatuaje de Metallica en una de sus activas nalgas bombeadoras.

Todas le dijimos a Judith que sólo se trataba de una increíble mala suerte. Una única manzana podrida en todo el cesto de niñeras sanas.

–Pero ¿y si vio algo, Kate? –decía sollozando por teléfono.

–Josh no vio nada, Judy, no tiene ni tres años. Y no se acuerdan de nada antes de los cinco.

Pero Judith no volvió a arriesgarse con una niñera nunca más. Sabíamos que se torturaba pensando en las fauces del perro tan cerca de la cara de su hijo porque, en aquellos primeros tiempos, lacerábamos nuestra conciencia cada vez que, al volver a casa, encontrábamos un nuevo golpe o arañazo en nuestros hijos. Son cosas que pasan; era el hecho de que pasaran fuera de tu vista lo que parecía doler. Y luego estaba la convicción, secreta y nunca mencionada, de que tú habrías llegado a tiempo de evitarlo; a la esquina de la mesa antes que ella se diera con la frente, al asfalto antes que su diminuta rodilla. Awacs, ¿no es así como lo llaman en las Fuerzas Aéreas? La naturaleza le da a la madre un sistema de alarma anticipada y la madre está convencida de que ni cuidador ni hombre alguno puede igualar su velocidad ni anticipación.

Judith no protestó cuando su marido Nigel dijo que, como estaba bajo tanta presión en el banco, necesitaría irse a esquiar unos días mientras Judith seguía con la relajada ocupación de quedarse en casa con tres niños menores de cuatro años. (Los gemelos nacieron poco después de que se fuera la niñera.) La Judith que yo había conocido le hubiera dicho a su maridito adónde podía irse, pero esa Judith había desaparecido hacía tiempo.

Las demás nos mantuvimos firmes durante un tiempo, convencidas de que nos habían educado para algo mejor que calentar suavemente la pasta Barbie. Pero, luego, una tras otra, abandonamos. «Abandonar», ¿no es así como lo llaman? Pues yo no lo llamo de esa manera. Abandonar suena a rendirse, pero fueron contiendas en las que se luchó con gran bravura y que hicieron sus víctimas. ¿Mis compañeras en el oficio de madres novatas abandonaron el trabajo? No, el trabajo las abandonó a ellas. Por lo menos, hizo que les resultara imposible continuar. Karen, la que está metiendo jalea a cucharaditas en la boca de Ella, vio cómo la marginaban en su empresa de contabilidad, después de que dejaran claro como el agua, siguiendo la opaca ruta del gesto y el guiño, que después de que naciera Louis ya no se consideraba que tuviera madera de socia. Por apartar la mirada del Camino Profesional durante unos meses, se encontró en el Camino de las Mamás. (El Camino de las Mamás parece una carretera sin fin; puedes viajar muchos cientos de millas por ella antes de darte cuenta de que no lleva a ninguna parte.) Karen pensó que podía hacer su trabajo en cuatro días, uno de ellos en casa; su jefe aceptó y ése fue el problema. Dijo que si Karen lo conseguía, se crearía «un precedente poco provechoso».

Lo divertido es que, al principio, pensaba que la primera etapa del bebé sería lo más difícil, que si superaba como todo un hombre esos primeros, confusos, meses, todo volvería a la normalidad. Pero va a peor; por lo menos a los seis meses no pueden decirte que lo que quieren es a ti.

Han pasado cinco años y medio desde que nacieron nuestros hijos y sólo tres de las nueve que formábamos nuestro grupo original siguen en su trabajo. Caroline es diseñadora gráfica y trabaja en casa, así que concentra todo su trabajo en función del horario escolar de Max. Hoy no ha podido venir porque estaba dando los toques finales a un folleto para IBM. Alice –la de la cara bonita, la de la melena como ala de cuervo y chaleco de cuero, al lado de la fregadera– volvió a su trabajo de directora de documentales que han ganado premios por cortar de raíz la corrupción en las altas esferas y un tipo de tristeza especialmente plañidera en las bajas. Cada noche, cuando volvía tarde de la sala de montaje, Alice cogía a un dormido Nathaniel y se lo llevaba a su cama. ¿Cuándo, si no, podría tenerlo entre sus brazos? Era sólo por poco tiempo, sólo mientras fuera pequeño. Pero Nat no entendió que su parcela de paraíso era pequeña: al cabo de poco tiempo, puesto de través a todo lo ancho de la cama, obligaba a su padre y a su madre a ocupar unos estrechos féretros a cada lado. Cuando nació Jacob, Alice se lo llevó también a la cama. Poco después, Don, su compañero, se marchó de casa, mencionó a una investigadora de diecinueve años y la incompatibilidad en la organización de la cama.

Ahora miro a Alice, demacrada como una adicta. Desde cierta distancia, tiene el mismo aspecto juvenil que cuando nos conocimos, pero de cerca, ves cómo la maternidad le ha robado la flor de la vida; parece que sus hijos le hayan chupado, literalmente, la sangre. Puede que tenga un premio Bafta al mejor documental, pero sus hijos tienen una necesidad mayor de noche que todo el talento que ella monopoliza de día. Además, ¿cómo va a encontrar tiempo para conocer a otro hombre, incluso si hubiera uno dispuesto a aceptar a los díscolos retoños de otro macho? Leyendo mis pensamientos, Alice me dice sonriendo entre dientes: «Mi único chute ahora son los chicos, Kate».

Pongo la mano en la dorada cabeza de nuestro hijo. Un pegote de Rice Krispies de chocolate ha hecho nido en su oreja izquierda. Ha llegado el momento de cantar *Cumpleaños feliz*. Paula saca un mechero Zippo del bolsillo para encender las velas. (Cielos, ¿no habrá empezado a fumar, o sí?) Llevo el pastel a la mesa. Los ojos de Ben están llenos de maravillado asombro, los míos de pesar: ¿será ésta la última vez que veré cumplir un año a un hijo mío? ¿Y cuánto de ese primer año he visto en realidad?

–Kate, no tendrías que haberte tomado tantas molestias –dice Alice, enarcando una ceja y señalando hacia el glaseado del Teletubbies.

–Mala madre –articulo, a través de la mesa, moviendo los labios en silencio.

Se ríe y susurra a su vez:

–Yo también.

DEBO RECORDAR

Piojos, queso, tarjeta de San Valentín.

11

LA NECESIDAD NO ES LA RAZÓN

Es difícil explicar cómo empezó mi relación con Jack. En realidad no buscaba a nadie. No era feliz, pero tampoco desgraciada. Estaba en esa zona gris de supervivencia donde imagino que la mayoría vivimos la mayor parte del tiempo. Cuando un paciente malherido ingresa en Urgencias, el personal del hospital hace lo que llaman una selección. Es un criterio para establecer los diferentes grados de urgencia y decidir en qué orden se tratará al herido. La primera vez que oí ese término estaba viendo *Urgencias* en el Canal 4 –era aquel apasionante momento de la serie en que nos preguntábamos cómo acabaría todo entre Hathaway y Doug– y pensé lo mucho que mi vida se parecía a esa selección. Mi existencia diaria era una permanente evaluación de quién necesitaba más mi atención; los niños, el despacho o mi marido. Observaréis que yo me dejo fuera de esa lista y no es porque sea una buena persona y no sea egoísta. Ni mucho menos. Es que el egoísmo no era una opción; no había tiempo. La mayoría de fines de semana, cuando volvía del supermercado, miraba por las ventanas empañadas de un café y veía a una pareja, con las manos enlazadas por encima del capuchino o a un hombre solo leyendo el periódico, y me entraban unas enormes ganas de entrar, pedir algo y quedarme sentada allí, sin hacer nada. Pero eso era imposible. Cuando no estaba en el trabajo, tenía que ser madre; cuando no era madre, le debía al trabajo ponerme a trabajar. El tiempo libre para mí misma me parecía una especie de robo. El hecho de que ninguno de los hombres que conocía sintiera lo mismo, no me ayudaba. Era simplemente otro terreno en el que éramos diferentes; las madres se llevaban la parte de la leona en cuanto a culpas. Así que lo último que necesitaba, lo ultimísimo, era alguien más a quien querer. Y entonces comenzaron los *e-mails*.

En las semanas que siguieron a nuestra primera cena en Nueva York, Jack empezó a enviarme mensajes; primero cada día y luego cada hora. A veces nos contestábamos al cabo de unos segundos y parecía uno de esos peloteos en un partido de tenis cuando una espléndida devolución acicatea al otro jugador a enviar un inspirado globo. Al principio me mostré distante, pero él era tan juguetón y persistente que la natural competitividad se impuso y pronto empecé a correr hasta el fondo de la pista para recoger la pelota y devolverla con un magnífico efecto. Así que no, no lo necesitaba, pero él creó una necesidad en forma de Jack, una necesidad que sólo él podía satisfacer. ¿La mujer del desierto sabe lo sedienta que está antes de llevarse la botella a los labios? Empecé a esperar que apareciera el nombre Abelhammer en mi Bandeja de Entrada con más ganas de las que he esperado nada en mi vida.

De: Jack Abelhammer

Para: Kate Reddy, EMF

Nasdaq caído como Pearl Harbor. Graves daños. Cliente busca ponderada opinión profesional de respetada gestora de fondos británica: ¿debo pegarme un tiro o esperar hasta después de almorzar?

Jack

De: Kate Reddy

Para: Jack Abelhammer

Ten la seguridad que respetada gestora de fondos te tiene constantemente en mente. Espero pronunciamiento tipos interés del Todopoderoso Greenspan.

Opinión profesional: recuperación a largo plazo inevitable. No te pegues un tiro.

Opinión no profesional: métete debajo de la mesa hasta que acabe bombardeo, sal y mira si quedan en pie algunas acciones. Cómete un sándwich club de pavo. Luego dispara.

Katharine xxxxx

De: Jack Abelhammer

Para: Kate Reddy

¿Sabías que la mujer de Alan Greenspan dijo que hablaba de forma tan oscura que cuando le pidió que se casara con él, ni se enteró?

Ese tío es más difícil de entender que Thomas Pynchon. Oye, ¿no tendrías que estar en la cama? Es mitad de la noche ahí, ¿no?

De: Kate Reddy

Para: Jack Abelhammer

Me gusta la noche. Hay más tiempo que de día. ¿Por qué desperdiciarlo en la cama?

Kate xxxx

De: Jack Abelhammer

Para: Kate Reddy

En la cama no siempre se desperdicia el tiempo. ¿Conoces aquel diálogo en que el tipo le dice a su amada que desearía que cupieran siete años en una noche? Debe de ser Shakespeare, ¿no?

De: Kate Reddy

Para: Jack Abelhammer

Siete años en una noche suena casi suficiente para cancelar mi deuda de sueño. No es Shakespeare. Marlow, creo. Pero eso es lo injusto que ocurre con Shakespeare; todo lo hermoso le pertenece, tanto si lo escribió como si no. Es el Bill Gates del *software* emocional.

¿Cómo es que has leído a Marlow? ¿Acaso el *Wall Street Journal* ha pronosticado un resurgir de los autores del Renacimiento?

De: Jack Abelhammer

Para: Kate Reddy

Sois injusta, mi señora, muy injusta. No juzguéis a un hombre por su portafolio. En un tiempo fui un pobre estudiante que bregaba con la especialidad en literatura inglesa, pero tuve que encontrar un medio de financiar mi adicción a las primeras ediciones. Hay tipos que se compran un barco, yo me compro una primera edición del *Ulises*. ¿Tú qué excusa tienes?

De: Kate Reddy

Para: Jack Abelhammer

En un tiempo fui una pobre estudiante de literatura inglesa, como asignatura optativa. La pobreza, cuando no es aburrida, da miedo de verdad. No quería pasarme la vida asustada. En Inglaterra, mucha gente te dirá que el dinero no importa; son eso que llamamos las clases medias.

La posesión de primeras ediciones es algo muy propio de hombres. Le aconsejo, respetuosamente, señor, que gaste su dinero en algo realmente importante, por ejemplo ZAPATOS.

K xxxxxxxxxxx

De: Jack Abelhammer

Para: Kate Reddy

¿Te has dado cuenta de que hasta ahora me has enviado exactamente 147 besos y yo no te he enviado ni uno solo?

De: Kate Reddy

Para: Jack Abelhammer

Sí que se me había pasado por la cabeza.

De: Jack Abelhammer

Para: Kate Reddy

xxxxxxxxxxxxxxxxxxxxxxxxxxxxxxxxxxxxxxxx
xxxxxxxxxxxxxxxxxxxxxxxxxxxxxxxxxxxxxxxxxx
xxxxxxxxxxxxxxxxxxxxxxxxxxxxxxxxxxxxxxxxxx
xxxxxxxxxxxxxxxxxxxxxxxxxxxxxxxxxxxxxxxxxx
xxxxxxxxxxxxxxxxxxxxxxxxxxxxxxxxxxxxxxxxxx
xxxxxxxxxxxxxxxxxxxxxxxxxxxxxxxxxxxxxxxxxx
xxxxxxxxxxxxxxxxxxxxxxxxxxxxxxxxxxxxxxxxxx
xxxxxxxxxxxxxxxxxxxxxxxxxxxxxxxxxxxxxxxxxx
xxxxxxxxxxxxxxxxxxxxxxxxxxxxxxxxxxxxxxxxxx
xxxxxxxxxxxxxxxxxxxxxxxxxxxxxxxxxxxxxxxxxx
xxxxxxxxxxxxxxxxxxxxxxxxxxxxxxxxxxxxxxxxxx
xxxxxxxxxxxxxxxxxxxxxxxxxxxxxxxxxxxxxxxxxx
xxxxxxxxxxxxxxxxxxxxxxxxxxxxxxxxxxxxxxxxxx

xxxxxxxxxxxxxxxxxxxxxxxxxxxxxxxxxxxxxxxxxxxxxxxxxxxxxxxxxxxxxxxxxxxxxx
xxxxxxxxxxxxxxxxxxxxxxxxxxxxxxxxxxxxxxxxxxxxxxxxxxxxxxxxxxxxxxxxxxxxxx
xxxxxxxxxxxxxxxxxxxxxxxxxxxxxxxxxxxxxxxxxxxxxxxxxxxxxxxxxxxxxxxxxxxxxx
xxxxxxxxxxxxxxxxxxxxxxxxxxxxxxxxxxxxxxxxxxxxxxxxxxxxxxxxxxxxxxxxxxxxxx
xxxxxxxxxxxxxxxxxxxxxxxxxxxxxxxxxxxxxxxxxxxxxxxxxxxxxxxxxxxxxxxxxxxxxx
xxxxxxxxxxxxxxxxxxxx

7.01 h. Ben ha descubierto que tiene pene. Tumbado en la colchoneta mientras espera que lo cambie, exhibe la expresión triunfal y embelesada de alguien que acaba de encontrar el interruptor que enciende y apaga todo el sistema solar. Con sus deditos agarrados fuertemente al *joystick*, se muestra absolutamente ultrajado y vierte gruesas y cálidas lágrimas cuando le confisco su nuevo juguete favorito, lo atrapo en un Pamper Tamaño Medio y me apresuro a sellarlo mediante las solapas de velcro que hay a cada lado.

–Sé buen chico. Ahora tenemos que guardarlo y bajar a tomarnos nuestros Shreddies.

¿Cuál es la actitud correcta de una madre de mundo hacia la sexualidad de su hijo pequeño? Estar encantada de que el pene funcione, claro, y asombrada de que yo pudiera, dentro de mi propio cuerpo femenino, engendrar ese milagro, tamaño oruga, de sondeo y placer. Pero también una extraña timidez ante la evidencia de la temprana masculinidad con todo lo que eso entraña; tractores, fútbol, otras mujeres. Un día habrá mujeres en la vida de Ben, mujeres que no serán yo y un puñal de hielo en el corazón me dice, ya ahora, cómo me sentiré.

Abajo, ando con cuidado, evitando los restos que hay en el suelo de la cocina. Al lado de la basura, hay un montoncito de pasas; no es posible que sean las mismas que estaban allí antes de Navidad. Tengo que decirle a Paula que no deje que los niños las tiren al suelo. (No sirve de nada pedírselo a la asistenta; Juanita tiene un problema con los cartílagos y no puede arrodillarse.) Me encuentro a Richard inclinado en actitud de adoración delante del televisor. Sin afeitar, mi marido muestra su aspecto más descuidado y primitivo, como un Ted Hughes abandonado en una secadora. Sospecho que se ha enamorado de la presentadora de los espacios para niños –¿Chloe? ¿Zoe?– y cuando le pregunto por qué tenía puesto el programa infantil si ninguno de nuestros hijos se había despertado todavía, murmura «muy educativo» con un gruñido, como diciendo «mujer, ahora no». No creo que me haya perdonado desde la Gran Pelea por el Pesto.

No puedo menos que observar que Chloe-Zoe va vestida como para una noche desmadrada de despedida de soltera, más que para una helada mañana de febrero. Lleva una camiseta de color naranja, sin mangas, con *¿Qué tal?* bordado con lentejuelas encima de unos senos pequeños pero inquisitivos. ¿Cuándo empezaron las presentadoras para niños a parecerse a Lolita en lugar de a, digamos, la estimable Valerie Singleton?

–¿Richard?

–Sí.

–Ben no deja de tocarse. Quiero decir, sólo tiene un año. Parece un poco pronto. ¿Crees que es normal?

Rich ni siquiera levanta los ojos.

–La forma más gratificante de diversión conocida por el hombre. Toda una vida de placer le espera. Además, es gratis –dice, ladeando la cabeza y respondiendo a la truculenta sonrisa de ardilla de Chloe-Zoe.

Un borboteo de placer desde el otro lado de la sala hace que me vuelva. Ben ha gateado hasta la nevera, ha abierto la puerta de un tirón y está allí derramando una botella grande de Toothkind Ribena por encima de mis zapatos. El zumo de grosella lo inunda todo, como una hemorragia. Me lanzo a la acción, esforzándome por restañar la marea negra como lo haría la exótica pero autoritaria enfermera Hathaway. Pido más papel de cocina. No queda más y Ben se ha sentado en medio de un charco de glucosa de color púrpura. Berrea cuando lo cojo por el cuello del pijama y lo meto debajo del grifo.

Le pregunto a Richard por qué no ha comprado papel de cocina según mi petición subrayada (tres veces) en la lista de la compra del viernes. Rich explica que no pudo encontrar en el supermercado la marca Kitten Soft especificada y sencillamente fue incapaz de pedirla.

–No te entiendo.

–No puede esperarse que un hombre inglés adulto pronuncie ciertas palabras, Katie, y Kitten Soft son dos de ellas.

–¿No puedes decir papel de cocina Kitten Soft?

–No, en voz alta no.

–¿Y qué diablos te lo impide?

–No lo sé. Sólo sé que antes que pedirlo, me comería un suave gatito. Incluso pensar en esas palabras...

Con un estremecimiento teatral, Richard vuelve a la televisión y apela en silencio a los ojillos como chocolate fundido de Chloe-Zoe.

–Pero no nos queda nada de papel de cocina, Rich y, como habrás observado, aquí tenemos al Exxon Valdez en pleno vertido.

–Lo sé, pero no estaba seguro de que Kitten Eso fuera la única opción o si el Absorbent Luxury Three-Ply Cushion también serviría. –Suelta un bramido de elefante–. Por favor, Kate, no puedo... no me hagas hacerlo.

A fin de saberlo en el futuro, le pido a mi marido que me dé otras palabras que los hombres adultos no puedan decir. Sin orden de prioridad son: Toilet Duck, Glade Fresh, rich aroma, deep-dish, filet o'fish, Cheezy Dipper, wash'n'go, Bodyform, Tubby Custard, pantyliner[1].

8.01 h. Tengo que darme prisa. Presentación importante ante los directivos de EMF. Una oportunidad profesional de todo o nada. Una ocasión para impresionarles con mi serena autoridad, conocimiento sin par de los mercados mundiales, etcétera. Me limpio la capa de Ribena de los zapatos, dejo una nota para que Paula compre papel de cocina y para que, POR FAVOR, devuelva el vídeo de *Blancanieves* a la biblioteca. La multa supera ya los gastos de producción de la película original de Walt Disney. Agarro el bolso y le

1. Todos estos términos son o podrían ser productos muy comunes que se ven con frecuencia en anuncios por televisión o en otros lugares. Al mismo tiempo, pueden tener un sentido sexual o hacer pensar en actividades o productos de tipo sexual. Por ejemplo, *Glade Fresh* es un ambientador, pero es también un tipo de condones con una fragancia especial y hay una canción con el título *Wash'n'go* sobre un chico que quiere perder la virginidad de forma rápida. *(N. de la T.)*

envío un beso por el aire al pegajoso Ben que se lanza hacia mí como si fuera Daniel Day-Lewis despidiéndose de Madeleine Stowe en *El último mohicano*.

–Mamá, ¿qué es una sufre chiste? –Emily me bloquea el paso hacia la puerta.

–No lo sé, cariño. Que tengas un buen día. Adiós.

15.26 h. La presentación va de maravilla. Nuestro director general, sir Alardair Cobbold, acaba de elogiar mis conocimientos sobre los problemas de la integración europea. Aquí arriba, en la sala de juntas de la planta diecisiete, con Londres extendiéndose a mis pies como un pueblo de Lego, me siento, durante un vertiginoso momento, como si fuera la dueña y señora de todo lo que contemplo.

Estoy abordando las conclusiones finales cuando oigo una tos en la puerta. Miro hacia allí y veo a Celia Harmsworth inmóvil con ese aire vacilante, de «no se preocupen por mí», que adoptan los que fingen carecer de importancia a fin de convertirse en el centro de atención.

–Siento mucho interrumpir, Robin –dice con una sonrisa boba–, pero hay un borracho en la recepción provocando problemas con Seguridad.

Robin Cooper-Clark enarca una ceja.

–¿Y eso qué tiene que ver con nosotros, Celia?

–Es que dice que es el padre de Kate.

12

OS PRESENTO AL PADRE DE KATE

La frecuencia de los encuentros con mi padre no se ha alterado mucho en los últimos veinte años. Durante meses y meses no sé nada de él, salvo los informes que me llegan a través de mi hermana sobre sus escandalosos excesos y la lista de dolencias que uno pensaría que habían muerto con lord Nelson: tétanos, escorbuto, forúnculos... Luego, un buen día, cuando esa punzada en el corazón ha disminuido, aparece y se pone a hablar apelando a una relación que nunca hemos tenido. Mi padre siempre ha confundido el sentimentalismo y la intimidad. En lo que a él se refiere, sigo siendo su niñita, aunque cuando era una niñita, me pedía cosas que exigían la fortaleza de una mujer. Ahora que soy mayor quiere que sea dócil como una niña y se enfurece rápidamente si no lo consigue. Algunas veces ha estado bebiendo, nunca puedes estar del todo segura; pero siempre, siempre, quiere dinero.

En el vestíbulo blanco y cromado de Edwin Morgan Forster, Joseph Aloysius Reddy se destaca como una criatura surgida de una era provisional y primitiva. Los demás, vestidos de traje, no consiguen quitarle los ojos de encima. La incredulidad que despierta es tan fuerte que casi podría ser una pestilencia. Con una chaqueta de espiga de tercera mano y una madeja enmarañada de pelo gris, es como un calderero que haya ido a vender sus cacharros a la tripulación del *Enterprise*. Dos guardias de Seguridad con *walkie-talkies* crepitantes están tratando de convencerlo para que se marche, pero Joe está plantado, con la obstinación de una mula, en uno de los bancos de acero perforado de la recepción, con una bolsa blanca de plástico a sus pies. Tiene la enfurruñada dignidad de los borrachos. Al verme, descruza los brazos y me señala, triunfal, con un dedo.

–Ahí está. Ésa es nuestra Kathy. ¿Qué les había dicho?

–Gracias, Gerald –le digo apresuradamente al guardia–. Mi padre no está bien. Ya me encargo yo.

Lo llevo hacia la puerta, esforzándome por mirar directamente al frente para evitar las sonrisas de lástima que han sido compañeras constantes de la familia Reddy desde que yo puedo recordar.

Ya en la calle, menciono un café en Cheapside, muy lejos de la órbita de mis colegas, pero mi padre me hace bajar los peldaños que llevan al King's Arms. Un *pub* de los tiempos de Dickens, que tiene serrín en el suelo y una camarera adolescente de piel blanca y lengua torpe. Nos sentamos a una mesa en un rincón bajo el retrato de un conde de rojas mejillas; mi padre, con un bourbon y una bolsa grande de cacahuetes y yo con un bitter limón. Siempre fue la bebida preferida de mi madre; al principio, porque era una bebida sin alcohol, pero luego se convirtió en un estado de ánimo.

–¿Qué tal la pequeña Emma? –me pregunta mi padre.

Su aliento es una potente mezcla de Johnnie Walker y huevos pasados por agua.

–Emily.

–Ya, Emily. Cerca de los siete, ¿no?

–Seis. Cumplirá seis años en junio, papá.

Asiente, tajante, como si seis estuviera lo bastante cerca de siete como para no representar diferencia alguna.

–¿Y el pequeño? Julie dice que se parece algo a mí.

Dios mío, no hay ningún padre por malo que sea o ausente que esté que no sienta un placer especial con su legado genético. Clavo la mirada, furiosa, en mi burbujeante y ácida bebida. La mera idea de que un pequeño jirón de ADN con Joe Reddy impreso en él pueda estar desarrollándose dentro de mi hijito...

–A decir verdad, Ben se parece a mí, papá.

–Bueno, tú y yo siempre fuimos iguales, Kate, cariño. Los dos guapos, buenos con los números, los dos con un genio algo vivo, ¿eh?

Le da un trago al whisky y se lanza un puñado de cacahuetes dentro de la boca; todo lo hace sin moderación, mi padre; por lo menos en eso nos parecemos.

–Bueno, ¿es que no vas a preguntarle a tu padre qué tal le va? Después de que he venido hasta aquí sólo para verte.

El acento es del norte, tan espeso que podrías cortarlo como si fuera un pastel de fruta, pero queda un eco de la cadencia del Cork natal de su madre. ¿Hablaba yo también así? Richard dice que cuando me conoció sonaba como algo salido de los Monty Python. Era cuando todavía decía *baff* en lugar de *bath;* antes de aprender que *class* rima con *arse*. Aunque nadie dice *arse* por aquí abajo; dicen *bum* o *bottom*. Con mis hijos uso *bottom* y cada vez que lo digo vacilo ante los contornos gordezuelos y remilgados de esa palabra. Mi lengua se parece a la de la camarera; está cargada de objetos extraños.

Papá quiere que le facilite pedirme lo que ha venido a pedirme. Pero no voy a hacerlo. Todavía lo recuerdo de pie frente al Abbey National, en Holborn, cuando cobré el cheque de mi primer sueldo, humedeciéndose el dedo para contar los billetes de diez que le había dado. Mi propio padre. Si quiere mi dinero que lo pida.

–¿Lo mismo?

La camarera ha venido a nuestra mesa para retirar los vasos.

–No.

–Sí, lo mismo para mí y tómate tú otro, preciosa.

Papá sonríe y la camarera se sonroja y se yergue de la misma manera que otras mujeres que he visto en su presencia. En un tiempo fue un hombre guapo, mi padre, guapo más que apuesto y, por ello, condenado a no madurar sino a pudrirse. «Tyrone Power», solía murmurar mi abuela con cariño cuando lo veía y yo, joven como era y sin conocer a ninguna de las viejas estrellas de Hollywood, daba por supuesto que Tyrone Power era el efecto electrizante que mi padre producía en la gente, en lugar de un nombre propio. Una fuerza de la naturaleza, difícil de controlar pero irresistible. Lo miro ahora y trato de ver lo que los demás deben de ver; una cara en forma de corazón hinchado, una nariz y unas mejillas surcadas de líneas rojas como el delta de algún río oxidado. Unas pestañas largas que enmarcan unos ojos azules que, según mi madre, eran los más extraordinarios que nadie había visto nunca; estanques de color índigo donde todo el encanto y la inteligencia se ahogaban. Un donjuán, lo llamó mi primer novio. «Tu padre es algo serio con las mujeres, Kath. Tendrías que haberlo visto en el club con esa Christine el sábado por la noche.» Cómo me sonrojé al oír hablar de su vida sexual tan cerca de la mía.

–A ver si adivinas qué es esto.

Mi padre revuelve debajo de la mesa y, de la bolsa, saca un archivador negro y de él varias hojas muy manoseadas de papel milimetrado. Hay un dibujo de algo hocicudo y acolchado con alas cuadriculadas a los lados. ¿Quizá los cerdos vuelan? Le doy la vuelta.

–¿Qué es?

–El primer pañal biodegradable del mundo.

–Pero tú no sabes nada de pañales.

–Ahora sí.

Tendríais que saber que, en este campo, mi padre tiene una larga historia detrás. Uno de los grandes inventores no descubiertos del mundo, pocas cosas hay que él no haya descubierto. Cuando Julie y yo éramos pequeñas se inventó las rocas lunares, polvorientos pedazos de resina que vendía como recuerdos del aterrizaje del *Apolo 11* en un puesto del mercado de Chesterfield. «¡Imagine, señora, tiene en la mano la misma roca que Neil Armstrong sostuvo en la suya!» Fueron un bombazo de ventas, las rocas lunares, y más tarde, cuando los viajes espaciales perdieron su fulgor, se reencarnaron como estrambóticas piedras pómez para la dura piel de las señoras de Worksop.

A continuación vino una gatera que impedía que los gatos introdujeran sus presas en la casa; una buena idea, pero los gatos acababan estrangulados en el mecanismo de resorte. A veces, los inventos de papá ya estaban inventados, como el antifaz que ideó, sin haber volado nunca, para las siestas de los pasajeros de avión.

–Joe –le dijo mi madre cautelosamente–, me parece que ya tienen protectores para los ojos en los aviones.

Pero mi padre se negó a dejar que esas bobadas femeninas lo desanimaran. En casa, era papá quien arrasaba con todo y mamá quien recogía los destrozos con la escoba y la pala. En su tarjeta de visita mi padre se describe como empresario.

Mientras miro por encima su plan de negocio para el pañal biodegradable Reddy, él dice feliz:

–He recogido muchas muestras de interés, ¿sabes? Derek Marshall, de la Cámara de Comercio, dice que nunca había visto nada igual. Pero estoy algo mal de capital, cariño, y ésa es tu especialidad. ¿Cómo lo llaman, capital arriesgado?

–Capital riesgo.

–Eso es.

Papá dice que no habla de grandes sumas; lo necesario para empezar, eso es todo.

–¿Cuánto?

–Lo justo para poner en marcha la producción.

–¿Cuánto?

–Diez de los grandes más los gastos de desarrollo y luego está el envasado. Digamos trece y medio. No te lo pediría, cariño, lo que pasa es que ando flojo de liquidez.

No soy consciente de que mi expresión haya cambiado, pero debe de haberlo hecho porque se remueve en la silla de una manera que, en otro hombre, podría tomarse por incomodidad. Creo que, por un momento, debe de habérsele ocurrido que me asquean estas transacciones. Tiende la mano a través de la mesa y la pone encima de la mía.

–No te preocupes, tesoro –dice–. Si andas apurada, aceptaré un cheque.

Dejo a mi padre en la estación de Moorgate. Desde allí, puede coger la Northern Line directamente hasta King's Cross y luego, un tren a casa. Le doy dinero para el billete –una cantidad demencial, en estos tiempos resulta más barato volar a Boston que ir a Doncaster– y algo para el taxi hasta casa. Mi padre se muestra un tanto vago sobre el sitio donde está viviendo ahora –esto significa con quién está viviendo–, pero me promete que irá allí directamente. Me quedo parada delante de la estación, a la vuelta de la esquina, junto al fotomatón. Cuando vuelvo a mirar hacia el interior unos minutos más tarde, ya se está enrollando con un joven músico callejero. Como sin darle importancia, con un aire magnánimo, deja caer uno de los billetes de diez que acabo de darle en el estuche de la guitarra del muchacho, se quita la chaqueta, la pone con cuidado encima del perro dormido del músico y ahora, cielo santo, ahora va a cantar.

> El río es ancho, no lo puedo cruzar
> ni tampoco tengo alas para volar.
> Trae una barca para dos
> y ambos remaremos, mi amor y yo.

Es su balada favorita, un clásico Reddy, junto con *Down by the Salley Gardens*, ambas llenas de ese anhelo frustrado que papá interpreta tan bien. Los ejecutivos que pasan disparados hacia la escalera mecánica se detienen y vuelven la cabeza, sorprendidos por la belleza de la voz de tenor, por los deseos frustrados que mi padre transmite tan bien. Una mujer con un abrigo de pelo de camello se inclina para depositar unas monedas en el estuche y mi padre la saluda levantándose un invisible sombrero.

Ahora puedo oír la voz de mi madre, un irritado contrapunto que taladra la triste melodía.

–Puede hacerte bailar al son que quiere.

–No, no puede.

–Sí puede. Siempre ha podido. Si es tan condenadamente maravilloso, ese padre tuyo, entonces vete con él. Vamos, vete con él.

–No quiero irme con él, mamá.

–Siempre fuiste suya. La niñita de papá.

Me sumerjo de nuevo en el ruido de la calle, compro un ejemplar del *Standard* para tener algo en las manos y me dirijo hacia el despacho.

El amor de un niño por sus padres es prácticamente indestructible, pero a lo largo de los años el goteo de la desilusión puede corroerlo. El primer sentimiento que recuerdo haber tenido hacia mi padre era de orgullo, una gratitud vertiginosa, que hace estallar los pulmones, porque era mío. Más atractivo que cualquier otro papá, era tan listo que podía hacer cualquier suma que quisiera mentalmente y repetir, sin un sólo error, los resultados de fútbol tan pronto como los había leído por la tele el sábado por la tarde. Sheffield Wednesday, Partick Thistle, Hamilton Academicals. Los domingos por la mañana, Julie y yo estábamos autorizadas a acompañarle a ver a los corredores de apuestas, y allí nos aferrábamos a las piernas de nuestro héroe. Recuerdo la sensación de ser pequeña, allá abajo, entre la selva de pantalones y el olor de sombreros de fieltro mojados por la lluvia. Años más tarde, en la universidad, miraba cómo los padres de clase media iban y venían de sus salones llevando cajas de té, teteras y juegos de tazas colgando de soportes de pino y anhelaba su torpe abrazo.

Un invierno, debió de ser en el setenta y cinco o setenta y seis, papá nos llevó al Peak District a bajar en trineo. Otras familias tenían trineos comprados en una tienda que se alzaban sobre el suelo con una estructura de madera en la que sentarse. Nuestro trineo descansaba plano sobre el suelo; papá lo había montado clavando unas tablas y había añadido, en la parte inferior, unos patines de metal que había arrancado del marco de la puerta de un coche abandonado. «¡Venga, vamos a probarlo!», dijo, frotándose las manos.

En la primera bajada, Julie se cayó inmediatamente y el trineo completó el descenso solo. Papá le dijo que no fuera tan cría. Ahora me tocaba a mí y yo me agarré fuerte, decidida a demostrar que nuestro trineo, el trineo que había hecho nuestro padre, era tan bueno como cualquier otro. Pero a medio camino colina abajo, dio contra un saliente, viró bruscamente hacia la derecha y se deslizó a toda velocidad hacia una caída vertical protegida sólo por una pequeña valla de alambre espinoso. Los patines metálicos, añadidos para darle un poco de velocidad, hacían que no fuera posible parar el trineo; pasó a toda velocidad por debajo de la valla y los dos extremos delanteros quedaron colgando sobre el precipicio mientras yo quedaba tumbada en la parte de atrás, a medio metro del borde, envuelta en alambre. Mi padre jadeaba de tal manera cuando llegó a donde yo estaba que pensé que se iba a morir, pero se arrodilló sobre el extremo del trineo para sujetarlo y me sacó las púas de alambre del anorak, de las manos, del pelo. Cuando hubo desenganchado la última púa, me sacó del trineo y éste salió disparado hacia delante. Pasaron sólo un par de segundos antes de oír cómo se rompía al chocar contra la carretera. Antes pensaba que recordaba aquel día tan bien porque él me había salvado la vida; ahora creo que es porque fue la única vez en nuestra vida como padre e hija que hizo algo para protegerme.

Pero papá fue mi primer amor y yo siempre me puse de su parte incluso cuando los ojos color castaño de mi madre desaparecieron en el interior de aquellos círculos de mapache y empezó a llevar aquellos camisones de nailon de Littlewoods, que decían «no te acerques», y a reírse en los momentos equivocados. Un día en el supermercado VG, un hombre hizo caer la pirámide de Ideal Milk, las pequeñas latas azules y blancas rodaron por todas partes y mamá no podía parar de reír hasta que Linda, la del mostrador, tuvo que ir a buscar un vaso de agua a la parte trasera. Pero las hijas no quieren enterarse de las señales de la infelicidad de sus madres; quizá signifiquen que su padre no es perfecto.

Años después de que estuviera claro que Joseph Aloysius Reddy era un enamoramiento poco adecuado, yo seguía sin poder romperlo. ¿Cuántas pruebas necesitaba? Estuvo aquel día que trajo a casa las sábanas de la cama que compartía con su nueva amiguita para que mamá las lavara. Y la noche que me llevó abajo, con los ojos medio cerrados de sueño, para decirle al policía que estaba a la puerta que él, Joseph Reddy, había estado en casa un día que tuve que jurar que recordaba. Y lo juré.

–Tiene una memoria fotográfica, nuestra Kathy –le dijo papá al policía–. ¿No es verdad, tesoro? Veamos, ¿dónde está esa preciosa sonrisa?

Un padre es el modelo de hombre que la naturaleza le da a una niña y ¿qué pasa si ese modelo está roto o desfigurado?

Al cruzar la puerta de Edwin Morgan Forster, agradezco sus frescos espacios resonantes, el sonido del mármol bajo los pies, la forma en que el ascensor me acoge sin protestar en su interior forrado de espejos. Prefiero no mirar a la mujer que se refleja en ellos; no quiero que me vea así. Cuando se abre la puerta en la planta trece, tengo ya preparadas mis excusas, pero Robin Cooper-Clark está allí.

–Una presentación excelente, Kate –dice, poniéndome la mano, torpemente, en el hombro–. Absolutamente de primera clase. Sólo necesitamos atar un par de cabos sueltos. No hay prisa. Cuando te vaya bien. Ningún problema grave con la familia, espero.

Es difícil imaginar qué diría el director de Inversiones si le contara la verdad. Los Cooper-Clark y yo nos hemos hecho amigos desde que Jill y yo aliamos nuestro horror ante una cacería corporativa de faisanes. Richard y yo hemos estado en su casa de Sussex varias veces, pero yo nunca he mencionado mi padre a Robin; quiero su respeto, no su compasión.

–No. Todo va bien.

–Espléndido. Luego hablamos.

La pantalla me dice que en las tres horas que han pasado desde la última vez que miré, el FTSE ha subido cincuenta, el Dow ha bajado cien y el dólar, un uno por ciento. Así que, con mano segura y con gran parsimonia, hago los cálculos que necesito para que mis fondos mantengan el rumbo.

Lo único que sabía era que no iba a volver allí; a los tapujos, las evasivas, el aguantar la respiración en el oscuro recibidor.

13

DE COMPRAS

El *jet lag* tiene su propio microclima; es gris, pegajoso, como de Singapur. Acabo de regresar de un vuelo relámpago a Boston y me muevo a través de la hiriente lluvia de febrero con un letargo casi tropical. Salgo al Long Acre, justo en medio del paso de un mensajero. A través del visor, veo unos ojos llenos de odio.

–Tú, pedazo de aborto –escupe–. ¿Por qué coño no miras por dónde vas?

Tengo catorce minutos libres antes de que Rod y yo nos reunamos con los consultores en Covent Garden, al lado de la *piazza*. Tiempo suficiente para ir corriendo a las rebajas de zapatos, un cincuenta por ciento, en LK Bennet.

Me parece que he olvidado cómo se compra por placer. Para mí, no hay un prolongado juego previo, un coqueteo inofensivo con la chenilla y la seda antes de despegar con el distante lino o la divina, adorable alpaca. Ahora, compro como una langosta; hambrienta, ruinosa, absorbiendo como una aspiradora lo que necesito y cosas que seguro que no necesito, pero que me merezco porque nunca tengo tiempo de ir de compras. Agarro un par de zapatos con tacones de aguja –buenos para aplastarle los dedos a Guy– y unas botas de media caña y suaves como barritas de chocolate relleno. Luego se me ocurre coger unos zapatos negros sin talón, grabados con tantos agujeros que parecen braille para fetichistas de los pies. Es gracioso que dos pares de zapatos parezcan un derroche, pero tres sean una ganga.

Al otro lado de la tienda, veo una morena lustrosa, un triunfo de Botox sobre la gravedad, envuelta en cachemira gris perla. Estudia cada zapato como un juez en un concurso de flores. Se ve que dispone de tiempo, además de tener dinero. Imagino que tiene por delante todo un día de curioseo en las tiendas; una pradera de posibilidades, punteada con cafés con leche descremada y un delicioso almuerzo ligero. Observo que pone los ojos en un par de chinelas cebra en el estante del número 39. Hay que impedírselo. Ejecuto una pirueta a lo *Ángeles de Charlie* y llego a ellas justo a tiempo.

–Perdone, pero iba a cogerlas yo –dice con voz irritada, tan ofendida como alguien tan lánguido puede permitirse estar.

–Lo siento, yo llegué primero –digo, metiendo los dedos en la cebra.

–No hay necesidad de ponerse agresiva –sonríe y se aleja, deslizándose y dejando tras de sí una estela de Jo Malone Tuberose.

¿No es pura fragancia? Sin duda. ¿No quiere una estrangular su cuello extrañamente libre de arrugas? Podéis apostar a que sí.

En la caja, la empleada se detiene cuando llega a las chinelas y les da la vuelta.

–No son de su número, señora.

–Lo sé, pero me las llevo de todos modos.

La máquina de tarjetas de crédito chirría activamente y luego se detiene.

–Lo siento, señora, su tarjeta ha sido rechazada. Tendré que hacer una llamada.

–No tengo tiempo para que haga una llamada.

La empleada se sonríe con suficiencia.

–¿Quiere probar con otra tarjeta?

10.36 h. Seis minutos, treinta y cinco segundos tarde para la reunión. Entro en una sala llena de ejecutivos, tratando de ocultar la brillante bolsa detrás de las rodillas. Rod Task levanta la mirada de sus notas con una sonrisa de tiburón.

–Vaya, cuando las cosas se ponen difíciles, las señoras se van de compras. Gracias por unirte a nosotros, Katie.

12.19 h. Faltan cuatro días para las vacaciones de mitad de trimestre de Emily, pero tengo demasiado trabajo para reservar algo a donde ir a descansar. Y Paula se va a Marruecos toda la semana.

Cuando esta mañana le pregunté, tanteando el terreno, si había alguna posibilidad de que se tomara unas vacaciones que coincidieran con las nuestras, me lanzó su mirada Juana de Arco, esa mirada de «deja esos fósforos». Así que ofrecí pagarle el vuelo. Débil, Kate, muy débil.

Finjo estar comprobando las cotizaciones de los fondos mientras llamo a la agencia de viajes. ¿Qué tal Florida?

Se oye una risita de hiena al otro lado del teléfono.

–Todo reservado desde octubre, lo siento.

–¿Disneyland, París?

Non. El Eurostar parece estar atestado con esa gente odiosa que todo lo planea con tiempo.

El agente me dice que sería sensato reservar para Semana Santa ahora; todavía le quedan algunas plazas para entonces.

–¿Ha pensado en Centerparcs, Mrs. Shattock?

Sí, he pensado en Centerparcs; es igual que ir al infierno dentro de un Tupperware.

Pruebo Cornualles, las Cotswolds y las Canarias. Todo lleno. Por fin llego a una firma llamada Cymru Cottages. Valda dice, y es un milagro, que tiene una cancelación en las afueras de St David's.

–En la zona más resguardada, además no hay ningún problema, si hay chimenea, ¿verdad?

Estoy a punto de salir a almorzar cuando llega el chico de la correspondencia con un aire un tanto avergonzado; lleva dos ramos de flores de San Valentín. Uno –gardenias, azucenas y rosas blancas grandes como la mano– parece el ramo de novia de Grace Kelly; el otro consiste en unos tulipanes de delante del garaje aderezados con helecho funerario. Abro las tarjetas. Los tulipanes son de mi marido.

De: Debra Richardson

Para: Kate Reddy

Quería decirte que no te vuelvas loca por los piojos. Ahora son muy de clase media. La escuela de Felix acaba de tener un día del Piojo para «eliminar el estigma de los piojos».

¿Qué tal tu Hombre Martillo en Nueva York?

Lo único bueno de nuestra situación es que estamos demasiado hechas polvo para cometer adulterio.

Almorzamos el jueves, ¿vale?

Deb xxxx

De: Kate Reddy

Para: Debra Richardson

Es bueno saber que los piojos se han convertido en una minoría oprimida con su propia subvención de la UE, en lugar de una plaga que hay que eliminar, con el peine, cada noche, del pelo de un niño que gimotea. (Probé aceite del árbol del té; apestaba, pero no sirvió de nada; ahora me he pasado a un producto químico destilado por Sadam Hussein. Pero ¿matará a los niños antes de matar a los piojos?) Lo siento, no puedo almorzar; olvidé que era mitad de trimestre.

Creo que el Hombre Martillo acaba de enviarme un enorme ramo de San Valentín.

De: Candy Stratton

Para: Kate Reddy

Malas noticias, cariño. Richard *el Lento* llamó mientras estabas fuera y la estúpida secretaria le dijo: «Oh, sus flores eran MUCHO más bonitas que esos tulipanes que le han enviado».

Finge que te acosa un florista, preferible un florista GAY.

P. D.: Gracias por absurdas cebras. ¿Las cazaste tú misma?

De: Debra Richardson

Para: Kate Reddy

Kate, estamos demasiado cansadas para el adulterio ¿NO ES ASÍ? xxxxx

De: Debra Richardson

Para: Kate Reddy

No hagas nada vergonzoso y amoral.

Sin contármelo TODO.

D xxxx

13.27 h. Media hora de compras relámpago, sin almuerzo, en un refulgente emporio electrónico cerca de Liverpool Street. El ambiente en la tienda es delirante, palúdico. Aquí todos tienen demasiado dinero y les falta tiempo para gastarlo. Veo a un tipo de nuestro equipo tecnológico sosteniendo, reverente, entre las manos, una cámara digital como si fuera un pedazo de la Vera Cruz.

Sólo me lleva un minuto encontrar exactamente lo que busco. Lo último y más guay en organizadores personales. Algo absolutamente divino; increíblemente ligero, pero con un agradable peso científico y además ingenioso, como un carrito de las bebidas de los cincuenta. El Pocket Memory viene con una impresionante lista de promesas:

¡Te simplifica la vida!

¡Elimina el estrés!

¡Paga tus cuentas!

¡Recuerda el cumpleaños de tus amigos!

¡Practica el sexo con tu marido mientras acabas esa novela de Carol Shields que empezaste a las pocas semanas de iniciado tu primer embarazo!

Me lo quedo. Ni siquiera pregunto el precio. De una u otra manera me lo he ganado.

14.08 h. Rod Task se acerca a mi mesa como un marine tomando una playa al asalto.

–¡Katie, necesito tu ayuda! –vocifera.

Luego, de forma alarmante, separa los labios y aprieta los dientes para formar lo que cree que es una sonrisa. (Rod sólo resulta verdaderamente aterrador cuando trata de ser agradable.)

Le da un manotazo juguetón al narciso que tengo en un florero encima de la mesa y me dice que quiere que haga una final para una cuenta de fondos de pensiones éticos de trescientos millones de dólares. Las finales son una especie de concurso de belleza en el cual los gestores de inversiones rivales compiten para convencer a un posible cliente de que son los jugadores profesionales más responsables de la ciudad. Por cierto, Rod se olvidó de mencionar la final en cuanto se enteró, así que sólo tengo doce días para prepararme, aunque resulta que es culpa mía, porque si no lo fuera, significaría que Rod cometió un error. Y Rod es un hombre, así que eso no puede ser.

Me oigo empezar a protestar como si estuviera muy lejos –un acuoso gemido de sentimiento de injusticia– pero Rod sigue avanzando como un bulldozer.

–Quieren que alineemos un equipo que refleje el compromiso de EMF con la diversidad –dice–; así que supongo que tendrás que ser tú, Katie, y esa chinita de investigación.

–¿Cómo dices?

–Moma, ¿no?

–Momo no es china. Es de Sri Lanka.

–Tanto da –dice encogiéndose de hombros–. A mí me parece que es la hostia de diversa.

–Rod, sencillamente no puedo. Momo no tiene absolutamente ninguna experiencia. No puedes...

Mi jefe tiene agarrado el narciso por el cuello y la abatida flor está llorando cenizas amarillas sobre la alfombra gris.

–Eh, aquí no existe eso de no podemos, bonita. ¿Desde cuándo ofrecemos «no podemos»? No podemos es de nenazas.

¿Me escandalizaba la forma en que Rod me hablaba? En realidad, es probable que os escandalice lo poco que me escandalizaba. El machismo es el aire que respiro, una estimulante mezcla de Envy de Gucci y residuos picantes de gimnasio. Como uno de esos ambientadores cuboides ambarinos que Winston cuelga en su taxi, el olor te atonta en cuanto entras en la City; te arrasa el septo y luego se hace un ovillo en tu cerebro. Pronto se convierte en el único olor que hay en el mundo. Otros olores –leche, manzanas, jabón– parecen enfermizos y débiles al compararlos. Cuando vine a la City noté ese olor y supe de forma inmediata que era el olor del poder.

La verdad es que no me importa. Que hagan comentarios sobre mis piernas si esas piernas me permiten comprar zapatos para mí y para mis hijos. Ser mujer no te consigue lo que quieres en Edwin

Morgan Forster, pero permite que la firma consiga lo que quiere en el exterior –cuentas, fama de «diversidad»– y te lo deben a ti. Es el oficio más antiguo del mundo y a mí me sirve. Sin embargo, a veces, me importa por las demás mujeres. Por las de más edad, como Clare Mainwaring, de Operaciones, cuyo cabello gris las coloca entre las Desaparecidas de la empresa, y por las jóvenes como Momo, que piensan que tener un máster en gestión empresarial significa que los tíos no mirarán por debajo de tu falda.

Por aquí sólo hay tres tipos de mujer. Como Chris Bunce me explicó en una ocasión mientras tomábamos una copa en Corney and Barrow, allá por los días en que él todavía confiaba poder meterse en mis bragas: «Eres una nena, una mami o una abuela». Por entonces, yo estaba en la categoría de nena.

¿Y qué hay de la legislación para la igualdad de oportunidades? No hace que las cosas sean mejores, sólo soterra la misoginia, la entierra en las horteras cavernas de Internet. Nosotras hacemos constantemente chistes sobre los hombres en la Red –chistes irónicos, impotentes, rabiosos–, pero lo que algunos de los tíos envían... bueno, hasta un ginecólogo tendría que ir a tumbarse un rato. Que aprueben todas las leyes que quieran. ¿Es posible legislar que el gallo deje de cacarear?

Tal como yo lo veo, las mujeres de la City son como los inmigrantes de primera generación. Desembarcas, mantienes los ojos bajos, trabajas todo lo que puedes y haces lo imposible por no hacer caso de las pullas de esos nativos ignorantes que te odian sólo porque tienes un aspecto diferente y hueles diferente y porque puede que, un día, les quites el empleo. Y tú cultivas la esperanza. Sabes que es probable que las cosas no mejoren mucho en tu propia vida, pero sólo el hecho de que ocupes ese espacio, el hecho de que tuvieran que poner una máquina de Tampax en los lavabos, facilita las cosas a las mujeres que vendrán después de ti. Hace años, cuando todavía estaba en la escuela, leí un libro de William Golding sobre una catedral. Fueron necesarias varias generaciones para construir una catedral medieval y los hombres que dibujaron los planos sabían que ni siquiera sus hijos, ni sus nietos o biznietos estarían allí cuando se coronara el chapitel que ellos habían soñado. Creo que sucede lo mismo con las mujeres de la City; somos los cimientos y las mujeres que vendrán después apenas nos concederán un recuerdo, pero estarán andando sobre nuestros huesos.

El año pasado, durante la sesión de fotos para el folleto de EMF, tuvieron que «tomar prestadas» trabajadoras de la cafetería de la planta baja para rellenar los espacios en blanco donde debían estar las mujeres y las minorías étnicas. Participé en una reunión falsa frente a una camarera colombiana, que vestía la chaqueta roja de Jaeger de Celia Harmsworth y a quien se le habían dado instrucciones para que estudiara un informe sobre fondos. El fotógrafo tuvo que darle la vuelta porque ella lo estaba mirando al revés.

Más tarde, cuando fui abajo a comprar una pasta, traté de atraer la atención de la camarera al otro lado del mostrador, para compartir una mirada de complicidad femenina –¡Hombres! ¿Qué le vamos a hacer?–, pero ella ni siquiera levantó los ojos de su cubeta de queso crema.

16.53 h. Tengo que empezar a trabajar en el discurso para los fondos éticos, pero me distraigo pensando en el ramo de flores de San Valentín que me ha enviado Jack y luego en el cumpleaños de Emily. Faltan todavía tres meses y medio y mi hija ya está contando los segundos. (El deseo de que llegue tu cumpleaños cuando tienes cinco años es tan apremiante como el deseo de saltártelo cuando tienes treinta y cinco.) Sintiéndome por una vez como una madre debidamente organizada, llamo a Roger Rainbow, un payaso muy bien considerado en la Mamifia. El contestador de Roger me informa de que está hasta el cuello todos los fines de semana, pero tiene algunos huecos para Halloween. Joder; resultaría más fácil contratar a los Tres Tenores. Típico de mí eso de convertirme en madre en una época en que los cumpleaños han llegado a ser un deporte de competición.

–Perdone, ¿Kate Reddy?

–Sí.

Levanto los ojos y frente a mi mesa está la hermosa joven que tanto me apuró en la iniciación de los empleados en prácticas antes de Navidad. Ahora, como entonces, se sonroja, pero no hay nada frágil ni vacilante en su timidez; su reserva parece haber sido forjada con un metal fino pero resistente.

–Perdone –repite–, pero creo que vamos a trabajar juntas en una, ejem, final. Mr. Task ha dicho que pensaba que podía hacer una aportación importante.

Seguro que lo dijo.

–Ah, claro, Momo, es Momo, ¿verdad? Bueno, no imaginaba que íbamos a trabajar juntas tan pronto y, sin duda, será un auténtico reto.

Venga, Kate, dale un respiro a la pobre chica. No es culpa suya que te hayan cargado con ella.

–He oído decir muchas cosas buenas de ti, Momo.

–Lo mismo digo –dice agradecida, sentándose–. Todos nosotros, bueno, todas las mujeres –con un ademán recorre el mar de ejecutivos– no sabemos cómo lo hace. ¿Esto es suyo? –desaparece debajo de mi mesa durante un segundo y reaparece con un narciso–. Lo siento, está roto.

DEBO RECORDAR

Cartas de agradecimiento, llamar mamá, llamar Julie. ¡REFLEJOS! Completar formularios IMRO[1]. Lista de cosas que hacer para Momo. Ver estupenda peli nueva. *¿Tigre Sentado? ¿Dragón Dormido?* Cortarle uñas a Ben. Llamar Juno Academy of Fitness y contratar nuevo preparador personal, Kegel. Solicitud escuela Emily. ORGANIZARME. 65 cumpleaños suegro. ¿Entradas para lo de Ayckbourn? Llamar Jill Cooper-Clark. Vida social: Invitar a alguien almorzar domingo; ¿Simon y Kirsty? ¡PRESUPUESTO ALFOMBRA ESCALERA! Nota para Juanita. Maletas para vacaciones mitad de trimestre. ¡¡Roo!! Más toallas, pañales, biberones, Calpol, cuna portátil, toallitas, botas goma.

1. IMRO: siglas de Investment Management Regulatory Organization (Organismo Regulador de la Gestión de Inversiones). *(N. de la T.)*

14

VACACIONES MITAD DE TRIMESTRE

–Kate, no voy a discutir contigo por las botas.

–Pues yo sí voy a discutir contigo por las botas. Emily está empapada. Mira cómo tiene los pantalones. Tengo que pensar en todo. Absolutamente en todo. Y te juro por Dios que no me cabe nada más en la cabeza, Richard. Me acordé de pedirte que comprobaras si las botas estaban en el coche.

–Siento haberme olvidado. No pasa nada.

–No, no lo sientes. Si lo sintieras te habrías acordado.

¿Cuánto creéis que puede soportar la mente humana respecto a recordar cosas? He leído en algún sitio que nuestra memoria a largo plazo es básicamente ese almacén gigantesco donde todo lo que hemos conocido o sabido –personas y lugares, chistes y canciones– está colocado como si fueran botellas de vino, pero si no visitas una memoria con frecuencia, se pierde el camino, lo cierra la maleza. Acaba como el camino al castillo de *La Bella Durmiente*. ¿Será por eso por lo que todos los cuentos de hadas tratan de cómo encontrar el camino de vuelta?

En todo caso, mi memoria no es lo que era desde que nacieron los niños, pero tengo que procurar acordarme de las cosas. Alguien tiene que hacerlo. ¿Cuál es esa horrible palabra? Multitareas. Se supone que las mujeres son estupendas en eso. Pero Rich... si le pides a Rich que tenga más de tres cosas en la cabeza al mismo tiempo verás cómo empieza a salirle humo por las orejas; es porque los circuitos han volado en pedazos. He oído a algunas mujeres comentar por la radio que los tíos exageran lo inútiles que son para evitar hacer las cosas. Por desgracia, las exhaustivas pruebas científicas llevadas a cabo en el hogar de los Shattock revelan que la incapacidad de acordarse de la tintorería y de las pastillas para el lavavajillas más los rollos para la cámara es, en realidad, un defecto congénito, como el daltonismo o los problemas cardíacos. No es pereza, es biología.

En el interminable viaje a Gales el sábado, miraba a Richard, observaba la forma en que puede poner una pantalla protectora entre él y los niños cuando lo necesita, cuando tiene un destino en mente. Para un hombre, la vida es una carretera; para una mujer es un mapa; siempre pensamos en desvíos y vías de acceso y en el camino de vuelta, mientras que ellos se limitan a seguir impasibles por el carril rápido. Su único desvío es una ocasional idea brillante para tomar un atajo; en la mayoría de los casos suele resultar más largo y traicionero que la ruta original.

¿Será por eso por lo que los hombres viven el momento mucho mejor que nosotras? La posteridad está llena de hombres que aprovecharon el día, mientras las mujeres estaban haciendo planes a quince días vista.

La mayoría de las peleas que Rich y yo tenemos ahora tienen que ver con acordarse u olvidarse de algo. Como la que tuvimos cuando llegamos a la playa en Pembrokeshire la primera tarde de las vacaciones y resultó que Richard no había cogido las botas de goma de los niños. No sé qué fue lo que hizo que me pusiera como un basilisco. Cierto, los pies de los niños estaban empapados, pero se lo estaban pasando de maravilla.

Envueltos en tres capas de ropa, Ben y Emily juegan tranquilamente al lado del canal color chocolate con leche que emerge de las colinas detrás de Whitesands Bay y espumea sobre las piedras hasta el mar. Emily ha estado construyendo un castillo con jardines y una fuente hecha con la concha de una navaja, mientras Ben coge un guijarro, lo lleva hasta el agua, lo deja caer y luego va a buscar otro. Están tan felices y concentrados como nunca los había visto. Pero el tiempo ha empeorado. Por supuesto que el tiempo ha empeorado. Estamos de vacaciones en Gales, ¿cómo no me acordaba? El húmedo Gales. El sol rompió las nubes a primera hora, justo lo suficiente para que empezaran a brotar las pecas en la cara de Emily, pero ahora el cielo está cargado de lluvia. Decidimos ser prudentes y llevarnos a los niños a la casa que he alquilado unas cuantas millas al interior. Sacarlos del agua y meterlos en el coche nos lleva unos cincuenta minutos; los ruegos dejan paso a las amenazas y, cuando éstas no funcionan, recurrimos al soborno.

Le prometo a Emily que mamá le leerá *Little Miss Busy*, así que, después de quitarles la ropa húmeda, darles la merienda, bañarlos en el diminuto y helado cuarto de baño con un calentador que huele a aire quemado y convencer a Ben para que se quede en la cuna, mi hija y yo nos acomodamos delante del fuego: dos troncos que arden como a regañadientes.

–«Lo que más le gustaba a Miss Busy era trabajar mucho, estar siempre ocupada. Cada día, se levantaba a las tres de la mañana. Luego, leía un capítulo de su libro favorito. Se llamaba: "El trabajo es bueno para ti".» Oye, Emily, ¿no podemos leer algo más divertido?

–No, quiero éste.

–Vale, de acuerdo. ¿Dónde estábamos? «Miss Busy no era feliz a menos que estuviera trabajando.»

–Mami, viniste al cumpleaños de Ben.

–Sí, es verdad.

Puedo ver cómo piensa. Los pensamientos de todos los niños de cinco años están desnudos; todavía no han aprendido a ocultarlos bajo una capa. Este pensamiento de Emily forma arrugas en su frente, como la brisa en una duna.

–¿Te dijo la maestra que podías salir antes? –pregunta.

–No, cariño, mamá no tiene una maestra. Tiene, bueno, tiene un jefe, el hombre que manda. Y mamá tiene que preguntarle si puede salir antes.

–¿Podrías preguntarle si puedes venir a casa temprano otros días?

–No. Bueno, sí que podría, pero no demasiado a menudo.

–¿Por qué?

–Porque mamá tiene que estar en la oficina o de lo contrario podrían enfadarse con ella. Acabemos el cuento, Em. «Miss Busy...»

–¿Podrías venir temprano y llevarme a ballet los jueves? Por favor, mamá, ¿podrías?

–Paula te lleva a ballet, tesoro, y dice que lo haces muy, muy bien. Y mamá te promete que hará todo lo que pueda para ir al espectáculo de fin de curso.

–Pero no es justo. La mamá de Ella la lleva a ballet.

–Emily, de verdad que no tengo tiempo para discutir contigo ahora. Acabemos la historia, ¿vale? «Y Miss Busy no descansaba en todo el día, ni un minuto, ni siquiera un segundo.»

Cuando los dos estaban dormidos arriba, Rich me acusó de no estar relajada y me disgusté una enormidad. Había hecho tres horas completas de *Oliver!*, de Lionel Bart en el coche viniendo, ¿o no? *Wheeeere's love? Does it fall from skies above?*

Sí, del cielo, y una mierda. Y Mark Lester estaba tan guapísimo como Oliver y el otro día leí que ahora se ha hecho osteópata y trabaja en Cheltenham o no sé dónde. Quiero decir, no puede ser verdad, ¿o sí? Es como romper el hechizo.

Y después de *Oliver* cantamos veinte veces *The Wheels on the Bus*, lo cual hice con el máximo de buen humor, a pesar de que es una canción que me saca de mis casillas. Luego, cuando Ben vomitó en el coche cerca de Swansea, lo llevé a la estación de servicio, lo lavé en el lavabo, lo sequé como pude con la única toalla de papel seca que quedaba y lo cambié antes de comprar todo lo esencial que íbamos a necesitar cuando llegáramos a la casa; bolsitas de té, leche, pan en rebanadas para las tostadas. Fui todo lo que se espera de una mamá en vacaciones, ¿o no?

Pero Rich tenía razón. No pude dormir en toda la noche pensando en la inminente final que Rod me había echado encima. Había encargado a Momo que investigara el sector farmacéutico ético mientras yo no estaba, pero ella no tenía la experiencia necesaria para abrirse camino a tiempo en la jungla de material. Dos veces al día, la llamaba desde una cabina en algún camino entre altos setos o junto a una playa llena de ásperos guijarros, con la señal de mi móvil yendo y viniendo. Y claro, le expliqué a Momo qué signos de alerta tenía que buscar, cómo comparar criterios de investigación y una docena de cosas más, pero era como pedirle a un patinador que aterrizara en una estación espacial. Le había dado instrucciones detalladas a Guy para que la ayudara, pero mientras yo estaba fuera, él estaría ocupado en otras cosas, por ejemplo, medir mi silla con su huesudo y maquiavélico culo. Ni loco iba a hacer Guy algo que me dejara en buen lugar.

Además, como la conexión telefónica de la casa funcionaba prácticamente a vapor, no podía leer mis *e-mails*. Carecer de contacto con Abelhammer durante cuatro días hizo que me diera cuenta de lo mucho que contaba con él como válvula de escape; sin sus atenciones sosegadoras estaba a punto de explotar.

Jueves. Aparcamiento de la catedral St David. 15.47 h. Estoy sacando la sillita de Ben del maletero del coche cuando empieza el chaparrón; «*Joke rain, crazy rain*», Gene Kelly cantando bajo esa mierda de lluvia. Forcejeo para atar las correas que sujetan a Ben, y cuanto más impaciente me pongo yo más rígido se pone él. Me siento como un enfermero de manicomio poniéndole una camisa de fuerza a un loco. Richard ha encontrado la capota antilluvia y me la da; es una combinación diabólica de plástico adhesivo y estructura ascendente.

Con gran osadía, lanzo el enorme aro por encima de la cabeza de Ben y trato de sujetar los cierres, pero no puedo hacerlos pasar por los brazos de la sillita, así que los sujeto a la tela. Parece estar bien, pero me sobran dos aros elásticos. ¿Para qué coño son? Doblo el resto de la cubierta encima de los pies del bebé, pero la lluvia la arranca y me la tira a la cara. Maldita sea. Vuelta a empezar.

–Venga, Kate –dice Richard–, nos estamos calando hasta los huesos. Seguro que sabes cómo se pone esa cosa.

Seguro que no lo sé. ¿Cómo podría saberlo? El único contacto con esa maldita cosa fue entregar la Visa en John Lewis hace trece meses y, cuando la dependienta trató de mostrarme cómo se montaba, le espeté: «No es necesario, me la llevo, gracias». (Y no puedo llamar a Paula a Marruecos para preguntarle qué hacer con un artículo que usa mi propio hijo.)

Ben está berreando a pleno pulmón. Las gotas de lluvia se unen al afluente de mocos que le cae por encima de los labios para formar una catarata de sufrimiento. ¿Habéis observado que todos los artículos para bebé vienen con la promesa de «fácil de montar»? Es una abreviatura del sector que significa: «Sólo aquéllos entrenados por la NASA pueden intentarlo».

–Por todos los santos, Kate –dice Richard entre dientes.

Richard soporta cualquier cosa salvo una situación embarazosa en público.

–Hago lo que puedo. Todo lo que puedo. Emily, no te acerques a los coches. ¡EMILY, VEN AQUÍ AHORA MISMO!

Un autocar ha aparcado a nuestro lado y vierte un grupo de turistas setentones. Damas de los Valles con permanentes recién cocinadas y chaquetas cortas acolchadas que dan a sus macizos troncos el aspecto de calderas forradas para ahorrar combustible. Como una sola mujer, meten la mano en el bolso y sacan esos resbaladizos paquetes que se convierten instantáneamente en impermeables transparentes. Se quedan allí, charlando amigablemente y observando mis esfuerzos.

–Pobrecito –dice una, señalando a mi hijo que sigue desgañitándose–. Te estás mojando, ¿verdad? No te preocupes. Mami lo va a arreglar en un segundo.

Tengo los dedos torpes por el frío. Apenas puedo sostener el maldito clip y mucho menos abrirlo. Debajo del trozo de plástico equivocado, un Ben rabioso está más morado que una remolacha al vacío. Me vuelvo hacia las señoras.

–Es una sillita nueva –digo a voz en grito.

Todas asienten y sonríen, ansiosas por entrar en la complicidad femenina contra esa imposible máquina fabricada por el hombre.

–Hacen un material tan rígido ahora, ¿verdad? –dice una mujer con pantalones con un estampado escocés; me coge la capota de las manos, la coloca hábilmente por encima de la sillita y la sujeta con movimientos expertos–. Mi hija tiene una igual –dice, poniéndome la mano en el hombro un momento–. Ahora es médico en Bridgend. Con dos niños pequeños. Un trabajo duro, de verdad. No hay vacaciones ni nada de eso.

Cabeceo y trato de sonreír, pero tengo los labios rígidos de frío. Las manos de la mujer son rojas y huesudas. Las manos de una madre; una de esas que friega los platos tres veces al día, limpia las verduras y hierve los pañales de toalla en un caldero espumoso. Una generación más y esas manos desaparecerán junto con los delantales de cintura para abajo y el asado de los domingos.

Doblado por la mitad para hacer frente a la lluvia, Richard empuja la sillita a lo largo del camino hacia la catedral. Emily está tan empapada que se ha transformado de niña en duendecillo de las aguas.

–Mami.

–¿Qué pasa, Emily?

–El Niño Jesús tiene muchas casas, ¿verdad? ¿Es aquí donde viene de vacaciones?

–No lo sé, cariño; pregúntaselo a papá.

Las catedrales se construyeron para inspirar un respeto reverencial. Fortalezas sagradas, siempre tienen el aspecto de que las han hecho bajar desde el cielo y las han colocado encima de una colina. St David es diferente. Está en las afueras de una pequeña ciudad galesa –ciudad sólo de nombre– ocultando sus virtudes en un valle tan perfectamente dibujado que parece un grabado. El ganado pasta casi al lado de sus muros.

Me encanta este sitio. El frío antiguo que te llena los pulmones cuando abres la puerta; siempre pienso que es el aliento de los santos que ha quedado atrapado allí. Debía de tener siete u ocho años cuando vine la primera vez, con los labios pegajosos de algodón de azúcar. Al humedecerlos ahora, todavía noto su dulzor de tela de araña. He visto catedrales más impresionantes desde entonces: Notre-Dame, Sevilla, St Paul. Pero la grandeza de esta iglesia reside en su pequeñez; apenas es mayor que un granero. No te sorprendería encontrar un buey y un asno al lado de la pila bautismal.

St David es uno de los pocos lugares que me hace quedar quieta. Y aquí, en la nave, me doy cuenta de que, últimamente, esa quietud es una sensación que me resulta poco habitual, incluso incómoda. La catedral es intemporal y mi vida... mi vida no es nada más que tiempo. Rich se ha llevado a Emily y Ben a explorar la tienda de regalos. Al quedarme sola, descubro que mis labios están formando palabras que nadie puede oír: «Ayúdame».

Le pido a un Dios en el que no estoy segura de creer que me saque de un lío que no comprendo. Pues, muy bien, Kate, pero que muy bien.

En la pared del fondo, hay una tablilla de pizarra en memoria de algún personaje importante de la ciudad. En memoria de No sé qué Thomas y de su relicta Angharad. Relicta. ¿Será lo mismo que reliquia? Tendré que preguntárselo a Richard; es bueno en latín. Tuvo la educación adecuada, no el caos del instituto que yo tuve que soportar.

En el exterior, una escalinata vertiginosa y ostentosa une la catedral con la diminuta ciudad en lo alto de la colina. Arrastro la sillita peldaños arriba, notando cada golpe en mis vértebras inferiores. Rich lleva a una Emily llorosa en los hombros. Ella y Ben tienen que merendar. Madre mala y culpable. Siempre olvido que los niños son como los coches; sin inyecciones regulares de combustible dan sacudidas y se paran.

Recorremos una calle llena de cafeterías y miramos por las ventanas, buscando una que sea cómoda para ir con niños. ¿Hay sitio para la sillita? ¿Hay personas mayores que preferirían no compartir sus panecillos tostados con un Ben babeante? Gran Bretaña todavía no es un país para niños pequeños; si te aventuras mucho más allá de un Pizza Express, te tropiezas con los mismos suspiros rencorosos que recuerdo de cuando Julie y yo éramos pequeñas.

Nos decidimos por un establecimiento coquetón lleno de otros padres de vacaciones, tan nerviosos y poco descansados como nosotros y nos dirigimos hacia el rincón del fondo. Colgadas del respaldo de las sillas, nuestras chaquetas húmedas echan más vapor que una vaca. Le leo el menú a Emily y ella anuncia, con voz alta y clara, que no quiere nada de lo que hay en la lista. Quiere pasta.

–Podemos hacerte anillos de lata, ¿quieres? –dice una amable camarera.

–No quiero anillos –gimotea Emily–; quiero pasta.

Niña mimada de ciudad. Es culpa mía por dárselo todo desde pequeña. Yo no probé mi primer plato de pasta hasta los diecinueve años. En Roma. *Spaghetti alle vongole*, inabordable, una ordalía vergonzosa de conchas extranjeras y hebras imposibles de manejar.

A veces me preocupa haber llegado tan lejos, haber triunfado en la vida, sólo para que mis hijos crezcan tan ahítos y malcriados como la gente que me trataba con condescendencia en la universidad.

Mientras Rich corta la rebanada con queso fundido de los niños, suena un ligero zumbido en mi móvil. Es un mensaje de texto de Guy.

Crisis turca.
Rod y R C-C fuera.
¿Devaluación?
Hundimiento acciones turcas.
¿Qué hago?

Mierda. Me pongo en pie de un salto, me abro paso a empujones entre las otras familias, piso a un perro y corro a la calle. Pruebo con el móvil, pero esta vez suena otro pitido diferente que me dice que no hay batería. No tengo cobertura. Claro que no tengo cobertura; estoy en Gales. Vuelvo a entrar corriendo en la cafetería.

–¿Tienen un teléfono que pueda usar?

–¿Cómo dice? –La camarera parece no entenderme.

–¿Un teléfono de monedas?

–Ah, sí, pero no funciona.

–¿Un fax?

–¿Onzas?

–Un aparato de fax. Necesito enviar un mensaje urgente.

–Ah, quizá tengan uno en la papelería.

En la papelería no tienen fax, pero creen que el farmacéutico tiene uno. El farmacéutico tiene fax. El fax no tiene papel. Vuelvo a la papelería. Están cerrando. Llamo a la puerta. Suplico. Tengo que comprar un paquete de quinientas hojas, de las cuales necesito exactamente una. Vuelvo a la farmacia. Garabateo una nota para Guy utilizando el lápiz que está sujeto al mostrador.

Guy, DEBES sopesar riesgo de que el comercio turco se hunda y te carguen intereses del dos mil por ciento –podría costarnos una carretada de dinero– con la pérdida de valor de las acciones si devalúan la divisa.

1) ¿Cuánto tenemos en Turquía?

2) ¿Qué está haciendo el mercado? ¿Repercusiones en otras regiones?

Respuestas en mi mesa mañana a las ocho treinta. Vuelvo ahora mismo, Kate.

21.50 h. En la M4, hay atascos en ambas direcciones. Los faros de un collar de diamantes de cinco kilómetros de largo. Desde el asiento del conductor, Rich me lanza miradas inquisitivas, de reojo. Agradezco la oscuridad; significa que no tengo que darme por enterada de su preocupación hasta que me sienta dispuesta.

Finalmente dice:

–Sigo pensando que es un poco extraño, eso de que te enviaras las flores a ti misma por San Valentín. ¿Por qué lo hiciste?

–Para levantarme el ánimo. Quería que los del despacho pensaran que era la clase de persona a la que le envían flores por San Valentín. Y no estaba segura de que tú te acordaras. Patético, en realidad.

Es fácil mentir cuando lo intentas. Más fácil que decir que las flores me las envió un cliente con quien hace poco he cenado, un cliente que desde entonces ha ocupado una gran parte de mi mente consciente además de colarse en mis sueños sin pedir permiso. Es el momento de cambiar de tema.

–Rich, ¿qué es «relicta»? Lo he visto hoy, en una tumba en la catedral. «Y su relicta Angharad.»

–Significa «viuda». Literalmente significa lo que alguien deja al fallecer.

–¿Así que la esposa es lo que queda del marido?

–Exactamente, Kate. –Se ríe–. Por supuesto, en nuestro matrimonio, yo sería lo que quedaría de ti.

Lo dice con el suficiente amor como para herir. ¿De verdad hago que se sienta así? ¿Tan pequeño? Durante los kilómetros siguientes, imagino miles de planes, estrategias para mejorar las cosas entre nosotros. Para arreglarlas. Pero tres horas después, cuando pasamos Reading, empiezo a notar el tirón de la gravedad de Londres y la resolución de cambiar mi vida se convierte en cenizas con mi reintegración.

RAZONES PARA DEJAR EL TRABAJO
Y VIVIR EN EL CAMPO

1) Mejor calidad de vida.
2) Podemos comprar una mansión con galería para músicos por el coste del agujero de Hackney.
3) Oportunidad de ser una madre de verdad que tiene tiempo para amar a su marido, aprender el secreto del corazón de sus hijos y descubrir cómo funciona esa mierda de capota para lluvia.

RAZONES PARA NO DEJAR EL TRABAJO
Y VIVIR EN EL CAMPO

1) Me volvería loca.
2) Ver arriba.
3) Ver arriba.

TERCERA PARTE

15

LAS PALOMAS

¿Dónde están las aves de presa cuando las necesitas? Desde primeras horas de la mañana, dos palomas están posadas en el alféizar de la ventana de mi despacho. Parece que es su primera cita. Durante una hora, más o menos, el macho parece estar inclinándose ante la hembra, haciéndole pequeñas reverencias, como un camarero. Bueno, doy por supuesto que es el macho, porque la otra tiene un color como agua de fregar los platos y baja la cabeza con un aire tímido a lo princesa Diana, mientras él tiene ese magnífico collar de plumas, de color esmeralda y púrpura con un lustre como petróleo.

No estaba tan mal mientras el macho murmuraba naderías dulces, pero ahora anda pavoneándose arriba y abajo, con la cola abierta en abanico, siseando y silbando para atraer la atención de la hembra. El ruido es increíble. Repiqueteo con fuerza en la ventana para espantar a los dos pájaros, pero ellos, ocupados en su cortejo, sólo tienen ojos el uno para el otro.

Llamo a Guy y le digo que telefonee a la Corporación inmediatamente y les pregunte qué podemos hacer con las palomas.

Guy pone su cara de Jeeves:

–¿Quieres que haga que las maten a tiros, Kate?

–No, Guy, tienen un gavilán que las ahuyenta. ¿Puedes preguntarles cuándo hará su próxima visita?

Es un hecho poco conocido que la City de Londres emplea un halconero que trae un gavilán de vez en cuando para controlar la población de palomas. La última vez que estuvo aquí, Candy y yo salíamos a almorzar y mi inmutable amiga neoyorquina se quedó estupefacta al ver a un enorme hombre del campo, con un único guantelete de cuero, lanzando un misil emplumado al aire por encima de nuestras cabezas.

–Si alguna vez te has preguntado por qué la City tiene unas aceras tan limpias comparadas con el resto de Londres, ahí tienes la respuesta –dije.

–Ah, ya lo entiendo –dijo Candy sonriendo–. De esa forma guardan toda la mierda en el interior.

De: Debra Richardson

Para: Kate Reddy

¿Cómo estás? Yo, tan estresada después de tres días de vacaciones que querría ingresar en el Priory. ¿Tienen algún programa de desintoxicación del trabajo para unas deplorables adictas como tú y yo? Fuimos a un hotel «amable con los niños» en Somerset. Felix hizo que nos expulsaran después de provocar un cortocircuito eléctrico en el comedor. Metió su tenedor Thunderbird en la tostadora y todo quedó a oscuras. Ruby dice que me odia.

¿Crees que estamos haciendo un daño a corto plazo a nuestros hijos o que habrá demandas de envergadura más adelante?

Almorzamos el miércoles, ¿verdad?

Tuya en la negación, xxx

De: Jack Abelhammer

Para: Kate Reddy

Asunto: Crisis bancaria Japón

Es con cierta preocupación como tu cliente observa la continuada agitación en el sector de Extremo Oriente. Parece que Origami Bank ha cerrado, Sumo Bank está panza al aire y Bonsai Bank tiene planes para podar varias sucursales menores.

¿Puede orientarme, por favor, señora? xxxxx

De: Kate Reddy

Para: Jack Abelhammer

Asunto: Crisis bancaria Japón

¿No tiene usted un imperio económico que gobernar, señor? Los chistes sobre la difícil situación de nuestros amigos orientales son de muy mal gusto, aunque sí he oído que las acciones del Kamikaze Bank han caído en picado y que a quinientos empleados de las oficinas del Karate Bank les han dado la patada.

Katharine, xx

De: Jack Abelhammer

Para: Kate Reddy

¿Sabes?, te he echado en falta. Me he acostumbrado a tu marcha. ¿Qué tal las vacaciones? Calientes y relajantes, espero.

Vi una estupenda película la otra noche sobre un tipo que perdía la memoria, así que tenía que escribir todo lo que necesitaba recordar en su cuerpo. Pensé en ti... dijiste que siempre tenías que acordarte de muchas cosas, ¿no?

Jack, xx

De: Kate Reddy

Para: Jack Abelhammer

Ni caliente ni relajante precisamente. Aquí todavía hace frío; esta mañana me he cruzado con un tío en la pista de hielo frente a la oficina; estaba haciendo esos bucles y giros tan elegantes, como si estuviera escribiendo su nombre en el hielo. O quizá el nombre de otra persona. Qué romántico, ¿no?

Pero tienes razón en lo de la peli. Ya tengo la mayor parte del cuerpo cubierta de notas, pero te he reservado un hueco detrás de la rodilla izquierda.

De: Jack Abelhammer

Para: Kate Reddy

Yo patino un poco, ¿y tú? Podríamos ensayar unos cuantos pasos sobre hielo quebradizo un día de éstos.

En cuanto a la rodilla izquierda, no te muevas; estoy afilando la pluma.

10.23 h. Ahora el maldito palomo ha empezado a batir las alas. Como si se tributara una enorme salva de aplausos por ser un amante tan extraordinario. La hembra, mientras tanto, está haciendo el equivalente pajaril a tumbarse de espaldas y agitar las piernas en el aire. Absolutamente intolerable. Consigo abrir la ventana y trato de espantarlos. Pero resulta que el amor, además de ciego, también es sordo.

Hay tanto que hacer que me sorprende que la cabeza no se me caiga de lado con el peso de la actividad que tiene dentro. Dentro de dos días, asistiré a una final en Estados Unidos para el fondo de pensiones ético de trescientos millones de dólares. La voy a presentar con una licenciada veinteañera en período de formación que tiene todas las cualidades para ese trabajo –no blanca, no hombre– salvo la capacidad para hacerlo. Entre las dos, Momo Gumeratne y yo, destacaremos el apasionado compromiso de EMF con la diversidad, un compromiso cuyo momento más brillante hasta ahora ha sido la inclusión de tacos mexicanos en el menú de la cafetería. Además, todavía no cuento con los servicios de un animador para la fiesta de cumpleaños de Emily. Además, tengo que pasar por la tintorería para recoger la ropa para la final. Además, estoy segura de que había otro además.

Mierda. Lo que faltaba. Un memorando de Robin Cooper-Clark en mi mesa dice que hay una investigación interna sobre unas acciones que EMF vendió y que, en realidad, no teníamos. Le paso el memo a Momo, por encima de la mesa, y le digo que vaya y lo deje encima de la mesa de Chris Bunce.

–Pero vigila que no te vea, ¿vale?

Los ojos almendrados se estrechan en el rabillo cuando estudia el papel.

–¿Vendimos acciones que no teníamos y ahora hay una reclamación en contra nuestra y Robin quiere saber quién es el responsable?

–Eso es.

–Entonces, ¿vamos a averiguar de quién es la culpa?

–No, Momo. El objetivo es pasar la pelota hasta agotar a los demás. ¿Conoces el juego de las Sillas Musicales? ¿Sí?, bueno, pues esto es los Memorandos Musicales. La última persona que se quede con el papel está con la mierda al cuello. Por eso, ve a dejarlo encima de la mesa de Bunce. Ya.

Empiezo a reconocer la expresión en la cara de mi ayudante; una especie de ceño trémulo donde los altos principios luchan contra un ferviente deseo de complacer.

–Perdona, Kate, pero ¿cómo sabemos que Chris Bunce es el culpable?

Giro la silla, alejándome de Momo, para no perder el control. En el alféizar, el cuadro de la familia palomo queda enmarcado por una grúa del tamaño de un cartabón gigante. ¿Cómo explicar quién es Chris Bunce, un hombre que mientras habla contigo se agarra los genitales como para comprobar que su virilidad sigue ahí, o se los frota, excitado, cuando cree que está a punto de ganarle la mano a alguien? Especialmente a mí.

–Mira, Bunce es un viva la virgen que nunca hace su trabajo administrativo y deja que las chicas conscientes, como tú y yo, hagamos todo ese papeleo aburrido para satisfacer a las autoridades. Si el IMRO supiera en qué se mete Bunce, estarían aquí con un equipo de pastores alemanes. Pero Bunce es muy hábil para salir airoso porque juega sucio en los Memorandos Musicales. ¿Comprendes lo que te estoy diciendo?

–Perdona –dice Momo, igual que otro diría «vale» y cruza la oficina sosteniendo el memorando delante de ella como un zapador con una mina sin estallar.

–¿Conseguirás entrenarla?

Candy está al lado de mi mesa vestida con una falda tan corta que es prácticamente un mensaje de texto. Ni siquiera la he oído llegar.

–No lo sé. Estoy tratando de familiarizarla con la idea de que no todo el mundo es bueno.

–Dios bendito. No estaremos hablando de una niñez funcional, ¿verdad?

–Me temo que sí.

Candy cabecea llena de admiración y lástima.

–Pobrecilla. Nunca llegará a nada.

11.25 h. Estoy decidida a hacer que mi organizador personal funcione. ¡El Pocket Memory revolucionará mi vida! ¡El Pocket Memory hará desaparecer el estrés! ¡El Pocket Memory hará que mi tiempo trabaje en mi favor!

Al cabo de diez minutos de leer el folleto de Puesta en Marcha, descubro que el Pocket Memory no es compatible con mi ordenador. Llamo a la línea de ayuda. El jovencito a punto de acabar el instituto que responde me suelta el guión que tiene preparado con la misma facilidad que alguien traduciendo del urdu.

–¿Tiene un puerto serial grande detrás, señora?

–¿Detrás de mí o del ordenador? ¿Cómo demonios quiere que lo sepa?

–Lo que necesita es un Connect Kit.

–No, lo que necesito es hacer que mi organizador personal organice.

–Puede usted encargar nuestro Connect Kit ahora. Si desea proceder...

–Perdona, ¿esto forma parte de vuestra promesa de simplificarme la vida? ¿No puedo ir sencillamente a una tienda y comprar el Kit?

–No es tan fácil conseguirlos. La gente los encarga. Tardará en llegar entre cinco y diez días.

–No dispongo de entre cinco y diez días. Salgo para Estados Unidos dentro de veinticuatro horas.

–Me temo que no podemos...

–No podemos es de nenazas.

–Perdone, ¿cómo ha dicho?

–Es un viejo dicho australiano que significa que le diga a su jefe que tengo varios millones de acciones de su compañía, o que actualmente están sometidas a revisión y que nuestros informes de investigación de mercados no las muestran bajo una luz muy favorable. ¿Me he expresado claramente?

Se oye claramente cómo traga saliva.

–Tendré que hablar con el supervisor.

Martes, 8.11 h. A esto hemos llegado. Rich y yo estábamos tumbados en la cama hablando de si estábamos demasiado cansados para hacer el amor. No recordaba bien a qué conclusión habíamos llegado hasta que me he levantado esta mañana y he visto que tenía la parte interior de los muslos pegajosa con una especie de baño de azúcar glaseado.

No es una buena idea antes de una presentación importante.

Los deportistas dicen que nunca lo hacen antes de una gran carrera o encuentro, ¿no es así? Nunca oyes que las atletas se quejen, pero debe de pasarles lo mismo que a los hombres, o peor. Pocas cosas hay que puedan rivalizar con el orgasmo femenino para dejarte absolutamente fuera de combate. Horas después de que tiemble la tierra, todavía sientes un cansancio profundo, tentacular, que trata de arrastrarte a las profundidades; llegar, me refiero a llegar de verdad, hace que quieras ir a tumbarte hasta Navidad. Supongo que debe de ser el medio que tiene la naturaleza para ofrecer al esperma el mejor tiro posible al óvulo. (Cuando lo piensas, casi todo en la biología femenina es el medio que tiene la naturaleza para hacer que queramos un bebé o, cuando tenemos uno, que queramos protegerlo.) Hasta el año pasado, sufría una ligera tensión premenstrual. No es que no fuera nada, pero ni de lejos se parecía a los calambres infernales que padecen algunas mujeres. Luego, en cuanto cumplí los treinta y cinco, empezó la guerra. Ahora cada mes, las hormonas se lanzan a la calle saltando arriba y abajo, agitando pancartas y chillando: «¡Salvad nuestros óvulos!». Parece que mi cuerpo sepa que se acaba el tiempo y llore la muerte de cada óvulo como si fuera la pérdida de una piedra preciosa.

Pero ¿cómo puedo tener otro hijo, cuando no veo a los que tengo? Apenas he pasado por casa estos últimos días. Miro el reloj de la oficina y si son más de las ocho sé que me he perdido el momento de acostar a los niños y, bueno, imagino que puedo continuar trabajando toda la noche. Momo pide una pizza o tomamos algo sano de la cantina en una caja de poliestireno, siempre incomible, y acabamos con nuestro festín de media noche; una bolsa de fritos de tortilla y un par de Crunchies de la máquina, que nos tragamos con ayuda de una Diet Coke.

Cuando por fin llegué a casa anoche, a las doce menos cinco, contesté al teléfono esperando que fuera Momo con más cifras. ¿Y quién era? Barbara, mi suegra. No podía creer que llamara tan tarde.

–Puedes decirme que no me meta en lo que no me llaman, Katharine, pero he hablado antes con Richard y parecía muy cansado. Espero que no pase nada malo.

¿Barbara piensa que él está cansado?

10.07 h. Reunión con Rod, Momo y Guy. Estamos ensayando la final por tercera vez, con Rod y Guy haciendo el papel de clientes, cuando la secretaria de Rod, Lorraine, entra bruscamente.

–Siento interrumpir, Kate, pero hay alguien que quiere hablar contigo por la línea dos. Dice que tú dijiste que era urgente.

–Pero ¿quién es?

Lorraine parece resistirse a decirlo. Se queda de pie, con aire incómodo, en el umbral y finalmente, con un susurro escénico, responde:

–Un tal Percy Pineapple.

Guy pone los ojos en blanco, tan lánguidamente que prácticamente está mirando hacia atrás dentro de su propio cráneo. Momo se mira los zapatos.

–¿Quién coño es Percy Pineapple? –pregunta Rod afablemente.

Decido echarle cara al asunto.

–Ah, sí, será Percy Pineapple, parte de Fruitscape.com, que va a salir al mercado. El presidente va a venir a verme para discutir el fondo fijo. Es una broma suya.

Dios santo. Sigo sin animador para la fiesta de Emily. He pasado por todos los favoritos de confianza –Roger Rainbow, Zeta-Zeta, el Payaso y Katie Magdalena, que hace las cosas más maravillosas con Smarties y una bomba de aire–. Todos tenían compromisos anteriores en Mónaco o Las Vegas o asistiendo al baile de una madre superiora con retención anal, que ya había escogido los platos y las servilletas de papel para el séptimo cumpleaños de Yocasta antes de romper aguas.

Me he ido deslizando hacia abajo por la cadena alimenticia y he entrado en el territorio de los anuncios por palabras que ponen unos sandios barbudos cuyas fotos de carnet se confunden, de forma extraña, con las impresas en la campaña antipedofilia «Nombre y Vergüenza» de *News of the World*. El lunes hubo un rayo de esperanza cuando Percy Pineapple de Gravesend dijo que por ciento veinte pavos, sin hacer preguntas, cariño, podía venir en su camioneta y montar un espéctaculo encantador para la pequeña. Pero el folleto de Percy llegó a casa con el correo esta mañana. Muestra un homúnculo gordinflón retorciendo globos con aspecto de Durex color rosa para convertirlos en perros salchicha con preocupantes síntomas de priapismo.

Por supuesto, lo que Emily quiere es una fiesta piscina, pero eso está totalmente fuera de cuestión. En la piscina que se alquila para esas ocasiones, el agua está tibia, es rica en bacterias y, a diferencia de la mayoría de agua, no es transparente. Además, tendría que tomarme el tiempo suficiente para depilarme y poder ponerme el biquini; no puedo hacer nudismo en público con otros padres.

23.19 h. Llego a casa y me encuentro el Pocket Memory Connect Kit encima de la mesa. Richard está desplomado en el sofá, derrotado, viendo jugar al Arsenal. Me ha dejado pasta en el horno; tiene la textura y el olor de pies cocidos.

–¿Sería algo totalmente impensable que alguien que no fuera yo llevara arriba las cosas que hay al pie de la escalera?

Rich no aparta los ojos de la tele.

–Ah, aquí llega la gran Ella. ¿Ya estamos en ese momento del mes?

–¿Me estás acusando de tener tensión premenstrual?

Rich suelta un gemido y deja caer el mando a distancia.

–Por Dios, Kate, recuerdo con nostalgia tu tensión premenstrual. Ahora lo que tenemos es tensión posmenstrual y tensión intermenstrual. Tenemos tensión veinticuatro horas al día, siete días a la semana. ¿Podrás desconectar cuando vengas a la cama o seguirás dando instrucciones mientras duermes?

Abro el lavavajillas y veo que los platos, supuestamente limpios, tienen una huella de marea de sedimento gris. La condenada máquina debe de haberse estropeado.

–Quizá no te hayas percatado, Rich, pero tengo una presentación muy importante...

–Para no haberme percatado, tendría que haber estado embalsamado en Ulan Bator.

–Lo hago por nosotros, ¿sabes?

–¿Qué nosotros, Kate? Los niños no te han visto desde que volvimos de Gales. Quizá tendrías que hacerte presentadora de televisión; así por lo menos te verían una vez al día en la pantalla.

De pie en el umbral, viendo el desconcierto y la tristeza de mi marido desde muy, muy lejos, pienso que conozco esta situación muy bien y conozco el medio de salir de ella: marcharme al aeropuerto mañana por la mañana dejando el suelo helado y esperando que se haya fundido para cuando vuelva, o desnudarme ahora mismo y recordarnos a los dos que el amor es algo que se puede hacer. Estoy tan agotada que mi cuerpo parece sólo un montón de huesos; no, parece un cuerpo vivo cargando con otro muerto a la espalda. Pero no puedo soportar dejarlo así y algunas clases de sexo exigen menos tiempo y energía que otras.

–Por favor, Rich, ponte de mi lado –le digo unos minutos más tarde cuando vuelvo a ponerme en pie–. En la oficina estoy sola contra ellos; no puedo estar también sola en casa.

1.01 h. Casi he acabado de pasar toda la información que necesito al Pocket Memory cuando suena un grito arriba.

4.17 h. Emily se ha levantado tres veces hasta ahora. Peleándose con el edredón, con el pelo húmedo secándose y formando zarcillos como costras en su pálida mejilla. No sabe decirme qué le pasa. ¿Cómo puede hacerme esto, precisamente esta noche, cuando tengo que salir para el aeropuerto dentro de tres horas? Siento una instantánea puñalada de culpabilidad por haber tenido ese pensamiento. Luego, justo cuando acabo de decidir que es un castigo preventivo por dejarla –igual que un gato, Emily percibe la partida antes de que baje la maleta–, gime:

–Mami, me duele el pipí.

Le preparo una enorme taza de zumo de arándanos y paso los veinte minutos siguientes al teléfono tratando de hablar con un médico de urgencias. Me aconseja que le dé un Calpol y lleve una muestra de orina a la consulta a primera hora de la mañana. Abajo, trato de encontrar lo más parecido a una botella de muestra, algo hermético, pero lo bastante grande para que orine dentro. Lo único que encuentro es una cantimplora Barbie. Tendrá que servir. De vuelta arriba, arrodillada al lado del váter, no consigo convencer a una Em que se retrae para que llene la cantimplora.

–¿Mami?
–Sí, cariño.
–¿Podré tener una fiesta piscina?
–Claro que sí, mi amor.
Al instante, la cantimplora se llena hasta el borde.

Mediodía. Aeropuerto JFK, Nueva York. Un enorme agente de Aduanas con un fuerte parecido al Sipowicz de *Policías de Nueva York*, revuelve mi equipaje de mano. Como si no fuera en absoluto conmigo, lo miro mientras saca mi móvil, mis panties de recambio y el libro *Piglet Percy*. Mete su carnosa mano en un bolsillo lateral y saca la cantimplora Barbie. Oh, Dios mío. Se suponía que tenía que dejarla encima de la mesa de la cocina; si la cantimplora está aquí, ¿dónde está el Pocket Memory?

El inspector de Aduanas abre el contenedor Barbie y huele:
–Perdón, señora, ¿podría describirme este líquido?
–Es orina de mi hija.
–Lo siento, pero será mejor que venga conmigo.

DEBO RECORDAR

Absoluta y condenadamente todo.

16

LA FINAL

Miércoles. Fairweather Inn, Shanksville, New Jersey. Despierta desde las cuatro de la madrugada, presa en la puerta giratoria del *jet lag*. El servicio de habitaciones no empieza hasta las seis, así que me hago con un café que apesta a metal en la máquina del vestíbulo y añado un lingotazo de una miniatura del minibar. El whisky le proporciona una nota sostenida alta al brebaje infernal. Me parece ver una vieja en el espejo del cuarto de baño y aparto la mirada.

Esta mañana, me visto para la batalla con la armadura Armani al completo. Es increíblemente confortable ponerse una blusa blanca recién planchada y una falda y chaqueta de color marrón galleta digestiva con unas costuras tan finas que podrías extirpar el apéndice con ellas. Llevo los zapatos color caramelo de LK Bennet, con sus tacones de aguja, sus pespuntes en blanco y una puntera tan estrecha que podría taladrar cualquier entrepierna. El aspecto que busco es el de «Katharine Hepburn le pega una patada en el culo».

Faltan dos horas para la final y Momo se reúne conmigo en la habitación. Lleva un traje de seda azul y se ha recogido el pelo hacia atrás en un moño. Quizá esté nerviosa por dentro, pero tiene un aspecto tan misteriosamente sereno que habría que fundar una religión con su nombre.

No obstante, hoy tengo que mostrar confianza por las dos, tengo que exudar la cordialidad arrolladora del presentador de un programa concurso que sabe que su contrato está a punto de expirar. Ya hemos revisado la presentación cincuenta veces, pero nunca está de más repetir los «noes».

–Si te ofrecen algo de beber, no lo aceptes, ¿vale? Hagas lo que hagas, no los llames por su nombre propio. Es un fondo ético; esta gente piensa que son la clase de personas a quienes les gusta que les llamen Greg o Hanna, pero si lo haces, se dan cuenta de repente de que prefieren que los traten con deferencia. Están pensando en confiarnos un enorme montón de dinero, así que todo el tiempo «señor Tal» y «señora Cual». Y recuerda, somos los pretendientes.

Momo parece sorprendida.

–¿Es un coqueteo?

–Sí, sólo que no coqueteamos. Es como el amor cortés.

–¿El bailador de flamenco?

–*Amor cortés*, Momo. Amor cortés. ¿No has leído a Chaucer en la escuela?

Niega con la cabeza. Dios santo, ¿qué les deben de enseñar hoy en día?

–No, mira, les declaramos nuestra devoción eterna. Desesperados por agradar al amado, recorreríamos un millón de kilómetros a pie por uno de sus dossiers... esa clase de cosas. Y la clave está en recordarles constantemente que, aunque tenemos detrás a cientos de tipos blancos que prácticamente inventaron la banca, también tenemos un firme compromiso con la diversidad. Los fondos éticos quieren un rendimiento decente; quieren diversidad, pero no quieren el Tercer Mundo. Así que podemos darles lo mejor de lo británico con un lustre arco iris; ésa es la razón de que tú y yo estemos aquí.

–¿Y eso no es poco ético, Kate?

Semanas expuesta a mi cinismo radioactivo y ¿todavía es capaz de preguntar eso? ¿Qué voy a hacer con esta niña?

–Si dijéramos la verdad, Momo, perderíamos, lo cual tendría la virtud de ser extremadamente ético. Pero si nos marcamos el farol y ganamos, entonces dos mujeres –una de ellas no blanca– habrán conseguido una cuenta de trescientos millones de dólares para Edwin Morgan Forster, lo cual significa que la diversidad merece la pena y eso significa que un día, en lugar de adornar el escaparate, quizá tengamos la oportunidad de dirigir el cotarro, lo cual será totalmente ético y también significará que podremos comprarnos un montón de estupendos zapatos. Siguiente pregunta.

–¿Así que mentir en una final no está mal?

–Sólo si no lo haces bien.

Momo suelta una carcajada demasiado fuerte para su frágil estructura; la lanza hacia atrás en la cama y se le sale un zapato. (Debo acordarme de hacer algo respecto a sus zapatos; sin tacón, de color azul marino, no le favorecen nada los pies, que son tan diminutos y flexibles como los de una bailarina.) Echada allí encima de la colcha color naranja, me mira y suspira:

–No te entiendo, Kate. A veces pienso que crees que todo es un enorme montón de mierda y luego parece como si de verdad, de verdad, quisieras ganar.

–Claro que quiero ganar. Mírame. Cuando era pequeña, y jugaba al Monopoly, me escondía un hotel en el calcetín. Si caía en Park Lane, sacaba el hotel a escondidas. Mi padre me pilló una Navidad y me dio con el cascanueces por ser una pequeña tramposa.

Veo que Momo se esfuerza por situar este episodio dickensiano en la niñez educada y bien ordenada que es un derecho de nacimiento de todas las chicas de clase media. No ha averiguado que viajo con un pasaporte falso. ¿Por qué habría de hacerlo? En la actualidad, incluso a mí me costaría señalarme como la impostora en una rueda de reconocimiento de la City.

Cuando reacciona, es como si el sol la deslumbrara.

–Pero eso es terrible –dice–, tu propio padre. Lo siento de verdad.

–No lo sientas. Siéntelo por los perdedores. Ahora repasemos una vez más la parte en la que me entregas la lista de clientes.

Suena el teléfono y durante un segundo, ninguna de las dos reconoce su balido extranjero y quejoso. Es Rod, con instrucciones de última hora. Cuando cuelgo, me vuelvo hacia Momo.

–A ver, adivina qué ha dicho.

Frunce el entrecejo y finge pensar antes de responder con su cristalino tono de dama de Cheltenham:

–¿Salid ahí fuera y jodedlos vivos?

De repente, me siento mucho menos preocupada por ella.

–De acuerdo, el puesto es tuyo. Rod no es malo, ¿sabes?, una vez que aprendes a llevarlo. Si haces que crea que todo lo que tú quieres hacer es idea suya, será feliz.

Momo frunce el entrecejo de nuevo.

–Cuando hablas de los hombres del despacho, Kate, es como si fuéramos sus madres.

–Somos sus madres. Tengo hombres colgados de la falda en la oficina y los tengo colgados de la falda cuando llego a casa. Será mejor que te acostumbres. Bien, ensayemos el comienzo una vez más.

El teléfono vuelve a sonar. Es Paula, llama sólo para decir que ha encontrado mi organizador personal en el cajón de la verdura. Ben ha empezado a esconder cosas en la nevera. Toda la información que he necesitado durante las últimas doce horas ha estado junto al apio. Mientras tanto, Emily está tomando antibióticos para su infección de orina. Todavía tiene fiebre, pero le gustaría hablar conmigo, si puede ser.

Emily se pone al teléfono, con una voz chillona de entusiasmo y al mismo tiempo entrecortada de timidez. Siempre que oigo la voz de mi hija por teléfono, me siento como si la oyera por vez primera; parece inverosímil que algo que hice crecer en mi interior, hace tan poco tiempo, sea capaz de conversar conmigo, y no digamos de hacerlo después de rebotar en un satélite.

–Mami, ¿estás en América?

–Sí, Em.

–¿Como Woody y Jessie en *Toy Story 2*?

–Sí, eso es. ¿Cómo estás, cariño?

–Bien. Ben se dio un golpe. Le salieron montones y montones de sangre.

Al oír esto noto que se me hiela la sangre; como si alguien hiciera una instántanea de todo mi ser.

–Em, ¿puedo hablar con Paula otra vez? Por favor, pídele a Paula que vuelva a ponerse al teléfono, ¿quieres, tesoro?

Procuro mantener la voz calmada y plantear la cuestión del golpe de Ben como si no pasara nada, cuando lo que me gustaría hacer es aparecer en una bola de fuego en mi propia cocina con unas fauces maternas rutilantes y una cabeza llena de serpientes silbando.

–Ah, eso –dice Paula sin darle importancia–. Se dio con la cabeza contra la mesa.

¿La mesa de metal con aquellas esquinas que saltan a la vista y que dije tajantemente que debía desterrarse al sótano por si Ben se caía encima? Esa misma. Pero son cosas que pasan, me está diciendo Paula y su tono dice que, en cualquier caso, yo no estaba allí, así que ¿quién soy yo para criticar nada? Además, no cree que Ben necesite puntos.

¿Puntos? Dios santo. Carraspeo y trato de encontrar ese tono dulce y generoso en el que una orden suena a recomendación. ¿Y si Paula llevara a Ben al médico? Sólo por si acaso. Suena un profundo suspiro y luego oigo cómo le dice a Ben que deje algo. A esta distancia, la niñera de mis hijos suena sardónica, indiferente. Y lo más angustioso de todo, suena a alguien que no soy yo. Apenas oigo a Ben –debe de estar al lado de la ventana– emitiendo esos quejidos que suenan a dolor, pero que son su manera de hacer constar el fiero placer del descubrimiento. Paula dice que hay algo más. Alexandra Law llamó respecto a una reunión de padres y profesores en la escuela. ¿Asistiré?

–¿Qué?

–¿Que si irás a la reunión de padres y profesores?

–La verdad es que ahora no puedo pensar en eso.

–Entonces, ¿le digo que no?

–No. Dile que la llamaré... después.

De: Debra Richardson

Para: Kate Reddy

P. ¿Por qué es tan difícil encontrar hombres sensibles, solícitos y guapos?

R. Porque todos tienen novio.

¿Cómo estás?

De: Kate Reddy

Para: Debra Richardson

Completamente mental. Literalmente. La vida del cuerpo, un recuerdo lejano. Sólo soy un cerebro en un palo. A punto de lanzar para una cuenta de $$$$$ con una aprendiza aterrorizada que cree que Geoffrey Chaucer es un cantante de rap. Además, Emily enferma y

Ben casi se decapita mientras Pol Pot ocupada escuchando Kiss F M.

Ya no quiero ser adulta. ¿Cuándo empezamos a tener que ser adultas?

K xxx

14.57 h. Las oficinas de nuestro posible cliente están decoradas con un estilo que identifico como Corporativo Acogedor. Sillones de orejas con tapicería escocesa, mucha teca y colgaduras étnicas compradas a metros. El aspecto de todo te dice: «Aquí hacemos negocios, pero, bueno, puedes hacer el pino yogui si te apetece».

A Momo y a mí nos acompaña a la sala de reuniones la mujer más enorme que he visto en mi vida. Carol Dunstan es claramente una beneficiaria importante de la Diversidad en el Lugar de Trabajo, Sección Gordos. El recorrido desde el vestíbulo la ha dejado sin respiración; con sólo mirarla te preguntas qué clase de angustia es la que la obliga a comer tanto para consolarse. Hace las presentaciones de cada una de las dieciocho caras que hay en torno a la mesa. Oigo que Momo rechaza una bebida. Buena chica.

–Y por último, pero no el menos importante, nuestro distinguido colega de la Salinger Foundation. Mr. Abelhammer pertenece a la junta estatal de síndicos, Ms. Reddy.

Y allí está él de verdad. En el rincón más alejado, destacándose de los demás ejecutivos por una postura de casi insolente relajación y una amplia sonrisa. Es, a la vez, la persona a la que menos quiero ver y la única persona que quiero ver. Jack.

La presentación marcha bien. Quizá demasiado bien. Vamos por la mitad y, prácticamente, puedo saborear el terapéutico lingotazo de un gin-tonic en el vuelo de vuelta a casa. Me he esforzado por olvidar el hecho de que mi amante por *e-mail* está de verdad, físicamente, aquí en esta sala, aunque he sentido su presencia como se siente el sol sobre la piel.

Acompaño con explicaciones a nuestros posibles clientes en su recorrido por el folleto con fotos de los tipos que gestionan carteras en Londres. Es una galería de tipos de la City que apenas han cambiado en trescientos años; hacendados de Hogarth, bien comidos, viejos árboles vigorosos, hombres cuyo último mechón de pelo se ha secado hasta formar una red de caramelo hilado por encima de un platillo de cuero cabelludo. Candidatos a un ataque al corazón, con sus entusiastas caras de escuela privada enterradas bajo una avalancha de mediana edad. Jóvenes con la mirada estupefacta, cérea, de quien se pasa largas horas frente a una pantalla. Con un orgullo especial, señalo al brillante director de los fondos de protección, Chris Bunce, cuya adicción a la coca le ha dado unos ojos de rata de laboratorio y unos modales a juego. Al principio, hay una foto de Robin Cooper-Clark, alto como un chopo, socarrón, con una media sonrisa. Tiene el aspecto que tendría Dios si le hicieran las camisas en Turnbull & Asser.

Carol Dunstan carraspea:

–Ms. Reddy, New Jersey ha firmado recientemente el convenio aceptando los principios McMahon. ¿Sería eso un problema para su asignación de activos?

Vamos, Kate, no te dejes dominar por el pánico. Pensemos ¡Piensa!

–No. Estoy segura de que si nos dieran una lista de las acciones regidas por los principios Mc, ejem, Mahon...

–No tenemos una lista, Ms. Reddy –dice la mujer enorme, cortante–. Naturalmente, esperaríamos que Edwin Morgan Forster proporcionara una lista que acatara los principios McMahon; principios con los que usted, sin duda, estará familiarizada.

Dieciocho caras en la sala tienen la mirada fija en mí. Diecinueve, incluyendo a Momo, que me mira con confiados ojos de spaniel. No he oído hablar en mi vida de McMahon ni de su mierda de principios. Los segundos, que normalmente pasan en silencio, con modestia, felices de pasar inadvertidos, de repente se vuelven largos, chillones y sin piedad. Noto que la sangre me inunda la garganta y el pecho; con ese sonrojo color frambuesa que sólo dispara el sexo o la vergüenza. La exhalación del aire acondicionado suena como una mujer al separarse de su amante. No. No pienses en amantes. Piensa en McMahon. Quienquiera que sea. Probablemente uno de esos celtas con pretensiones de superioridad moral que quiere vengarse de los opresores capitalistas anglosajones. Evito mirar al otro extremo de la mesa donde se sienta Jack.

Los labios remilgados, fruncidos de Carol Dunstan están empezando a abrirse de nuevo, cuando habla una voz de hombre:

–Creo que podemos estar seguros, Carol, de que con la amplia experiencia de Ms. Reddy en los fondos éticos, estará al día de las prácticas de empleo de las empresas de Irlanda.

Una oleada de gratitud se me sube a la cabeza como si fuera oxígeno. Jack ha abierto la trampilla de emergencia y me ha proporcionado una salida. Asiento mostrando mi acuerdo con entusiasmo.

–Como dice Mr. Abelhammer, tenemos un equipo que examina atentamente las políticas de empleo. Desde un punto de vista personal, me gustaría añadir que apoyo totalmente los principios McMahon, siendo, como soy, irlandesa.

Se oye un estallido detrás de mí. A Momo se le ha caído una carpeta, pero la calamidad se pierde en medio del murmullo general de apreciación por mis credenciales étnicas. Aprovechando la marea de buena voluntad, paso directamente al cierre. El cierre es esa parte en la que dices: «Dennos el dinero». Pero cortésmente y sin mencionar el dinero.

17.11 h. Momo y yo nos estamos dejando caer en el taxi cuando hay un crujido de cuero detrás de nosotras.

–Me gustaría decirle que fue todo un placer presenciar su actuación, Ms. Reddy.

–Muchas gracias, Mr. Abelhammer. Le agradecí mucho su intervención.

Atrapada en la electricidad estática que hay entre Jack y yo, Momo parece un tanto perpleja.

Él apoya la mano ligeramente en el borde de la puerta del coche.

–Me preguntaba si podría convencerlas para tomar algo. Quizá contemplando la vista de Shanksville. Me han dicho que el Sinatra Inn tiene un cóctel llamado Ven a Volar Conmigo.

–A decir verdad, Ms. Gumeratne y yo estamos muy cansadas.

Asiente, comprensivo.

–Otra vez será. Cuídense.

En el camino de vuelta al hotel, Momo dice:

–Perdona, Kate, pero ¿conoces a ese tipo?

–No, no lo conozco.

Y es cierto. No conozco a Jack Abelhammer, pero quizá esté enamorada de él. ¿Cómo puedes estar enamorada de alguien que no conoces? Pensándolo bien, probablemente, es más fácil, ¿o no? Una pantalla en blanco donde puedes anotar todos tus anhelos.

–Se parece a George Clooney –suspira Momo–. Creo que tendríamos que haber aceptado esa copa.

–No. No sería profesional antes de que hubieran tomado su decisión. Además, hemos de tomar algo tú y yo para celebrarlo. Fuiste toda una estrella.

–Perdona, Kate, pero tú fuiste quien estuvo absolutamente brillante. Yo no podría hacer lo que tú acabas de hacer. –Momo se permite una sonrisa y, de repente, veo lo tensa que ha estado su cara–. No sabía que fueras irlandesa.

–Sólo un poco, por parte de padre.

–¿Como McMahon?

–Sí, pero sin los principios.

Suelta una risita.

–¿Qué hace tu padre?

–Trabaja en el mismo campo que yo.

–¿Es gestor de fondos?

–No, pero igual que nosotras, apuesta mucho en los caballos que le atraen, finge que es científico y confía en que Dios hará que cumplan y, cuando no lo hacen, abandona la ciudad.

–Cielo santo –dice Momo, tan escandalizada que se olvida de decir «perdona» por vez primera desde que la conozco–. Parece un tipo pintoresco.

Siempre que hablo de mi padre con otras personas, me oigo adoptar una voz diferente; distante, despreocupada, irónica. La voz con la que cuentas historias divertidas. Los tipos pintorescos son estupendos en Dickens o en papeles secundarios en las películas, cuando los representan unos ex galanes hinchados que pueden llegar a mejor actor de reparto, llevados por una oleada de simpatía pública; lo que pasa es que no quieres tener uno en tu vida si puedes evitarlo.

«Finge que tenemos un montón de pasta, Kathy, cariño», fueron las instrucciones que me dio papá en una ocasión. Estábamos sentados en el jardín de un *pub* en el extremo más alejado de una larga hilera gris de ciudades norteñas. Julie y yo estábamos en un banco con vasos de Dandelion & Burdock, una bebida que sabe como la Pepsi mezclada con creosota, pero que nosotros creíamos que era el néctar preferido de las damas sofisticadas. Yo tenía doce años y estaba demasiado mareada después de cambiar de ciudad cada seis meses como para saber qué era una conducta estable, y demasiado subyugada por mi padre para protestar. Desde luego, no teníamos dinero y, cuando lo teníamos, Joe lo hacía desaparecer, como por arte de magia, del monedero de mamá para alguno de sus proyectos.

Pero yo fingía que teníamos dinero. Incluso entonces creo que podía oler la decepción fijándose como si fuera humedad en mi padre y yo quería protegerlo de ella. ¡La decepción acobarda tanto a un hombre! Las mujeres que lo rodean tienen que seguir fingiendo que no la huelen, con él sentado allí, estrechando manos y utilizando la otra mano para sujetar el vaso, insistiendo en que todo está todavía por jugar.

Y aquí tenemos algo curioso. Todas las mujeres que conozco en la City son niñas de papá de una u otra forma. (El padre de Candy se marchó cuando ella tenía cinco años y creo que ha estado tratando de encontrarlo desde entonces; el de Debra dirigía una empresa de coches en las West Midlands y, muy de vez en cuando, Deb y sus hermanas lo veían los fines de semana, entre partidos de golf.) Hijas que se esfuerzan por ser el hijo que su padre nunca tuvo, hijas que destacan en la escuela para llamar la atención de un hombre que siempre está mirando hacia otro lado, hijas como la pobre y loca Antígona, persiguiendo el escurridizo fantasma del amor paterno. Entonces, ¿por qué todas nosotras, las niñas de papá, vamos a trabajar a un lugar tan hostil para las mujeres? Porque el único consuelo auténtico que tenemos es la aprobación de los hombres. ¿No es triste? ¿No es jodidamente triste?

Cierro los ojos y trato de no pensar en mi caprichoso progenitor. Desde que se presentó en el despacho con aquel diseño de pañales, me ha llamado casi cada día. La otra noche dejó un mensaje en el contestador, diciendo que el dinero que le di no era suficiente.

–¿Cuánto le has dado? –preguntó Rich, poniéndose pálido.

Mencioné una cifra que era un tercio del cheque que le extendí aquel día en el *pub* y Rich se puso como una fiera.

–Joder, pero ¿no vas a aprender nunca, mujer?

Una buena pregunta. No hay ningún estatuto de limitación para la piedad, ¿verdad?

20.18 h. Debí de dejarme caer en la cama y me quedé dormida. Me despierta el teléfono. Es Richard. Parece cabreado de verdad. Dice que no puede encontrar la bola de detergente para la lavadora. Paula ha llamado diciendo que estaba enferma y Ben estaba corriendo arriba y abajo sin pañal y ha habido un accidente en el edredón. Así que ha sacado la funda y la ha metido en la lavadora, pero no encuentra la bola.

Le digo que probablemente se habrá enredado entre las sábanas; que mire en el cesto de la plancha.

–¿Dónde está el cesto de la plancha?

–El cesto de la plancha es ese cesto lleno de ropa al lado de la tabla de planchar. Rich, ¿ni siquiera vas a preguntarme cómo me ha ido?

–¿Qué?

–La final.

–Te necesito.

–Venga, vamos, Rich, puedes arreglártelas con la colada por esta vez.

–Kate, no tiene nada que ver con la colada. Es que te necesito. ¿No puedes volver a casa esta noche?

–No, no puedo. Mira, volveré mañana en el primer avión.

Otra vez el teléfono. Dejo que suene y que suene. Seguro que es Richard para preguntarme por la comida del hámster o dónde está el microondas o las orejas de sus hijos. Finalmente, pensando que quizá haya un problema de verdad con los niños, lo cojo.

–Me alegró saber que eres irlandesa. Por un momento corrí el riesgo de confundirte con la Katharine Reddy que lleva mis fondos y que me dijo que era francesa.

–No dije que fuera francesa, Jack. Dije que tenía sangre francesa.

Se echa a reír.

–¿Y qué será lo próximo? ¿Cherokee? Estás hecha una buena pieza, Kate.

Ahora oigo una voz de mujer responsable y sobria que le dice a su cliente, con bastante firmeza, que bajo ninguna circunstancia quiere probar el cóctel Ven a Volar Conmigo en no sabe qué tugurio de mala muerte.

Su respuesta llega directamente por encima de la red.

–No hay problema. Preparan un estupendo Bewitched, Bothered and Bewildered[1].

Me viene a la memoria una frase de esa canción y la canto:

–«*Horizontally speaking, he's at his very best.*»

Abelhammer suelta un silbido.

–Así que es verdad, lo sabes todo.

–No sé cómo se va al Sinatra Inn.

1. Toma el nombre de una canción de Richard Rogers y Lorenz Hart, interpretada, entre otros, por Frank Sinatra y Sinnead O'Connor. *(N. de la E.)*

17

NOCHE Y DÍA

El Sinatra Inn tiene la voluntariosa alegría de una corista en decadencia. Unos reservados forrados de terciopelo rojo se extienden a lo largo de las paredes; cincuenta años de cenas elegantes han desgastado la felpa de los asientos, formando unas brillantes huellas como sillas de montar. La pared del fondo está dedicada a fotografías del chico del barrio que triunfó en la vida (Frank procedía de Hoboken, calle abajo). Hay fotos de Sinatra con Lauren Bacall; de Sinatra, con el sombrero ladeado, con el *Rat Pack*[1]*;* de Sinatra al piano, atrapado en un cono de luz, con su estrecha corbata a media asta y el cuello esforzándose por alcanzar alguna nota perdida hace tiempo. Y de Sinatra con Ava Gardner en los cincuenta; él con aspecto famélico, ella, insaciable. Nunca puedo ver a esos dos juntos sin imaginármelos en la cama.

Cada reservado tiene su propia maquinita de discos donde se mete un cuarto de dólar y se escoge entre los mayores éxitos de Frank. ¡Tantos títulos, tantos que contienen la palabra «Tú»! Jack Abelhammer y yo elegimos el asiento del rincón, bajo el cartel de Frank en el papel de Maggio en *De aquí a la eternidad.* Al camarero, un hombre ansioso, agobiado, con un montón de ternera por liquidar, debemos parecerle una pareja normal que se divierte repasando la lista de cócteles. (*Witchcraft* parece algo diabólico, así que opto por *Night and Day*.) En realidad, Jack y yo tenemos problemas. Igual que los astronautas al regresar, estamos tratando de pasar del mundo ingrávido de los *e-mails*, donde puedes decir lo que quieras y decirlo de verdad o no, al mundo real donde las palabras, lastradas por los gestos, por los brazos, los labios y los ojos, tienen su propia y específica gravedad.

1. El grupo compuesto por Frank Sinatra, Dean Martin, Sammy Davis Jr., Peter Lawford y Joey Bishop. *(N. de la T.)*

Nunca había visto a Jack sin traje hasta ahora. El efecto es sólo ligeramente menos alarmante que si estuviera completamente desnudo. Río y bebo; río y siento cómo me atraviesa una punzada de duda. Conozco a Jack Abelhammer como conozco a un personaje de ficción. Necesito que exista para que la realidad sea más soportable, no para complicarla.

–Bien, ¿qué va a ser, *signora*? –Jack está examinando el menú–. ¿Ternera con marsala, ternera con mascarpone o ternera con nuestra deliciosa ternera picada? ¿No le gusta la ternera? Bien, entonces tenemos una *scaloppina a la limone* muy buena.

Introduce una moneda en la máquina de discos y tiende un dedo para pulsar *Where or When*.

–No, ésa no.

–Pero es muy bonita.

–Lloraré. Cuando supe que Sinatra había muerto, lloré.

–Eh, a mí también me gusta mucho Frank, pero era muy viejo cuando murió. ¿Por qué lloraste?

No estoy segura de cuánto quiero contarle a este extraño tan conocido. ¿La versión con el personaje pintoresco o la auténtica historia? Mi padre tenía una reserva de discos del setenta y ocho de Sinatra que guardaba en el aparador, cada uno metido dentro de su propia funda de papel marrón, dentro de una especie de enorme rejilla para tostadas. Julie y yo estábamos fascinadas por ellos cuando éramos niñas. El papel marrón olía igual que los viejos, pero los discos hacían que todo el mundo pareciera joven. Tenían el lustre de ébano que tiene un escarabajo y una fabulosa etiqueta de color malva con letras plateadas como si fuera la invitación a un baile. Mi padre siempre hacía una fantástica imitación de Sinatra en las reuniones familiares; se subía a una mesa y mascullaba «*Schick-cargo, Schick-cargo, that toddlin' town!*». Pero las canciones que más le gustaban eran las tristes. *All the way* y *Where and When*. «Frank es el santo patrón del amor no correspondido –decía papá–. Escucha esa voz, Katharine.»

–¿Kate?

–Frank conseguía hacer felices a mis padres –digo, estudiando el menú–. Sinatra fue siempre una música de tregua en casa. Si papá ponía *Come Fly with Me* podías salir sin peligro. Me parece que tomaré otro cóctel, en lugar de la ternera. ¿Qué crees que pasaría si se mezclara un *Love and Marriage* con un *Strangers in the Night*?

Jack agarra la punta del cuchillo con el que estoy jugueteando, de forma que ahora lo sujetamos cada uno por un extremo.

–Nada demasiado grave. Puede que dejara un sabor extraño en la boca. Diría que lo peor sería una crisis aguda de remordimientos por la mañana. ¿Qué es un castillo hinchable?

–¿Qué castillo hinchable?

–Un castillo hinchable. Lo llevas escrito en la mano. Desde octavo curso no había visto a ninguna chica que se escribiera cosas en la mano; Kate, tendrías que buscar una de esas estupendas novedades que se llaman agendas, de verdad.

Miro los garabatos hechos con bolígrafo entre los nudillos, un recordatorio del cumpleaños de Emily. O sea que ésa es la cuestión; decirle o no decirle que soy madre (seguramente, éste es el único contexto en el que podría ser una revelación vergonzosa).

–Un castillo hinchable es... es un castillo de plástico que se hincha y botas encima. Para la fiesta de cumpleaños de mi hija. Necesito recordar que tengo que alquilar uno. Quiero decir, todavía falta mucho, pero para cuando consigo acordarme suele ser demasiado tarde.

–¿Tienes una hija?

Parece interesado, no consternado.

–Una hija y un hijo. O eso me han dicho. No los veo tanto como me gustaría. Emily cumplirá seis años en julio y se cree que es la Bella Durmiente. Ben tiene un poco más de un año y no hay forma de conseguir que se esté quieto, es... bueno, es un chico.

Jack asiente con aire solemne.

–Es sorprendente que todavía nos fabriquen. Estrictamente hablando, los hombres tendrían que haber sido retirados de la circulación junto con los estegosáuridos. Pero unos cuantos nos empeñamos en quedarnos por aquí para ver qué tal sería esto cuando vosotras lo dirigierais.

–No se me da muy bien que se rían de mí, Mr. Abelhammer.

–Debe de ser su lado alemán, Ms. Reddy.

Más tarde, después de la ternera –un pedazo de trapo envuelto en un estropajo de queso– tomamos tiramisú, una espuma de afeitar moteada con almendras. La comida es tan trascendentalmente horrible que ya hemos empezado a disfrutar del chiste en que se convertirá. Y luego bailamos. Bailamos mucho rato. Me parece recordar que también cantamos, pero creo que no puede ser. ¿En qué estado debía de estar para cantar en público?

Todavía una voz repite dentro de mí: tú tú tú.
Noche y día tú eres la única,
sólo tú bajo la luna y el sol.
Estés cerca o lejos de mí, no importa, querida, donde estés,
pienso en ti, noche y día.

2.34 h. ¡Despierta, mami, despierta, dormilona! De golpe, me siento invadida por el pánico. Me cubro los pechos con las manos y luego veo que está oscuro. ¿Emily? ¿Aquí, en New Jersey? Me cuesta unos segundos encontrar el interruptor de la luz; otros más darme cuenta de que la voz sale del despertador, el de viaje con el mensaje grabado que Emily me regaló para Navidad. Debe de ser hora de levantarse en Londres. «Venga, mami, holgazana, llegarás tarde.» La voz de Emily está teñida de orgullo por su tarea; cuando es mandona, suena exactamente igual que su madre.

Echo una ojeada por la habitación en busca de señales de adulterio. Mi vestido está en una percha, los zapatos debajo del sillón, la ropa interior en una pila bien ordenada encima. Jack me ha traído al hotel, me ha desnudado y me ha metido en la cama. Como si fuera una niña. De repente, pienso en lo insoportable que habría resultado, de haber estado él aquí, cuando la voz de Emily saltó en la oscuridad, interrumpiéndonos en nuestra...

Oh, Dios mío, mi cabeza. Tengo que beber agua. En el baño; enciendo la luz. La claridad es como un taladro. Bebo un vaso de agua, luego otro. No es suficiente. Me meto en la ducha con la boca abierta y dejo que el agua entre a raudales. De vuelta a la cama, veo que la primera página del papel de cartas del hotel tiene algo escrito. Enciendo la luz de la mesa:

«Algunas cosas que ocurren por primera vez,
parecen estar ocurriendo otra vez,
... pero ¿quién sabe dónde o cuándo?»
Que duermas bien. Con cariño, Jack.

10.09 h. Aeropuerto Newark. El avión lleva un retraso infinito. Estoy estirada a través de una hilera de asientos en la sala de los VIP. La niebla en el exterior corre pareja con una impenetrable oscuridad dentro de mi cabeza. Pienso en la noche anterior mientras procuro no pensar en la noche anterior. Infidelidad al estilo Reddy; toda la culpabilidad y nada de sexo. Genial, Kate, sencillamente genial.

Te emborrachas con un cliente, que te lleva de vuelta al hotel, te quita toda la ropa y luego, educadamente, se marcha. Es difícil saber qué pensar: ¿indignada por la invasión sexual o mortificada por su inexistencia? Quizá a Abelhammer lo ahuyentó que mis braguitas y mis sostenes no hicieran conjunto o quizá huyó ante la barriga Reddy que, después de dos embarazos y una cesárea de urgencias, se parece a uno de los pudines de arroz que preparaba mi abuela; la capa superior fruncida por encima de la masa granular que hay debajo. Uno de los problemas de estar inconsciente en presencia de un posible amante es la incapacidad de meter el ombligo hacia la espina dorsal, como me aconseja mi preparadora personal.

Al pensar en Jack desnudándome, noto como si todo mi ser fuera una media que desciende sedosamente pierna abajo.

–Kate, ¿estás bien?

Momo ha vuelto con café solo y los periódicos británicos.

–No, me siento fatal. ¿Algo en las noticias?

–Sólo que en el Partido Tory se están despedazando vivos. Y que las madres que trabajan están resquebrajándose. Dice que un setenta y ocho por ciento dejarían su trabajo mañana, si pudieran.

–¡Bah! Eso no puede ser verdad. Entre nosotras, las que estamos de verdad estresadas no tenemos tiempo para rellenar estúpidas encuestas. ¿En qué piensas, Momo?

Está haciendo esa cosa tan mona, arrugando la nariz.

–Perdona, pero no voy a tener ninguno. Niños. De verdad que no sé cómo lo haces, Kate.

–Compartimientos, así es como lo hago. Ellos van en un compartimiento, el trabajo, en otro; y tienes que evitar que haya filtraciones de uno a otro. Es delicado, pero no imposible. De todos modos, has de tener niños. Eres hermosa e inteligente y ya hay suficientes tarados horripilantes reproduciéndose por ahí.

Momo niega con la cabeza.

–Me gustan los niños, de verdad, pero quiero dedicarme a mi carrera y tú misma dijiste cómo ve la City a las madres. De todos modos –dice sin pestañear– tengo una educación estricta para cuidar de niños pequeños.

¿Cómo explicárselo? Hay muchas mujeres de la edad de Momo que miran a las mujeres como yo, que van como locas con su doble vida, y deciden posponer tener hijos lo máximo posible. Lo he visto entre mis amigas. Cuando tienen treinta y tantos, les entra el pánico, eligen al tipo equivocado –cualquier donante de esperma les sirve–, descubren que no quedan embarazadas y se embarcan en tratamientos de fertilidad, dolorosos y ruinosos. Algunas veces, funciona; la mayoría, no. Creemos que hemos sido más listas que la Madre Naturaleza, pero la naturaleza no se llama madre por nada. Tiene su manera de quitarnos los humos a bofetadas, de hacer que nos sintamos pequeñas. El mundo no va a acabarse con una explosión, sino con una mujer mirando fijamente sus óvulos congelados, a través de un panel de cristal, y preguntándose si alguna vez tendrá tiempo de descongelarlos. Me esfuerzo por eliminar el ruido del aeropuerto y pensar en lo que Emily y Ben significan para mí, luego reúno toda la fuerza que me queda y le digo a Momo lo que pienso, sin andarme con rodeos.

–Los niños son la prueba de que hemos estado aquí, Momo; son el lugar adonde vamos cuando morimos. Son lo mejor y lo más imposible, pero no hay nada más. Tienes que creerme. La vida es un enigma y ellos son la respuesta. Si hay alguna, tiene que ser ellos.

Momo mete la mano en su bolso y me tiende un pañuelo de papel. ¿Es pensar en los niños lo que me hace llorar o pensar que anoche no pensé en ellos en absoluto?

Vuelo de Newark a Heathrow. 20.53 h. La adrenalina siempre te lleva hasta el final de un trabajo, pero en el camino de vuelta a casa, el hecho de que has estado lejos te golpea siempre como una resaca. Casa. Me siento, a un tiempo, imprescindible –¿cómo se las arreglarían sin mí?– y dolorosamente prescindible –se las arreglan sin mí.

Cuando estoy fuera, en la habitación de un hotel, me siento frente a mi ordenador portátil y abro mis *e-mails* utilizando Acceso Remoto. Se oye cómo marca el número muy lejos, en algún lugar al otro extremo del universo. Le cuesta unos segundos de estática, luego los pips bailan un zapateado sobre un satélite y vuelven rebotados. Acceso Remoto. ¿Es así como me comunico con mis hijos? Marco su número para que acudan cuando los necesito, pero cuando no es así, los mantengo a distancia. Si alguna vez estoy con Emily y Ben como es debido, durante unos cuantos días y noches, siempre me sorprende lo asombrosamente vivos que están. No son la niña y el niño que sonríen con timidez en la foto que acabo de enseñarle a Momo, la que llevo en la cartera. Su necesidad de mí es como la necesidad de agua o luz; tiene una simplicidad devastadora. No encaja en ninguna de las teorías sobre lo que se supone que deben hacer las mujeres con su vida; teorías escritas en los libros por mujeres que nunca han tenido hijos o los tuvieron y los criaron como yo crío a los míos... por Acceso Remoto. Los niños te cambian el corazón; eso nunca lo han escrito en los libros. Sentada aquí en la primera fila de club, con un vaso grande de ginebra en las manos, siento ese absurdo órgano dentro del pecho, hinchado y pesado como una cantimplora llena.

Momo está justo a mi lado. Desde que me eché a llorar en el aeropuerto, mi ayudante se ha mostrado ansiosamente atenta; turbada por esa extraña nostalgia que habla del sentido de la vida. Momo quiere que el servicio normal de Kate se reanude lo antes posible y yo también tengo muchas ganas de que así sea.

–Kate, te cambio mi *Harvard Business Review* por tu *Vanity Fair.*

Me ofrece un suplemento impreso con unos sobrios caracteres grises.

–¿Lleva fotos de Johnny Depp?

–No, pero hay un artículo enormemente interesante sobre lo que hay que hacer y lo que no hay que hacer en una presentación Cinestética. A ver si adivinas cuál es el punto número uno.

–¿Desabróchate dos botones más de la blusa de lo que es estrictamente respetable?

–Venga, Kate, en serio. «Asegúrate de que tu actitud física señala tus intenciones al cliente.»

–Lo que te he dicho. Dos botones de la blusa.

(¿Por qué siento este impulso de quitarle sus ilusiones a esta chica tan encantadora y solemne? Quizá creo que es mejor que sea yo quien lo haga, antes de que se las roben los hombres.)

Al otro lado del pasillo, una morenita agobiada con un jersey rosa muy ancho está tratando de tranquilizar a un bebé que berrea. Se pone de pie y lo mece. Se sienta de nuevo y trata de apoyar la agitada cabeza de la pequeña en el hueco de su hombro; finalmente, se levanta el jersey y le ofrece el pecho. El ejecutivo del asiento contiguo echa una ojeada al globo mamario y se lanza de cabeza al lavabo.

Existe una poco conocida Ley Universal del Llanto Infantil; cuanto más desesperada y violenta se siente la madre, más alto es el volumen. No necesito mirar alrededor para calibrar el efecto que los aullidos mecánicos tienen en mis compañeros de vuelo. La cabina cruje con la estática del resentimiento: hombres que tratan de trabajar, hombres que tratan de descansar; mujeres que quizá estén saboreando las últimas horas de libertad y no quieren que les recuerden lo que pueden encontrar en casa, mujeres lejos de sus propios hijos y acuciadas por un sentimiento de culpa.

La madre tiene una expresión que conozco demasiado bien. Hay dos partes de disculpa frenética («¡Siento mucho todo esto! ¡Perdonen!») y tres partes de desafío («Hemos pagado nuestro asiento, igual que todos ustedes y ella es muy pequeñita, ¿qué esperan?»). El bebé no puede tener más de dos o tres meses; una pelusilla, anterior al pelo, fina como vilano de diente de león, forma una corona en torno a un cráneo que tiene la resistencia y la belleza de un huevo. Cuando chilla, se ve cómo salta el pulso en el hueco azulado de la sien.

–No, Laura, no, cariño, eso hace daño.

La madre la riñe cuando la pequeña le tira con furia del largo pelo. Me entra una súbita y profunda añoranza de Ben. Él también hace lo mismo cuando está demasiado cansado; la frustración de un bebé por no poder coger el sueño es igual a la de un alcohólico que se ha quedado en la calle frente a un bar cerrado.

Momo contempla la escena con la incomprensión horrorizada de alguien de veinticuatro años. Entre dientes, me pregunta por qué la mujer no consigue hacer callar a la pequeña.

–Porque la niña quiere dormirse, pero la presión probablemente hace que le duelan mucho los oídos. La única forma de neutralizar esa presión es hacer que beba algo, pero no se agarra al pecho porque está demasiado cansada para mamar.

Ante la palabra «mamar», Momo se estremece, remilgada, dentro de su traje de lana gris de Donna Karan. Dice que encuentra la idea de amamantar absolutamente extraña.

Le digo que es lo contrario de extraña.

–De hecho, puede que sea la única vez en tu vida en que tu cuerpo tendrá totalmente sentido para ti. Allí, en la sala de partos, Emily empezó a chupar y la leche empezó a fluir y yo pensé: «Soy un mamífero».

–Suena indecoroso –dice Momo.

–No fue indecoroso, fue un alivio. Nos pasamos la vida rechazando lo que queda de nuestros instintos y en ese momento, ¿cómo dice esa canción de Carole King?, «*Oh, you make me feeeel like a natu-ral woman*».

No debería haberme puesto a cantar. La mujer del jersey rosa me ha oído y está claro que piensa que estoy siendo sarcástica porque hace su papel de Madre Tierra en público. Trato de arreglar las cosas sonriéndole con aire de decir: «¡No se preocupe, yo también he pasado por eso!». Pero me he olvidado de que voy de uniforme. Al ver el traje y el ordenador portátil, es evidente que me toma por enemiga de la maternidad y me dispara una mirada del calibre doce.

Debo tratar de dormir un poco, pero las ideas me estallan en la cabeza como una tormenta eléctrica. Cuando pienso en Jack, siento... ¿qué siento? Me siento como una idiota. A fin de cuentas,

¿quién es y qué quiere de mí, o yo de él? Pero sobre todo me siento nerviosa, siento como si hubiera caído en una emboscada. Hay fuerzas rodeándome el corazón y gritándome que salga con las manos en alto. A veces, quiero rendirme. Y luego pienso en mis hijos, esperando, como los pollitos de búho del libro de Ben, a que su madre vuelva a casa después de cazar. Me sé esa maldita historia de memoria, de principio a fin, hasta la última coma.

«Y los pequeños búhos cerraron los ojos y desearon que su Mamá Búho volviera. Y VOLVIÓ. Suave y silenciosa, se deslizó, planeando, entre los árboles hasta llegar a Sarah y Percy y Bill. "¡Mamaíta!", gritaron, y aletearon y bailaron y saltaron arriba y abajo en su rama.

»"¿QUÉ ES TODO ESTE JALEO?", preguntó la Mamá Búho. Sabíais que volvería.»

–Momo, ¿crees que podríamos conseguir un poco más de ginebra? Parece que todavía sigo en contacto por radio con mi conciencia.

Con el Atlántico allá abajo, trato de componer un mensaje para Jack que aclare las cosas entre nosotros.

13.05 h

De: Kate Reddy

Para: Jack Abelhammer

Poco acostumbrada como estoy a que me desnude un extraño mientras estoy bebida...

No, demasiado frívolo. Borrar. Probar un enfoque de «no ha pasado nada».

13.11 h

De: Kate Reddy

Para: Jack Abelhammer

En relación a nuestra reciente reunión, he estado pensando en aumentar temporalmente el volumen de nuestro fondo. Si desearas más...

Si me necesitaras...

Estoy completamente a tu disposición...

Sabes que haría lo indecible...

He estado pensando en tu fondo, sería necesario desnudarlo de...

Joder, mierda.

13.22 h

De: Kate Reddy

Para: Jack Abelhammer

Jack, sólo quiero decirte lo inusitado que fue mi comportamiento de la pasada noche y espero que una anomalía temporal no alterará, en absoluto, nuestra relación profesional, que valoro mucho. Mi recuerdo de lo sucedido es un tanto vago, pero confío no haber sido causa de vergüenza para ti cuando me llevaste amablemente a mi habitación del hotel.

Evidentemente, espero que esto no afectará en modo alguno a tus futuros tratos con EMF, para quienes sigues siendo un cliente muy estimado.

Atentamente, Katharine

Y ése es el que envío, en cuanto llego a casa.

De: Jack Abelhammer

Para: Kate Reddy

En Estados Unidos, que una mujer te bese en la boca y te invite a perderte con ella en la isla desierta que tú prefieras, sí que suele «alterar la relación profesional» un tanto, aunque quizá sea algo que ahora forme parte de las técnicas de gestión de clientes del programa británico de MBA.

La noche en el Sinatra Inn fue estupenda. Por favor, no te sientas incómoda por lo de la habitación del hotel; tuve los ojos cerrados todo el tiempo, mi señora, salvo cuando me pediste que te quitara las lentillas. El ojo izquierdo es más verde.

Cuando volví a mi piso, en la tele aparecía Butch Cassidy. Kate, ¿te acuerdas al final cuando Sundance y Butch están acorralados, con el ejército boliviano esperando fuera? Saben que no hay nada que hacer, pero de todos modos, se lanzan al exterior con las pistolas escupiendo fuego.

Durante un momento anoche, pensé que estábamos en apuros.

Jack.

DEBO RECORDAR

Niños, castillo hinchable, moldes en forma de conejo para la crema, marido.

DEBO OLVIDARME

De ti, de ti, de ti.

18

EL TRIBUNAL DE LA MATERNIDAD

Siempre que aparecía ante el Tribunal de la Maternidad, la mujer nunca parecía hacerse justicia. Resultaba difícil averiguar exactamente qué iba mal. Allí estaba ella, con todos los argumentos en la punta de la lengua, esas razones perfectamente sólidas del porqué iba a trabajar, de cómo era beneficioso tanto para ella como para sus hijos, la cita definitiva de Gloria Steinem sobre que ningún hombre ha tenido nunca que pedir consejo para combinar la paternidad y una profesión. Y luego, en cuanto estaba en aquel banquillo, las justificaciones se hacían humo en sus labios.

Pensaba que tenía algo que ver con el hecho de que siempre la citaran por la noche, cuando estaba dormida, así que, evidentemente, no estaba en su momento más brillante. La sala del tribunal tampoco ayudaba mucho. Mal ventilada, forrada de madera y llena de personajes sombríos con peluca y vestidos de negro, era como testificar dentro de un ataúd gigante mientras los enterradores te observan, esperando que caves tu propia tumba. Y odiaba al juez. Debía de tener por lo menos sesenta y cinco años y era muy duro de oído.

–Katharine Reddy –decía con voz estentórea–, aparece esta noche ante el Tribunal de la Maternidad acusada de dejar a un niño enfermo en Londres para volar a los Estados Unidos de América. ¿Cómo se declara?

Oh, Dios santo, eso no.

–Dejé a Emily en Londres con fiebre, es cierto, Su Señoría. Pero si hubiera abandonado la final avisando con tan poca antelación, en Edwin Morgan Forster nunca me habrían permitido participar en ninguna otra oferta importante.

–¿Qué clase de madre deja a su hija cuando está enferma?–exige el juez, mirándola fríamente.

–Yo, pero...

–¡Hable más alto!

–Yo, Su Señoría. Yo dejé a Emily, pero sabía que estaba recibiendo el tratamiento adecuado, estaba tomando antibióticos y hablé con ella cada día mientras estuve fuera; estoy preparándole una fiesta piscina para su cumpleaños y estoy convencida de que las mujeres deben ser modelos para sus hijas y... la quiero muchísimo.

–Mrs. Shattock –el fiscal se ha puesto en pie y la señala–, este tribunal sabe que usted le confesó a su compañera, una tal miss Candace Stratton, que sentía una oleada de lo que denominó «alivio casi orgásmico» al dejar a su familia después de las vacaciones y volver a la oficina. ¿Qué tiene que decir al respecto?

La mujer se ríe, con una risa amarga, sin alegría.

–Esto es increíblemente injusto. Por supuesto que es agradable estar en un sitio donde nadie te sigue todo el tiempo chillando «¡Mami, caca!». No lo niego. Por lo menos la gente del despacho ve que estás ocupada y no te piden tostadas ni piruletas ni que les subas las bragas. Si está mal encontrar que eso es un alivio, entonces lo siento; soy culpable de lo que me acusan.

–¿Ha dicho culpable? –El juez ha vuelto a la vida.

–En mi defensa –continúa la mujer–, me gustaría que se tuviera en cuenta que construí tres castillos de arena en St David y que dejé que Emily me trenzara el pelo con trocitos de cangrejo que, según decía ella, eran joyas de sirena. Y canté todas las canciones y preparé todos los bocadillos. Hice dos clases diferentes cada día, aunque ellos sólo se comen las patatas...

–Mrs. Shattock, haga el favor de limitarse a los cargos –ruge el juez–. ¿Culpable o no culpable? Las actividades en la playa no conciernen al Tribunal de la Maternidad.

La mujer ladea la cabeza y se ve que algo malicioso, que casi huele a motín, aparece en sus ojos.

–¿Existe un Tribunal de la Paternidad, Señoría? Una pregunta estúpida, en realidad. Pensemos en lo que costaría resolver la cantidad de casos atrasados. Todos esos tipos que sólo entraron un momento en la taberna y no llegaron a casa a tiempo de leer un cuento a sus hijos antes de dormir durante, digamos, dos mil años...

–¡Silencio! ¡Silencio, digo! Si continúa usted por ese camino, Mrs. Shattock, tendré que hacer que la encierren.

–Suena estupendo. Así podría dormir un poco.

El juez golpea con el martillo. Cada minuto que pasa aumenta de tamaño y su cara, vieja y blanca, se impregna de escarlata como una jeringuilla al extraer sangre. Mientras tanto, la acusada va haciéndose cada vez más pequeña. Ya no es mayor que una muñeca Barbie cuando se arrastra dificultosamente hasta el borde del banquillo, tratando de conservar el equilibrio sobre sus tacones altos. Cuando empieza a gritarle al juez, su voz parece el chillido de un jerbo.

–Muy bien, ¿realmente quiere saber la verdad? Culpable. Increíble, neurótica y patológicamente culpable. Mire, lo siento, pero ahora tengo que marcharme. Por todos los santos, mire qué hora es.

19

AMOR, MENTIRAS Y CORAZÓN HERIDO

¿Se puede oler la traición de la persona que amas? Estoy convencida de que Richard puede hacerlo. Está absolutamente pendiente de mí desde que volví de New Jersey. Se sienta en el borde de la bañera mientras trato de eliminar las huellas del viaje, insiste en frotarme la espalda, me felicita por un peinado que no ha cambiado desde hace tres años. Y me mira fijamente, como si tratara de identificar algo que no acaba de saber qué es y luego aparta la vista rápidamente cuando nuestras miradas se cruzan. Por vez primera, hay como una timidez entre nosotros; nos mostramos cuidadosamente corteses, igual que los invitados a una cena, y eso que a finales de julio hará siete años que estamos casados.

Mientras Rich está cerrando con llave la puerta de entrada, me meto en la cama y simulo un profundo sueño para evitar el sexo del reencuentro. Echada a su lado, con los ojos cerrados, un montaje de culpa, trabajo, deseo y compras me baila en los párpados; pan, pastelillos de arroz, la sonrisa de Jack, atún en lata, comprobar el nivel de tesorería de los fondos, zumo de manzana, esas cosas Alphabite de patata (preguntar a Paula), hojas de cálculo, la palabra «beso» pronunciada con acento americano, pepinillos, conejitos de maizena, jalea verde para la hierba.

Al amanecer, es cuando finalmente Rich y yo hacemos el amor, mientras los niños empiezan a moverse en sus camas en el piso de arriba; es algo exigente y posesivo, como si mi marido hiciera la demostración de un profundo impulso territorial, algo como plantar su bandera y reclamarme como suya. Y, en cierto modo, agradezco que me reclamen; es menos aterrador que partir hacia una tierra extraña, con sus curiosas costumbres y sus desconocidos emblemas.

Richard todavía está desplomado encima de mí cuando los niños entran chillando en el dormitorio. La primera reacción de

Emily al ver que he vuelto es de una alegría sin complicaciones, que se complica sólo unos segundos más tarde con un mohín enfurruñado y una mirada verde, fulminante, propia de Otelo. Ben está tan feliz que rompe a llorar y se cae sentado encima de su bien mullido trasero; su cuerpecito apenas es capaz de soportar la fuerza de sus sentimientos. Cuando los dos se suben a la cama, Emily se monta encima del pecho de Richard y Ben se tumba en la humedad cruciforme que su padre ha dejado en mi cuerpo desnudo. Con la cara a la altura de la mía, empieza a señalar mis rasgos, uno por uno:

–Ojoz.

–Ojos, muy bien.

–Nadiz.

–Nariz, muy bien, Ben. Chico listo. ¿Has estado aprendiendo palabras mientras mamá no estaba?

Su índice, fino como un lápiz, se detiene entre mis pechos.

–Y eso, jovencito –dice Richard, inclinándose y apartando suavemente la mano de su hijo– son los senos femeninos, de los cuales tu madre tiene unos ejemplares especialmente atractivos.

–Mamá es como yo, ¿verdad? –pregunta Emily, exigente, subiéndoseme encima y desplazando a Ben hacia la barriga, cuya suave cúpula todavía guarda el recuerdo de haberlos llevado a los dos dentro.

–Yo –repite Ben, feliz.

–Yo, yo, yo –gritan los niños mientras la madre desaparece debajo de su propia carne y sangre.

Cualquier mujer que haya sido madre ha cometido ya una especie de adulterio, creo. El nuevo amor en el nido es tan voraz que lo único que el viejo puede hacer es esperar pacientemente, confiando recibir cualquier migaja que el intruso no consuma en su codicia de cucú. Un segundo hijo exprime el amor adulto todavía más. El milagro es que la pasión sobreviva, y, demasiado a menudo, muere en esos primeros, primerísimos, años de crianza.

Durante las horas y los días posteriores a la vuelta de un viaje, siempre me prometo que será la última vez que me vaya. La historia según la que vivo –y el trabajo es sólo una entre una serie de opciones que podría tomar y que no afectan a mis hijos– queda al descubierto tal como es: una ficción nostálgica. Emily y Ben me necesitan y yo soy lo que quieren. Claro que adoran a Richard, por supuesto que sí, pero él es su compañero de juegos, su camarada en la aventura. Yo soy lo contrario. Papá es el océano; mamá es el puerto, el refugio seguro al que se acogen para acumular el valor de aventurarse más y más lejos cada vez. Pero yo sé que no soy un puerto; a veces cuando las cosas van realmente mal, me quedo aquí, tumbada, y pienso que soy un barco que pasa en la noche y que mis hijos chillan como gaviotas al verme pasar.

Así que vuelvo a sacar la calculadora y vuelvo a hacer las sumas. Si dejo de trabajar, podríamos vender la casa, liquidar la hipoteca y el préstamo para los arreglos que escaparon a todo control cuando nos encontramos con una humedad rampante y un grave problema de casa descendente. («Necesita puntales, guapa», dijo el albañil. Y tenía toda la razón, yo los necesitaba.) Trasladarnos fuera de Londres, comprar un sitio con un jardín decente, esperar que Rich pueda conseguir algunos trabajos de arquitectura más; ver si yo puedo trabajar a media jornada. Nada de vacaciones en el extranjero; comprarlo todo de tamaño grande, para ahorrar, meter en cintura mis costumbres en ropa.

A veces, casi se me saltan las lágrimas, conmovida, al pensar en el ama de casa, ahorradora y responsable que podría y llegaría a ser. Pero la idea de no tener unos ingresos después de todos estos años me asusta muchísimo. Necesito mi propio dinero igual que necesito mis propios pulmones. («Lo que tu pobre madre no tuvo nunca fue dinero para escapar», decía mi tía Phyllis, limpiándome la cara con su pañuelo.) ¿Y cómo me sentiría, sola con los niños todo el día? Las necesidades de los niños no acaban nunca. Puedes inundarlos de amor y paciencia y ¿cómo sabes cuándo decir basta? Nunca. Nunca puedes decir basta. Y para servir sin pensar en absoluto en ti misma, tienes que domeñar algo en ti misma. Admiro a las mujeres que pueden hacerlo, pero sólo pensarlo hace que me ponga enferma de pánico. Nunca lo admitiría ante nadie, pero creo que dejar de trabajar es convertirse en alguien desaparecido. Uno de los «desaparecidos» del país. Las oficinas de Correos de Inglaterra estarían llenas de carteles de SE BUSCA con mujeres que se han perdido en sus hijos y a las que nunca se ha vuelto a ver. Así que cuando mis dos hijos saltan encima del cuerpo del que salieron, gritando «yo», una voz en mi interior repite sin cesar «yo, yo, yo».

7.42 h. Salir de casa es un absoluto infierno. Emily me informa de que los tres conjuntos de ropa que le he propuesto son inaceptables. Parece que el amarillo es su nuevo color favorito.

–Pero toda tu ropa es rosa.

–El rosa es tonto.

–Venga cariño, deja que mamá te ponga la falda. Es una falda muy bonita.

Me aparta de un manotazo, como si fuera una mosca pesada.

–No quiero nada rosa. Odio el rosa.

–No me hables en ese tono de voz, Emily Shattock. Creía que estabas a punto de cumplir seis años, no dos.

–Mamá, lo que acabas de decir no es nada bonito.

¿Cómo se supone que tienes que tratar a una niña que en el espacio de veinte segundos puede dejar de actuar como John McEnroe para pasar al rigor ético de Dame Mary Warnock? Mientras me preparo para salir, le doy un grito a un invisible Rich preguntándole si puede llamar a un operario para que le eche un vistazo al lavavajillas. Le doy a Paula una lista de cosas que necesitamos, más todo el dinero que tengo y pongo mucho cuidado en decirle «por favor» cuatro veces. Luego, justo cuando llego a la puerta, Emily se deshace en llanto al pie de las escaleras. Desde este extremo del recibidor, parece menos una furia alada que una niña muy pequeña y triste. Siento que mi enfado se deshincha para convertirse en remordimiento. Vuelvo y la cojo entre mis brazos, después de quitarme la chaqueta para evitar rastros de mocos.

–Mamá, ¿fuiste al *Egg Pie Snake Building*?

–¿Cómo?

–Yo quiero ir al *Egg Pie Snake Building* contigo. Está en América.

–Ah, el Empire State Building. Sí, cariño, mamá te llevará un día, cuando seas mayor.

–¿Cuando tenga siete años?

–Sí, cuando tengas siete años.

Y el enfado desaparece de su cara tan rápido como las nubes después de la tormenta.

De: Jack Abelhammer

Para: Kate Reddy

Las grandes consultoras se reúnen aquí en mayo en asamblea. Stop.

Se requiere urgentemente presencia de asombrosa gestora de fondos británica. Stop.

Estupenda ostrería Grand Central Station. Stop.

¿Puedes engullir una docena de ostras? Yo no. Stop.

14.30 h. En King's Cross subo al tren de York para asistir a una conferencia. Sólo me permito pensar en Jack dos veces por hora, un acto de increíble autodisciplina, ligeramente comprometida por el hecho de que he agotado mi asignación antes de que hayamos siquiera salido de la estación. El recuerdo de besarlo y de que él me besara en el Sinatra Inn tiene un efecto de metal fundido en lo más profundo de mí. Me siento llena de oro.

El tren se estremece y gime mientras se aleja del andén. Extiendo mis cosas encima de la mesa; por una vez, tengo la oportunidad de sentarme en paz y relajarme con la prensa. Titular en la página 2: POR QUÉ UN SEGUNDO HIJO PUEDE ACABAR CON TU CARRERA. Decididamente, no voy a leer eso. Desde que nació Emily, juro por Dios que cada mes ha habido algún nuevo estudio probando que mi hija arruina mis perspectivas de trabajo o, peor todavía, que mi trabajo arruina las perspectivas de mi hija. Lo mires como lo mires, estás condenada.

Paso a las páginas dedicadas a la mujer y empiezo a contestar algo llamado «Prueba de Estrés».

¿Le parece que sufre de una de las siguientes cosas?

a) ¿Insomnio?

b) ¿Irritabilidad?

Por todos los santos, ¿qué pasa ahora? Maldito móvil. Es Rod Task desde el despacho.

–Katie, me han dicho que la final con Moo Moo fue genial.

–Momo.

–Eso es. Creo que vosotras dos tendríais que formar equipo; ir a por más cuentas éticas.

Rod dice que necesita acceder a una carpeta Salinger. Pero no puede entrar en mi ordenador. Quiere mi contraseña.

–Ben Pampers[1].

–¿Pampas? No sabía que tuvieras debilidad por los argentinos, Katie.

–¿Cómo?

–Pampas. Las llanuras de América del Sur, ya sabes.

–No, P-A-M-P-E-R-S-; es una especie de, esto, cosmético.

¿Cuándo encontró tiempo para leer por última vez?

a) ¿Durante el último mes?

b) No desde...

De nuevo el móvil. Mi madre.

–¿Estás muy ocupada, Kath, cariño?

–No, no mucho, mamá.

Me recuesto en el asiento y me preparo para una larga conversación. No puedo decirle a mi madre que «ocupada» ya no significa lo mismo que en su tiempo. Ocupada no describe una mañana con la lavadora y un bocadillo de queso y pepinillos para almorzar antes de recoger a los niños en la escuela. Ocupada se ha vuelto muy ocupada desde mi niñez; ocupada se ha vuelto global.

Mi madre piensa que si no le devuelvo una llamada dentro de las veinticuatro horas siguientes es que ha pasado algo malo. Es difícil explicarle que la única oportunidad que tengo de devolverle esa llamada es que no esté sucediendo nada malo. El tiempo dominante es tormentoso, con espacios sorpresa de calma.

1. Marca de unos pañales desechables. Se pronuncia casi igual que *pampas*. *(N. de la T.)*

Mamá dice que llama sólo para ver qué tal le va a Emily desde que su amiga Ella se fue.

Un mal momento. No tenía ni idea de que Ella se hubiera marchado. No he ido a la escuela desde que empecé a preparar la final.

–Bueno, bien. En realidad lo lleva estupendamente. Y le va de maravilla en el ballet.

Entramos en un túnel y se corta la comunicación. El nudo cada vez más apretado de mi estómago hace que me resulte difícil concentrarme en el cuestionario. ¿Cuándo empecé a mentirle a mi madre? No me refiero a las falsedades obligatorias entre madre e hija: «A las once como mucho; nunca lo he probado; tres Coca-Colas; pero todo el mundo las lleva; durmió en el suelo; sí, un amigo de Deb; no, en las rebajas; sí, una absoluta ganga; estupendo, no podría ir mejor».

No, no esas mentiras que son sólo una mutua protección. Cuando eres joven, tu madre te protege del mundo porque piensa que eres demasiado joven para comprender y cuando ella es vieja, tú la proteges porque es demasiado vieja para comprender o para que la asalten con más cosas que comprender. La curva de la vida es: quiero saber; sé; no quiero saber.

De lo que hablo es de las mentiras que le cuento a mi madre respecto a ser madre. Le digo que Emily ha capeado bien la marcha de su mejor amiga, aunque ni siquiera me había enterado de ello. Preferiría que mi madre pensara que soy un fracaso en el trabajo a que creyera que soy una extraña para mis hijos. Ella cree que yo lo tengo todo y está muy contenta conmigo. No puedo decírselo, ¿verdad? Sería como descubrir que cuando Cenicienta llega al palacio, el Príncipe la pone de nuevo a fregar suelos.

The Cloisters Hotel, York. 19.47 h. Llamo a mi madre. Parece como si le faltara la respiración. Poco a poco, suavemente, le saco que sí, que ha estado un poco pachucha últimamente, lo cual, traducido de la jerga madre, significa que ha perdido por completo la sensibilidad en los brazos y las piernas y que sus órganos vitales se están paralizando. Dios mío.

Ni siquiera me molesto en colgar antes de marcar el número de mi hermana Julie, que vive justo a la vuelta de la esquina de casa de mamá. Steven, el hijo más pequeño de Julie, contesta al teléfono. Me informa de que su madre está viendo *The Street* por la tele, pero que irá a buscarla.

El tono de Julie sigue cogiéndome por sorpresa; el ceceo de adoración de mi hermana pequeña se ha visto suplantado, en los últimos años, por algo tenso y rencoroso. Ahora, siempre que hablamos parece andar buscando pelea por algún agravio demasiado doloroso como para ser mencionado.

Yo escapé y Julie no. Julie se quedó embarazada y se casó a los veintiún años; tenía tres hijos al llegar a los veintiocho y yo no. El marido de Julie es electricista y el mío arquitecto. Julie vive a un kilómetro de distancia de mi madre y procura ir a verla día sí, día no y yo no. Julie, que es muy hábil con las manos, gana un poco de dinero extra haciendo cortinitas y muebles para una empresa local que hace casas de muñecas y yo, que soy buena con la cabeza, no. (De hecho, es probable que, indirectamente, invierta el dinero de mis clientes en esas fábricas de Extremo Oriente donde se explota a los trabajadores y que están dejando al patrón de Julie sin mercado.) Julie ha estado en el extranjero una única vez –en Rímini y tuvieron mal tiempo–, mientras que no es raro que yo vaya dos veces a la semana. Y nada de todo esto es culpa de nadie, pero ahora vivimos, mi hermana y yo, en un ambiente donde una culpa y la otra se siente culpable.

Le pregunto a Julie si cree que mamá tendría que ir a ver al médico y su suspiro cruza los montes Peninos, arrasando árboles a su paso.

–Mamá no querrá escucharme –dice–. Si tanto te preocupa, ¿por qué no vienes y se lo dices tú misma?

Empiezo a explicarle lo que han sido mis jornadas cuando Julie me interrumpe:

–En cualquier caso, no es algo físico. Ha tenido algunos problemas con unos hombres que se han presentado en su piso. Dice que querían el dinero que papá les debía.

Desde la sala de estar de mi hermana me llega la triste sintonía de *Coronation Street*. A Julie y a mí nos encantaba esa serie cuando éramos niñas; hubo un período en que peleamos furiosamente por el afecto de Ray Langton, un mecánico de pelo moreno y ondulado, hasta que acabó aplastado por uno de sus propios coches. No he visto la serie desde hace veinte años.

–Te he dejado un par de mensajes en el contestador, Kath –dice mi hermana–, pero no estás nunca, ¿verdad?

20.16 h. La conferencia es para empresarios punto.com, o lo que queda de ellos. Resultó que los tipos que convencieron a la City de que podían ver el futuro estaban diciendo un montón de mierda. No creeríais la cantidad de capital riesgo que se regaló a empresas que iban a vender ropa de diseño por la Red. Pero ¿sabéis qué? La gente prefiere ir a las tiendas y probarse la ropa. (Las mujeres directoras de fondos salieron mucho mejor libradas de la quema. Mejores en la evaluación de riesgos y recompensas, gastamos mucho menos en activos sin probar que nuestros colegas masculinos. Dijeron que habíamos tenido suerte, pero yo no estoy de acuerdo. Creo que es algo innato; nos debe de gustar tener algunas existencias fiables en la alacena, para seguir alimentando esas pequeñas bocas cuando el tigre de dientes de sable bloquea la entrada de la cueva.)

Al deshacer mi maleta antes de bajar a cenar, encuentro un sobre grande con «¡No abrir hasta el domingo!» escrito encima con la letra de Richard. Lo abro. Son mis tarjetas del día de la Madre. Una es la huella de las manos de Ben con pintura roja. Medio sonrío, medio me estremezco al pensar en la suciedad que debe de haber presidido su ejecución. En su tarjeta, Emily me ha dibujado a mí en la portada. Llevo una corona y sostengo un gato verde y soy tan alta que dejo enano a mi palacio. Dentro ha escrito: «Amo a mi mamá. Mi amor es ezpefial i hace que mi codazón briye i un tezodo aparece».

No puedo creerlo. He olvidado el día de la Madre. Mamá nunca me lo perdonará. Llamo a recepción y les pido que me den el número de Interflora.

De: Jack Abelhammer
Para: Kate Reddy
¿Vendrás a N Y? ¿O voy yo? Stop. Pienso en ti. Stop.

De: Kate Reddy
Para: Jack Abelhammer
No lo hagas. Stop.

DEBO RECORDAR

Hacer que arreglen el lavavajillas. ¿Alfombra escalera? Organizar transición de fondos, no la jodamos. Llamar Jill Cooper-Clark. ¿Impreso de solicitud guardería para Ben? Escuelas para Emily, buscar AHORA. Cheque para ballet. Recordar a Rich que saque dinero para la canguro. ¡DINERO PARA JUANITA! Cambiar contraseña ordenador. Cumpleaños de Paula: ¿BMW? Tratamiento de belleza, almohada aromática de relajación. Llamar a papá y plantearle lo de sus deudas. Encontrar tiempo para ir a ver a mamá. Comprar CD de Sinatra. Ginseng para la memoria o eso del Gingko.

20

TAL COMO ÉRAMOS

3.39 h. Me despierta el timbre de la puerta. Es Rob, nuestro vecino de tres puertas más abajo. Dice que ha oído un ruido y ha visto un grupo de chicos al lado de nuestro coche, que les ha gritado y se han ido corriendo. Richard va a examinar los daños. Una de las ventanas laterales está completamente rota y hay una grieta como de relámpago que atraviesa el cristal trasero. Por supuesto, la alarma no se ha disparado. La alarma del coche, que suele saltar con el aliento de un gato, queda muda sin remedio cuando de verdad roban.

Rich sale para cerrar con cinta adhesiva las ventanas mientras yo llamo por teléfono a Prontoglass 24-Hour Service.

«Lo sentimos, su llamada está en espera. Debido a la demanda. Por favor, espere. Le atenderemos en breves instantes.»

¿Demanda? ¿Qué demanda? Son las cuatro de la maldita madrugada.

«Si sabe la extensión que requiere, por favor, pulse uno. Si desea hablar con un operador, por favor, pulse dos.»

Pulso dos.

«Por favor, espere mientras le ponemos en comunicación, su llamada será atendida en breve. ¡Gracias por haber elegido Prontoglass! Si desea hablar con un operador, pulse tres.»

Pulso tres.

«Lo sentimos, no podemos atender su llamada en este momento. ¡Por favor, vuelva a llamar más tarde!»

Pienso en todo el tiempo que se debe de perder cada día en esas antecámaras resonantes donde esperan las llamadas. El infierno no son los demás; el infierno es tratar de que te pasen con otras personas mientras escuchas siete minutos de Vivaldi ejecutados por zampoñas. Decido vestirme y ponerme a trabajar temprano. Es un buen momento del día para hablar con Tokio. Pero mientras estoy intentando desabrochar los botones de la blusa en el dormitorio todavía a oscuras, alguien chilla arriba. Cuando subo, Ben está de pie en la cuna, riñendo al monstruo que le ha sacado del sueño. Blande un índice acusador contra su invisible asaltante.

–Lo sé, cariño, lo sé. Unos hombres malos nos han despertado a todos.

Ben está tan aterrado que no quiere volver a dormirse. Lo cojo, lo llevo al sofá cama que hay al lado de la cuna y me acuesto a su lado.

–Roo –musita–, Roo.

Me levanto, voy a buscar al pequeño y descoyuntado canguro y se lo pongo debajo del brazo.

Los bebés tienen un punto mágico entre las cejas. Si les pasas el dedo por allí, de arriba abajo, y sigues el puente de la nariz, los ojos se les cierran automáticamente; es la persiana enrollable de los humanos. Mi hijo odia dormir; es algo que lo aparta de la vida que le gusta, pero empieza a adormilarse y sus ojos color índigo se vacían de pensamientos. Me quedo allí, tumbada, contemplando las grietas del techo en torno a la instalación eléctrica, donde están empezando a saltar pedacitos de yeso. Incluso mi techo tiene eccema por estrés. Imagino que un dedo me acaricia la frente y, con la ropa arrugándose alrededor, caigo en un sueño abarrotado.

6.07 h. Richard entra en la habitación de Ben para relevarme. El pequeño está despatarrado boca abajo, como un cachorrillo. Hablamos en susurros.

–Ya te dije que comprar el Volvo era una mala idea, Kate.

–¿Unos cabrones de mierda tratan de robarte el coche y es culpa mía?

–No, pero en este barrio es una clara provocación, ¿o no?

–Venga ya, Rich. Ni siquiera Tony Benn[1] piensa ya que la propiedad es un robo.

Se echa a reír.

1. Aristócrata y miembro del Partido Laborista. Se le consideraba el líder oficioso de la izquierda radical del partido. *(N. de la T.)*

–¿Y quién fue la que dijo en una ocasión que los delitos son el justo castigo de una sociedad injusta?

–Yo nunca he dicho eso. ¿Cuándo he dicho yo eso?

–Poco después de tomar posesión de tu primer Golf descapotable, Mrs. Engels.

Ahora me toca reírme a mí. Animado, Rich empieza a besarme el pelo y desliza una mano exploradora por el escote de mi camisón. Incluso cuando no estás de humor, es asombroso lo rápido que los pezones se endurecen convirtiéndose en *Iced Gems*. Rich me está tumbando encima de la alfombra de Winnie the Pooh cuando Ben se sienta de golpe, contempla a sus padres con una mirada que dice: «¿Cómo podéis?», y luego se señala a sí mismo. (¿He mencionado antes que los niños son antisexo? Uno pensaría que deberían tener una cierta nostalgia del acto que los hizo; pero por el contrario, parecen tener una alarma para desbaratar la amenaza de un rival y empiezan a gemir como si su llanto estuviera conectado con el cierre de tus sostenes.) Rich coge a su hijo y se lo lleva abajo para darle un temprano desayuno.

Intento adormilarme de nuevo, pero no puedo porque pienso cómo hemos cambiado Richard y yo. La primera vez que nos vimos fue hace quince años, en la universidad. Yo formaba parte de un piquete frente al Barclays Bank y él estaba abriendo una cuenta allí. Yo le grité algo sobre Sudáfrica: «¿Cómo te atreves a invertir en la brutalidad?», Rich se acercó hasta nuestro grupito de gentes justas y yo le entregué un panfleto, que estudió educadamente.

–¡Vaya! Esto suena muy mal –dijo, antes de invitarme a tomar un café.

Richard Shattock era el hombre más elegante que yo había conocido nunca. Cuando hablaba, parecía como si Kenneth Branagh se hubiera tragado a Kenneth More. Pertrechada con la creencia de que todos los chicos de los colegios privados eran unos gilipollas emocionalmente atrofiados, no supe qué hacer cuando resultó evidente que éste era capaz de más afecto del que yo había conocido nunca. Rich no quería salvar el mundo, como mis amigos idealistas; sólo lo convertía en un lugar mejor, simplemente estando allí.

Hicimos el amor por primera vez seis días después, en su habitación de la universidad bajo el tejado. El sol entraba en forma de columna de polvo dorado a través del tragaluz cuando desprendió solemnemente mi insignia de «Ciclistas contra la Bomba» y dijo:

–Estoy seguro de que los rusos dormirán más tranquilos, Kate, sabiendo que has aprobado tu examen superior de ciclismo.

¿Alguna vez me había reído de mí misma antes? Ciertamente, el sonido que salió de mi garganta aquella noche estaba oxidado por falta de uso, era como un surtidor atascado pugnando por borbotear de nuevo. «Tu risa Bournville[1] –así la llamaba Richard–, porque es oscura y amarga y norteña y hace que quiera comerte.» Es el sonido que todavía me gusta más; el sonido de cuando nosotros éramos nosotros.

Recuerdo lo mucho que amaba su cuerpo, pero amaba incluso más la forma en que mi cuerpo se sentía respecto al suyo; por cada línea recta, una curva; las vértebras de su espalda como peldaños rocosos que llevaban a una cueva de placer. De día recorríamos los Fens en bicicleta y gritábamos «¡Cuesta!», cada vez que notábamos la más ligera inclinación, pero por la noche, explorábamos un terreno distinto.

Cuando Rich y yo empezamos a dormir juntos –quiero decir dormir, no practicar el sexo– nos acostábamos en medio de la cama, frente a frente; lo bastante cerca como para sentir las ráfagas del calor del otro, la respiración nocturna. Mis senos se apretaban contra su pecho y mis piernas, todavía no sé cómo lo hacía, desaparecían encima y debajo de las suyas como si fuera la cola de una sirena. Cuando pienso en los dos entonces en la cama, pienso en la forma de un caballito de mar.

Con el tiempo, empezamos a mirar hacia fuera. Esa primera separación probablemente podríamos datarla cuando compramos una cama de matrimonio en Heals, a finales de los ochenta. Y luego, con la llegada de nuestro primer hijo, empezó la batalla por el sueño. La cama se convirtió en el lugar donde te hundías en lugar de sumergirte. Nosotros, que nos habíamos deslizado dentro y fuera de la

1. En Bournville, Birmingham, está Cadbury's, la fábrica de chocolates. *(N. de la T.)*

conciencia con la misma facilidad con que nos deslizábamos dentro y fuera el uno del otro, ahora defendíamos celosamente nuestro lugar de descanso. Mi cuerpo me escandalizaba al erizarse ante cualquier cosa que amenazara con despojarlo de la fuerza que le quedaba. Una rodilla o un codo descarriados eran suficientes para desencadenar una guerra de fronteras. Recuerdo que empecé a darme cuenta de lo fuertes que eran los estornudos de Rich, de su excéntrica articulación. ¡Aaat-CHUM!, hacía. ¡Aaat-CHUM!

Cuando todavía éramos estudiantes viajamos por toda Europa en tren; una noche, acabamos en un pequeño hotel de Munich donde nos dejamos caer muertos de risa en la cama. Parecía una cama doble, pero cuando retirabas la ropa, resultaba que eran dos colchones, divididos y unidos por una fina tira de madera que hacía que cualquier encuentro en el medio resultara más un esfuerzo que algo inevitable. Todo parecía tan teutónico. «Tú serás Alemania Oriental y yo, Alemania Occidental», recuerdo que le dije a Rich mientras permanecíamos tumbados allí, cada uno en su propia mitad, iluminados por la luz de la calle. Nos reímos, pero con el tiempo acabé preguntándome si el arreglo de Munich no sería la auténtica cama de matrimonio; práctica, carente de pasión, separando lo que Dios había unido.

7.41 h. Después del desayuno, Ben con un babero como un Jackson Pollock, está horriblemente pegajoso. Paula lo despega de mí cuando llega Winston para llevarme al trabajo.

–No pasa nada, cariño, no pasa nada –oigo que dice Paula mientras cierro la puerta detrás de mí.

Sentada en el asiento de atrás del Pegaso, trato de leer el *FT* con el fin de ponerme al día para la presentación, pero no me puedo concentrar. Suena música, un arreglo de jazz para piano de algo que casi puedo identificar, *Someone to watch over me?*, suena como si el pianista hubiera despedazado la melodía en mil trozos y los echara al aire para ver adónde iban a caer. Los acordes de fondo suenan como si alguien mezclara una baraja de cartas. Winston tararea, siguiendo la melodía principal y soltando, de vez en cuando, una pequeña exclamación para celebrar una solución especialmente hábil por parte del pianista. Esta mañana, la tranquilidad y el placer de mi conductor me producen la sensación de un insulto, una reprimenda. Quiero que se calle.

–¿Cree que podríamos evitar los semáforos de New North, Winston, y cortar por la parte de atrás? No estoy segura de que éste sea el camino más rápido.

Durante un rato no responde; deja que acabe la canción. Luego, con el último acorde vibrando en el aire, dice:

–¿Sabe, señora?, en el lugar de donde vengo lleva mucho tiempo hacer las cosas de repente.

–Kate, me llamo Kate.

–Ya sé cómo se llama –dice–. A mi modo de ver, apresurarse arriba y abajo es sólo una pérdida de tiempo. Vuele demasiado rápido, señora, y pasará de largo el nido.

La carcajada que suelto suena más sombría de lo habitual.

–Bueno, me temo que ésa sea la perspectiva más interesante que se le ocurre a un conductor de taxi...

Winston no se muerde la lengua ante mi altanería; se limita a echarme una larga mirada por el retrovisor y luego dice reflexivamente:

–¿Cree que quiero ser usted? Ni usted misma quiere ser usted.

Basta, se acabó.

–Mire, no le pago para una sesión de psicoterapia. Le pago para que me lleve a Broadgate en el menor tiempo posible, una hazaña que parece estar cada vez más allá de sus posibilidades. Si no le importa, me bajaré aquí, resulta más rápido andar.

Mientras le doy el dinero y busca el cambio en el bolsillo, Winston empieza a cantar:

> Hay alguien a quien anhelo ver,
> espero que él
> resulte ser
> quien vele por mí.

8.33 h. Salgo disparada del ascensor para caer encima de Celia Harmsworth.

–¿Tienes algo en la chaqueta, querida? –me reprocha la directora de Relaciones Humanas.

–No, en realidad, acabo de recogerla de la tintorería.

Me miro encima del hombro y veo una mancha espesa, una charretera de papilla de plátano de Ben. No, Dios, ¿cómo puedes hacerme esto a mí?

–No deja de sorprenderme cómo te las arreglas para hacer este trabajo, Katharine –zurea Celia, claramente encantada con esta nueva prueba de que no puedo.

(Celia es una de esas solteronas que adoraban ser la única mujer en un mundo de hombres; era una licencia para sentirse bonita, antes de que las jóvenes como yo apareciéramos y le fastidiáramos el monopolio.)

–Debe de ser un esfuerzo enorme con tantos niños –dice amablemente–. Cuando estabas fuera, durante las vacaciones... eran las de mitad de trimestre, ¿verdad?, le decía a Robin Cooper-Clark que no sabía cómo lo hacías.

–Dos.

–¿Cómo dices?

–Dos. Tantos niños. Tengo dos. Uno menos que Robin.

Me doy media vuelta, voy hasta mi mesa, me quito la chaqueta manchada y la meto en el cajón de abajo. Hay un ruido increíble en la ventana. Las palomas han decidido instalarse juntas en el alféizar. El macho está allí con un palito en el pico, con aire de tonto. Reconozco la expresión. Es la forma en que Rich me mira cuando llego a casa con una estantería, empaquetada dentro de una caja plana, que hemos de montar nosotros mismos. Entretanto, la hembra está ocupada convirtiendo un montón de palitos en una estructura con aspecto de barcaza, más o menos del tamaño de una fuente de mesa. Vaya, esto sí que es estupendo; ahora se han puesto a construir un nido.

–Guy, ¿hablaste con el ayuntamiento para lo del halconero? Esas malditas palomas están a punto de iniciar un programa de cría ahí fuera.

Me miro el cuello en el espejo del bolso para ver si tengo marcas de mordiscos de Ben; no, todo despejado. Luego entro tranquilamente en una reunión con Robin Cooper-Clark y otros altos cargos directivos para empezar mi presentación. Va extraordinariamente bien. Los ojos de todos los ocupantes de la sala no se despegan de mí, especialmente los de ese cabrón de Chris Bunce. Es evidente que empiezo a infundir respeto de verdad; está claro que la táctica de actuar como un hombre, sin hablar nunca de niños, etcétera está dando resultados.

Mientras paso de las diapositivas al retroproyector, se me ocurre, de repente, que soy la única persona en la habitación que no tiene pene. No es buena idea pensar en eso ahora, Kate. ¿Es posible no pensar en pollas en una reunión de diecisiete hombres? Y hablando de eso, ¿tienen que mirarme todo el rato tan atentamente? Bajo los ojos. Llevo unos sostenes Agent Provocateur rojos de balconcillo debajo de una blusa blanca de gasa que he cogido, a oscuras y sin mirar de un cajón a las cuatro y media. ¡Santo cielo, parezco Pamela Anderson en la entrega de los Oscar!

11.37 h. Estoy sentada en los lavabos de señoras, con la mejilla apretada contra la pared del cubículo para enfriar el furioso rubor. Alicatada con mármol negro con estrellas blancas, la pared es como un mapa del universo; estoy como si me estuvieran arrastrando al espacio exterior y me siento más que feliz de que así sea. ¿Qué tal desaparecer en un agujero negro durante unos cuantos milenios hasta que se desvanezca el recuerdo de mi humillación pública? Solía venir a fumar aquí cuando la situación se volvía desesperada; desde que lo dejé, canto entre dientes:

Soy fuerte, soy invencible, soy una mujer.

Es una canción de Helen Reddy de cuando yo estaba en la escuela. Me gustaba que tuviera el mismo apellido que yo y sonaba, bueno, segura, convencida de que las mujeres podían enfrentarse a cualquier cosa. En la universidad, cuando Debra y yo nos preparábamos para salir por la noche, solíamos poner el disco una y otra vez para mentalizarnos. Bailábamos por la habitación, lanzándonos una a otra el Action Man de Deb. (Cuando se le rompió una pierna, Deb dijo que tendríamos que llamarlo Inaction Man «igual que todos esos inútiles compañeros nuestros».)

> Oh, sí, yo soy sabia,
> Pero es una sabiduría nacida del dolor,
> sí, he pagado el precio,
> pero mira cuánto he ganado
> soy fuerte, soy in-ven-ci-ble,
> soy una mujer.

¿Creo en la igualdad de los sexos? No estoy segura. Hubo un tiempo en que sí creía, con la apasionada certidumbre de alguien muy joven que lo sabe absolutamente todo y, por lo tanto, no sabe nada de nada. Era una bella idea, la igualdad; noble, indiscutiblemente justa. Pero ¿cómo diablos se suponía que funcionaba? Podían darte buenos empleos y permisos por maternidad, pero hasta que programaran a un hombre capaz de ver que no quedaba papel higiénico, el proyecto estaba condenado al fracaso. Las mujeres llevan el rompecabezas de la vida familiar en la cabeza, lo hacen sin más. Cada noche, mientras vuelvo de la City, observo a las mujeres que se apresuran bajo la luz fluorescente de las farolas, con bolsas de la compra sirviendo de contrapeso a sus carteras de trabajo, o moviéndose nerviosas en las paradas de autobús como juguetes mecánicos pasados de cuerda.

No hace mucho, mi amiga Philippa me dijo que ella y su marido habían redactado un testamento; Phil dijo que quería incluir una cláusula estipulando que, en caso de que ella muriera, Mark debía cortarles las uñas a los niños. Él pensó que era una broma, pero ella no bromeaba.

Un sábado del año pasado, cuando volvía de un viaje a Boston me encontré con Richard en el recibidor, listo para llevar a nuestros dos hijos a una fiesta. Emily, sin peinar, parecía tener la herida de un duelo en la mejilla; era ketchup del almuerzo. Por su parte, Ben estaba doblado en dos, vestido con algo muy pequeño y con topos color albaricoque que no reconocí. Al mirarlo más atentamente, resultó que era un traje que pertenecía a una de las muñecas de Emily.

Cuando le comenté a mi marido que parecía que nuestros retoños iban a mendigar al metro, Rich me contestó que si iba a criticarlo todo, sería mejor que lo hiciera yo.

Iba a criticarlo. Lo haría yo.

De: Kate Reddy

Para: Candy Stratton

Un día sencillamente maravilloso hasta ahora. Acabo de enseñar los pechos por error al director de inversiones y a toda la tropa. Chris Bunce se me acercó luego y me dijo:

«Has sido toda una profesional ahí dentro, con la delantera desplegada.» Se echó a reír a mandíbula batiente y dijo algo sobre ponerme en su página Web. ¿QUÉ PÁGINA WEB?

Además, Abelhammer me ha invitado a una cita sexual en Nueva York.

¿Por qué los hombres son todos unos fantasmones gilipollas?

De: Candy Stratton

Para: Kate Reddy

Cariño, no te preocupes, tienes unas tetas fabulosas. La envidia del pene es algo totalmente pasado de moda. ¡Envidia de las domingas, yo te saludo!

Bunce es un capullo de mierda. Su página Web será la Central de Pajas.

Espero que vayas a ver a Hammer Man en N Y, suena estupendo.

Te odio cuando eres tan británica.

Candida Thrush xxx

13.11 h. Almuerzo con Robin Cooper-Clark y un nuevo cliente, Jeremy Browning, en Tartuffe. Situado en el último piso de un edificio con vistas al Royal Exchange, el restaurante tiene la clase de silencio que, fuera de un monasterio, sólo el dinero puede pagar. Debe de ser ese silencio que llaman de oro. Los bajos asientos están vaciados en cuero color caramelo y los camareros llegan como sobre ruedas. El menú es lo que menos me gusta: chuletas para machos, sin concesión alguna al paladar femenino. Cuando le pregunto a nuestro camarero si podría tomar alguna ensalada, dice:

–*Mais oui, Madame.*

Y me ofrece algo con *gésiers*.

Asiento insegura y Robin tose ligeramente y dice:

–Mollejas asadas, me parece.

¿Hay alguien que tenga estómago para tragarse unas mollejas?

Digo que me gustaría tomar la ensalada, pero que por favor se queden con las mollejas. En los labios de Robin aparece la sombra de una sonrisa, al estilo de Alec Guinness, pero el camarero no parece divertido. Lo macho es la moneda de cambio en este barrio.

–¿Está emparentada con los Reddy de Worcestershire? –pregunta Jeremy mientras Robin consulta la carta de vinos.

Nuestro cliente debe de tener algo más de cincuenta años, pero está en buena forma y lo sabe; bronceado por el esquí, hombros trabajados en el gimnasio, el éxito los ha hecho carnosos.

–No, no lo creo. Soy de un poco más al norte.

–¿De los Borders?

–No, más bien hacia Derbyshire y Yorkshire. Nos trasladamos bastante.

–Ah, ya veo.

Una vez establecido que no soy nadie que valga la pena conocer ni nadie que conozca a alguien que valga la pena conocer, nuestro nuevo cliente siente que no hay peligro en ningunearme. A lo largo de la última década, mi país se ha convertido en una sociedad sin clases, pero sus amos no acaban de enterarse. Para hombres como Jeremy, Inglaterra termina en Hyde Park y luego está Escocia, donde van a matar cosas en agosto. El Norte, esa gran extensión de tierra entre la SW1 y Edimburgo, que es mejor cruzar en avión o por la noche en el coche cama de un tren rápido, es un país extranjero para ellos. Es posible que los antepasados de Jeremy Browning conquistaran la India, pero no conseguirías que fueran a un lugar tan remoto como Wigan.

Robin nunca me trataría como hace Jeremy, pero también es verdad que Robin ha pasado los últimos veinte años con Jill, que está absolutamente convencida de que los esnobs son un chiste y que, en todos los sentidos, las mujeres van en serio. Me produce un placer especial ver a mi jefe en acción en estas ocasiones. Cordial, elegible como miembro del más selecto club y más elegante, sin hacer ningún esfuerzo, que cualquiera de sus clientes, tiene, sin embargo, la capacidad de hacer que se sientan como si fueran el capitán del equipo vencedor. Al ver que nuestra versión Browning me deja fuera del equipo, con amabilidad, pero también con firmeza, trata de incluirme de nuevo en la conversación:

–Mire, Kate será la directora principal de sus fondos. Es a ella a quien tiene que consultar respecto a la estructura de la cartera y todo lo demás. Incluso es capaz de explicar el misterioso funcionamiento de la Reserva Federal.

Y luego, unos minutos después, cuando nuestro invitado tiene la boca llena de pichón:

–A decir verdad, Jeremy, los fondos de Kate han rendido nuestros mejores resultados en los últimos seis meses, en un período marcado por muchos altibajos para el capital de todo tipo, ¿no opinas lo mismo, Kate?

Le adoro por intentarlo, pero no sirve de nada. Hay algunos hombres que siempre preferirán tratar con otro hombre, cualquier hombre, en lugar de con una mujer y Jeremy Browning es uno de ellos. Lo veo esforzándose por clasificarme respecto a Robin: no estoy casada con él, está claro que no soy su madre, no fui a la escuela con su hermana y no hay ninguna duda de que no me acuesto con él. «Entonces –debe de estar preguntándose mientras mastica su pichón–, ¿qué diablos está haciendo esta chica aquí? ¿Para qué sirve?»

Llevo más de diez años observando esto y todavía no estoy segura de entenderlo. ¿Miedo a lo desconocido? Después de todo, a Jeremy lo despacharon a una escuela de chicos a los siete años, fue a una de las últimas universidades sólo para hombres; su esposa, Anabel, se queda en casa con sus hijos y herederos y, en privado, piensa que cualquier otra cosa es algún tipo de crimen contra el orden natural de las cosas.

–Perdón, ¿podría devolverme el vino?

Jeremy me da unos golpecitos en la mancha. Me doy cuenta de que he estado empujando la copa de mi vecino hacia el centro de la mesa para impedir que se vierta accidentalmente; un reflejo de estar a la mesa con Emily y Ben.

–Cielos, lo siento muchísimo; cuando tienes niños, siempre piensas que todo el mundo va a tirar algo.

–Ah, ¿tiene niños? –dice.

–Sí, dos.

–No estará pensando en tener más, espero.

Esto queda colgando en el aire, la presunción de que mi fertilidad es parte de su feudo, de que me paga para ser sólo suya, no para estar encinta de un macho rival. Tengo ganas de devolverle el cumplido y pegarle una patada tan fuerte por debajo de la mesa que sea incapaz de tener hijos propios nunca más. Pero la frase «pelotas aplastadas» no resulta bonita en el informe de un cliente.

–Naturalmente que no –digo, carraspeando para librarme de la lechuga–, usted será mi máxima prioridad, Jeremy.

De: Jack Abelhammer

Para: Kate Reddy

En relación con nuestro comunicado sobre límites al endeudamiento, adjunto unas ideas sobre PRÉSTAMOS. No son mías, me temo, aunque se acercan mucho a algunas mías sobre la persona que gestiona mis fondos.

No te ofrezco un regalo,
sólo un préstamo puedo hacerte;
pero no desprecies al prestamista:
nadie da más a nadie.
Los mortales toman prestado
lo que los mortales pueden prestar.
Esto no acabará mañana,
aunque con certeza acabará.
Como la muerte y el tiempo son más fuertes,
pero el amor también puede serlo,
el mundo durará más,
pero esto también va a durar.

De: Kate Reddy

Para: Jack Abelhammer

Gracias por tus pensamientos sobre el PRÉSTAMO. En tanto que tu directora de fondos, debo señalar que el valor de tu inversión puede subir igual que bajar. El mercado está bastante deprimido en este momento, pero pronto iré a EE.UU. y estaré en disposición de discutir mayores niveles de exposición.

Es un poema muy hermoso.

K xxxxx

3.44 h. He dejado a los niños dormidos solos en casa y he ido un momento al trabajo. Tengo algo que hacer. No puede esperar. No tardaré mucho. Veinte minutos, quizá cuarenta como máximo. Ni siquiera se darán cuenta de que me he ido.

La oficina está silenciosa, salvo por los suspiros y jadeos de las máquinas que se hacen el amor maquinista a media luz. Sin distracciones, trabajo con una gran eficacia; las cifras brotan de mis manos, como un ejército de hormigas formadas en secciones. Archivo el informe trimestral del fondo, apago la pantalla y salgo discretamente del edificio. Fuera, la City está sumergida en un amanecer posnuclear; una cálida ráfaga de viento, algo de basura que el viento hace bailar, el cielo tiene el color de una sartén. Veo un taxi, una borrosa luz amarilla en el horizonte. Le hago una señal cuando se acerca. No se para. Otro taxi pasa de largo, indiferente como un coche fúnebre. Me pongo frenética. Se acerca un tercer taxi. Me coloco en medio de la calzada para obligarlo a parar. Da un viraje brusco para evitarme y veo la enorme cara de seta con pústulas del taxista gritando detrás del cristal:

–Pedazo de foca estúpida –escupe–. ¿Es que no puedes mirar por dónde mierda vas, joder?

Me siento en el bordillo, llorando de frustración y autocompasión, cuando un coche de bomberos pasa calle arriba con su lamento inconsolable. El camión se para y me dejan subir a bordo. Les agradezco tanto que me lleven que me olvido de decirles adónde voy, pero pasamos rápidamente por calles conocidas hasta que llegamos a la mía. Conforme nos acercamos a mi casa, veo un grupito de gente delante.

El humo brota de la ventana de un dormitorio. La ventana de Emily.

–Apártese, señorita, nosotros nos encargamos –dice un hombre.

Golpeo la puerta con las manos. Grito los nombres de los niños, pero no puedo oír nada debido a la sirena. No puedo oírme gritar. Que apaguen la sirena. Por favor, que alguien apague esa maldita sirena.

–Kate, Kate, despierta. No pasa nada. No pasa nada.

–¿Qué?

–No pasa nada, cariño, has tenido una pesadilla.

Me incorporo. Tengo el camisón empapado en sudor. Dentro del pecho tengo un pájaro que trata desesperadamente de escapar.

–Dejé a los niños, Richard. Había un incendio.

–Está bien. Tranquila, no pasa nada.

–No, los dejé solos. Me fui a trabajar. Los dejé.

–No, no los dejaste. Escucha, es Ben que está llorando. Escucha, Kate.

Es verdad. Desde arriba me llega el sonido de la sirena; el inconsolable lamento de un niño que está sacando los dientes, una brigada de bomberos formada por un sólo individuo.

21

DOMINGO

Día de descanso, también conocido como día del incesante trabajo manual. Empiezo vaciando la nevera y tirando a la basura comidas preparadas ya caducadas. (O «comidas Reddy» como gusta decir mi cuñada.) Limpio unos curiosos residuos, una especie de algas, de los estantes de vidrio. Elimino restos de parmesano que huelen a hogar para ancianos. Me deshago de los asquerosos Happy Chicken Shapes que Paula les da a los niños y tengo buen cuidado de meterlos bien al fondo del cubo de basura. Para mis vulnerables hijos, sólo productos de granja. ¿Cuántas veces tengo que decírselo?

Lleno y vacío la lavadora tres veces. Juanita, debido a un problema crónico de espalda (tres años y medio) no puede acarrear la pesada colada por la casa. Lavar la ropa de los adultos queda fuera de los deberes de la niñera, aunque de vez en cuando, Paula se salta los límites para meter en la lavadora uno de mis jerséis que sólo pueden lavarse a mano. (Siempre estudio la posibilidad de quejarme por esto, pero en lugar de hacerlo, lo archivo en la carpeta de Agravios pendientes de Paula, Volumen 3.)

Hoy he invitado a Kirsty y Simon a tomar un almuerzo «relajante». Es importante ver a los amigos, recordar que hay más cosas en la vida que el trabajo, construir ese tejido social que refuerza el sentido de comunidad, etc. También es importante que los niños vean a mamá cómoda en un contexto doméstico, para forjar cálidos recuerdos infantiles, en lugar de verla sólo vestida de negro, saliendo de casa a todo correr mientras vocifera instrucciones.

Todo está completamente bajo control. El libro de cocina está abierto como una Biblia bajo el limpio plástico transparente del atril. Los ingredientes están alineados en agradable formación. Hay una bonita botella de aceite de oliva, con una cinta de seda de color siena. Llevo puesto un encantador delantal Cath Kidston con un estampado floral retro que hace un guiño irónico al cometido del ama de casa de los cincuenta, mientras marca una distancia jocosa con la atroz servidumbre doméstica de las mujeres como mi madre. Posiblemente. También he preparado un atuendo cómodo de anfitriona de fin de semana para ponérmelo un momento antes de que lleguen mis invitados; tejanos Earl, jersey de cachemira rosa de Donna Karan. Trato de seguir las instrucciones para preparar la tarta de hojaldre con salsifí, puerros y queso azul; lo que pasa es que Ben no deja de escalarme las piernas, utilizando sus uñas sin cortar como crampones. Cada vez que lo bajo, pone en marcha su lamento de sirena de coche de bomberos.

Hay quienes hacen su propia masa de hojaldre, pero son como aquellos a los que les gustan las prácticas masoquistas en el dormitorio; admiras el esfuerzo y la técnica, pero no querrías, necesariamente, hacerlo tú misma. Saco la masa del paquete y unto una hoja con mantequilla fundida. Luego pongo otra hoja encima. Todo muy descansado. Entra Emily con el labio inferior amohinado.

–¿Dónde está Paula?

–Es domingo. Paula no viene hoy, cariño. Mamá y Emily van a hacer unas galletas estupendas juntas.

–No quiero. Quiero a Paula.

La primera vez que lo dijo, juro que sentí un puñal atravesándome el corazón y no hay nada que pueda rivalizar con esto, con el dolor causado por la infidelidad de tu primer hijo.

–Mira, de verdad que me gustaría que me ayudaras con las galletas, tesoro. Será divertido.

Con sus enormes ojos grises, Emily considera la visión de su madre jugando a ser su madre.

–Papá dijo que podía ver *Rugrats*.

–De acuerdo, puedes ver *Rugrats* si te pones el vestido azul antes de que Simon y Kirsty lleguen.

11.47 h. Todo está bajo control. Vuelvo a la receta. «Añada, removiendo, el zumo de limón y el queso azul a la salsa bechamel fría.» ¿Qué salsa bechamel?

Paso la página. «Para la salsa bechamel, véase receta en página 74.» ¿Qué? ¿Y ahora me lo dicen? Suena el móvil. Es Rod Task.

–¿Llamo en mal momento, Katie?

–No, está bien. ¡Augh! Ben, no hagas eso. Lo siento, Rod. ¿Qué me decías?

–Te estoy enviando por fax los detalles de la reunión de mañana, Katie. Necesitamos que estés al día en resultados, asignación de activos y perspectivas estratégicas. Tu terreno. El joven Guy estuvo cantando alabanzas de ti el viernes por la noche, decía lo estupendamente que te las arreglabas, después de todo.

–¿Después de qué?

–Bueno, ya sabes cómo hablan los tíos cuando se han tomado un buen curry.

No, no lo sé. Me encantaría ir con Rod y el equipo al restaurante indio de los viernes por la noche, aunque sólo fuera para impedir que ese pelota de Guy tratara de tomar al asalto mi puesto, pero tengo que irme a casa a leer *Harry Potter*.

De repente, me llega del horno un olor que no presagia nada bueno.

–No te preocupes, Rod. Todo está bajo control. Hasta mañana.

–¡Tomátelo con calma, cariño!

Abro la puerta del horno para revelar el desastre. El molde de pasta de hojaldre se ha convertido en un bosque petrificado. No te dejes dominar por el pánico. Piensa, Kate, piensa. Salgo corriendo de casa gritando instrucciones para que Richard vista a Ben y recoja la cocina.

12.31 h. Vuelvo del supermercado. Ben está vestido, pero la cocina parece una escena de *Disney va a Dresde*.

–Richard, pensaba que te había pedido que recogieras.

Levanta los ojos del periódico, desconcertado.

–He recogido. Ya he ordenado los CD por orden alfabético.

De una patada escondo el tren Brio debajo del sofá, lanzo el resto de juguetes a la antecocina, cierro la puerta y la bloqueo con un tendedero. Sustituyo la catástrofe de salsifí y queso con una *quiche* de espinacas de M&S. Ahora, a preparar el aliño. La elegante botella de aceite tiene un tapón de cera carmesí imposible de sacar. Trato de arrancarlo con el abridor de botellas, pero sólo consigo hacer caer virutas de color rojo en la ensalada. Uso los dientes. No hay manera. Mierda. Ataco el tapón con un cuchillo. Resbala sobre la botella y me hago un corte en la mano. Parece el intento fallido de suicidio de un borracho. Busco en el botiquín. No encuentro más que una tirita con un dibujo infantil. Corro arriba para cambiarme y ponerme un atuendo de anfitriona relajada. Consigo meterme en los vaqueros nuevos, pero no hay señal alguna del jersey de cachemira Donna Karan. ¿Por qué nunca hay nada en su sitio en esta casa?

12.58 h. Encuentro el jersey. Paula lo ha escondido al fondo del armario y no me extraña. Está claro que sólo ha conseguido sobrevivir por los pelos a la lavadora. Ha encogido tanto que sólo le iría bien a Mrs. Thomasina Tittlemouse o a Ally McBeal. Bajo y me encuentro con Ben metiendo los restos de queso azul por la ranura del vídeo. Emily está chillando porque *Rugrats* se ha atascado. No hay señal de Richard por ningún sitio. Suena el timbre.

Kirsty y Simon Bing son arquitectos y amigos de Richard. Tienen la misma edad que nosotros, no tienen hijos sino un exquisito gato de color gris azulado que se desliza como si fuera humo entre la porcelana japonesa de su ático en Clerkenwell. Cuando vamos a visitarlos, paso la mayor parte del tiempo gritando mientras Ben sube gateando por la escalera abierta, sin barandillas y contempla gozosamente el abismo. Hay una tensión muda entre los que no tienen niños y los que estamos doblegados por ellos. Antes de que Emily naciera, alquilamos una villa en las afueras de Siena con Kirsty y Simon y nuestra relación, que se está enfriando, se vuelve cálida de nuevo, cuando de vez en cuando recordamos aquella semana al sol. En la actualidad, Richard y yo, si acaso tenemos trato social con alguien, es con parejas con niños. Porque ellos comprenden. Comprenden esa súbita necesidad de hacer aparecer pizza y pañuelos de papel, a veces simultáneamente; comprenden los imprevisibles olores y pañales y los cambios de humor que aparecen como si fueran tanques.

Kirsty y Simon siempre parecen alegrarse de vernos, pero creo que es justo decir que sus adioses son especialmente efusivos, un preludio, imagino siempre, de su explosión de alivio compartido cuando la puerta se cierra y pueden sentarse en su sofá libre de babas. Pero hoy son ellos los que han venido a nuestra casa, donde todos los muebles son, esencialmente, un enorme pañuelo. Comparado con su estado habitual, la cocina está inmaculada, pero veo que Kirsty dirige una mirada comprensiva al único juguete que queda en mitad del suelo y, sin razón alguna, me gustaría pegarle una bofetada.

El almuerzo va bien y acepto los elogios por la tarta de M&S con una falta de vergüenza sorprendente; bueno, en realidad, hice un enorme esfuerzo para conseguirla. La conversación de los Bing es muy variada. ¿Fue realmente una buena idea abrir el Gran Patio del Museo Británico por la noche?

–Un experimento fracasado –según Simon, que se quedaría estupefacto si supiera que he olvidado dónde está el Museo Británico.

Luego hablamos del estancamiento del cine actual. Kirsty y Simon han visto una película francesa sobre dos chicas que trabajan en una fábrica y están absolutamente flipados con ella. Rich revela que él también la ha visto. ¿Cuándo encontró el tiempo?

–Kate trabajó en una fábrica, ¿no es verdad, cariño?

–¡Qué fascinante! –dice Simon.

–En realidad, no mucho. Tapones de plástico para latas de aerosol. Muy aburrido, muy maloliente y muy mal pagado.

El silencio, algo incómodo, que sigue es roto por Kirsty.

–Bueno, cuéntanos, ¿qué hay de ti, Kate? –pregunta alegremente–. ¿Has visto alguna buena película?

–Oh, me gustó *Tigre agazapado* –hago una pausa– y *Dragón agazapado*.

–Oculto –murmura Rich.

–*Tigre oculto* –digo–, me encantaron, esto, las partes chinas. Mike Leigh está muy bien, ¿no?

–Ang –murmura Rich.

–A mí me gusta *Mary Poppins* –interviene Emily, Dios la bendiga, apareciendo a la carrera desde el otro extremo de la cocina, desnuda salvo por su cola de seda verde de la Sirenita–. ¿Sabes?, Jane y

Michael van a trabajar con su papá al banco. Está cerca de donde trabaja mamá y hay muchas palomas. –A continuación se lanza a anunciar a voz en grito, desafinando, con la descarada intrepidez de los niños–: Comida para los pájaros, dos peniques la bolsa, dos peniques, dos peniques, dos peniques la bolsa. ¿Tú les das de comer a los pájaros, mamá?

No, yo hago que vengan y los maten.

–Sí, por supuesto, tesoro.

–¿Puedo ir a tu trabajo contigo?

–De ninguna manera.

Kirsty y Simon se ríen educadamente. Kirsty quita el pedacito de Play-Doh naranja metido entre las púas de su tenedor de postre y se pregunta si no tendrían que empezar a pensar en marcharse.

DEBO RECORDAR

Evitar compromisos sociales que exijan ropa limpia o muebles limpios. Lista de equipaje para EuroDisney. ¿Pan? Alfombra escalera. Llamar a papá. Solicitud para guardería Ben. ¡¡Llamar Jill Cooper-Clark!! ¡Patitos de chocolate Thorntons!

22

¿CUÁNTO CUESTA?

Miércoles, 22.35 h. Debra me llama a casa, algo raro porque ahora apenas hablamos, sólo nos enviamos *e-mails.* Nada más oír su voz, sé que algo va mal. Así que le pregunto cómo va todo. Respira hondo y se lanza: nada de particular; Jim estará fuera en Semana Santa, rematando un negocio y ella tiene que llevar a los niños a Suffolk en coche para estar con su familia y su padre ha tenido un ataque y su madre finge que puede arreglárselas, pero no puede y no quieren molestar a Deb porque está tan ocupada y es tan importante y, claro, a ella le gustaría que la molestaran pero está demasiado ocupada en el trabajo, donde todavía no se deciden a convertirla en socia de pleno derecho porque ese cabrón de Pilbutt dice que hay «un interrogante respecto a su entrega al trabajo» y, joder, ella se ha ganado esa categoría, de verdad que sí, y luego Anka, la niñera que ha tenido desde que Felix tenía un año, le ha estado robando. ¿Me había hablado de los robos?

No, no lo había hecho.

Bueno, para ser sincera, lo ha sabido desde el verano pasado, pero no se ha permitido enterarse, no quería saberlo. Primero, eran pequeñas cantidades de dinero que pensaba que se habría dejado en algún lugar de la casa y no conseguía encontrar. Luego, empezaron a desaparecer otras cosas: un *walkman;* un marco de plata; aquella cámara digital tan mona que Jim trajo de Singapur. Toda la familia, bueno, todos hacían bromas sobre su *poltergeist* ratero y Deb hizo poner unas cerraduras mejores en las puertas. Porque nunca se sabe. Y luego, justo antes de Navidad, desapareció su chaqueta de cuero, aquélla tan bonita y suave de Nicole Farhi que se compró sin justificación alguna, y podía jurar que no se la había dejado en ningún sitio. Llamó a todos los restaurantes donde había estado y vació el armario. Nada. Bromeó amargamente con Anka diciendo que probablemente tenía los primeros síntomas de Alzheimer y Anka le preparó una taza de té con tres terrones de azúcar –no es de extrañar que los eslovacos no tengan dientes– y le dijo con dulzura: «Es sólo que hoy está un poco cansada. No loca».

Así que Debra nunca lo habría descubierto si no hubiera pasado por casa una tarde entre dos reuniones con clientes. Mientras trataba de abrir la puerta de la calle, se volvió y vio a Anka acercándose, empujando el cochecito de Ruby y vestida con la chaqueta de cuero. Se sentía tan débil que apenas podía moverse, pero se las arregló para ocultarse detrás de los cubos de basura para que Anka no la viera.

Luego, el sábado pasado, cuando Anka no estaba, Deb fue a su habitación, como si fuera una ladrona en su propia casa. Y allí, en el armario, ni siquiera ocultos detrás de otras cosas, estaba la chaqueta y un par de los mejores jerséis de Deb. En un cajón, encontró la cámara y el reloj de su abuela, el que tiene un pez de plata como minutero.

–Bueno, ¿y qué le dijiste?

–Nada.

–Pero, Deb, tienes que decirle algo.

–Anka lleva cuatro años con nosotros. Llevó a Felix al hospital el día que nació Ruby. Es un miembro de la familia.

–Los miembros de tu familia no suelen afanarte tus cosas y luego mostrarse comprensivos cuando te ven preocupada.

Me deja apabullada la falta de energía en la voz de mi amiga; le han arrancado a golpes el ánimo de luchar.

–Lo he pensado, Kate. Felix ya está bastante nervioso porque yo estoy fuera todo el tiempo. Su eccema se pone tan mal... y adora a Anka, de verdad que la adora.

–Deja de decir tonterías, es una ladrona y tú eres su jefa. No aceptarías una cosa así en el trabajo ni un minuto.

–Puedo vivir con sus robos, Kate. No puedo vivir si mis hijos no son felices. Bueno, ya está bien de hablar de mí. ¿Tú cómo estás?

Respiro hondo y luego me guardo lo que iba a decir.

–Bien, estoy bien.

Debra cuelga, pero no antes de que hayamos quedado para almorzar, una cita que tampoco cumpliremos. De todos modos, anoto su nombre en mi agenda y alrededor dibujo la tonta cara sonriente que Deb dibujaba siempre en los márgenes de nuestros apuntes comunes, al lado de las menciones a José Stalin, allá por 1983. (Sólo una de las dos tenía que ir a clase; la otra podía quedarse en la cama hasta tarde.)

¿Cuál es el coste cuando pagas a alguien para que sea una madre para tus hijos? ¿Lo ha calculado alguien? No hablo de dinero. El dinero es mucho, pero ¿a cuánto asciende lo otro?

Jueves, 4.05 h. Emily me despierta para decirme que no puede dormir. Así que ahora ya somos dos. Le toco la frente, pero la temperatura seguramente es debida a la excitación por ir a Disneyland París, adonde iremos hoy, si consigo acabar con todos mis trabajos a tiempo. Mi hija ha querido ir a Disneyland desde que averiguó que el castillo de la Bella Durmiente que había al final de sus vídeos era un lugar real.

Ahora se sube a la cama, a mi lado, y murmura:

–¿Minnie sabrá cómo me llamo, mamá?

Le digo que por supuesto que sí y mi hija se acurruca como un marsupial contra mi espalda y se queda dormida, mientras que yo, más despierta a cada segundo que pasa, trato de acordarme de todo lo que debo recordar: pasaportes; billetes; dinero; impermeables (seguro que llueve, son vacaciones); rompecabezas; ceras; papel, por si nos quedamos atascados en medio del túnel del canal; albaricoques secos para un tentempié nutritivo; caramelos de gelatina para usar como soborno; grageas de chocolate para casos extremos.

¿No dijo Mrs. Pankhurst algo sobre que las mujeres teníamos que dejar de ser una clase de sirvientas para los hombres? Bueno, lo intentamos, Emmeline, vaya si lo intentamos. Ahora, las mujeres hacen los mismos trabajos que los hombres y los hacen igual de bien. Pero, las mujeres cargan siempre con esa información que no las deja en paz. Calculo que dentro de la cabeza de una mujer que trabaja, cada día es como el aeropuerto de Gatwick. Vacunas (ponerlas o no ponerlas); planes de lectura; números de zapatos; equipaje de vacaciones; cosas para el cuidado de los niños reunidas a la buena de Dios; todo girando en círculos y esperando instrucciones de la torre de control aéreo. Si las mujeres no hicieran que aterrizaran sin daño, todo el mundo estallaría en pedazos, ¿o no?

12.27 h. La paloma ha puesto dos huevos. De contorno elíptico, son de un blanco deslumbrante con un ligero matiz azulado. Parece que la madre y el padre se encargan de empollarlos por turnos. Mirarlos me recuerda los turnos que Rich y yo hacemos con los niños cuando uno de ellos está enfermo.

Antes de que acabe la jornada, tengo que haber escrito cuatro informes de clientes, vendido un enorme número de acciones (con los mercados desplomándose, la política de la compañía es tener más efectivo) y comprado un rebaño de patitos de chocolate en Thorntons. Además, Momo y yo estamos trabajando en otra oferta para una cuenta ética en Italia. No he sabido nada de Jack esta mañana y ansío ver aparecer, en la esquina superior derecha de la pantalla, ese pequeño sobre que me dice que él está ahí pensando en mí igual que yo pienso en él.

(¿Cómo era antes? Antes de que esperara sus mensajes. Espero y espero. Espero o leo su último mensaje y redacto mi respuesta y luego espero de nuevo. Ya no es un modo de vida, es un modo de espera. Siento impaciencia como si fuera hambre. Fijo la mirada en la pantalla para dar vida a las palabras, deseando con todas mis fuerzas que hable.)

De: Kate Reddy
Para: Jack Abelhammer
Jack, ¿estás ahí?

De: Kate Reddy
Para: Jack Abelhammer
¿EN QUÉ ESTÁS PENSANDO? ¡¡¡Habla, maldita sea!!!

De: Kate Reddy
Para: Jack Abelhammer
¿He dicho algo malo?

De: Kate Reddy

Para: Jack Abelhammer

¿Hola?

De: Kate Reddy

Para: Jack Abelhammer

¿Qué demonios puedes estar haciendo que sea más importante que hablar conmigo?

xxxxxxxxxxxxxxx

De: Jack Abelhammer

Para: Kate Reddy

Siendo tu esclavo, ¿qué haría, sino atender
las horas y momentos de tu deseo?
No tengo un tiempo precioso que malgastar,
ni servicios que cumplir hasta que me lo pidas.

De: Kate Reddy

Para: Jack Abelhammer

De acuerdo, estás perdonado. Es una belleza de poema. Un soneto de Bill Gatespeare, ¿no? Pero dejemos una cosa clara; si hay más silencios tan largos, estarás en un Grave Aprieto. Es más, serás hombre muerto.

Te lo prometo xxxxx

De: Jack Abelhammer

Para: Kate Reddy

Bill Gatespeare, creo, tiene el *software* emocional indicado para encajar en cualquier ocasión... En lo que se refiere a ti, Katharine, ya estoy en un Grave Aprieto. Si matarme significa que puedo esperar la presencia corporal de la gerente de mis fondos, entonces estoy dispuesto a morir como un hombre.

Sabía que ibas a Disneyland con los niños, así que imaginé que andarías muy ocupada con los preparativos y no te gustaría recibir mis mensajes. Procuro pensar en que eres feliz sin mí, sin dejar que eso me haga sentir desgraciado.

Ni me atrevo a preguntar con mi mente celosa
dónde estarás ni lo que harás,
sino, como triste esclavo, estar sin pensar en nada
salvo, allá donde estés, ¡cuán feliz serás!

Escribes tan bien sobre los niños –las lecturas de Emily, la forma en que Ben intenta hablar contigo– que estoy seguro de que eres una madre estupenda. Y te das cuenta de muchas cosas. Mi madre se quedaba en casa, jugaba al bridge y bebía martinis con vodka con sus amigas. Estaba allí todo el día, pero nunca estaba disponible para nosotros tres. No empieces a idealizar al progenitor que se queda en casa; puedes fastidiarla tanto si estás cerca como si estás lejos.

Como vives dentro de mi cabeza, eres muy portátil, ¿sabes? Me doy cuenta de que hablo contigo constantemente. Lo peor es que estoy empezando a pensar que puedes oírme.

Jack xxxxxxx

De: Kate Reddy

Para: Jack Abelhammer

Te oigo.

23

SEMANA SANTA

Sábado. Almuerzo en el restaurante Toad Hall, Disneyland París. Un entusiasta beso francés y un apasionado abrazo de un extraño alto y moreno. Por desgracia, se llama Goofy. Abrumada por la timidez al conocer a sus dibujos animados favoritos, Emily se esconde detrás de las piernas de su madre y se niega a decir «hola».

Segundos después, Paula entra en el restaurante reverberando resentimiento, como un gong al que acabaran de golpear. «Aceptó» acompañarnos a EuroDisney de una forma muy parecida a como los británicos «aceptaron» devolver la India. Sé que el alivio a corto plazo que me proporciona tenerla aquí para ayudarme no compensará las desventajas tácticas a largo plazo.

Siento que tengo que pasarme todo el tiempo disculpándome por cosas que no he hecho. Siento que Ben despertara a todo el mundo anoche con sus ronquidos; siento que el servicio de habitaciones sea tan lento; siento que los franceses no hablen inglés. Ah, y me olvidaba de pedir disculpas por la lluvia. Y eso sí que es algo que lamento sinceramente.

Mientras tanto, Paula permanece recostada en su asiento y observa mis habilidades maternas con el aire satisfecho y feliz de un instructor de autoescuela guiando a ese alumno sabelotodo hacia el inevitable choque.

Después de pasar quince minutos haciendo cola para almorzar en el Toad Hall –imitación de casa señorial, con gárgolas de poliestireno gris– llegamos al mostrador y Paula pide *nuggets* de pollo para ella, Emily y Ben. Basándome en que lo más probable es que el pollo sea puro antibiótico empanado, decido mostrarme firme. Comento que sería una buena idea que los niños tomaran *quiche*, porque siempre cabe la posibilidad de que esté hecha con productos de una granja y no de una probeta.

–Si tú lo dices –responde Paula alegremente.

En la mesa, cuando le ofrezco la *quiche* a Ben, su pequeña boca, casi remilgada, se tuerce con una mueca de profundo dolor. Empieza a emitir esos sollozos con hipo que suelta cuando no puede respirar lo bastante rápido. Las familias francesas sentadas cerca, todas con *enfants* vestidos de lino azul marino o gris, sentados muy erguidos comiendo *haricots verts*, se vuelven y dirigen miradas fulminantes a esos bárbaros anglosajones. Después de un único bocado, Emily anuncia que no quiere *quiche* porque sabe a huevo. Quiere *nuggets* de pollo. Paula no dice «ya te lo había dicho». Pero le da a Ben uno de esos abrazos ultratranquilizadores, de no te preocupes, y le da de comer patatas fritas de su propio plato.

(A veces, cuando estoy con Paula y los niños, tengo la misma sensación que tuve en la escuela cuando tres niñas de mi grupo se hicieron íntimas, al parecer, de la noche a la mañana. ¿Cómo pude no darme cuenta? Yo, a la que siempre le habían permitido ir a casa cogida del brazo de la fabulosa, la popular Geraldine –una rubia estilo Farrah Fawcett, con un brazalete en el tobillo y con pechos–, me vi apartada, se esperaba que cogiera del brazo a Helga –gafas, alta como los Alpes, austríaca–. Seguía siendo parte del grupo, pero me habían excluido de su núcleo y de sus risitas, cuyo blanco me pareció, de forma creciente y dolorosa, que era yo.)

–Deja de hacer eso, Emily, por favor.

Em está decapitando sobrecitos de azúcar y desparramándolos por toda la mesa. Hacemos un trato; podrá hacer una montaña de azúcar para que esquíe su llavero de Minnie, pero sólo si se come la *quiche* y tres judías verdes. No, que sean cinco judías verdes. ¿Vale?

Me gustaría poder relajarme más, pero un zumbido en la cabeza me dice que he olvidado algo. ¿Qué más? ¿Qué más?

19.16 h. A la hora de acostarse, Emily está tan excitada que quiere que le cuente la historia de Semana Santa una vez más. Ha estado obsesionada con ella desde que averiguó, la semana pasada, que el Niño Jesús de los villancicos que cantaba por Navidad había crecido para convertirse en el hombre en la cruz. Es una de esas ocasiones en que desearías poder pulsar un botón y que apareciera el Hada Madrina de las Explicaciones y agitara su varita mágica de sabiduría.

–¿Por qué mataron a Jesús?

Vaya por Dios.

–Porque... bueno, porque no les gustaban las cosas que decía y querían hacer que se callara.

Veo cómo Emily busca dentro de su cabeza el peor defecto que pueda imaginar. Por fin, dice:

–¿No querían compartir?

–En cierto modo así es, no querían compartir.

–Después de morir, Jesús se puso mejor y fue al cielo.

–Exacto.

–¿Cuántos años tenía cuando lo cruzaron?

–Crucificaron. Tenía treinta y tres.

–¿Cuántos años tienes, mamá?

–Treinta y cinco, cariño.

–Algunas personas llegan a tener cien años, ¿verdad, mamá?

–Sí, es verdad.

–¿Pero luego también se mueren?

–Sí.

(Quiere que le diga que yo no voy a morir. Sé que eso es lo que quiere. Y es lo único que no puedo decirle.)

–Morir es triste porque ya no ves más a tus amigos.

–Sí, es triste, Em, muy triste, pero siempre habrá personas que te quieran...

–En el cielo hay muchas personas, ¿verdad, mamá? Muchas, muchas, muchas.

–Sí, tesoro.

Como agnósticos y dormilones dominicales, Richard y yo decidimos que cuando tuviéramos hijos, no les ofreceríamos el falso consuelo de otra vida garantizada. Ni ángeles ni arcángeles ni arpas ni Campos Elíseos llenos de esas personas que no podías soportar en la universidad. Esa decisión duró, veamos, unos tres segundos después de que mi hija dijera por vez primera la palabra «morir». ¿Cómo podía yo, que no dejaba que le contaran las historias de Roald Dahl porque eran demasiado crueles, abrir la puerta de la caldera e invitarla a contemplar la extinción de todos los que conocería o amaría?

–¿Y el conejito de Pascua está en el cielo?

–No, el conejito de Pascua, no. Seguro que no.

–Pero la Bella Durmiente sí, ¿verdad?

–No, tampoco, la Bella Durmiente está en su castillo y mañana iremos a verla.

A veces, las preguntas de Emily me dejan estupefacta, pero no tanto como el hecho de que pueda darle cualquier respuesta que yo quiera. Puedo decirle que hay Dios o que no hay Dios. Puedo decirle que Oasis era mejor que Blur, aunque para cuando tenga la edad suficiente para comprarse los discos ya no haya discos y Madonna sea algo tan lejano como Haydn. Puedo decirle que Cary Grant está empatado con William Shakespeare para el título de Mejor Inglés de Todos los Tiempos. Puedo animarla a apoyar a un equipo de fútbol o decirle que el deporte es algo increíblemente aburrido. Puedo aconsejarle que tenga cuidado con la persona a quien entrega su virginidad o darle consejos tempranos y eficaces sobre anticoncepción. Puedo aconsejarle que, en cuanto pueda, empiece a ingresar una cuarta parte de sus ingresos anuales en un fondo de pensiones vinculado al índice o decirle que la respuesta es el amor. Puedo decirle cualquier cosa que se me ocurra y esa libertad es a un tiempo asombrosa y aterradora.

Cuando, en el hospital, nos enviaron a casa con una recién nacida, hace casi seis años, se olvidaron de entregarnos el *Manual del sentido de la vida*. Recuerdo a Richard entrando en casa con Em en su pequeña canastilla, con aquella asa enorme, y dejándola con extremo cuidado en el suelo de la sala. (En aquella etapa, todavía pensábamos que podíamos romperla; no sabíamos que lo más probable era que sucediera lo contrario.) Rich y yo miramos a nuestra hija, luego nos miramos y pensamos: «¿Y ahora qué?».

Se necesitaba un permiso para conducir un coche, pero con un bebé se esperaba que aprendieras sobre la marcha. Convertirse en padres era como tratar de construir un barco mientras estás perdido en medio del mar.

Lo que sí nos dieron en el hospital fue un delgado folleto, dentro de una carpeta azul de plástico con varios dibujos en cada página, con dos monigotes que representaban al padre y a la madre. Eran monigotes padre y madre que metían el codo, con precaución, en el agua del baño o probaban la temperatura de la leche en el dorso de sus manos. Había un horario de comidas, indicaciones para el paso de los biberones a los sólidos y, o eso me parece recordar, una lista de los sarpullidos normales. Pero no había ni una palabra sobre cómo preparar a tu hijo para tu propia muerte.

Cuando miro la cara de Emily, al mismo tiempo radiante y perpleja, tengo esa sensación de quedarme sin aliento que, con tanta frecuencia, tienes siendo madre; es la presión de cientos de millones de madres antes de ti, todas luchando por contener el llanto cuando el niño hace la más antigua de las preguntas.

–¿Tú te morirás, mamá?

–Un día, sí. Pero falta mucho, muchísimo tiempo.

–¿Cuánto?

–No mientras necesites una mamá.

–¿Cuánto?

–No hasta que tú misma seas mamá. Venga, Em, ahora duérmete corriendo. Cierra los ojos.

–¿Maa-má?

–Duérmete cariño. Duérmete ahora. Mañana será un día fantástico.

Bueno, ¿lo hice bien? ¿Es así como hay que decírselo? ¿Sí?

Domingo, 15.14 h. Emily y yo estamos juntas en la montaña rusa, nuestros gritos viajan con nuestros estómagos como si fueran guardias armados. Cierro los ojos y hago una foto para guardarla en el recuerdo. Estoy pasándolo bien con mi maravillosa hija. Tiene el pelo alborotado al viento y su mano coge fuertemente la mía. Pero incluso en este momento, no puedo escapar; hay algo en este viaje que dice trabajo. Los mercados de valores suben y suben y suben y, luego, zas, se te abre la trampilla en el estómago.

Mierda, Kate, estúpida, más que estúpida, tarada... Dios mío, no... Olvidé cursar las operaciones el jueves. Tenía que vender el cinco por ciento del fondo; la política de Edwin Morgan Forster es tener más efectivo y menos títulos cuando los mercados se funden. Cuando alcanzamos la cima, veo el norte de Francia y toda mi carrera, como un relámpago, pasar ante mis ojos. EMF tiene ya congelada la contratación de personal. A continuación vendrán los despidos. ¿Y quién será el primer candidato? Que dé un paso al frente la directora que se olvidó de vender las acciones de sus clientes porque estaba comprando unos malditos patitos de Pascua, de chocolate, en Thorntons.

–Estoy en la calle.

–¿Qué?

Richard está allí para recogernos cuando bajamos del trenecito.

–Estoy despedida. Me olvidé. Trataba de acordarme de todo y me olvidé.

–Katie, tranquilízate. Cuéntamelo despacio.

–Papá, ¿por qué llora mamá?

–Mamá no está llorando –dice Paula, que ha aparecido entre la multitud y ha cogido a Emily en brazos–. Mamá se lo ha pasado tan bien y se ha reído tanto que se le han saltado las lágrimas. Vamos a ver, ¿quién quiere una crep? ¿La quieres de mermelada o de limón? Yo voy a tomarla de mermelada. Me los llevo, ¿vale, Kate? –pregunta Paula rápidamente.

Yo asiento con la cabeza, porque está claro que no puedo hablar. Y con Ben en la sillita y Emily saltando a su lado, Paula se aleja. ¿Cómo podría arreglármelas sin ella?

16.40 h. Ya estoy más calmada. Es la calma de una condenada. No hay nada que pueda hacer; hoy es festivo. No puedo vender nada hasta el martes. No tiene sentido estropear el resto del viaje. Estoy bajando de una de las Tazas Giratorias del Sombrerero Loco cuando veo a un hombre en la cola que me resulta conocido. Es Martin, un antiguo novio. ¿Conocéis la extraña sensación que puede provocar ver a un ex? Yo la siento ahora. Es la sombra de una pasión, un pañuelo de seda que te arrancan del corazón. Me doy media vuelta rápidamente y aseguro las correas, ya muy bien sujetas, del cochecito de Ben.

PRIMEROS PENSAMIENTOS:
RAZONES PARA QUE UN EX NO ME RECONOZCA

a) Llevo un poncho de plástico amarillo, comprado en los Disneyland Universal Stores; está decorado con el logo de Mickey Mouse y huele a condón enrollado.
b) Mi pelo, secado esta mañana con el zumbido de mosquito del secador del hotel, está pegado a mi cráneo como el bonete deshilachado de una anciana en el hogar de jubilados.
c) Estoy a punto de ser despedida y, por lo tanto, mal situada para mostrar lo sensacional que es mi vida sin él.

SEGUNDO PENSAMIENTO

a) No me reconoce. NI SIQUIERA ME RECONOCE. He cambiado y me he ajado horriblemente y ya no soy deseable para un hombre que antes estaba sexualmente obsesionado conmigo.

A través de la confusión pastel de las tazas giratorias, mi mirada se cruza con la del hombre. Me sonríe. No es Martin.

20.58 h. Cogemos el Eurostar para volver a casa, a Londres. Ben está tumbado de espaldas encima de mí. Sus pestañas son largas y sus manos son todavía las gordezuelas manos de un bebé, los hoyuelos de los nudillos parecen burbujas de aire en la masa del pan. Cuando sea mayor, no podré decirle lo mucho que me gustaban sus manos. Quizá no me acordaré. Me estiro para alcanzar mi ordenador portátil, pero Ben se vuelve y suspira como si fuera a despertarse. De todos modos, no quiero mirar mis *e-mails;* probablemente habrá una bronca de tamaño nuclear de Rod y un regodeo de «conmiseración» por parte del horrendo Guy. Me prepararé para mi sino como madre sin un penique, que se queda en casa y compra sudaderas Gap de penitencia de color caqui. Y procuraré recordar la letra de Incy Wincy Spider.

Así que ya veis, ésa fue la razón de que no abriera el *e-mail* de Rod esa noche. El que me decía que todo iba bien, el que me decía que todo iba mucho mejor que bien.

De: Rod Task

Para: Kate Reddy

Kate, ¿dónde coño estás? La Fed ha recortado los tipos de interés de nuevo. El resto del equipo está de líquido hasta el cuello. Eres la única que no vendió. ¿Cuál es tu secreto, genio? ¿Te estás tirando a Greenspan?

Sácate al viejo de encima y vuelve. Te invitaré a cerveza.

Un aplauso, Rod.

24

KATE TRIUNFADORA

Oficinas de Edwin Morgan Forster. Martes, 9.27 h. ¡Aleluya! Soy una gurú. Mi soberbia sincronización con el mercado –también conocida como olvidarse de cursar varias operaciones y ser salvada por una reducción sorpresa en el tipo de cambio– me ha proporcionado una posición temporal de diosa de la oficina. Estoy al lado de la máquina de café, recibiendo el tributo de mis colegas sobrecogidos a su pesar.

–Debes de ser la única persona que vio venir el recorte de la Fed y la recuperación del mercado, Kate –dice maravillado Gavin *el Caspa*.

Adopto una expresión que confío sea una perfecta imitación de humildad y sereno orgullo.

–Mierda, yo tenía un seis por ciento de líquido. Eso nos costará algunos puntos base –gime Ian, con su cara sonrosada–. Y Brian, un quince por ciento. Otro paso camino al desastre, pobre cabrón.

Asiento con una condescendencia comprensiva y digo, como quien no quiere la cosa:

–En realidad, yo sólo tenía un uno por ciento en efectivo.

Saboreo el éxito, disfruto del excitante sabor a champán en la lengua.

Chris Bunce pasa a mi lado de camino a los lavabos y apenas puede soportar mirarme a la cara. Momo viene a verme y me da un beso que aterriza en mi mejilla casi al mismo tiempo que la mirada asesina de Guy se me clava en medio de la espalda. Desde el otro lado de la oficina veo acercarse a Robin Cooper-Clark, con una divertida sonrisa en los labios, como si él fuera el obispo y yo un joven coadjutor con suerte.

–Y al tercer día resucitó –dice Robin–. Bien, bien, miss Reddy, ¿quién dice que la Semana Santa ha quedado vacía de sentido?

Lo sabe. Lo sabe. Por supuesto que lo sabe. El hombre más brillante del sistema solar.

–Tuve muchísima suerte, Robin. Alan Greenspan quitó la lápida de la tumba.

–Tuviste mucha suerte, Kate y eres muy buena. Los buenos merecen su buena suerte. Por cierto, ¿te ha dicho Rod que tienes que ir a Frankfurt?

Cuando me siento a mi mesa, floto de tal manera que casi no necesito la silla. Estudio detenidamente las divisas, compruebo los mercados y luego miro mis *e-mails*. Sonrío cuando veo que arriba de todo de la Bandeja de Entrada hay dos de mis mejores amigas.

De: Debra Richardson

Para: Kate Reddy, EMF

Tratando desesperadamente de contratar nueva niñera. Anka se largó como una furia cuando la enfrenté con las cosas robadas. La madre de Jim ha venido desde Surrey para ayudarnos un poco, pero tiene que regresar el viernes. ¡¡¡Socorro!!! ¿Alguna idea? La mayoría de candidatas pide un coche, las 37 restantes tienen graves trastornos de personalidad y piden un salario igual al del editor del *Vogue*.

Razón para dejar el trabajo: ¡ya no puedo ir a trabajar!

¿Cuándo conseguimos la parte divertida de nuestra vida? Esa parte cuando uno dice: ¡ah, así que para esto era todo el esfuerzo y el sacrificio!

¿Almuerzo el jueves?

P. D.: Debo dar un giro más positivo a mi vida. Sé que hay gente que vive en la más abyecta de las miserias, sin zapatos, etcétera.

De: Kate Reddy

Para: Debra Richardson

Bien, me alegro de que se haya marchado. Te felicito por enfrentarte a ella. Pronto encontrarás a alguien. ¡No te dejes dominar por el pánico! Me han dicho que las australianas son muy buenas. Te enviaré teléfonos de agencias y le preguntaré a Paula si conoce a alguien que busque trabajo. Hoy soy la que manda en el despacho. Pura chamba.

Si puedes tropezarte con el Triunfo y el Desastre y vender el segundo como si fuera el primero, ENTONCES, eres toda una mujer, muchacha.

¿Y mi recompensa? Un viaje a Frankfurt en un vuelo de precio reducido; una compañía llamada Go o Slo o No o algo así.

Auf Wiedersen, monada. ¿Podemos cambiar el almuerzo a otro día? Lo siento, todo mi cariño K xxxxx

De: Candy Stratton
Para: Kate Reddy
Joder. Estoy embarazada.

Miro inmediatamente al otro lado de la oficina, hacia donde está Candy. Al notar mi mirada, levanta los ojos de lo que está haciendo y me hace un pequeño gesto con la mano. Es como el gesto de un niño, divertido y triste al mismo tiempo.

Candy está embarazada. No es que tenga un retraso, sino que está embarazada. De cuatro meses y medio, por lo menos, según la clínica donde fue ayer. Desde hacía dos años su ciclo era irregular –por los medicamentos, probablemente– y no había observado nada inusual, excepto un poco más de peso y una mayor sensibilidad en los pechos, que ella achacó a una práctica sexual muy activa con Darren, el especialista en pistas negras del Tesoro, durante sus últimas vacaciones de esquí.

–No lo voy a tener.

–Bien.

Estamos en Corney and Barrow, sentadas en nuestros taburetes habituales con vistas a la plaza donde está la pista de hielo en invierno. Candy tiene una copa de champán, yo una botella de Evian.

–No me jodas con que estás de acuerdo, cuando no es así, Kate.

–Lo único que digo es que te apoyaré, Candy, tomes la decisión que tomes.

–¿Decisión? No es una decisión, es un desastre de mierda.

–Lo único que pienso es que, bueno, un aborto tan tarde no es muy divertido.

–¿Y criar a un niño tú sola durante veinte años, es eso divertido?

–No es algo imposible cuando tienes treinta y seis años.

–Treinta y siete el martes, en realidad.

–Bueno, se te está acabando el tiempo.

–No lo voy a tener.

–Bien.

–¿Qué?

–Nada.

–Ya me conozco yo tus «nadas», Kate.

–Es que pienso que podrías llegar a lamentarlo, eso es todo.

Aplasta el cigarrillo con rabia y enciende otro.

–Hay ese sitio en Hammersmith. No es barato, pero los hacen hasta muy tarde y sin preguntas.

–Bien. Te acompañaré.

–No.

–Mira, no voy a dejar que vayas sola.

–No es una fiesta porque voy a tener un niño, es una mierda de aborto.

Estudio la cara de mi amiga.

–¿Y si llora?

–¿De qué vas, Kate? ¿Eres una de esas sonadas pro vida?

–Ha habido casos en que un feto llora en ese estadio de desarrollo. Sé que eres dura, pero yo no podría soportarlo.

–¿Nos puede traer otro? –le dice al camarero–. Venga, vamos, explícamelo.

–¿Qué?

–Los niños.

–No puedo. Tienes que sentirlo por ti misma.

–Venga ya, Kate, tú puedes convencer de cualquier cosa a cualquiera. Prueba.

Esa mirada en su cara. Una mirada tan de Candy; desafiante y herida al mismo tiempo; la mirada de una niña de siete años que se ha caído de un árbol al que le han dicho que no subiera y no quiere llorar, aunque se ha hecho daño de verdad. Me gustaría rodearla con mis brazos, pero me los apartaría de un manotazo antes que reconocer lo mucho que necesita que la abracen. El único modo de convencerla de algo es hacer que suene como una oportunidad tan buena que sería una estúpida si la rechazara.

–¿Sabes los dos días en que nacieron mis hijos?

Asiente.

–Bueno, si sólo pudiera conservar dos días de toda mi vida, esos son los que me quedaría.

–¿Por qué?

–Es sobrecogedor.

–¿Sobrecogedor? –Candy dispara una de sus enormes carcajadas–. No puedes beber, no puedes fumar, no puedes salir por las noches, tus tetas parecen dos ratones muertos, se te ensancha tanto el coño que parece el jodido túnel Holland y va ella y me dice que es sobrecogedor. ¡Guau! ¿Qué otros platos fuertes hay, mami?

No funciona.

–Tengo que irme, Candy. Envíame un *e-mail* con el día y la hora y estaré allí.

–No lo voy a tener.

–Bien.

25

DE VUELTA A LA ESCUELA

8.01 h. –Venga, Emily, vámonos. Deprisa. Mamá va a llegar tarde. ¿El desayuno? Bien. ¿Los libros de la biblioteca? No. No, no puedes llevar trenzas. Sencillamente, no. ¿Los dientes? Por todos los santos. Rápido, lávate los dientes. Date prisa. Y sácate la tostada de la boca primero. ¿No es una tostada? Ya sabes que no quiero que comas huevo de Pascua... Bueno, papá no tendría que haber dicho eso. Yo no soy horrible. Vale, vamos.

Es el primer día de escuela después de las vacaciones y los niños están más rebeldes y febriles que un poni antes de una gincana. Emily está usando ese habla de bebé a la que vuelve cuando yo he estado fuera o estoy a punto de marcharme otra vez. Me saca de quicio.

–Mami, ¿cuál es tu personaje favorito en «Ed oso y da Gan Casa Azud»?

–Pues no sé... esto... Tutter.

–Pero yo prefiero del todo a Ojo.

Emily se hunde, incrédula, ante mi traición.

–No tienen por qué gustarnos las mismas cosas a todos, Em. Es bueno que nos gusten cosas diferentes. Por ejemplo, a papá le gusta esa tonta de Zoe que sale por la tele a la hora del desayuno y a mamá no le interesa lo más mínimo.

–No se llama Zoe, se llama Chloe –dice Rich, sin molestarse en apartar los ojos de la pantalla–. Y para que lo sepas, Chloe es licenciada en antropología.

–¿Es por eso por lo que cree necesario ir desnuda de cintura para arriba?

–Pero ¿por qué no te gusta Ojo, mami?

–Sí que me gusta Ojo, Em, lo encuentro absolutamente fantástico.

–No va desnuda, es sólo que tiene unos pechos estupendos que se sostienen solos.

–No es un chico. Ojo es una chica.

8.32 h. Estoy sacando a Em de casa cuando Rich, que todavía va en camiseta y calzoncillos, aparece en el recibidor y pregunta cuándo me iría bien que se fuera a hacer ese curso de cata de vinos de cinco días en la Borgoña.

¿La Borgoña? ¿Cinco días? ¿Dejarme sola con los niños y los mercados encabritados como las montañas rusas de Disneyland?

–No puedo creer que me pidas eso ahora, Rich. ¿De dónde diablos has sacado esa idea?

–De ti. Por Navidad, Katie. Fue tu regalo, ¿te acuerdas?

Santo Dios, ahora me acuerdo de todo. Un instante de intenso sentimiento de culpa disfrazado de generosidad. Debo aprender a reprimir esos impulsos. Le digo a Rich que lo pensaré, sonrío y lo guardo en la carpeta «Olvidar».

En el coche, Em da patadas al asiento del pasajero con una furia distraída. No vale la pena decirle nada; apenas sabe qué está haciendo. A veces, los sentimientos de un niño de cinco años son demasiado grandes para su cuerpo.

–Mami, tengo una idea.

–¿Qué idea, cariño?

–¿Qué tal zi doz finez de zemana fueran zemanaz y daz zemanaz fueran finez de zemana?

Mientras espero que el semáforo se ponga verde, noto una sensación punzante en el pecho, como si un pájaro estuviera tratando de escapar.

–Entoncez todaz daz mamaz y papaz podrían eztar con zuz niñoz máz.

–Emily, haz el favor de hablar bien. No eres un bebé.

Nuestras miradas se cruzan por el retrovisor y aparto la vista.

–Mami, me duele la barriga. Mami, ¿me llevarás tú a la cama esta noche? ¿Me acostarás tú esta noche?

–Sí, te lo prometo.

No puedo imaginar en qué estaría pensando cuando dejé que Alexandra Law, abadesa de las madres superioras, me incluyera en la Asociación de Padres y Profesores. No, eso no es verdad. Sé exactamente qué estaba pensando; estaba pensando que durante una hora, en un aula mal iluminada y con una calefacción excesiva, podría fingir que era como cualquier otra madre. Cuando la presidenta hace referencia a Roy, el conserje ausente, quiero sonreír con aire enterado. Quiero gemir cuando alguien saca el tema de la feria de verano –¡ya estamos otra vez en verano!– y quiero respirar ese aire viciado y amigable. Y después, cuando hemos votado una cuota para comprar ordenadores y planes para mejorar las instalaciones deportivas, quiero rodear con los dedos una taza de plástico blanco que contiene un brebaje de naranja ardiendo y quiero rechazar una galleta Hob-Nob, dándome unos golpecitos significativos en el estómago y luego decir: «¡Bueno, por una vez!», como si sucumbir ante una galleta de chocolate fuera lo más insensato y vertiginoso que he hecho desde hace mucho, mucho tiempo.

Pero, seamos realistas, ¿qué probabilidades había de que pudiera llegar a la reunión de la APP los miércoles a las seis y media de la tarde? Alexandra se refería a esa hora como «después del trabajo», pero ¿qué clase de trabajo te deja libre antes de las seis y media hoy en día? La enseñanza, claro, pero incluso los profesores tienen montañas de trabajos por corregir. Cuando era niña, había padres que llegaban a casa a tiempo para cenar con la familia, papás que, durante los meses de verano, segaban el césped mientras todavía era de día y regaban los guisantes al atardecer. Pero esa época –la época de trabajar para vivir, en lugar de vivir para trabajar– es cosa de un lejano pasado en un país donde la enfermera del distrito llegaba en un Morris Traveller y las televisiones brillaban como ascuas. No conozco a nadie de la oficina que cene con sus hijos durante la semana.

No, realmente no fue realista apuntarme a la APP y, tres meses después de hacerlo, todavía no he asistido a una sola reunión. Así que cuando dejo a Emily en la escuela, procuro evitar tropezarme con Alexandra Law. Es más fácil decirlo que hacerlo. Es más difícil evitar a Alexandra que a la torre NatWest.

–Ah, Kate, aquí estás –dice cruzando la sala a paso de carga. El vestido que lleva esta mañana tiene un estampado floreado tan abigarrado que casi parece que se hubiera metido dentro de un sillón–. Estábamos pensando en enviar una partida de rescate. ¡Ja, ja, ja! ¿Todavía trabajas a jornada completa? Cielos. No sé cómo lo haces. Eh, Diane, estaba diciendo que no sabemos cómo lo hace, ¿verdad?

Diane Percival, la madre de Oliver, compañero de clase de Emily, extiende una mano delgada y bronceada con un zafiro del tamaño de una col de Bruselas en el anular. Reconozco inmediatamente su tipo. Una de esas esposas, tensas como arcos, cuya carrera a tiempo completo es mantenerse en forma para sus esposos. Hacen ejercicio, van a la peluquería dos veces por semana, van totalmente maquilladas cuando juegan al tenis y cuando eso ya no basta, se someten de buen grado al bisturí. «Esas mamás ricas que se quedan en casa hacen *jogging* para defender su vida», dice Debra y tiene razón. Esas mujeres no están enamoradas, están aterradas; aterradas de que el amor de su marido se les escape y vaya a caer en una réplica de ellas mismas cuando eran más jóvenes.

Al igual que yo, también trabajan como directoras de activos, pero mis activos son la mayoría de los recursos del mundo y los suyos son ellas mismas; un producto encantador, pero amenazado por unos beneficios cada vez menores. No me malinterpretéis. Cuando llegue el momento, probablemente haré que me estiren el cuello hasta detrás de las orejas y, al igual que todas las Dianes de este mundo, lo haré para complacer a alguien; la diferencia es que ese alguien seré yo. Por mucho que a veces me gustaría no ser Kate, nunca quiero ser Diane.

Nunca había hablado con Diane Percival antes, pero esto no me impide volverme fría sólo con pensar en ella. Diane es la madre que envía notas. Notas para invitar a tu hijo a jugar, notas para agradecerle a tu hijo que fuera a jugar. (No fue nada, de verdad.) La semana pasada, en un alarde de superioridad anotadora, Diane llegó a enviar una nota de Oliver agradeciéndole a Emily una invitación a cenar. ¿En qué clase de vida es posible enviar una nota agradeciendo un acontecimiento carente casi por completo de importancia, cuyo máximo atractivo serán los palitos de pescado rebozados y los guisantes y que todavía no ha tenido lugar? Privadas de las jerarquías laborales, muchas de las madres de la escuela de mi hija se dedican a inventar pruebas sin sentido, cuyo único propósito es que otras madres que tienen cosas mejores que hacer las suspendan públicamente.

«Gracias por tu nota de gracias. Espero con gran ilusión recibir tu nota acusando recibo de mi nota. Gracias y vete a paseo.»

Novalis Hotel, Frankfurt. 20.19 h. Mierda. Al final, no podré acostar a Emily esta noche. La reunión con el cliente alemán se adelantó y tuve que coger el primer vuelo. Fue todo lo bien que podía esperarse. Hablé y hablé y hablé y creo que conseguí un par de meses más y para entonces quizá hayamos logrado dar la vuelta a los resultados del fondo.

De vuelta al hotel, me sirvo una copa bien llena; acabo de meterme en el baño cuando suena el teléfono. Jesús, ¿y ahora qué? Por vez primera en mi vida, cojo la extensión del cuarto de baño; un teléfono color crema colgado al lado del toallero. Es Richard. Hay algo diferente en su voz.

–Cariño, me temo que tengo malas noticias. Robin acaba de llamar.

26

LA MUERTE DE UNA MADRE

Jill Cooper-Clark murió plácidamente en su casa en la madrugada del lunes. Tenía cuarenta y siete años. Justo después de que los niños empezaran las vacaciones de verano, le diagnosticaron un cáncer que se extendió por todo su cuerpo como un incendio forestal. Primero fueron los cirujanos y luego toda una brigada de farmacólogos y radioterapeutas; todos esforzándose por contener el fuego. Pero el cáncer era insaciable; senos, pulmones, páncreas. Era como si la energía de Jill –era la persona más llena de energía que yo había conocido en mi vida– se estuviera usando contra ella; como si la propia fuerza vital pudiera secuestrarse y desplegarse de nuevo para los malignos propósitos de la muerte. La última vez que la vi fue en la fiesta de Edwin Morgan Forster, una juerga que costó tropecientos millones, con tema árabe, arena auténtica y un camello furioso. Llevaba un turbante para ocultar su calvicie punteada de mechones y, como de costumbre, me hizo reír.

–Cortar y quemar, Kate, no te creerías lo primitivo que es el tratamiento. Me siento como un pueblo medieval que están arrasando.

Antes del tratamiento, Jill tenía un cabello cobrizo, espeso y lleno de vida y esa piel celta que parece nata, salpicada de pecas de color canela. Tres hijos –todos chicos robustos– no habían conseguido doblegar aquel cuerpo ágil de delantera de un equipo de fútbol. Robin decía que para captar la verdadera envergadura de su esposa tenías que ver su revés cuando jugaba al tenis; justo cuando pensabas que todo estaba perdido, que ya no había posibilidad alguna de devolver la pelota, ella se desplegaba y la lanzaba como una bala justo sobre la línea. Yo la vi hacerlo en casa de los Cooper-Clark en Sussex hace dos veranos y cuando golpeó la pelota, Jill soltó un desafiante y gozoso «¡Ja!».

Me parece que todos esperábamos que ahora mismo le metiera ese mismo tanto al cáncer.

A Jill la sobreviven sus tres hijos y su marido, que ahora mismo acaba de salir del ascensor. Oigo el ágil taconeo de sus Lobbs negros atravesando el cuadrado central de haya, que podría usarse para bailar si se tratara de otro tipo de negocio más amable. Los dos hemos llegado a la oficina terriblemente temprano; Robin para ponerse al día; yo para adelantar trabajo. Se mueve, impaciente, por su despacho, tosiendo, abriendo y cerrando cajones.

Le llevo una taza de té y se sobresalta.

–Ah, hola, Kate. Por cierto, lamento que tengas que arreglártelas tú sola. Sé que es mucho lío y además, tienes lo de la Salinger. Pero después del funeral, seré todo tuyo.

–No te preocupes. Todo está bajo control. –Mentira. Quiero preguntarle cómo está, pero ese sistema de alarma suyo, ese que rechaza las preguntas personales dolorosas, está en luz roja. Así que le pregunto otra cosa–. ¿Cómo están los chicos?

–Bueno, somos más afortunados que mucha gente –dice Robin, pasando rápidamente al modo de director de Inversiones–. Ya sabes que Tim está en Bristol ahora, Sam está haciendo sus GCSE[1] y Alex tiene casi nueve años. No es como si fueran pequeños y necesitaran realmente una madre... bueno, como los chicos más pequeños necesitan a sus madres.

Y luego hace un ruido que nadie ha oído nunca en las oficinas de Edwin Morgan Forster antes. Mitad ladrido, mitad gemido, apenas es humano o quizá es demasiado humano y no quiero volver a oírlo nunca más.

Se pellizca el puente de la nariz durante unos rabiosos segundos y luego se vuelve de nuevo hacia mí.

–Jill dejó esto –dice, dándome un fajo de papeles. Veinte páginas de texto escrito pulcramente a mano con título «Tu familia: cómo funciona»–. Está todo aquí. –Mueve la cabeza, asombrado–. Incluso me dice dónde comprar esos malditos adornos de Navidad. Te sorprendería la cantidad de cosas que hay que recordar, Kate.

No, no me sorprendería.

1. GCSE o *General Certificate of Secondary Education. (N. de la T.)*

Viernes, 12.33 h. Si salgo ahora de la oficina, llegaré al funeral de Jill en Sussex a las tres con tiempo de sobra para tomarme un bocadillo de camino a la estación. Momo y yo estamos revisando unos datos para otra final. Momo me pregunta si conocía a la esposa de Mr. Cooper-Clark y le digo que Jill era una persona increíble.

Momo parece dubitativa.

–Pero no trabajaba, ¿verdad?

Miro la cara de Momo. ¿Cuántos años tiene? ¿Veinticuatro, veinticinco? Lo bastante joven como para ignorar lo que las mujeres tuvieron que soportar antes de que ella naciera; lo bastante joven para tomar su libertad como algo normal. Con calma le digo:

–Jill avanzaba por la vía rápida en la Administración Pública hasta que Sam, su segundo hijo, cumplió dos años. Ahora estaría llevando el Ministerio del Interior, pero decidió llevar su casa. Sencillamente pensó que no era posible que Robin y ella, los dos, pudieran tener unos trabajos tan jodidos sin que los niños sufrieran por ello. Me dijo que había tratado de creer que era posible, pero que su corazón no le dejó hacerlo.

Momo se inclina para meter algo dentro de la papelera y al otro lado de la ventana veo la paloma, con las plumas hinchadas como un miriñaque encima de los huevos. A papá Palomo no se le ve por ningún sitio. ¿Dónde está?

–Qué lástima –dice Momo–. Quiero decir, qué desperdicio acabar no haciendo nada con tu vida.

13.11 h. Si me voy ahora mismo, tendría que llegar a tiempo de coger el tren.

13.27 h. Estoy saliendo a toda velocidad de la oficina cuando la secretaria de Robin me da el recordatorio de Jill. Robin lo olvidó. Me lanzo a toda velocidad hacia Cannon Street. Cuando llego al río, me arden los pulmones y una catarata de sudor me cae en cascada por los pechos, como un collar roto. Tropiezo en los peldaños de la estación y me rompo la rodilla izquierda de las medias. Mierda. Mierda. Vuelo a través del vestíbulo de la estación, entro patinando en Knickerbox y agarro el primer par de panties negros que veo. Le digo a la sorprendida dependienta que puede quedarse el cambio. En la barrera, el guardia sonríe y dice: «Demasiado tarde, reina». Doy un viraje, superando la barrera y, perseguida por el guardia, subo a bordo del tren que va ganando velocidad. Por la ventana, veo cómo Londres desaparece con una gran rapidez, y su cinturón gris pronto se funde con la campiña. Apenas puedo soportar mirar la primavera; tan estridente en su verdor, tan infantil en su esperanza.

Compro una taza de café cuando pasa el carrito y abro la cartera para hacer algo de trabajo. Encima de la pila están los papeles de Jill. No debería leerlos, pero quiero hacerlo. Quiero oír de nuevo a mi amiga, incluso aunque sólo sean las palabras que escribió. ¿Y si miro sólo una página?

Cuando bañes a Alex, no te olvides de limpiarle entre los dedos; suele haber un montón de pelusa negra allí. ¡Y alguna que otra pasa! DEBES ponerle Oilatum (botella turquesa, etiqueta blanca) en el agua para el eccema. Por favor, finge que es espuma, detesta que le recuerden lo de su piel.

Alex te dirá que no le gusta la pasta. Sí que le gusta. Así que insiste. Insiste amablemente. Sí que puede tomar un ganchito de queso –es asqueroso, pura masa fosforescente, nada de queso– pero sólo si primero se come un trozo de queso de verdad. No, no puede vivir sólo de maíz tierno. Te aconsejo que cambiéis al té Red Bush (parece que previene el cáncer).

Le prometí a Sam que podría ponerse lentillas cuando cumpliera quince años. Siempre que estés a punto de gritarle, cuenta en silencio hasta diez y piensa «testosterona». No será un rebelde mucho tiempo, te lo prometo. ¿Recuerdas todos los problemas que tuvimos con Tim y lo bien que se ha resuelto todo? La novia actual de Timmy es Sharmila; encantadora y muy brillante, de Bradford. Sus padres desaprueban a ese blando chico blanco –nuestro hijo– así que ¿podrías invitarlos y mostrarte tan encantador como sólo tú sabes? (El padre, Deepack, es un entusiasta del golf; y tanto el padre como la madre son vegetarianos.) Tim fingirá que le repugna la idea cuando se lo digas, pero estará loco de contento cuando lo hagáis.

CUMPLEAÑOS. El perfume favorito de tu madre es Diorissima. Las cintas de música son siempre una apuesta segura. Cualquier cosa de Bryn Terfel, salvo *Oklahoma!*, se la regalamos el año pasado. También los libros de Alan Bennet y *Turkisk Delight*. A mi madre le gusta todo lo de Margaret Forster o Antonia Fraser. Quizá quieras darle mis anillos a mamá o puede que prefieras guardarlos ya que alguno de los chicos puede querer un anillo de compromiso cuando llegue el momento.

AHIJADOS. Tus ahijados son Harry (Paxton), Lucy (Goodridge) y Alice (Benson). Sus cumpleaños están anotados en el calendario al lado de la nevera. En el cajón de regalos, el último del archivador en el estudio, hay regalos con sus iniciales escritas; tendrían que llegarte hasta la Navidad del año que viene. El matrimonio de Simon y Clare está pasando por malos momentos; así que quizá podrías llevarte a Harry por ahí, para que sepa que puede contar contigo si te necesita. No te olvides de la confirmación de Lucy en septiembre.

OTROS PROBLEMAS

1. Cómo utilizar la lavadora. En caso de emergencia, puedes necesitar saber esto. Mira el Libro Marrón. Nota: temperatura para tus calcetines de lana.
2. Tamaño de las bolsas de basura. Idem.
3. Asistenta; lunes y jueves. Siete libras por hora y ayudamos a Jean con las facturas más altas y las vacaciones. Madre soltera. Hija Aileen. Quiere ser enfermera.
4. Canguros; teléfonos en Libro Verde. NO llames a Jodie, se acostó con su novio en nuestra cama cuando fuimos a Glyndebourne.
5. Árnica para los golpes (armario del baño).
6. Ignatia para los disgustos (botella amarilla, mi mesita de noche).
7. El cartero se llama Pat (de verdad); los periódicos los trae una chica (Holly). Los basureros pasan el martes por la mañana; no se llevan los restos del jardín. Aguinaldos en el Libro Marrón. ¡Sé generoso!

8. Después del funeral, los chicos podrían ver a Maggie, consejera en la residencia. Un poco «alternativa» para tu gusto, pero creo que a los chicos les caerá bien de verdad y a ella pueden contarle cosas que no te dirían a ti por miedo a disgustarte, cariño. Bésalos por mí y no dejes de hacerlo sólo porque sean más altos que tú, ¿lo harás?

Todo está ahí. Página tras página. Las minucias de la vida de los niños, el ritmo de sus días. Me estremezco al pensar lo poco preparada que yo estaría para escribir un memorando así para Richard. En la página de «Cumpleaños», hay una mancha del tamaño de una taza. Algo aceitoso con una costra de harina. Jill debía de estar preparando un pastel cuando lo escribió.

Quiero seguir leyendo, pero me lo impiden las lágrimas. Cojo el *Daily Telegraph* y voy hasta la página de necrológicas. Hoy hay un eminente biólogo, un hombre que dirigió IBM en los sesenta y una corista rubia platino, llamada Dizzy, que tuvo un «romance» con Douglas Fairbanks y el Aga Khan. Ninguna Cooper-Clark a la vista. La clase de vida de Jill no queda registrada para la posteridad. ¿Qué dijo Momo que era?, ¿«un desperdicio»? ¿Cómo puede todo ese amor ser un desperdicio?

14.57 h. En el lavabo del tren, que parece de casa de muñecas, me quito los panties con carreras y ejecuto unos retorcimientos dignos de Houdini para meterme dentro de los nuevos. Al salir al pasillo, me sorprende provocar un silbido de aprobación por parte del camarero. Miro hacia abajo y veo que los panties negros llevan conejitos de Playboy bordados, de abajo arriba, por la parte de atrás de mis piernas. Juro que oigo cómo Jill se ríe.

St Botolph. Greengate. 15.17 h. Llego a tiempo de oír cómo el vicario invita a la congregación a agradecerle a Dios la vida de Jillian Cordelia Cooper-Clark. No sabía que se llamara Cordelia. Le va bien, una persona de principios y definida por el amor.

Veo a Robin y a sus hijos en la primera fila. Robin prácticamente tiene que doblarse en dos cuando se inclina para besar la cabeza cobriza de su hijo menor. Alex está temblando ligeramente dentro de su traje nuevo, su primer traje. Jill me contó que habían ido a Londres juntos para escogerlo; ella debía de saber cuándo iba a ponérselo por vez primera.

Cantamos «Señor de toda esperanza», su himno favorito. La melodía tiene una melancolía escocesa que nunca había notado antes. Cuando se va desvaneciendo, hay un estallido de toses contenidas y el vicario, un hombre con aspecto de pájaro, con una cresta de pelo rubio, pide a la congregación que permanezca unos minutos en silencio, recordando a Jill.

Cierro los ojos y dejo descansar las manos en el respaldo del banco de delante y, en un instante estoy en un bosque a las afueras de Northampton. Agosto. Dos meses después de nacer Emily. James Entwhistle, mi jefe antes de Rod, había organizado una cacería para unos clientes en una propiedad rural. Insistió en que yo tenía que asistir, aunque no sé disparar y apenas era capaz de recordar dónde quedaba Alemania y mucho menos de darle conversación a un manojo de banqueros de Frankfurt. Poco antes del almuerzo, notaba como si llevara rocas ardiendo atadas al pecho. Mis pechos que pedían a voz en grito que los vaciaran. Sólo había un lavabo, un artilugio portátil oculto entre los árboles. Me encerré en el cubículo, me desabroché la blusa y empecé a exprimir la leche dentro del váter. La leche de la mujer es diferente de la de la vaca, más ligera, menos cremosa, tiene la aristocrática palidez azulada de la porcelana; cuando la mía cayó dentro del líquido verde de la taza de acero, hizo un sonido sordo.

Pero al principio la leche se resistía a salir. Para hacer que fluyera tuve que visualizar a Emily, su olor, sus enormes ojos, el tacto de su piel. Acalorada y a punto de dejarme dominar por el pánico, me di cuenta de que alguien tosía al otro lado de la puerta. Se estaba formando una cola y yo ni siquiera había vaciado el lado izquierdo y me quedaba todo el derecho. Entonces oí una voz femenina hablando con energía, una voz que sacaba autoridad de su calidez:

–Veamos, caballeros, ¿por qué no se van todos ustedes y se sirven de los arbustos que hay allí? Ésa es una de las ventajas naturales de que disfrutan respecto a nosotras, las señoras. Me parece que Ms. Reddy necesita el lavabo más que ustedes. Muchísimas gracias.

Cuando salí, unos diez minutos después, Jill Cooper-Clark estaba sentada en un tronco del claro. Al verme, me saludó con la mano y de una pequeña nevera extrajo una bolsa de hielo que sostuvo en alto, triunfal.

–Creo recordar que esto es lo mejor para unos pechos doloridos.

Me había fijado en ella en las reuniones sociales de la empresa –la Regata Henley, una juerga empapada en lluvia durante la Cheltenham Gold Cup–, pero la había tomado por otra esposa jugadora de golf más. Esa clase de mujer que te acorrala hablándote del mantenimiento de los campos de tenis o de lo duro que es conseguir que venga alguien a ocuparse de la piscina.

Jill me preguntó por mi bebé; fue la única persona relacionada con el trabajo que lo hizo; luego confesó que Alex, que acababa de cumplir cuatro años, había sido un regalo que se había hecho ella misma. Todo el mundo decía que era una locura ir a buscar un tercer hijo cuando, por fin, te habías librado de todos los pañales y las noches sin dormir, pero ella se había perdido los primeros años de Tim y Sam porque trabajaba.

–Mira, no sé, sentía que me habían robado ese tiempo y quería recuperarlo.

Como estábamos de un humor para confidencias, le conté que tenía miedo de permitirme sentir demasiado. No sabía cómo podría volver al trabajo sin endurecer mi corazón.

–Lo que sucede, Kate –dijo Jill–, es que nos tratan como si nos hicieran un enorme favor al dejarnos volver al trabajo después de tener un hijo. Y el precio que pagamos por ese favor es no armar jaleo, no dejar ver que la vida nunca volverá a ser igual para nosotras. Pero recuerda siempre que somos nosotras quienes les hacemos un favor a ellos. Estamos perpetuando la raza humana y no hay nada tan importante como eso. ¿De dónde van a sacar sus malditos clientes si dejamos de tener hijos?

Se oyeron disparos y Jill se echó a reír. Tenía una risa maravillosamente liberadora; parecía arrastrar y hacer desaparecer toda la estupidez y mezquindad del mundo. ¿Y sabéis otra cosa? Era la única persona que nunca decía: «No sé cómo lo haces». Ella sabía cómo lo hacías y sabía cuánto costaba.

–Queridos hermanos, digamos juntos las palabras que Jesús nos enseñó: Padre Nuestro que estás en los cielos...

La tumba de Jill está al pie de una colina que desciende bruscamente desde la parte de atrás de la iglesia. En la cima están las elevadas lápidas victorianas; túmulos, sepulcros y catafalcos pesadamente llenos de ángeles guardianes; cuanto más bajas por el sendero de grava y más te acercas al presente, más pequeños y modestos parecen los monumentos. Nuestros antepasados sabían que tenían un asiento reservado, incluso un palco, en la otra vida; nosotros presentamos una tímida solicitud para recibir algún beneficio.

El sitio de Jill tiene vistas sobre un valle. Las colinas al otro lado tienen abetos, como rímel corrido, a lo largo de la cresta y en la cubeta verde que hay abajo flota un denso vapor plateado. Cuando el párroco entona la liturgia y Robin avanza para dejar caer un puñado de tierra sobre el ataúd de su esposa, aparto rápidamente la mirada y con los ojos bañados en lágrimas miro las lápidas que nos rodean. Hijo abnegado. Padre y abuelo. Queridísimo hijo. Amada esposa y madre. Hermana. Esposa. Madre. Madre. En la muerte no nos define lo que hicimos o quiénes fuimos, sino lo que significamos para los demás.

Cuánto amamos y cuánto nos amaron.

DEBO RECORDAR

Todo pasa, la humanidad es hierba.
Besar las mejillas frías de un niño.
Devolver las llamadas telefónicas.

27

MODIFICO MI SENTIR

El cortejo tiene lugar durante la primavera y el verano y en Europa continúa desde abril hasta finales de otoño. Durante el cortejo, el macho zurea con fuerza, se exhibe ante las hembras y libra peleas de alarde. Las palomas pueden vivir hasta los treinta años de edad. Son monógamas y tienden a emparejarse para toda la vida, un rasgo notable en unos pájaros tan gregarios.

Durante el cortejo, una pareja de palomos puede permanecer en silencio durante horas y horas, mientras uno de los dos, por lo general el macho, pero a veces también la hembra, pasa el pico suavemente por las plumas de su pareja.

Durante cinco o seis meses, antes de alcanzar la plena madurez, los zureos del macho tienen un sonido apagado y melancólico, que ha sustituido a la llamada débil y algo nasal del adolescente. Los zureos alcanzan finalmente una calidad más rica cuando el pájaro se empareja.

De *Costumbres de las palomas*

Fuera, en el alféizar, todo está silencioso. Se oyen las bocinas y gruñidos de la City, abajo, pero quedan amortiguados por la altura, sofocados dentro de un edredón de aire.

Ahora estoy muy cerca de la paloma. La veo y ella me ve. Está haciendo un sonido bajo, como «chiiirruc», y se le estremece el cuello con rabia. Todos sus instintos le dicen que escape volando, todos excepto uno, el que le dice que se quede con su cría. Mientras estaba en Sussex nació uno de los polluelos. Era difícil verlo desde dentro del despacho, pero desde aquí, tan cerca, puedo verlo muy bien. Es sencillamente imposible creer que esta criatura será capaz de volar. No tiene aspecto de pájaro, es más parecido a un bosquejo angustiado que quiere ser un pájaro. Arrugado y sin plumas, al igual que todos los recién nacidos parece viejo, un viejo de mil años.

Primero traté de abrir la ventana y sacar el brazo, pero hay tanto triple cristal que no se puede mover ninguno de los paneles cerca del nido. No había más remedio, tendría que salir afuera por la otra ventana. Así que ahora, a gatas, hago avanzar mi colección de gruesos libros a lo largo del alféizar. Los volúmenes han sido cuidadosamente elegidos por su tamaño y durabilidad:

The Square Meal. Guía de los restaurantes de la City.

Pronósticos de los brokers para el año 2000.

Directrices globales del CFBC para 1997, 1998 y 1999. Estudio de la industria farmacéutica.

Un libro de Linguarama para el curso de italiano que empecé y nunca terminé.

The Warren Buffet Way.

Las diez leyes naturales para el éxito en la gestión del tiempo y la vida: Técnicas probadas para una productividad incrementada y para la paz interior.

Decididamente, los pájaros pueden quedarse con este último. Sólo por si todos estos libros no están a la altura de su tarea, he incluido *Manual de futuros financieros*, que tiene la profundidad y el interés de un bloque de cemento. La idea es levantar una muralla protectora en torno a la paloma y su nido. De vuelta del funeral de Jill, recibí una llamada de Guy. Buenas noticias, decía, el hombre de la Corporación le había devuelto la llamada y le había dicho que el halconero vendría mañana. Fui yo quien insistió en que apareciera el halcón y ahora deseaba con toda mi alma que no viniera.

Abajo, en la plaza, a trece pisos de distancia, he atraído una pequeña multitud, empleados recién salidos del tren que señalan a la mujer del alféizar. Probablemente, se preguntan si soy una víctima de la recesión o del corazón. Un *broker* se tiró debajo del tren en Moorgate el otro día y falló; cayó en un pozo debajo de los raíles y lo rescató un equipo de salvamento. Todo el mundo decía que era un milagro, pero yo me preguntaba qué sensación daría sentirse tan mal que quieres acabar con todo y fallar también en eso. ¿Sería como un renacer o como una muerte en vida?

Desde detrás de mí, dentro del despacho, me llega la voz de Candy, burlona como siempre, pero teñida de ansiedad.

–Kate, vuelve a entrar.

–No puedo.

–Cariño, estas cosas suelen ser un grito de ayuda. Todos te queremos.

–No estoy pidiendo ayuda, Candy. Estoy tratando de esconder a la paloma.

–¿Kate?

–Tengo que ayudarla.

–¿Por qué?

–Porque va a venir un halcón.

Oigo el bufido de Candy.

–Siempre viene un jodido halcón. No puedo creer que estemos hablando de una mierda de estúpido pájaro. Vuelve a entrar ahora mismo, Kate Reddy, o llamo a Seguridad.

A través del cristal, un grupo de compañeros de EMF sigue mis progresos, soltando voces irónicas de ánimo cada vez que coloco otro volumen en posición. Cuando cojo *Warren Buffet*, me veo la mano, con el brillo de la alianza y la cresta de eccema a través de los nudillos y pienso en lo que le sucedería si me cayera; tendones, piel, sangre. No, no pienses en eso, y acabemos las fortificaciones con *Las diez leyes naturales para el éxito en la gestión del tiempo y la vida*. Mientras retrocedo por la repisa, allá delante puedo ver a Candy, asomada a la ventana y a Guy acechando detrás de ella. En la cara de mi ayudante hay un toque, no de miedo, sino de algo que parece esperanza.

De: Debra Richardson

Para: Kate Reddy

Jim está fuera este fin de semana, el segundo seguido. No estoy segura de si asesinaré a los niños antes de que ellos me asesinen a mí. Me ha dejado para que le organice la fiesta de su cuarenta cumpleaños; me ha dicho que invitara a «los sospechosos habituales». ¿Cómo puede vaciar la cabeza de todo lo que guarda relación con la casa siempre que tiene un asunto importante y yo no puedo hacerlo?

Como me parece que habrás adivinado, estoy sólo un poquitín más que cabreada con él. ¿Conoces a algún guapísimo hombre soltero?...

NO CONTESTES A ESTA PREGUNTA.

De: Kate Reddy

Para: Debra Richardson

P. ¿Qué tienes que hacer si ves a tu ex marido retorciéndose de dolor en el suelo?

R. Pegarle un tiro, sólo para estar segura.

Tienes que adoptar la línea dura con Jim, decirle que tu trabajo no es una distracción. Que tiene que hacer su parte, etcétera. Claro que Richard ayuda mucho, pero al final acabo teniendo que hacerlo todo yo de nuevo cuando él ha terminado... así que quizá sería mejor que lo hicieras tú desde el principio.

Estoy preocupada por ti. También estoy preocupada por Candy. ¿Te he dicho que está embarazada? Ni siquiera quiere hablar de ello. Actúa como si no le sucediera a ella. Desde el funeral de Jill he estado sintiéndome bastante mal. Acabo de consolidar mi fama como loca de la oficina saliendo al alféizar para salvar a un polluelo de paloma.

¿Qué sentido tiene la vida? Por favor, dímelo. xxxxxxxxxxx

12.17 h. Así que Momo y yo lo conseguimos. Rod recibió la noticia ayer noche. Hemos ganado la final de New Jersey. Momo está tan entusiasmada que no toca de pies en el suelo. Como Emily, salta, literalmente, de alegría.

–¡Lo conseguiste, Kate, lo conseguiste!

–No, lo conseguimos. Nosotras. Tú y yo juntas.

Rod invita a todo el equipo a almorzar para celebrarlo, en un sitio en Leadenhall Market. Ha cambiado mucho desde la última vez que estuve allí. Está claro que la piedra caliza era el material del año pasado; ahora es todo cristal opaco formando falsos puentes japoneses sobre riachuelos llenos de carpas boquiabiertas que no pueden decidir si son arte o el almuerzo.

Rod se iza hasta el taburete de mi lado; Chris Bunce está frente a Momo. No me gusta cómo la mira, con una mirada ávida, maliciosa, relamiéndose los labios, pero ella parece divertirse coqueteando con él, poniendo a prueba el poder que le da su nueva seguridad en sí misma. Observo que menciono la Fundación Salinger varias veces, sólo por el placer de decir el nombre de Jack en voz alta. Adoro oír y ver su nombre; en las camionetas, en los rótulos de las tiendas. Jack Nicholson, Jack y las Habichuelas Mágicas, Jack de Corazones[1]. Incluso el ministro de Interior se ha convertido en un hombre más atractivo desde que se llama Jack.

–Katie, ¿qué vas a hacer con ese jodido pichón? –pregunta Rod cuando llega la langosta–. ¿Vas a adiestrarlo o a asarlo?

–Verás, es una especie de acción de fondos éticos. Parte de mis nuevas instrucciones para ser más amable con el medio ambiente.

–Joder –mi jefe está partiendo en dos un panecillo con semillas–, estás llevando las cosas un poco lejos, ¿no?

Rod dice que, por cierto, tiene un asunto para el que quiere que Momo y yo presentemos una oferta. Se llama Tiro algo.

–Un Tiro y dos pájaros, ¿lo pescas?

Digo que de acuerdo, pero que necesitaré más recursos.

–No puedo aumentar el personal, Katie –dice Rod–. Lo único que tienes que hacer es salir ahí fuera y acabar con ellos, nena.

1. *Jack* es el equivalente a la sota de la baraja española. *(N. de la T.)*

28

LO QUE LA MADRE VIO

Me voy corriendo a casa y nada más entrar doy voces pero nadie contesta. Se oyen chillidos desde la sala y mi primera idea es dolor –les duele algo– y el corazón se me para; entro y allí está Paula en el sofá con Emily y Ben. Los tres juntos, acurrucados, con *Toy Story* en la tele y riéndose sin control.

–¿Qué es tan divertido? –pregunto, pero se están riendo demasiado para poder contestar.

Emily se está riendo tanto que está llorando. Y al verlos, tan cómodos y felices allí, de repente pienso: «Estás pagando esto, Kate. Estás literalmente pagándolo. Estás pagando para que otra mujer se siente en tu sofá y abrace a tus hijos».

Así que le pregunto a Paula si no tiene nada mejor en que ocuparse y odio el sonido de mi propia voz: gazmoña, santurrona, de señora de la maldita mansión. Los tres me miran, con los ojos muy abiertos de asombro y luego rompen a reír de nuevo. No pueden evitarlo. Se ríen de la tonta señora que ha venido y ha tratado de impedir que se diviertan. Como si se pudiera desconectar de la diversión así como así.

A veces, pienso que Paula está demasiado cerca de mis hijos; no es sano. La mayoría de veces haría cualquier cosa para que no se fuera. Paula me contó que sabe que hay madres que despiden a sus niñeras cada seis meses. Para que los niños no les cojan afecto. Fíjate en lo egoístas que podemos llegar a ser. Negarles una presencia familiar y afectuosa sólo porque querrías ser tú y no puedes ser tú.

Por supuesto, algunas veces me preocupa que no les hable a los niños como les hablaría yo. Cuando yo era niña, pronunciaba *dinner*[1] en lugar de *lunch* y *tea* en lugar de *dinner*, pero ahora que formo

1. El uso de una u otra palabra señala el nivel social de quien habla. *(N. de la T.)*

parte de las profesiones liberales, a mis hijos les enseño *lunch* y *dinner* y entonces llega Paula y les dice *dinner* y *tea*. No puedo quejarme, ¿verdad? Richard los corrige. «*Loo*», dice con firmeza si Emily dice *toilet* cuando quiere ir al baño, pero para ser sincera, yo me siento más cómoda con las palabras que yo misma aprendí. Sé que Paula les deja ver mucho la tele, pero en muchas otras cosas, sé que es mucho mejor de lo que sería yo, más consecuente y más paciente. Después de pasar el fin de semana con ellos, estoy pidiendo a gritos que me dejen salir de casa, pero Paula siempre es estable. Nunca levanta la voz. Muchas de las cosas buenas de los niños proceden de ella.

Cuando fui a la escuela la otra noche para una reunión con la profesora, la directora me llevó aparte y me dijo que para que Emily tuviera alguna posibilidad de entrar en Piper Place, necesitaría, ¿cómo decirlo?, un mayor estímulo en casa. Los niños con madres que no trabajaban iban de forma regular a los museos, tenían una perspectiva más amplia. Incluso si comían espaguetis Alphabetti, siempre era en puñetero latín. Mientras que los hogares donde el padre y la madre trabajaban...

–Bien, puede haber la tendencia a apoyarse demasiado en la te-le-vi-si-ón –dijo miss Acland, arreglándoselas para sacar cinco sílabas de la temida palabra.

–Emily –dijo– parece conocer los dibujos de Walt Disney extraordinariamente bien.

Era su manera de decirme que Paula no era bastante buena.

–Emily –continuó miss Acland– tendrá que mostrar una mayor amplitud de intereses para asegurarse una plaza en una buena escuela secundaria. La competencia en Londres es muy fuerte, como usted sabe, Mrs. Shattock. Le aconsejo que estudie un instrumento, no el violín, es demasiado corriente en la actualidad; quizá el clarinete, que tiene mucha personalidad, y debería considerar uno de los deportes menos corrientes.

Según creía, el rugby para niñas estaba ganando popularidad.

–¿Emily necesita tener ya un CV a la edad de seis años?

Quizá debería haberme esforzado por eliminar la incredulidad en mi voz.

–Bien, Mrs. Shattock, en ciertas situaciones familiares donde ni el padre ni la madre están presentes, pueden, cómo diríamos, pasarse por alto esta clase de cosas. ¿Aprendió usted a tocar un instrumento cuando era niña?

–No, pero mi padre nos cantaba muy a menudo.

–Oh –dijo, con esa clase de «oh» que esa clase de mujeres guarda en la pala para recoger la caca del perro.

Odiosa bruja de la enseñanza, maldita sacadinero.

En su último empleo, el que tuvo antes de nosotros, Paula trabajó para una familia de Hampstead. Julia, la madre, le dijo que los niños tenían prohibido ver la televisión.

–Julia trabajaba en la tele haciendo toda esa basura para el Canal 5 –me contó Paula un día, riéndose a carcajadas al recordarlo–. Y era como si sus hijos no pudieran ver la tele porque era perjudicial.

Los fines de semana, Julia y su marido Mike se quedaban en la cama mientras los niños estaban abajo, viendo vídeos toda la mañana. Paula lo averiguó porque Adam, el más pequeño, se lo dijo un lunes, cuando ella iba a apagar la tele. Cuando pienso en esa historia, me ruborizo. ¿No soy culpable del mismo doble baremo? Le digo a Paula que Ben debe beber agua y no zumo y luego, los fines de semana, si me pide zumo de manzana se lo doy corriendo para conseguir un poco de paz y silencio. Quiero que la niñera sea una madre mejor de lo que yo sería nunca; espero que quiera a mis hijos como si fueran suyos y luego, cuando llego a casa y la veo mostrándoles cariño como si fueran suyos, de repente vuelven a ser MIS hijos y no quiero que los quiera nadie más que yo.

Mientras vacío el lavavajillas y empiezo a lavar a mano los platos que no han quedado limpios, veo que Paula me mira desde el otro lado de la cocina. Le está cepillando el pelo a Emily y me está mirando. Me gustaría saber qué está pensando. Una vez me dijo que, si tenía hijos, nunca tendría niñera; sabía demasiado bien las cosas que pasaban; las chicas que le hacen la pelota a las mamás y luego, en cuanto salen por la puerta, cogen el móvil y lo cuentan todo.

Emily suelta un grito cuando el cepillo tropieza con un enredo.

–Chisss, no te quejes –reprende Paula–, a las princesas hay que cepillarles el pelo cien veces cada noche, ¿no es así, mamá?

Me mira a través de la habitación, buscando un gesto de conciliación y consentimiento.

No. No quiero saberlo. Si supiera lo que de verdad piensa, eso probablemente me destrozaría. Con todo, una parte de mí querría saber qué piensa.

CUARTA PARTE

29

EL SUPERMERCADO

El cumpleaños de Emily señala siempre el inicio del verano para mí. Cuando rompí aguas, hace seis años, y cogí un taxi para ir al hospital, había personas sentadas a las mesas de las cafeterías en las aceras y paseando por las calles y parecía como si toda la ciudad estuviera de fiesta celebrando la llegada de mi hija.

El día antes de su fiesta, voy al supermercado con Ben. El supermercado. Quién podría imaginar que esta palabra contuviera tanto dolor; una *Orestíada* de sufrimiento. Para empezar, trato de liberar uno de esos carritos superanchos que está unido en coito con otro carrito en el exterior del establecimiento; tiro y tiro y empujo con una mano, mientras sujeto con la otra a un niño que pugna por escaparse.

Una pajarera sobre ruedas, el carrito superancho es, más o menos, igual de maniobrable que la isla de Wight. Intento convencer a Ben para que se siente en el asiento para niños. Declina mi oferta, y prefiere viajar en la zona de carga, desde donde puede tirar fuera cualquier compra que desapruebe. Desesperada, abro una caja de Mini Milks y le doy dos. Mientras tiene las dos manos ocupadas, lo meto en el asiento y abrocho los cierres. (Mala madre, mala y sobornadora.) Ahora, lo único que falta es encontrar las treinta y siete cosas que hay en mi lista. Esta mañana, después de que le tirara la radio a la cabeza, Richard dijo que le parecía que todo eso del cumpleaños quizá me estuviera estresando un poco. ¿Por qué no me tomaba un descanso y él haría la compra del supermercado? Imposible, le dije, lo compraría todo equivocado.

–Pero hay una lista, Kate –razonó con voz de hombre con bata blanca–, ¿cómo podría equivocarme?

Lo que toda mujer sabe y ningún hombre comprenderá nunca es que incluso si trae a casa todo lo que hay en la lista, seguirá sin haber traído lo que debía. ¿Por qué? Porque la mujer cree que si ella hubiera ido al supermercado, habría elegido mejor; un pollo más carnoso de una región de mejores pastos en Francia, un yogur más rico, las hojas de lechuga exactas que anhelaba y cuya marca precisa no había conseguido recordar hasta el momento de la epifanía frente a las estanterías de Comida Sana. Los hombres hacen listas para ordenar el mundo, para sujetarlo; para las mujeres las listas son el principio de algo, las coordenadas que nos ayudan a trazar nuestro viaje a la libertad. (No me interpretéis mal; no estoy diciendo que sea justo. Cuando una mujer compra un artículo que no está en la lista y resulta ser incomestible, lo llamamos «experimento»; cuando un hombre hace lo mismo, es «tirar el dinero».)

15.31 h. Me pongo en la cola de la caja. Estoy segura de que me he olvidado algo vital. ¿Qué?

15.39 h. ¡Fantástico! Ben se ha ensuciado en el pañal. Me estoy preguntando cuánto tiempo podré aguantar aquí, desafiando el olfato atónito de los clientes que me rodean cuando mi hijo se mete la mano, en la que tiene lo que le queda del segundo Mini Milk, dentro de los pantalones. Cuando la saca, está pintada con un bonito dibujo marmóreo de helado y excremento. Me moría de vergüenza. Sin embargo, cojo a mi hijo como si fuera una granada a la que le han quitado la espoleta y cruzo a la carrera toda la tienda hasta el lavabo con instalaciones para cambiar a los bebés.

16.01 h. Vuelvo a ponerme a la cola. Dieciséis minutos. Calculo que Ben se ha comido ya por lo menos una doceava parte de las cosas de la fiesta. Mientras mastica, feliz, cojo una revista de la estantería que hay al lado de la caja y trato de reducir la presión de la sangre leyendo mi horóscopo.

> Júpiter transita ahora por tu casa IX, lo cual es verdaderamente una de las cosas más beneficiosas que puede hacer por ti. Tu conciencia se ve reforzada y tu perspectiva crece. Te encuentras imbuida de sentimientos de amor hacia todo el mundo, incluso hacia los niños que

se han mostrado imposibles de controlar. El efecto más positivo de este momento es que tu nivel de ira baja hasta un nivel sin precedentes. Tienes que conseguir aferrarte a este nivel de serenidad una vez que la euforia desaparezca.

–Perdone, señora...

Levanto la mirada, suponiendo que me toca poner la compra en la cinta transportadora. Pero la cajera me informa de que he estado haciendo cola en un pasillo normal por el que no cabe la isla de Wight.

–Lo siento, ¿podría ir a uno de los pasillos más anchos señalizados?

Que lo siente, dice que lo siente... pero sentirlo no lo arregla todo, ¿verdad?

Durante cinco segundos me quedo muy callada, luego le doy un puñetazo a un paquete de doce Hula Hoops. El ruido hace que un guardia de Seguridad acuda, saltando la barrera. Ben rompe a llorar, igual que todos los demás niños de la zona inmediata. Me siento imbuida de sentimientos de amor hacia todo el mundo.

16.39 h. La cajera va tan lenta que podría estar debajo del agua. Y lo que es peor, es servicial y simpática.

–¿Sabe que si compra otro de éstos tiene uno gratis?

–¿Cómo dice?

–El queso fresco, ¿quiere uno gratis?

–No.

–Prepara una fiesta, ¿eh?

No, he comprado ochenta mini salchichas, veinticuatro bollos de chocolate y una bolsa gigante de Iced Gems para mi propio consumo porque soy una bulímica desquiciada.

–Mi hija. Cumple seis años mañana.

–Felicidades. ¿Tiene la Tarjeta de Puntos?

–No, yo...

–Querrá una con todo esto, ¿no? Se ahorrará bastante.

–En realidad, no tengo tiempo para...

–¿Los reembolsos?

–No, de verdad, es que tengo que ir...
–¿No es un encanto?
–¿Cómo dice?
–Su hijita. ¡Qué encanto de niña!
–Niño. Es un niño.
–Vaya, nadie lo diría con todos esos rizos. Tienes que decirle a mamá que te corte el pelo, hombrecito.

¿Por qué los supermercados no pueden reservar un Pasillo para Madres Trabajadoras, donde te atiendan unos androides hoscos y supereficientes? O unos franceses. Los franceses serían perfectos.

21.43 h. Todo bajo control. Los dos niños están en la cama. Sólo nos llevó una hora y cuarenta y cinco minutos montar el paquete con muchos envoltorios y regalos, para el juego de Pasa el Paquete. Debra me advirtió que ya no se puede poner un único regalo en el medio, como hacíamos cuando éramos pequeñas. Ahora, tiene que haber un regalo en cada nivel; es un intento de convencer a los niños de que la vida es justa. ¿Por qué? La vida no es justa; la vida son capas y más capas de envoltura con un silbato roto al final.

En la habitación de al lado, Richard está llenando bolsas de cumpleaños delante de la tele. (En teoría, claro, desapruebo esa escalada de regalos que se espera que los niños se lleven a casa. Como la carrera armamentista, sólo puede llevar a una ruina mutuamente garantizada. En la práctica, soy demasiado cobarde para dar el globo y el trozo de pastel que pienso que son más que suficientes. La Mamifia contrataría a un asesino a sueldo para liquidarme.)

Por desgracia, con tan poco tiempo, en el supermercado no pudieron cambiarme el pastel de cumpleaños con el glaseado rosa por otro con el glaseado amarillo. El rosa era el color favorito de Emily, pero luego cambió al amarillo. Cuando encargué el pastel, el rosa volvía a estar en alza, pero el amarillo recuperó su puesto de la noche a la mañana mientras yo estaba fuera la semana pasada. No pasa nada; he comprado un bizcocho y ahora lo glasearé yo misma de un modo tembloroso, pero con mucho amor; con ese toque materno que tanto significa. Mierda, ¿dónde está el azúcar glas?

23.12 h. Encuentro la caja de azúcar escondida al fondo de un armario, debajo de una botella de salsa de soja que gotea. Hace un año que ha caducado y sale de la caja en un bloque. Se parece mucho a esas rocas lunares traídas por la nave *Apolo* que mi padre falsificó hace treinta años. O a cincuenta mil libras esterlinas de cocaína pura. Por suerte, no es lo segundo, de lo contrario consumiría todo el trozo yo sola y me tumbaría en el suelo de la cocina esperando una muerte piadosa e instantánea.

De cualquier modo, debería haber suficiente para recubrir el pastel. Tardo ocho minutos en reducir la roca glaseada a polvo. Voy con cuidado de no añadir demasiada agua caliente, luego le incorporo una gotita diminuta de colorante amarillo. Esto le da un matiz de limón pálido; un poco cursi, un poco, ¿cómo lo diría?, como el color del vestido de la madre del primero de la clase el día de la entrega de premios en un colegio privado. Necesito algo más vivo para un cumpleaños; un amarillo de yema de huevo, un amarillo Van Gogh. Envalentonada, añado otro par de gotas. El color es ahora acuoso e intenso como una maloliente muestra de orina. Añado dos gotas más y remuevo furiosamente.

Con lágrimas en los ojos, estoy contemplando el contenido del fregadero cuando Rich entra en la cocina, hablando de un documental sobre el desarrollo infantil.

–¿Sabes que los bebés identifican su papel sexual desde los tres meses? A lo mejor Ben se pasa todo el día sentado en su orinal leyendo las páginas de deportes. De tal padre tal... Dios santo, Kate, ¿qué es eso?

Rich ha visto el glaseado. El glaseado tiene ahora un color que, siendo amable, se podría describir como «amarillo safari». Exhibe unas reminiscencias incómodas a uno de los pañales más ofensivos de Ben.

Richard se echa a reír. Esa carcajada imperdonable, libre, que escapa cuando te sientes tan fantásticamente agradecido a que haya sido otro quien la haya cagado y no tú.

–No te preocupes, cariño –dice–, estudiemos el problema. Tenemos un glaseado del color del estiércol, así que haremos un pastel que será ¡una vaca! ¿Tienes grageas de chocolate blanco?

Domingo, 19.19 h. La fiesta ha ido bastante bien, dejando de lado que Joshua Mayhew vomitara en el recibidor y el momento en el que entré con el pastel y empezamos a cantar: «¡Cumpleaños feliz, cumpleaños feliz, querida Emily!».

–Pero mamá, yo no quiero un pastel marrón –gimoteó ella.

–No es marrón, cariño; es amarillo.

–Yo no lo quiero amarillo; lo quiero rosa.

Cuando los dieciocho invitados se han marchado, me pongo a limpiar los despojos; envases de zumo que parecen pulmones plegados, platos Barbie de papel, treinta y seis bocadillos de huevo intactos (ahí presentes para que los padres se sientan mejor; ningún niño que se respete llegaría siquiera a mordisquear nada tan libre de aditivos). A primera hora de la mañana, le he enviado un *e-mail* a Jack Abelhammer diciéndole que, dadas las circunstancias, quizá sería mejor que le pasara su fondo a un compañero. Mis sentimientos hacia él –empezaron como una atracción sin importancia y ahora me parece que estoy bajo un imán más grande que una apisonadora– hacen que nuestra relación profesional resulte difícil. El tono de mi mensaje era amistoso, pero firme. Durante el par de horas siguientes, he sentido el firme calorcillo de haber actuado de forma responsable, esa luz tan brillante en el firmamento materno. Luego, la bombilla ha estallado en pedazos. O eso o puede que yo haya tropezado con el cable y me haya desconectado de la toma principal; no llega corriente, ningún flujo de energía, ninguna noticia de actualidad. Ya he comprobado mi Bandeja de Entrada cinco veces, buscando su respuesta. Venga ya, Kate, a ver si creces; deja de actuar como una adolescente enferma de amor.

En mi renuncia, ya me he comido dos rollos Barbie de chocolate, un cuenco lleno de palitos Twiglets y me he servido media botella de ginebra dentro de la limonada hecha en casa que compré en

Marks & Spencer y que luego vertí en una jarra de color rosa para que pareciera que la había hecho yo.

Es una noche calurosa; pegajosa, sedienta de lluvia. El ventilador que he desenterrado del armario de debajo de la escalera no sirve de nada; descansa encima de la mesa de la cocina, removiendo perezosamente el espeso aire. Hubo un intento de tormenta por la tarde, justo cuando salíamos de las piscinas, alrededor de las cuatro, pero fue más como el desgarrarse de un papel de embalaje que el rugido a pleno pulmón que necesitábamos para espantar el calor. Jesús, qué calor. Y qué olor. Estoy en el jardín frotando la alfombra sobre la que ha vomitado Joshua Mayhew. La papilla del vómito está tachonada con los minaretes color pastel de las Iced Gems.

Me di cuenta de que Josh estaba pálido y sudoroso durante el Pasa el Paquete y conseguí sacarlo al recibidor, pero mientras estaba forcejeando con la puerta de la calle, depositó la merienda de cumpleaños en la alfombrilla. Cuando vino su madre, chilló: «¿Qué le ha pasado a mi pobrecito Joshie?».

Logré callarme la respuesta obvia; lo que ha pasado es que el pobrecito Joshie ha efectuado un bombardeo de saturación sobre un kilim de Uzbekistán que vale quinientas libras esterlinas. Si hubiera sido el contenido del estómago de mi hijo, me habría puesto de rodillas y le habría ofrecido el talonario de cheques. Pero lo único que preguntó Imogen Mayhew, una persona tan sana que todo su ser parece haber sido tejido con manzanilla, fue si habíamos dejado que Joshua tomara un «exceso de azúcar».

Solté una musical risa de anfitriona y dije que el azúcar es un ingrediente básico en las fiestas de cumpleaños, pero Imogen no se rió conmigo. Se marchó con una mirada que decía que podía dar por seguro un pleito inmediato contra mis pasteles Nigella. Luego, apenas ella había salido por la puerta, tuve otro encuentro con Angela Brunt que estaba arrodillada al lado de los abrigos y sacando Frube de fresa de la chaqueta de terciopelo verde de Davina.

–¿Ya has matriculado a Emily en algún sitio, Kate?

–Pues...

–Davina tiene una plaza garantizada en Holbrook House, pero su segunda entrevista en Piper Place es el jueves y ésa es la que queremos, porque abre las puertas a muchas otras cosas, ¿no es verdad?

–Sí, ciertamente.

Después de lavarme las manos para tratar de eliminar el olor de vómito, entro en la sala donde Richard se ha desplomado en el sofá, con la sección de críticas del dominical puesta, como una tienda de campaña, encima de la cara. Cada vez que respira, hincha los pechos de Madonna, cuya foto aparece en la portada bajo un titular que dice: «De Virgen a Santa Madre». Quizá tendría que llamar a Madonna y tener una charla de mamá a mamá sobre cómo eliminar el vómito de un kilim. Es de suponer que en las fiestas de su hija, tendrá un vaquero titular especializado en arrear vómitos. ¿Hasta qué punto odio a esas mujeres célebres, madres que lo tienen todo y que alardean de lo realizadas que están, cuando sabes perfectamente bien que tienen una flota de madres sustitutas que lo hacen todo en su lugar?

–¿Rich?

–Hummmm. –El periódico le resbala hasta la punta de la nariz.

–Tenemos que presentar ya la solicitud de Emily para Piper Place.

–¿Por qué?

–Porque abre muchas puertas.

–Ya has estado hablando con Angela Brunt otra vez.

–Pues...

–Katie, la pobre niña de esa mujer está sometida a tanta presión que va a acabar siendo la traficante de crack del barrio.

–Pero sabe tocar el oboe.

–De acuerdo, la traficante de crack y oboísta del barrio. Tu hija se sabe todo *Mary Poppins* de memoria, así que dale un respiro, ¿vale?

Richard pasó la mayor parte de la fiesta piscina de Emily en la parte más honda, con Mathilde, la madre de Laurent que va a la misma clase que Em. Yo estaba en la menos honda, empujando una serpiente hecha con tubos naranja con diez niños que chillaban encima. En el coche, volviendo a casa, Rich dice:

–Las francesas se conservan muy bien, ¿verdad?

Sonaba exactamente igual que su madre.

–Mathilde no trabaja –dije de mal humor.

–¿Y eso qué tiene que ver?

–Después de los treinta, el mantenimiento del cuerpo es una tarea de jornada completa. Y yo ya tengo una, por si no te habías enterado.

Durante un segundo, apoya la cabeza en el volante.

–No te estaba criticando, Kate. No todo es una crítica contra ti, ¿sabes?

Cuando la cocina está limpia y me he arrastrado por todo el recibidor recogiendo polvo Wotsit de color naranja usando el pulgar y el índice –si uso la aspiradora los despertaré– me siento cinco minutos a ver la tele. Una hora más tarde me despierta el teléfono. Es Barbara, mi suegra.

–Espero que no creas que me meto en lo que no me concierne, Katharine, pero Richard sonaba horriblemente harto cuando hablé con él antes. No soy quién para decir nada, claro, pero si descuidas las cosas en cierta sección, antes de que te des cuenta, bueno, todo el almacén tiene que cerrar.

–Sí, Barbara, pero ha sido la fiesta de Emily y...

–De todos modos, el padre de Richard y yo vamos a ir el sábado a ver ese maravilloso espectáculo en la Royal Academy.

Comprendo que la pausa señala que debo decir algo.

–Qué bien, Barbara, ¿dónde os alojaréis?

–Bueno, no te compliques mucho la vida, ¿eh? Ya sabes que Donald y yo, con agua caliente y una cama limpia, nos damos por más que satisfechos.

21.40 h. Arriba, Emily todavía no se ha dormido; sigue con los ojos abiertos como platos, agotada después de su gran día. Hace tanto calor que ha tirado al suelo tanto la colcha como el camisón y está acostada encima de la sábana, con el cuerpo emitiendo un brillo de madreperla en la habitación en penumbra. A lo largo del pasado año –¿de verdad pueden haber pasado doce meses enteros desde que cumplió cinco años?– su hinchada barriguita de bebé ha desaparecido; el vientre ahora se le hunde y levanta buscando la silueta de la mujer que llegará a ser. Más hermosa por no saber que es hermosa. Deseo quererla y protegerla y no hacerle daño nunca. Hago un voto silencioso para ser una madre mejor.

–¿Mamá?

–Sí, Em.

–El año que viene cumpliré siete años. ¡Y luego ocho, nueve, diez, once, doce, catorce, veinte!

–Exacto, pero no quieras crecer demasiado pronto, tesoro.

–Sí que quiero. –Saca hacia fuera esa barbilla suya–. Cuando eres mayor puedes ir a Morántico.

–¿Qué es *Morántico*?

Levanta los ojos al cielo, incapaz de creérselo, mi distinguida hijita de seis años, que ya está de vuelta de todo.

–Ya sabes, *Morántico*. Es un país donde los mayores van a cenar y besarse.

–Ah, Romántico.

Asiente, contenta de que yo haya oído hablar de ello.

–¡Sí, *Morántico*!

–¿Quién te ha hablado de *Morántico*?

–Hannah. Y en todo caso tienes que ir con chicos, sólo que a veces se portan mal.

Me quedo ahí, en la oscuridad impenetrable y calurosa, pensando en todas las conversaciones que tendremos sobre este tema en los años venideros y en las que no tendremos, porque ella tendrá que tener sus secretos a fin de crecer y separarse de mí y yo tendré que tener secretos para conservarla cerca. Al inclinarme para darle un beso, le digo:

–Morántico es un país maravilloso.

Quizá ve algo triste en mi cara porque alarga el brazo y me coge de la mano; ese acto dispara el destello de un recuerdo, sólo un destello, de mí misma cogiendo la mano de mi madre, de su frescor, de la retícula de sus huesos.

–Tú también puedes venir a Morántico, mamá –dice–. No está muy lejos.

–No, cariño –digo mientras me inclino para apagar la luz de Cenicienta–, mamá es demasiado vieja.

De: Jack Abelhammer

Para: Kate Reddy

Queridísima Katharine:

Comprendo perfectamente tus reservas sobre reunirnos de nuevo en esta vida y aprecio la oferta de que tu estimado colega Brian No-sé-qué se encargue de mis negocios. Es extraño, pero me siento poco dispuesto a pasarme sin ti, Kate. La tierra de Reddy lo es todo para mí.

No obstante, tengo buenas noticias. He encontrado un estupendo restaurante en un universo paralelo. No tienen ternera y nos pueden reservar mesa en un rincón. ¿Qué planes tienes?

Con cariño, Jack.

De: Kate Reddy

Para: Jack Abelhammer

El doce de nunca me parece bien. ¿Podremos sentarnos al lado de la ventana?

K xxxxx

En el jardín, a través de una noche tan densa y suave como una tela, os juro que oigo cómo Jack me llama. Cuando era joven, dejaba a los hombres igual que dejaba la ropa, tirados en un montón en el suelo. Me parecía mejor así. Había averiguado que era difícil que alguien te dejara cuando tú ya te habías ido. Emocionalmente, siempre tenía hecha la maleta; un terapeuta, si alguna vez hubiera tenido tiempo de consultarlo, probablemente me habría dicho que eso tenía algo que ver con que mi padre se marchara y nos dejara. Además, adoptaba la línea Groucho Marx; ¿cómo iba a querer tener una relación con alguien lo bastante estúpido como para querer tener una relación conmigo? Fue necesario que llegara Richard y me mostrara que el amor puede ser una inversión, algo que puede incrementarse y prometer beneficios a largo plazo en lugar de una apuesta que te deja roto y en la bancarrota.

Antes de Richard, antes de los niños, marcharse era fácil. Ahora marcharme sólo sería un dolor muy hondo. Para los niños, Richard y yo somos un híbrido de amor multiuso llamado mamáypapá. Habría que partir esa unidad en dos, enseñarles que hay dos personas que deben aprender a amar por separado. Sencillamente, creo que no puedo pedirles a mis hijos que hagan eso. Los hombres dejan a sus hijos porque pueden; las mujeres, en general, no los dejan porque no pueden.

Para estar con Jack, tendría que exiliarme de mi país. Para encontrar el valor de hacerlo, sería necesario que me sintiera tan desgraciada que quedarme fuera más difícil que dar el salto. Y todavía no he llegado a ese punto.

DEBO RECORDAR

La deuda que tengo con mis hijos. La deuda que tengo conmigo misma. Averiguar cómo conciliar las dos. Hay que redactar las actas de la reunión (Lorraine, la secretaria, dice que está enferma, pero Lorraine siempre está de baja por enfermedad cuando hay una oleada de calor). Sesión de bronceado obligado; para parecerme a la hermana pequeña de Morticia Addams. Postrarme ante los clientes por los resultados, totalmente desastrosos, de mayo (–9 % respecto a un índice del –6 %). Mayo se ha llevado de un plumazo todo el duro trabajo hecho en los cuatro meses anteriores; unos resultados estupendos ahogados en un mar rojo. Indicar a los clientes que estos resultados son sólo temporales y que estoy tomando medidas para corregirlos. Pensar en medidas para corregirlos. Desmontar el castillo hinchable, enfrentarme con Rod por el vergonzoso trato sexista y racista a que someten a Momo. ¿¿Alfombra escalera?? Reservar día para tratamiento antiestrés, incluidas proteínas faciales como recomienda esa campeona de la belleza de *Vogue*. Aniversario de boda. ¿Cuándo es mi aniversario de boda?

30

LOS PASITOS DE UN NIÑO

11.29 h. La inminente visita de mis suegros llena el aire de aprensión, como el estruendo de una estampida lejana.

–No te compliques la vida, cariño –dice mi esposo–. ¿Qué has pensado para el almuerzo del domingo?

–No te compliques la vida, Katharine –dice Barbara, que llama por tercera vez.

Así que no te complicas la vida y ella llega y echa una mirada a la nevera, manosea su collar de perlas como si fuera un rosario y arrastra a Donald al coche. Vuelven con las existencias completas de Sainsbury's, «para que tengamos algo por si nos hace falta».

No obstante, todo está bajo control. No podrán decir que no estoy a la altura. Hay sábanas limpias en la cama del cuarto de invitados y toallas blancas limpias que he cogido al vuelo en Marx & Spencer a la hora del almuerzo. Incluso he puesto un tallo de muguete, graciosamente inclinado, en un jarrón al lado de la cama, para dar ese elegante toque femenino que tan bien practica Cheryl, mi cuñada, miembro activo de la Mamifia. Además, tengo que acordarme de sacar todos los regalos que Donald y Barbara nos han hecho a lo largo de los años y distribuirlos en lugares destacados:

> Acuarela de una puesta de sol en Coniston por «la célebre artista local Pamela Anderson» (ninguna relación con la otra, por desgracia).
>
> Hueveras Royal Worcester (4).
>
> Wok eléctrico.
>
> Novela de Dick Francis en cartoné.
>
> Soporte para pasteles conmemorativo de Beatrix Potter.

Además... estoy segura de que había otro además.

Limpio a fondo la encimera de la cocina, luego compruebo que la cartera de Em esté lista para la mañana siguiente. Dentro, metido entre las páginas de *Lily, the Lost Dog*, hay una nota de la escuela. Por favor, ¿podrían los padres aportar una muestra de comida típica de su entorno cultural para el día de la Fiesta Mundial?

No, los padres no pueden. Los padres están muy ocupados ganándose la vida, gracias, y felices de que la escuela haga el trabajo para el que la pagan. Leo la nota hasta el final. La Gran Fiesta es mañana. ¡TODOS SERÁN BIENVENIDOS! Al lado de este amenazador mandamiento judicial, Emily ha anotado con su letra más intensa, apretando bien el lápiz: «Mi mamá es una cozinera muy bena; mucho megor qe la mamá de Sofeez». Mierda.

Empiezo a rebuscar por los armarios. ¿Qué es lo que identifica la étnica inglesa? ¿El rosbif? ¿El pudin con frutos secos al vapor? Hay un tarro de mostaza inglesa, pero tiene un repulsivo anillo gomoso de suciedad prehistórica, que parece los labios de Mick Jagger, formando una rebaba alrededor de la tapa. ¿Pescado y patatas fritas? Bien, pero no tengo pescado y en mi vida he hecho patatas fritas. Podría llevar las patatas de McDonald's metidas en un cucurucho de papel de periódico, pero imagino la cara que pondrían esas nazis de la comida sana encabezadas por la madre superiora Alexandra Law. Al fondo del estante de los cereales descubro dos tarros de mermelada Bonne Maman. La confitura de fresa es un ejemplo excelente de las artes culinarias indígenas, lo que pasa es que ésta está hecha en Francia.

Tengo una idea brillante. Pongo a calentar el hervidor. Cojo un tarro y luego el otro y los sostengo sobre el vapor hasta que la etiqueta se encoge y se suelta. En el cajón de bolsas para congelar, encuentro algunas etiquetas nuevas, las cojo y escribo en ellas con letra redonda y bucólica: *Mermelada de fresa Shattock*. Desbordando confianza, ahora intento dibujar una suculenta fresa en una esquina. Se parece a un páncreas inflamado. Pego las etiquetas en los tarros. *Et voilà! Je suis une bonne maman!*

–Kate, ¿qué estás haciendo? Es más de medianoche.

Rich acaba de entrar en la cocina en calzoncillos y camiseta y con un Furby en las manos. Odio los Furby. Son un cruce repulsivo entre una chinchilla y Bette Davis en *¿Qué fue de Baby Jane?* Tanto el Furby como el marido me miran entrecerrando los ojos con desconfianza, en la penumbra.

–Estoy haciendo mermelada. En realidad, estoy rehaciendo mermelada, si quieres saberlo. En la escuela de Emily van a hacer esa fiesta étnica y tiene que llevar algo inglés.

–¿Y no podías comprar algo por la mañana?

–No, Rich, no podía.

Su suspiro es casi un gemido.

–Dios santo, ¿cuántas veces tenemos que pasar por esto? Te lo he dicho muchas veces, tienes que aprender a dejar esas cosas. Si las mujeres trabajan tanto como tú, Kate, los demás tendrán que aceptar que no podéis hacer todo lo que hicieron vuestras madres.

Querría decirle que, aun si los demás lo aceptaran, no estoy segura de que yo llegara a aceptarlo nunca. Pero el Furby se me adelanta, rompiendo el silencio con un suave gorjeo y Rich desaparece escalera arriba.

0.39 h. Estoy demasiado cansada para dormir. Meto el Furby en una bolsa de basura y la ato. En la oscura cocina, enciendo el ordenador portátil y abro la carpeta Salinger. Las cosas que aparecen en la pantalla me consuelan: ese modo que tienen de hacer lo que les pido sin rechistar, el hecho de que no puedo mentirles. Mientras que en casa soy una falsificadora, un fraude. No me avergüenzo de ello. No veo otra alternativa. Una buena mamá hace su propia mermelada, ¿o no? En secreto, todas lo sabemos. Cuando empiecen a poner a las mermeladas nombres como *Mamá con jet lag* o *Mamá con tiempo de calidad*, cuando el pan venga en una bolsa con una etiqueta que diga *Lo mejor de papá*, entonces nosotras, las malas y agotadas madres, podremos salir, sin peligro, con las manos en alto.

Viernes 7.10 h. Richard ha levantado la voz. Nunca lo había oído levantar la voz antes, sólo para pedirme que bajara la mía. Pero estábamos en la cocina tomando el desayuno con los niños parloteando y tendrías que haber oído el grito que le pegó a Emily.

–Mamá, ¿puedo tener una hermanita?

–No, cariño.

–Pero quiero una. Papá, ¿podemos tener una hermanita?

–NO, NO PODÉIS.

–¿Por qué?

–Porque para hacer una hermanita los papás y las mamás tienen que pasar tiempo juntos en la misma habitación.

Rich está mirando la tele, con el volumen bajo y los ojos pegados al mohín sonriente de Chloe-Zoe.

–Por favor, Richard, no sigas.

–Y tu mamá y tu papá nunca tienen tiempo, Emily. Mamá está a punto de irse a Nueva York otra vez, así que en estas circunstancias será especialmente difícil hacer una hermanita. Pero quizá a mamá le gustaría que le buscara a alguien. ¿No es eso lo que mamá siempre le pide a papá cuando se estropea el lavavajillas? Que venga alguien.

–Te he dicho que no sigas.

–¿Por qué no, Kate? No le mintamos nunca, ¿no es eso lo que dijiste?

–Mami, Daisy tiene una hermanita.

–Y tú tienes un hermanito, Em.

–Pero es UN CHICO.

8.52 h. Por una vez, soy yo quien lleva a Emily a la escuela. (Llamé al despacho y dije que tenía que ir al médico; en la jerarquía de las excusas, la mala salud es mejor que una niña pequeña que te necesita.) Em está encantada de que esté allí con las otras mamás; me exhibe ante sus amigas como si fuera un caballo de feria, dándome palmaditas en el trasero y señalando mis mejores características.

–Mi mamá es muy guapa y muy alta, ¿verdad?

Tenía esperanzas de dejar mi aportación a la Fiesta Mundial sin que nadie me viera, pero hay una mesa justo en medio del vestíbulo, desbordante de ofrendas étnicas. Una de las madres parece haber traído un cabrito entero al curry. La mamá de Kirsty ha hecho *haggis*, un plato escocés, envuelto en tripa auténtica. Dios mío. Oculto rápidamente mi mermelada de fresas detrás de una fortaleza almenada de pan.

–Ah, hola, Kate. ¿Ya trabajas a media jornada? –dice Alexandra Law con una enorme sonrisa, desvelando un pastel de frutas del tamaño de un Albert Hall invertido.

–No, me temo que donde trabajo no hacen medias jornadas. A decir verdad, piensan que trabajar a jornada completa es holgazanear.

Las otras mamás se ríen, excepto Claire Dalton, socia principal de Sheridan and Farquhar. Observo que Claire está tratando de poner a escondidas un pequeño cuenco de jalea verde en el altar de la Fiesta Mundial. Sujeta la jalea con mucha firmeza para no delatar el hecho de que no está cuajada.

12.46 h. Candy va a tener el niño. Se niega a hablar de ello, pero su barriga deja sus intenciones cada vez más claras. El guardarropa Stratton, que siempre ha pecado de ceñido, ahora tiene dificultades para contenerla. Así que hoy he traído una bolsa con ropa premamá; una o dos cosas que puede ponerse para el trabajo y un par de blusones cómodos para más adelante. Le doy la bolsa sin hacer comentarios mientras almorzamos en *piazza* Navona. Saca un vestido suelto de color marrón y lo sostiene en alto, con aire incrédulo.

–Vaya, fardos de papel marrón atados con un cordel. Están entre mis cosas favoritas.

–He pensado que podrían serte útiles, eso es todo.

–¿Para qué?

–Para tu embarazo.

–Santo Dios, ¿qué es esto? –Candy saca un camisón blanco de bordado inglés y lo agita en el aire para diversión de un grupo de hombres de la mesa de al lado–. Me rindo, me rindo –suplica.

–Mira, tiene una abertura fácil para las comidas.

–¿Por qué iba a querer comer vestida con un...? Oh, cielos, quieres decir para que alguien coma de mí. Es taaan repugnante.

–Bueno, ha sido una práctica bastante corriente durante los últimos ciento cincuenta mil años.

–No, en New Jersey, no. Kate...

–Sí.

–El niño. No me necesitará constantemente, ¿verdad?

Estudio atentamente la cara de Candy. No bromea.

–No, no lo hará. Te lo prometo.

No después de los primeros dieciocho años, debería añadir, pero por el bien de mi amiga me muerdo la lengua. Todavía no está preparada.

15.19 h. Situación de emergencia. Roo ha desaparecido. Paula llama y dice que está segura de que estaba en el cochecito cuando llevó a Ben a Little Stars[1] por la mañana y también está bastante segura de que Roo volvió a casa con ellos. Pero luego, cuando puso a Ben a hacer la siesta, no pudieron encontrarlo. Ben está desconsolado. Chillaba y chillaba mientras Paula registraba la casa; de arriba abajo, pero no había rastro del canguro por ningún lado. Al fondo, oigo a Ben que hipa con un tremendo disgusto.

Para empezar, ¿en qué podía estar pensando Paula para sacar a Roo de casa? No puedo creer que fuera tan estúpida, cuando sabe lo horrible que sería si se perdiera. Digo lo que pienso en voz alta y, en lugar de replicarme, suena culpable y triste.

–¿Crees que podremos encontrar otro, Kate?

–No tengo ni idea de cómo está el mercado de canguros usados, Paula.

15.29 h. Llamo a Woolworths, de donde Roo procedía originalmente. El dependiente me dice que lo siente, pero que cree que no les quedan canguros en existencia. ¿Quiero hablar con el supervisor? Sí.

El supervisor dice que ya no tienen canguros.

–Hay una fuerte tendencia a dejar los animales blandos en beneficio de unas criaturas nuevas de plástico, Mrs. Reddy. ¿No le interesaría un Señor Cabeza de Patata?

–No, ya trabajo con una docena de ellos.

1. Lugar de reunión y actividad para niños de hasta cuatro años. *(N. de la T.)*

15.51 h. Pruebo en Harrods. Deben de tener un Roo. Tienen de todo, ¿no? Una mujer del departamento de juguetes dice que quizá tengan algo, que irá a mirar en la otra sala si puedo esperar un momento. Cuando vuelve, me describe algo, pero no suena bien.

–No, si lleva un bebé-canguro no me sirve. Es una emergencia. Australiano, sí. Necesito algo de un palmo de largo para esta noche.

–Kate, no sabía que te interesara...

Levanto la mirada y veo a Rod Task que me mira con una sonrisa lasciva. Dios mío.

–Lo siento, Rod, estoy buscando un canguro.

–Estupendo. Creí que no lo pedirías nunca.

Oigo una desagradable risilla procedente de Guy, a dos mesas de distancia. Cuando Rod no puede oírnos, le digo que entre en Internet y empiece a buscar inmediatamente marsupiales de trapo.

21.43 h. Me cuesta dos horas y cuarenta y tres minutos convencer a mi hijo de que se duerma. Todos los sustitutos que le ofrezco como consuelo –un cordero, un oso polar, un dinosaurio púrpura, cada uno de los Teletubbies en rotación– son lanzados con furia fuera de la cuna.

–Roo –gimotea–, Roo.

Para que se tranquilice, le dejo mi cepillo de dientes eléctrico y luego nos sentamos en el sillón azul con él tumbado boca abajo encima de mí, aferrado a mi falda como si fuera un monito. Cada vez que respira, allá al fondo, hay un quejido, como una puerta diminuta que se abriera en sus pulmones. Por favor, Señor, ayúdame a encontrar otro Roo.

Todo iba bien durante la visita de Barbara y Donald. Ahora veo que sospechosamente bien. Dentro de sus posibilidades, Barbara hasta me había felicitado por la cocina.

–Estoy segura de que quedará preciosa cuando esté acabada –sentenció.

Pero yo seguí sonriendo afablemente todo el tiempo, incluso durante la merienda, cuando Barbara se volvió hacia Donald y le dijo:

–¿No es divertido? Emily se parece a Richard cuando sonríe y a Kate cuando se enfurruña.

Para cenar aquella noche, teníamos comida italiana. Había lavado y secado un montón de rúcula, había asado y luego pelado los pimientos rojos con el mismo prolijo cuidado que dedicaba a una costra en la rodilla cuando estaba en la escuela primaria. En la parte superior del horno estaba la pierna de cordero y en la inferior, las patatas, espolvoreadas con romero de mi propio jardín; se iban asando suavemente. Incluso había conseguido darme un baño después de acostar a los niños y me había puesto una blusa limpia y una falda de terciopelo sobre la que llevaba el delantal impermeable con un estampado de Liberty que me había regalado mi familia política en Navidad.

Sí, pensé contemplando la escena, es una de esas raras ocasiones en las que la vida se acerca a lo que aparece en las revistas en color. La diosa del hogar, recibiendo a sus admirados padres políticos en su encantadora y elegante casa. Barbara acababa de pedirme la receta de los pimientos cuando vi, cruzando el suelo de roble, el gordo trasero de gamuza de una rata.

Los libros de etiqueta suelen guardar un silencio poco natural sobre el tema de las ratas en las cenas. ¿Qué haces?

a) Te ríes alegremente y finges que la rata es un encantador animalito de compañía.
b) Exclamas: «¡Ah, aquí llega el plato principal! Nigel Slater dice que los roedores son la nueva moda en comidas. Muy buenos preparados al estilo vietnamita, parece».
c) Invitas a tus huéspedes a pasar arriba, les sirves bebidas sin parar y pones un CD de Burt Bacharach para ahogar el ruido que llega desde la cocina donde tu marido está persiguiendo al roedor con el paraguas Mary Poppins de tu hija.

Richard y yo nos decidimos por c.

Abajo, la rata se había refugiado en el parque de Ben, quizá confiando en pasar por un peluche. No obstante, no tardó mucho en lanzarse a recorrer, juguetona, la cocina. Barbara dijo que, ahora que lo pensaba, recordaba haber notado algo que le pasaba corriendo por encima de los pies. Necesitaba tomar una aspirina inmediatamente y echarse un rato. Nadie estaba de humor para mis melocotones al *amaretto*, con *coulis* de frambuesas. De repente, tuve una sensación horrible respecto a los montones de pasas que habían estado apareciendo en el suelo de la cocina.

–No te pongas histérica –dijo Richard, una vez que consiguió expulsar a la rata al jardín–. Recuerda que ellas te tienen más miedo a ti que tú a ellas.

Esto parecía poco probable. La rata disparaba lo que sólo puedo llamar terror ratuno, ese encogimiento del estómago cada vez que abres un armario, sin saber si vas a encontrarte cara a cara con una cara. Aquella noche, bigotes y patas corretearon por mis sueños.

Lunes, 9.38 h. Me ha despedido mi propia asistenta. En los anales de la humillación doméstica, ¿qué puntuación le damos a esto? Cuando bajé esta mañana, encontré a Barbara y Juanita formando una unidad acusadora. Mi suegra chasqueaba la lengua con desaprobación y mi asistenta imitaba, con gestos, a una rata correteando por la encimera y señalaba partes de la cocina infranqueables por estar atestadas de periódicos y juguetes.

–No me extraña –decía Barbara.

Aunque mi suegra no habla español, conseguía comunicarse con Juanita en el idioma femenino internacional de la desaprobación.

–El hombre de las ratas viene de camino –anuncié con voz fuerte para alertarlas de mi presencia y evitar que continuaran intercambiando ejemplos de mi dejadez.

Al oír el nombre de la plaga, Juanita soltó un fuego graneado de lamentos.

–Si se deja comida por ahí encima, siempre atraerá bichos –aportó Barbara.

–Yo no dejo comida por ahí encima –dije, pero ella ya estaba en el recibidor donde Donald iba colocando las maletas. Me hizo un ademán compungido.

Cuando ya se habían marchado, Juanita me dijo que lo sentía

mucho, pero que no podía aguantarlo más. Todo comunicado por medio de ademanes y sollozos propios de una opereta. Por fin tenía en mis manos la oportunidad de señalar que una de las razones de que la casa estuviera tan mal cuidada era que mi asistenta no había sido capaz de limpiarla durante los dos últimos años, debido a una serie de dolencias ante las cuales yo había reaccionado con una enorme comprensión porque... probablemente porque vengo de un ambiente donde no se espera que nadie limpie lo que tú ensucias y porque en el fondo te avergüenzas de ser una mujer que no puede mantener limpia su propia casa. («Puede que Kate sea un lince con los números –dijo mi cuñada en una ocasión–, pero tendrías que ver cómo tiene los zócalos.»)

Entonces, ¿acaso le solté a Juanita cuatro frescas allí mismo? No exactamente. Le di todo el dinero que tenía en el monedero, le prometí enviarle más por correo y le dije que la recomendaría a unos amigos de Highgate que buscaban asistenta.

DEBO RECORDAR

¡Perseguir al hombre de las ratas! ¡Contratar nueva asistenta! Sustituto para Roo SIN FALTA. Acordar con clientes política de voto por poderes. Completar cuestionario de resultados trimestrales. Hacer yo misma actas de reunión (secretaria Lorraine sigue enferma). Perspectivas para conseguir cliente en final preparada con Momo a paseo, debido a la mierda de resultados de junio. Comprobar resultados competencia –¿quizá aún peores que los nuestros?–. Teleconferencia con los japoneses para hablar de valores. Sandalias para Emily, o la NSPCC[1] me detendrá para interrogarme respecto a la crueldad contra los pies. Dulces Sugar Puffs, Panadol. Cancelar hora centro relax.

1. Siglas de *National Society for the Prevention of Cruelty to Children (N. de la T.)*

31

CRISIS DE NIÑERA

6.27 h. Es todavía muy temprano, pero aquí fuera, en el jardín, ya puedo ver que será un día muy caluroso. El aire está vidrioso con la promesa de calor. Mientras estuve en Estados Unidos nadie ha cuidado de las plantas, así que los caracoles han devorado mi planta hosta y todos los pensamientos de las macetas se han secado. Si los tocas se convierten en ceniza púrpura. Planté esa clase en concreto porque me encantó el nombre: sosiego del corazón. Un día, cuando tenga tiempo, el jardín estará precioso. Voy a cultivar lobelias y camelias y un laurel y enredaderas de jazmín oloroso y habrá cubetas de piedra tallada desbordantes de sosiego del corazón.

Oigo un quejido por una de las ventanas del último piso. Igual que a mí, a los niños les cuesta dormir en estas noches tan calurosas. Ben se despertó gritando hacia las cinco cuando yo estaba en medio de una pesadilla horrible. En verano hasta los sueños son diferentes; son sueños febriles que destilan pensamientos enterrados que preferirías que siguieran enterrados. Cuando fui a su habitación, estaba empapado en sudor, pobrecito; me resbalaba de entre las manos como un cachorrillo de foca. Lo llevé al cuarto de baño y lo mojé con una esponja –por alguna razón, de repente tiene miedo de su toallita Piglet– y luego lo cambié. Cuando le ofrecí un vaso de agua, se puso furioso: «Maz-zana –exigió–, mazzana».

¿Cuántas veces le habré dicho a Paula que no le dé zumo? En mi mente, me preparo para pegarle una buena bronca a la niñera, pero Paula lleva un tiempo quejándose de «problemas femeninos» y podría salirme con una baja por enfermedad y las vacaciones son el peor momento posible para encontrar a alguien que la sustituya. Mierda. Mierda.

7.43 h. Por su tono de voz, supe enseguida que Paula no iba a venir. Y yo tengo que presidir el Comité de Asignación Global de Activos porque Robin Cooper-Clark está fuera con sus hijos; Emily y Ben no tienen escuela ni guardería y la niñera no va a venir. Estupendo.

Tradicionalmente consideradas un período de placer y descanso, las vacaciones de verano son el peor período del año para la madre que trabaja. El calor y los días despreocupados actúan como una reprimenda constante. Hay excursiones a las que te gustaría ir; estanques frescos donde te gustaría quitarte los zapatos y meterte; helados cuyos ríos de vainilla te encantaría lamer.

Paula suelta un suspiro largo y complicado. Dice que hace tiempo que no se encuentra bien y que lo de la rata, claro, la ha trastornado mucho. Pero que no quería preocuparme porque «Sé que estás muy ocupada, Kate». La clásica táctica de las niñeras: asestar un *strike* preventivo antes de que tus motivos de queja, más poderosos, tengan la oportunidad de despegar. Incluso mientras emito murmullos de comprensión, voy hojeando mi organizador Rolodex mental en busca de alguien que pueda cuidar de los niños sólo por hoy. (Richard está fuera, presentando los planos para un barrio de artesanos en Sunderland.)

Primera idea: Angela Brunt, mi vecina y líder de la Mamifia. Empiezo a marcar el número, pero de repente imagino la cara de Ford Anglia de Angela, con los faros a plena potencia, cuando sepa que la triunfadora del otro lado de la calle, esa «que vuela tan alto» aparece entre el fuselaje incendiado de su propio egoísmo suplicando ayuda. No, realmente no puedo darle esa satisfacción. Llamo a Alice, mi amiga, la productora de televisión y le pregunto si puedo pedirle un favor. ¿Podría su niñera Jo hacerse cargo de Emily y Ben? No se lo pediría si no tuviera esa reunión tan importante y, además, coger tiempo libre en EMF es algo prácticamente ilegal y...

Alice me corta con un ronco gemido de «qué me vas a contar a mí». Dice que de acuerdo siempre que no me importe que Jo se lleve a los niños a la piscina junto con los suyos. A estas alturas, no me importa si Ben y Emily se van a hacer parapente a Borneo mientras yo pueda ir a la City y empezar a prepararme para la reunión.

8.32 h. Llamo a Coches Pegaso. Winston contesta al teléfono de nuevo. ¿Por qué? ¿Acaso Pegaso no tiene ningún otro conductor? Empiezo a preguntarme qué clase de tinglado es ése.

Winston dice que tardará quince minutos; le digo que sean cuatro.

–Veré qué puedo hacer –dice, tranquilo.

Siento un súbito e imposible anhelo de subirme al regazo de una persona grande y reconfortante y quedarme allí durante... creo que veinticinco años sería suficiente.

–¿Mamá?

–¿Qué pasa, Em?

–El cielo es un sitio muy bonito, ¿verdad?

–Sí, el cielo es un sitio muy bonito.

–¿Hay un McDonald's?

–¿Dónde?

–En el cielo.

–Dios mío, no. Veamos, tengo que meter en la bolsa los manguitos de Ben.

–¿Para el cielo?

–¿Qué? No. Para el agua. Vais a ir a la piscina. Te acuerdas de Nat y Jacob, ¿verdad?

–¿Por qué no hay un McDonald's en el cielo, mami?

–Porque no. No tengo ni idea. Porque los muertos no necesitan comer.

–¿Por qué los muertos no necesitan comer?

–Ben, no. No, Benjamin. SIÉNTATE. Mamá te dará ese zumo en... Encima del vestido, no...

–Mami. ¿Puedo hacer mi próxima fiesta de cumpleaños en el cielo?

–Emily, POR FAVOR, ¿PUEDES CALLARTE?

8.44 h. Pegaso ha aparcado frente a mi casa en una nueva cuadriga, nueva para él, en cualquier caso. El Nissan Primera está oculto bajo una nube de su propia suciedad, pero por lo menos, cuando abres la puerta no te rocía de óxido la ropa. Cargo a los niños en el asiento de atrás, sujeto a Ben sobre mis rodillas y con la mano libre llamo a una agencia de niñeras por el móvil. Una niña bien, con una voz destinada a oírse a través de los brezales poblados de ciervos, dice que, de verdad, le gustaría mucho poder ayudarme, pero es un momento especialmente malo para encontrar niñeras temporales.

–Son las vacaciones escolares, ¿sabe?

Claro que lo sé.

Todo el mundo está comprometido desde hace siglos; pero tiene a esa chica nueva en los ficheros. Croata. Dieciocho años. Su inglés no es de lo mejor, pero pone mucho interés. Y le gustan los niños.

Bueno, algo es algo. Me estrujo el cerebro tratando de recordar de qué lado estaba Croacia durante las matanzas de los Balcanes. Me parece que tomaron partido por los nazis durante la guerra y ahora son los buenos de la película, ¿o es al revés? Digo que de acuerdo, que la veré esta noche. ¿Cómo se llama?

–Ratka.

Tenía que llamarse así. Debo acordarme de llamar al hombre de las ratas. ¿Por qué no ha aparecido? Emily me da unos golpecitos impacientes en la pierna. Ha estado muy atenta hablando con el conductor.

–Mami, Winston dice que lo bonito de estar en el cielo es que si tienes hambre, puedes inclinarte un poco y dar un mordisco a una nube. Como si fuera algodón de azúcar. Lo hacen los ángeles.

Parece mucho más feliz con esta explicación que con cualquiera que yo haya podido darle.

Alice vive en una casa aburguesada al borde de Queen's Park; se la compró antes de que cualquier casa de cuatro habitaciones de la zona costara más que el Colorado. Una vez dentro, mi hija se marcha contenta a jugar con Nat y Jake, pero Ben echa una ojeada al desconocido grupo y se aferra a mi pierna como un marino atándose al mástil en una galerna de fuerza diez. Tengo que salir de aquí a toda prisa, pero debo pasar unos minutos humillándome ante Jo, la niñera. Veo cómo mira al niño histérico, preguntándose en qué se ha metido. Acabo teniendo que sacármelo de encima bruscamente y salgo corriendo de la sala con sus gritos persiguiéndome.

Sentada en el Pegaso, trato de leer el *Financial Times* para estar al día para la reunión, pero no puedo concentrarme. Sacudo la cabeza con rabia para eliminar el recuerdo de las lágrimas de Ben. Veo que Winston me estudia por el retrovisor. Llegamos a la rotonda de Old Street antes de que se decida a hablar:

–¿Cuánto le pagan por esto, señora?

–No es asunto suyo.

–¿Cincuenta? ¿Cien?

–Depende de la prima. Pero este año no va a haber ninguna prima. Después de los resultados de junio, tendré suerte si conservo mi puesto.

Winston golpea el volante forrado de piel de cordero con las dos manos.

–Debe de estar bromeando. Les pertenece usted cada segundo de cada minuto de cada día. Mujer, es usted su esclava.

–No es mucho lo que puedo hacer al respecto, Winston. Soy lo que se conoce técnicamente como el principal sostén de la familia.

–Vaaaya. –Pisa el freno de golpe para no atropellar a una monja en un paso cebra–. ¿Y su marido cómo se siente? Esa clase de cosas suele hacer que los tíos se sientan un poco pequeños.

–¿Está insinuando que el volumen de mi salario está encogiendo el pene de mi marido?

–Bueno, eso explicaría por qué ya nadie sabe hacer niños, ¿no? La tasa de fertilidad iba bien hasta que las mujeres se pusieron a trabajar.

–Creo que averiguará que se debe al estrógeno en el agua.

–Creo que averiguará que se debe al estrógeno en la oficina.

Incluso desde el asiento trasero puedo ver que está sonriendo de oreja a oreja porque tiene las mejillas tan tirantes que le arrugan la piel debajo de las orejas.

–Por todos los santos, Winston, estamos a finales del siglo XX.

Sacude la cabeza y una cascada de polvo dorado llena el taxi. Igual que un hada madrina, dijo Emily cuando lo vio.

–No importa el siglo que sea –masculla–; el reloj de la cabeza de los hombres siempre marca la misma hora. La hora de las chavalas.

–Pensaba que ya nos habíamos hecho mayores y habíamos dejado atrás esa tontería cavernícola.

–Ahí es donde la gente como usted se equivocó, señora. Las mujeres sí que la dejaron atrás y los tíos pues dijeron «amén» para seguir consiguiendo que las mujeres follaran con ellos. Un tío, lo que se pregunta es a qué son quiere ella que baile ahora, y baila. Tenga, pruebe uno de éstos.

Winston me lanza una cajita de lata. Reconozco el recipiente redondo de color bronce de mi infancia; caramelos de viaje. Julie y yo preferíamos las peras escarchadas, las que sabían como sabrían las campanas si las lamieras, pero siempre nos daban estos caramelos. Mamá juraba que mantenían a raya el mareo del viaje. Así que, para mí, su sabor es ahora el del mareo; la bolsa de papel con su repulsiva carga, las arcadas al lado de la carretera, limpiarse las manos en la hierba marrón.

Ya hemos entrado en la City, deslizándonos por cañones de cristal donde el calor es como una neblina de color lila. Abro la caja de caramelos. Dentro hay seis canutos pulcramente enrollados. Carraspeo y adopto el tono de un locutor de Radio 4.

–La política de la empresa es absolutamente clara; el consumo de cualquier droga ilegal en las instalaciones de Edwin Morgan Forster está estrictamente prohibido. Y como ya casi estamos allí, tendré que darme prisa. ¿Tiene fuego, Winston?

11.31 h. Recoger información para la reunión me resulta difícil porque los caracteres del *Wall Street Journal* no quieren quedarse quietos. Llena de líneas negras que se retuercen, la página de Resultados del Mercado parece que tengan el baile de San Vito.

Totalmente penoso. Estoy tan grogui como una tía soltera después de una copa de jerez en la vicaría. La maternidad –o la abstinencia causada por mi maternidad– ha destruido mi capacidad para disfrutar de cualquier clase de drogas, salvo el ocasional chute desesperado de Calpol. Me las arreglo para entrar en la sala de reuniones sin mayores problemas, pero una vez dentro, las paredes empiezan a retroceder y se convierten en infinitos reflejos de sí mismas, como un grabado de Escher. Cada vez que me levanto para poner una diapositiva, tengo que aferrarme al borde de la mesa y ladear ligeramente la cabeza para estabilizar el horizonte. Me siento como si fuera un espíritu humano.

Cuando abro la boca para dirigirme a los doce gerentes de fondos que hay en torno a la mesa, la voz que sale suena bastante segura. Pero luego descubro que sólo tengo una vaga idea de quién está hablando y ninguna en absoluto de qué va a decir a continuación. Es como si fuera una ventrílocua de mí misma. Pese a todo, una profunda sensación de relajamiento me permite hacer caso omiso de las opiniones de mis colegas y elegir las inversiones que se convertirán en la política de toda la empresa a partir de mañana.

¿Bonos o acciones? Ningún problema. ¿Reino Unido o Japón? Diablos, sólo un estúpido lo dudaría.

A mitad de la reunión, Andrew McManus –escocés, un jodido jugador de rugby, con unas espaldas como un sofá Chesterfield– suelta una tosecita presuntuosa y anuncia que espera que todos los presentes le perdonen, pero tiene que marcharse temprano porque Catriona, su hija, tiene un festival de natación y le ha prometido que su papaíto estaría allí. Todo el mundo alrededor de la mesa reacciona como si eso fuera lo más natural del mundo. Los tipos más jóvenes que piensan que quizá un día se decidan a tener hijos, pero sólo cuando el Porsche Boxster venga completo con un estante para cambiar pañales, ni se inmutan. Los otros padres se regodean en una suficiencia conspiradora de nuevos padres. Veo que Momo, que no sabe de qué va la cosa, dice «Qué tierno». Hasta Celia Harmsworth compone sus rasgos de Reina Malvada para que se aproximen a una sonrisa y dice: «¡Qué maravilla, Andrew! Estás siempre tan dispuesto a arrimar el hombro», como si McManus hubiera hecho subir él solo el Dow ciento cincuenta puntos.

Al observar que soy la única que no se une al ronroneo aprobador, Andrew se encoge de hombros con un gesto de impotencia y dice:

–Ya sabes cómo son estas cosas, Kate.

Se pone la chaqueta y se marcha.

Pues claro que sé cómo son estas cosas. Un hombre anuncia que tiene que marcharse para estar con su hija en un corto acto recreativo y lo saludan como modelo de padre que adora a su hija y no piensa en sí mismo. Una mujer anuncia que tiene que marcharse para estar con un niño que está enfermo en cama y la condenan por ser desorganizada, irresponsable y no mostrar un grado de entrega suficiente. Que un padre se exhiba como padre es un signo de fuerza; que una madre se revele como madre es un signo de atroz vulnerabilidad. ¿No os encanta la igualdad de oportunidades?

De: Kate Reddy

Para: Debra Richardson

Acabo de presidir una reunión donde otro director ha anunciado que tenía que marcharse para asistir al festival de natación de su hija. Prácticamente lo han nombrado caballero allí mismo por servicios a la paternidad. Si lo hiciera yo, Rod me ejecutaría y haría que colgaran mi cabeza sangrante en las murallas del Banco de Inglaterra como advertencia para otras mujeres holgazanas.

¡Es tan y tan injusto! Estoy llegando a la conclusión de que los huevos para ser una mujer de carrera son el secreto de una única generación. Somos la prueba viviente de que no funciona, ¿o no?

Olvídate de la educación superior. Creo que tendríamos que enviar a nuestras hijas a la universidad doméstica, donde pueden aprender a hacer centros florales decorativos y una cena deliciosa para dos; luego pueden casarse con un hombre que les pagará para que se queden en casa y se hagan la pedicura.

URGENTE: Por favor, vuelve a recordarme cuáles eran las desventajas de aquel modo de vida.

De: Debra Richardson

Para: Kate Reddy

Érase una vez, en un país muy lejano,
una princesa, hermosa, independiente y segura de sí misma
encontró una rana mientras estaba sentada pensando
en cuestiones ecológicas a la orilla de un estanque
no contaminado en un verde prado cerca de su castillo.
La rana saltó a la falda de la princesa y le dijo:

«–Hermosa dama, en un tiempo fui un apuesto príncipe
hasta que una bruja malvada me hechizó.
Sin embargo, bastaría un beso tuyo para que
volviera a ser el gallardo y joven príncipe que soy.
Entonces, encanto mío, podremos casarnos
y formar un hogar en aquel castillo
donde tú prepararás mis comidas,
limpiarás mi ropa, me darás hijos,
y te sentirás feliz y agradecida haciéndolo por siempre jamás.»
Aquella noche, mientras se comía un plato de ancas de rana
ligeramente salteadas,
la princesa se reía para sí y pensaba:
«Y una mierda.»

Los hombres de hoy en día sólo pueden ser mejores padres que sus padres. Les basta con saber cómo cambiar un pañal o adivinar por qué agujero se mete el biberón; estas cosas los distinguen como padres más capaces que los de cualquier generación precedente. Pero las mujeres sólo pueden ser peores madres que nuestras madres y eso duele porque trabajamos muy, muy duro y estamos condenadas al fracaso.

En Edwin Morgan Forster, las mesas de los hombres con hijos están atestadas de fotos de sus vástagos. Antes de llegar al ordenador, tienes que sortear toda una serie de retratos de familia: marcos de cuero; marcos de piel de cocodrilo; marcos dobles de acero con bisagras de cobre; ingeniosos cubos de Perspex. Un diente caído aquí, un gol en un partido de fútbol allí; aquellas vacaciones de esquí en febrero cuando Sophie puso su bufanda roja alrededor del cuello de papá y ambos se volvieron hacia la cámara con una sonrisa Steinway. A un hombre se le permite que haga publicidad del hecho de que es padre. Es un signo de fuerza, un signo de que es un buen sostén para la familia. Las mujeres de las oficinas de EMF no suelen mostrar fotos de sus hijos; cuanto más arriba en el escalafón, menos fotos. Si un hombre tiene fotos de sus hijos encima de la mesa, realza su humanidad; si una mujer las tiene, la rebaja. ¿Por qué? Porque no se supone que él tiene que estar en casa con sus hijos; ella sí.

Yo solía tener una foto de Ben y Emily encima de la mesa. Rich la hizo justo después de que el pequeño aprendiera a sentarse. Em estaba detrás, sosteniendo a Ben por la cintura con un enorme orgullo. Él desbordaba alegría, como si la vida fuera un enorme chiste y acabara de oír el final por vez primera. Tuve la foto allí durante unas cuantas semanas, pero cada vez que me tropezaba con la mirada de mis hijos, pensaba lo mismo; estás ganando dinero para ellos, pero no los estás criando. Así que ahora tengo la foto metida en un cajón.

El año pasado, fui a una conferencia que daba una directora general americana en la London Business School. Dijo que iba a preparar a sus hijas para que fueran *geishas;* el auténtico futuro de las mujeres estaba en criar hijos y en dar placer a los hombres. Hubo risas incómodas en la sala; estaba bromeando, ¿no? Era guapa e increíblemente elegante y yo no creo que estuviera bromeando.

Lo único que yo sabía era que no quería tener la misma vida que mi madre. No necesitaba un modelo que me enseñara que depender de cualquier hombre debilitaba, que incluso podía ser peligroso. Pero ¿querrá Emily llevar mi misma vida? Cuando mira a su mamá, si es que la ve alguna vez, ¿qué ve? Allá en los setenta, cuando se luchaba por los derechos de la mujer, ¿qué pensaban que significaba la igualdad de oportunidades; que las mujeres tendrían derecho a pasar tan poco tiempo con sus hijos como los hombres?

12.46 h. ¡Chowzat! es la nueva cafetería *high-tech* que instaló EMF el año pasado en el sótano como parte de sus esfuerzos por parecerse menos a un banco y más a un club nocturno. La idea es que tenga un ambiente enrollado, postindustrial, pero resulta mucho más parecida a la cafetería de un aeropuerto. Todavía estoy algo atontada después del porro de Winston de esta mañana. ¿En qué estaría pensando? Mientras bajaba del coche, Winston me ha invitado a ir con él a un concierto el domingo, dentro de dos semanas. Puede que no sea del todo mi ambiente, ha dicho, la música es un poco apabullante, pero cree que me sentará bien. Mientras la gerente de fondos, orgullosa de su fortaleza, componía su cortés, pero tajante negativa, yo abrí la boca y salió la palabra «sí». Parece ser que ahora tengo una cita en algún antro de música *acid* con mi nuevo camello. ¿Qué diablos le voy a decir a Richard?

Mientras se va pasando el efecto de la hierba, siento a la vez náuseas y un hambre voraz. Considero la rivalidad en méritos entre el bollo gigante de arándanos y su hermano, el delicado y atractivo pastel de limón y semillas de sésamo. Compro los dos. Estoy metiéndome puñados de cada uno alternativamente en la boca cuando levanto la cara y veo unos rasgos conocidos de color ladrillo que me fulminan desde arriba.

–Joder, Katie. No estarás comiendo por dos, ¿verdad? Ya tenemos bastantes problemas con Candy en ese apartado.

Rod Task.

–No –tartajeo, salpicando balas de arándano por toda la mesa.

Rod me dice que necesita que vaya a Nueva York el miércoles para convencer a unos *brokers*. Quiere que les dé un poco de Atención Tierna y Amorosa. Acompaña esta información con un guiño grotesco.

–¿Miércoles?

–Justo. Igual que si digo mañana.

–En realidad, Rod, mi niñera está enferma y tengo que buscar una sustituta temporal y...

Me interrumpe con un gesto arrasador de karate.

–¿Me estás diciendo que no puedes ir, Kate? Porque si es así, estoy seguro de que Guy puede encargarse.

–Sssí. Estooo. Claro que puedo, es sólo que...

–Estupendo. ¿Y puedes echar una ojeada a esto por mí, preciosa? Gracias.

Estudio la fotocopia mientras subo en el ascensor de vuelta a la planta trece. Es un artículo de *Investment Manager International* con el titular: POR FIN EMPIEZAN A DARSE CUENTA DE LA IGUALDAD DE SEXOS.

Las empresas de gestión de inversiones se van subiendo al tren de la igualdad de sexos cuando comprenden que una actitud más receptiva hacia las empleadas es buena para el negocio. Herbert George y Berryman Lowell han conseguido laureles recientemente por sus esfuerzos en esta área. Julia Salmon, vicepresidenta de Herbert George dice: «La City ofrece unas oportunidades fabulosas para las mujeres. Cada año se promociona a más mujeres. La mayoría de firmas han nombrado coordinadores para la diversidad».

No obstante, muchas instituciones lamentan que, mientras ellas ofrecen espléndidas carreras a las mujeres, ideas preconcebidas de horarios de trabajo antisociales y una cultura machista siguen disuadiendo a posibles candidatas.

«No es fácil hacer mella en el estereotipo del amiguismo entre antiguos alumnos que se asocia con la Milla Cuadrada» admite Celia Harmsworth, directora de Relaciones Humanas de Edwin Morgan Forster.

Bueno, ella debería saberlo. Ver el nombre de Celia en un artículo sobre la igualdad de sexos es como encontrarse con Heinrich Himmler dirigiendo una visita guiada a una sinagoga.

Harmsworth anunció que EMF, antes considerada una de las firmas más anticuadas de la City, había nombrado recientemente una coordinadora para la diversidad, Katharine Reddy.

¿QUÉ?

Reddy, de treinta y cinco años, la directora senior más joven de EMF, se encargará de identificar los obstáculos derivados del sexo en la cultura de la empresa.

Observo que Rod ha señalado con un círculo «obstáculos derivados del sexo». Al lado ha garabateado: «¿Qué coño es esto?».

De: Kate Reddy

Para: Debra Richardson

Oiga, oiga. Es una llamada de tu amiga al borde de la psicosis. ¿Crees que la depresión posparto puede durar dieciocho meses? Si es así, ¿cuándo desaparece?

¿Te he comentado que tenemos RATAS? Una cruzó la cocina corriendo cuando teníamos a los suegros en casa. AH, Y MI ASISTENTA SE HA DESPEDIDO. Al llegar al trabajo descubro que tengo sesenta y un *e-mails*, mi niñera está «enferma», la única sustituta temporal es pariente cercana de Slobodan Milosevic. Además, soy la nueva «coordinadora para la diversidad» de EMF. Tengo que tomar medidas urgentes para enmendar el desequilibrio de sexos de la firma. ¿Tienes idea de dónde puedo comprar algún tipo de arma automática?

¿Podemos, por favor, tomar aquel almuerzo? Di tú el día xxxx

De: Debra Richardson

Para: Kate Reddy

Creo que la depresión posparto puede durar hasta dieciocho años y entonces nos hacemos una histerectomía y empezamos a ver episodios antiguos de *Friends* sentadas en sillas de plástico rojo para ancianas en una comunidad de jubilados protegida con vallas.

No te preocupes, las ratas son ahora muy de clase media. Ninguna casa moderna que se precie se atrevería a pasarse sin una. A Felix le han diagnosticado Síndrome de Atención Deficitaria. Me parece que es lo mismo que padece su padre, pero en este caso, podría ser porque tuviera un lío.

Demasiado hecha polvo para que me importe. He leído en *Good Housekeeping* que a la mitad de las mujeres que trabajan les preocupa que la relación con su marido se resienta debido a una terrible «hambruna de tiempo». ¿Qué está haciendo la otra mitad: mamadas de treinta segundos?

¿Qué noticias hay del guapísimo y poco conveniente Abelhammer? Comprenderás que, en tanto que mi más antigua amiga, tu único cometido es darme motivos para envidiarte y desaprobarte.

Almuerzo próximo mar. o jue. xxxxx

18.35 h. Recojo a Emily y Ben de casa de Alice. Se me echan encima como si estuvieran muertos de hambre. La niñera de Alice, Jo, es increíblemente amable y dice que son unos niños maravillosos. Emily es muy reflexiva e imaginativa. Siento un estallido de orgullo y una oleada de vergüenza, simultáneamente, cuando pienso con cuánta frecuencia sólo los veo como un problema que hay que solucionar en lugar de algo que hay que disfrutar.

Debo contratar una niñera temporal esta noche. A menos que pueda convencer a Richard para que se quede a trabajar en casa o Paula se recupere milagrosamente. Siento un horror absoluto a pedir favores para mí misma o a causa de mis hijos; me recuerda la vez que mi padre me empujó hacia una mujer en la parada del autobús en Leeds una Navidad y me dijo que le preguntara si podía darnos cinco libras para llegar a casa porque nos habíamos quedado sin gasolina. Ni siquiera teníamos coche. Pero la señora fue muy amable; me dio el dinero y un paquete de Jelly Tots para mí. Los caramelos se me quedaron pegados por dentro de las ardientes mejillas como si fueran úlceras.

Jo dice que Ben ha estado muy empalagoso todo el día y que le parece que tiene un sarpullido en el pecho. ¿Ha tenido ya la varicela? No, todavía no. Pero no puede tenerla ahora. Tengo un billete para el avión de mañana a las ocho y media para Nueva York.

22.43 h. No puedo creerlo. Estoy en el rellano, frente al cuarto de baño, envuelta en una toalla diminuta, llamando a Richard a voz en grito.

–¡No hay agua caliente!

–¿Qué? –Está a la mitad de la escalera, con la cara en penumbra–. Ah, sí; es que cortaron el agua cuando el tipo de las ratas comprobaba las tuberías. Deben de haberle dado al interruptor.

–Tengo que tomar un baño.

–Cariño, sé razonable. –Su voz está reseca de hastío–. Lo pondré en marcha ahora y estará caliente dentro de veinte minutos.

–Ahora. Necesito un baño ahora.

–Kate. –Se interrumpe, parece que está a punto de decir algo. Pero luego cierra los labios y me mira fijamente, moviendo la cabeza con tristeza.

–¿Qué? ¿Qué pasa? –digo furiosa.

–Kate. No podemos... no podemos seguir así.

–Claro que no podemos. No tengo agua caliente. Tengo ratas. Tengo una casa que es un vertedero y no tengo a nadie para limpiarla. Tendría que estar durmiendo desde hace una hora y de verdad, de verdad, de verdad me gustaría que hubiera agua caliente. Richard trabajo todas las horas que Dios quiere y vivo en unas condiciones de miseria medieval. ¿Es demasiado pedir UN BAÑO?

Rich me tiende un brazo, pero lo aparto de un manotazo. Mis lágrimas son alarmantemente calientes; tienen la temperatura del baño que no voy a tomar. Debo tratar de calmarme. Mi marido tiene los ojos desorbitados. ¿Por qué no se ha afeitado?

Justo en ese momento, desde encima de nuestras cabezas, llega una voz:

–Roo –gime–, Roo.

32

VOLVÍ DEMASIADO PRONTO

1.05 h. ¿Habéis pensado alguna vez en el tiempo que malgastáis en coger el sueño? Parece una cuestión de voluntad, pero no es así. Yo tengo que acercarme sigilosamente al sueño y pedirle que, por favor, me deje entrar, igual que alguien que, en la cola a la entrada de un club, trata de atraer la atención del portero, que siempre está mirando hacia otro lado. Siete minutos de mullir y ahuecar la almohada, la obligada pelea por el edredón. (A Richard le gusta sacar una pierna fuera, con lo cual lo sujeta como si fuera el suelo de una tienda de campaña y me deja apenas tapada.) Tomo una pastilla de hierbas para dormir, a fin de convocar un sueño inmediato.

3.01 h. No me puedo dormir preocupada por si la pastilla para dormir es tan fuerte que no oiré el despertador y perderé el vuelo. Enciendo la lámpara de la mesita de noche y leo el periódico. A mi lado, Richard gruñe y se da media vuelta. Las páginas de Internacional siguen con la historia de la directora general americana que volvió al trabajo cuatro días después de que nacieran sus gemelos. Presidió una reunión por teléfono desde la cama del hospital. Se llama Elizabeth Quick. No bromeo. Debe de ser hermana de Isabel Imperative y Hannah Haste[1], probablemente. «Liz Quick se ha convertido en un ejemplo para las madres trabajadoras –dice el artículo–, pero sus oponentes dicen que la maternidad la distraerá de su trabajo.»

Noto cómo se me arruga todo el cuerpo, de la cabeza a los pies. ¿La gente como Ms. Quick tiene idea de que su valeroso esfuerzo para actuar como si no hubiera pasado nada puede utilizarse como un látigo para fustigar a otras mujeres?

1. *Quick* significa «rápida», *imperative*, «imperiosa», y *haste*, «prisa». *(N. de la T.)*

Dios sabe que yo no soy quién para hablar. Volví al trabajo demasiado pronto después de tener a Emily. Qué sabía yo. ¿Cómo podía saberlo? Saber que esta nueva vida será casi tan extraña para ti como lo es para ellos. Madre e hijo; los dos recién nacidos. Antes de los niños –mi vida se divide en a. N. y d. N– cuando todavía tenía tiempo para ir a la National Gallery los domingos por la tarde, me sentaba frente a la *Madonna* de Bellini, la que está delante de una especie de casa de campo, bañada por el sol, contemplando al adorable niño que tiene en las rodillas. Siempre había pensado que lo que había en sus ojos era serenidad. Ahora, sólo veo agotamiento y un cierto desconcierto. «Jesús, ¿qué he hecho?», le pregunta María al hijo de Dios. Pero él está dormido, saciado de leche, con un brazo gordezuelo caído con abandono por encima del vestido azul de su madre.

Fui la primera mujer de la planta de Inversiones de Edwin Morgan Forster en quedar embarazada. Estaba de seis meses cuando James Entwhistle, el predecesor de Rod Task, me llamó a su despacho y me dijo que no podía garantizarme que hubiera un puesto para mí cuando volviera después del permiso de maternidad.

–Ya sabes lo rápido que van las cosas con los clientes, Kate. No es nada personal.

James, tan refinado y erudito. Supongo que podría haberle mencionado la legislación vigente, pero lo que más odian en el mundo es que les recuerden su política a favor de la familia. (La política a favor de la familia de EMF existe para que puedan decir que la tienen, no para que las familias la invoquen. En todo caso, ningún hombre la usaría nunca, así que tampoco puede hacerlo ninguna mujer que quiera ser tomada en serio.)

–Por supuesto, el niño no cambiará nada, James –me oí decir y él anotó algo en el bloc con su pluma Cartier.

–¿Compromisos contraídos?

¿Acaso quería ir recortando la lista de mis clientes extranjeros de uno en uno? Por supuesto que no.

Qué sabía yo.

Cuando estaba de treinta y dos semanas, fui a ver al médico en el University College Hospital. Una visita de rutina. Me había saltado la anterior. (Ginebra, conferencia, niebla.) El médico unió sus largos dedos blancos, como si fuera un cardenal, y me dijo que me iba a dar la baja porque estaba bajo demasiada presión durante las semanas cruciales del desarrollo del cerebro del feto. Le dije que eso era totalmente imposible; pensaba trabajar hasta el último momento para reservarme tiempo y quedarme en casa con el bebé después del parto.

–No estoy preocupado por usted, Mrs. Shattock –dijo fríamente–, me preocupa el niño que lleva y el daño que podría causarle.

Estaba llorando tanto cuando salí a Gower Street que casi me atropella una camioneta de reparto de leche.

Así que me lo tomé con calma. Me lo tomé con más calma. Técnicamente, tenía que dejar de volar a los siete meses, pero un vestido ancho me ayudó a llegar a los ocho. El bombo era tan enorme al final que tenía que hacer una maniobra de giro en tres movimientos para salir del ascensor. Se hacían chistes en las reuniones sobre la necesidad de reforzar el suelo de la oficina para que soportara el peso de Kate y yo me reía más que nadie. Cada vez que pasaba frente a su mesa, Chris Bunce silbaba la Marcha de los Elefantes, de *El Libro de la Selva:* «Uno, dos, tres, cuatro. Mantened el paso, dos, tres, cuatro». Cabrón.

Una tarde, sentada frente al ordenador, con la barriga tan tirante que me parecía tener la piel llena de hormigas, tuve unas cuantas Braxton Hicks, esas primeras contracciones de prácticas que suenan a coronel retirado, que vive en Nether Wallop. Al final, soñaba que el coronel Hicks venía en mi ayuda. Me llevaba el maletín y, cuando yo esperaba el autobús en la parada de City Road, a punto de caer redonda de agotamiento, me tendía la mano y decía: «Por favor, suba a bordo, señora».

Me apunté a las clases prenatales, pero nunca conseguí llegar a las siete y media, la hora de empezar. Acabé asistiendo a un fin de semana de preparación en Stoke Newington, dirigido por Beth: galletas de avena, música de ballenas, una pelvis hecha con una percha y un bebé fabricado con una pelota de tenis metida dentro de una media. Beth nos invitaba a sostener conversaciones con nuestras vaginas. Le dije que no me hablaba con la mía y ella pensó que estaba bromeando. Se reía como un alce al fondo de un pozo.

Richard odiaba la clase. No podía creer que tuviera que quitarse los zapatos, pero le encantaba la parte del cronómetro. Podrías haber jurado que estaba oficiando en el Gran Premio de Mónaco.

–Conociéndote, Kate –dijo–, tendrás las contracciones más rápidas de la historia.

Beth dijo que hacer esas respiraciones cortas y jadeantes que nos enseñaba era un medio de dominar el dolor. Así que las practiqué religiosamente. Las practiqué continuamente; en las cajas del supermercado, en el baño, antes de irme a la cama. Qué sabía yo.

Rompí aguas en las escaleras mecánicas del banco, salpicando la Burberry de un analista de futuros japonés que se disculpó profusamente. Cancelé mi almuerzo con un cliente por el móvil y cogí un taxi directamente al hospital. Me ofrecieron ponerme la epidural, pero la rechacé. Era la bruja que había puesto en peligro el desarrollo cerebral de su bebé; no aceptar la anestesia era mi manera de mostrar cuánto lo sentía, de mostrarle al bebé que había algo que su madre soportaría por él. Era un océano de dolor y yo me sumergía en él una y otra vez. El agua era más dura que la madera. Te golpeaba como una ola golpea el muelle y cada vez que volvías a ponerte en pie, te golpeaba de nuevo.

Después de veinticuatro horas de parto, Rich dejó el cronómetro y le preguntó a la comadrona si podíamos hablar con el médico. Ahora. En el quirófano, durante la cesárea de urgencias que me hicieron, oí decir al cirujano: «No hay nada de qué preocuparse; le parecerá como si yo estuviera fregando los platos en su barriga». No fue verdad. Me pareció como si el bebé fuera un roble que estuvieran arrancando de raíz de la tierra arcillosa de noviembre. Tirar y girar, tirar y girar. Finalmente, uno de los doctores ayudantes se subió a la mesa de operaciones, se sentó encima de mí a horcajadas y la sacó de un tirón, cogida por los talones. La sostuvo en alto como un pez o algo sacado del mar, una sirena veteada de sangre. Una niña.

Durante los días siguientes llegaron muchos ramos de flores, pero el mayor de todos fue el de Edwin Morgan Forster. Era esa clase de arreglo barroco que sólo se puede encargar para un monumento en memoria de los caídos o si lo paga una cuenta de gastos de la City. Había cardos priápicos, de un metro y medio de alto, y lirios gigantes que llenaban el aire con su polen y hacían estornudar a mi bebé. Llevaba una tarjeta con un mensaje escrito por un florista que no sabía ortografía. *One down, free to go!*[1] Dios mío, cómo odiaba aquellas flores; la forma en que nos robaban el aire, a mi hija y a mí. Se las di a la comadrona de día, que se colgó la cesta del hombro y se las llevó a su casa en Harlesden en la moto.

Después de treinta y seis horas, la comadrona de noche –irlandesa, más dulce y musical que la de día– me preguntó si podía llevarse al bebé para que yo pudiera descansar un poco. Cuando protesté, dijo:

–Parte de ser una buena madre, Katharine, es tener la energía suficiente para hacer las cosas.

Y se llevó a mi hija, que abría y cerraba aquellas manos que parecían frondas en su pequeño acuario de Perspex.

Caí de cabeza en un pozo de agotamiento. Podían haber pasado horas –me parecieron segundos– cuando la oí llorar. Hasta aquel momento, no sabía que conocía el llanto de mi hija, pero cuando lo oí supe que siempre lo reconocería, que podría distinguirlo de cualquier otro llanto en el mundo. Desde algún sitio, pasillo abajo, me llamaba. Me colgué el catéter de un brazo, me protegí los puntos con el otro y empecé a dirigirme, tambaleándome, hacia ella, guiada por un sónar que venía de regalo junto con la maternidad. Cuando llegué a la sala de neonatos, había dejado de llorar y estaba mirando fijamente, embelesada, un farol de papel que colgaba del techo. Nunca había experimentado tanta alegría y tanto temor combinados; era imposible decir dónde acababa el dolor y dónde empezaba el amor.

–Tendrá que ponerle un nombre –me pinchó sonriente la comadrona–. No podemos seguir llamándola bebé, no está bien.

Yo había pensado en Genevieve, pero parecía demasiado grande para la futura propietaria.

–Emily era el nombre de mi abuela, siempre hacía que me sintiera a salvo.

1. *One down, three to go*, significa que de cuatro cosas que tenías que hacer, has hecho una y quedan tres. Al cambiar *three* por *free*, el sentido sería: «Esto está hecho y tú estás lista para la acción». *(N. de la T.)*

–Emily es precioso, vamos a probarlo.

Así que lo probamos, ella volvió la cabeza hacia su nombre y no hubo más que hablar.

Tres semanas más tarde, James Entwhistle me llamó y me ofreció un puesto en Estrategia. Un puesto de nada que no iba a ningún sitio. Lo acepté agradecida y colgué el teléfono. Ya lo mataría más tarde. Más tarde, los mataría a todos. Pero primero tenía que bañar a mi bebé.

Nueve semanas justas después de la cesárea estaba de vuelta en la oficina. Esa primera mañana mi mente estaba tan desconectada que llegué a marcar un teléfono y preguntar si podía hablar con Kate Reddy. Un hombre dijo que no creía que Kate hubiera vuelto todavía. Y tenía razón. Calculo que no volvió hasta al cabo de un año y la vieja Kate, la de Antes de los Niños, no volvió nunca. Pero fingió muy bien que había vuelto y quizá sólo otra madre hubiera sido capaz de ver la verdad a través del disfraz.

Seguía amamantando a Emily y cada día, a la hora del almuerzo, cogía un taxi para ir a casa y darle el pecho. Pero cinco días más tarde, me dijeron que tenía que volar a Milán y yo seguía amamantando. Durante todo el fin de semana, traté de que Emily aceptara el biberón. Rogué e insistí con paciencia y finalmente pagué cien libras a una mujer de Fulham, para que viniera y la destetara. Todavía recuerdo al bebé gritando, con los pulmones en carne viva de rabia y a Richard, en el jardín, fumando.

–Cogerá el biberón cuando tenga hambre de verdad –explicó la mujer y dijo que sí, que prefería que le pagara en metálico.

A veces creo que Emily nunca me lo ha perdonado.

De camino al aeropuerto, por la radio del taxi empezó a sonar esa canción de Stevie Wonder: *Isn't she lovely...?*, ésa donde se oye llorar a un bebé al principio. Y de repente, la blusa me quedó empapada de leche.

Qué sabía yo.

33

LA NOTA

Sherbourne Hotel, Nueva York. 23.59 h. Increíble. El avión había llegado puntual y cogí un taxi para ir al Herriot, junto a Wall Street. El plan era empollar para la presentación del día siguiente y regalarme una buena noche de sueño antes de cruzar la calle hasta el Wall Street Center. Debería haberlo sabido. Al recepcionista –joven sin remedio, tratando de darse un poco de autoridad con su blazier brillante y barato– le costaba mirarme a los ojos. Finalmente, dijo:

–Me temo que tenemos un problema, Ms. Reddy. –Un congreso. *Overbooking*–. Me alegra poder ofrecerle alojamiento, sin cargo, en el Sherbourne, cerca del centro, una situación magnífica, frente a nuestro Museo de Arte Moderno, famoso en todo el mundo.

–Suena encantador, pero estoy aquí por negocios, no para coger un dolor de cabeza mirando a los primeros cubistas.

Acabé chillándole, claro; totalmente inaceptable, cliente habitual, bla, bla, bla... Veía cómo sus ojos iban de un lado para otro buscando enloquecidamente a un superior que le librara de aquella británica sonada. ¡Como si yo estuviera loca! Y yo no estoy loca, ¿o sí? Son esas gentes las que me vuelven loca con su ineficiencia, las que me hacen perder mi precioso tiempo.

El director se deshizo en disculpas, pero no había nada que él pudiera hacer. Así que para cuando llegué al nuevo hotel, era cerca de medianoche. Llamé a Richard, que tenía preparada una lista de preguntas. Gracias a Dios, Paula está mejor, así que no necesitaremos una niñera temporal. Mañana es el primer día de vuelta a la escuela de Emily.

¿Había hecho las etiquetas con el nombre?

Sí.

¿Había comprado las nuevas zapatillas de gimnasia?

Sí. (En la nueva bolsa de gimnasia, en el colgador debajo de las escaleras.)

¿Dónde estaban los libros de lectura?

(En la biblioteca, caja roja, tercer estante de la librería.)

¿Había comprado un abrigo nuevo, el viejo le llega sólo a la cintura? (Todavía no, tendrá que pasar con la gabardina Gap hasta que yo vuelva.)

Luego le dicté el contenido de la fiambrera del almuerzo –pan pitta, atún y maíz, nada de queso, ha decidido que odia el queso– y le dije que se acordara del cheque para ballet, la cantidad estaba anotada en la agenda. Y tiene que darle dinero a Paula para que le compre unos pantalones a Ben, acaba de dar un estirón. Richard me dice que Em estaba disgustada cuando se ha ido a la cama; decía que quería que su mamá la llevara a la escuela porque tiene una nueva maestra.

¿Por qué tiene que decirme eso cuando no hay absolutamente nada que yo pueda hacer? Dice que ha tenido un día agotador.

–Cuéntamelo a mí –le contesto y cuelgo el teléfono.

No tengo tiempo para revisar las notas para la presentación, así que tendré que arreglármelas sobre la marcha. Mañana se está perfilando como un día de pesadilla.

De: Debra Richardson

Para: Kate Reddy

Acabo de recibir tu mensaje diciendo que cancelas almuerzo. OTRA VEZ. Las primeras cuarenta y nueve veces fue divertido. Comprendo que tienes el trabajo más asquerosamente exigente del planeta, pero si no hacemos tiempo para la amistad, ¿qué esperanza nos queda?

¿La próxima vez que nos encontremos será después de muertas? ¿Qué aspecto tiene la otra vida para ti, Kate?

Mierda, no tengo tiempo para contestar.

Miércoles, 8.33 h. Llevo por lo menos quince minutos esperando frente al hotel. Es imposible encontrar un taxi y el viaje al centro me llevará, como mínimo, veinticinco minutos. Voy a llegar tarde. Sin embargo, el pulso se me acelera al pensar en ver a Jack esta noche; hace meses que no lo he visto y empiezo a tener problemas para recordar su cara. Cuando pienso en él, lo único que consigo recordar es una amplia sonrisa y una impresión general de tranquilidad y felicidad.

Hace una mañana fabulosa, uno de esos días neoyorquinos refulgentes que hacen que te duela el corazón. La tremenda lluvia que cayó anoche le ha dado a todo una extraordinaria claridad, como de parabrisas recién limpiado. Cuando llegamos al final de la Quinta, veo cómo los edificios del barrio financiero se estremecen con el ligero brillo acuoso que surge del juego de la humedad, la luz y el cristal.

8.59 h. Los *brokers* Dickinson Bishop están en la planta veintiuno. Mi estómago da un salto al estilo de Olga Korbut al subir en el ascensor. Gerry, un tipo sonriente con una ancha cara irlandesa y desgreñadas patillas rojas, me espera en el rellano. Le digo que necesito cuarenta y cinco minutos y un sitio para pasar diapositivas.

–Lo siento, sólo tiene cinco. Aquí las cosas van a un ritmo loco.

Empuja una gruesa puerta de madera y desata los sonidos de un día cualquiera en el Coliseo, con el añadido de los teléfonos. Hay hombres vociferando por los receptores, luchando por hacerse oír o gritando instrucciones de un lado al otro de la sala. Justo cuando me estoy preguntando si salir por pies, se oye un mensaje por los altavoces:

–Escuchad, chicos, dentro de dos minutos, miss Kate Reddy, de Londres, Inglaterra, os hablará de inversiones internacionales.

Se reúnen unos setenta *brokers*, neoyorquinos con cuellos de mastín, con esas horribles camisas de cuellos blancos y rayas de toldo. Se apoyan en las mesas, con los brazos cruzados y las piernas abiertas. La forma en que está de pie ese tipo de hombre. Algunos siguen trabajando, pero se bajan los auriculares para prestarme medio oído. No hay forma de que me vean o me oigan si me quedo aquí abajo, así que tomo una decisión súbita y me subo a una mesa para pregonar mi mercancía.

–Buenos días, caballeros. Estoy aquí para decirles por qué TIENEN QUE COMPRAR MI FONDO.

Aplausos, silbidos. Es lo más cerca que estaré nunca de ser una *pole-dancer*[1].

–Eh, miss, ¿nadie le ha dicho nunca que se parece a la princesa Di?

–¿Sus valores son tan buenos como sus piernas?

Lo que me sorprende de estos Dueños del Universo es lo infantiles que son, incorregible y desesperadamente infantiles. Hace cincuenta años, habrían estado desembarcando en las playas de Normandía y ahora están aquí, rodeándome, como si yo fuera el comandante de su compañía.

Les suelto mi gran discurso sobre el Dinero, les hablo de cómo está despierto mientras yo duermo, de cómo se mueve por todo el mundo, de su asombroso poder.

Luego me disparan una pregunta tras otra.

–¿Qué opina de Rusia? ¿El dinero ruso no es lo peor de lo peor?

–¿Ha visto ya un euro?

Ha ido bien. Increíblemente bien. Mientras esperamos el ascensor, un Gerry sonriente me dice que aquellos tipos sólo se entusiasman así en un partido de los Knicks. Ahora, tendría que volver al hotel y recoger mis mensajes, pero camino un rato por Wall Street; me siento cargada a tope, enchufada a la toma de corriente. En la esquina de la Tercera con Broadway, llamo un taxi y hago que me lleve a la zona comercial, a Barney's, para hacer algunas compras postraumáticas.

La tienda tiene un efecto inmediatamente sosegador. Cojo el pequeño ascensor hasta el último piso, donde veo un traje de noche. No necesito un traje de noche. Me lo pruebo. Negro y vaporoso con un galón de lentejuelas a cada lado y en forma de V bajo el busto; es la clase de vestido con el que se bailaba el charlestón. Casi tengo el tipo para llevarlo; lo que no tengo es la vida. Mi vida es de la talla equivocada; no hay sitio en ella para un vestido tan hermoso.

1. Bailarina que, en un club nocturno moderno, se mueve en un espacio elevado, alrededor de una barra. *(N. de la T.)*

Pero ¿no es eso parte de la emoción: comprarse un vestido y confiar que la vida que va con él aparecerá pronto como si fuera un accesorio indispensable? Cuando la cajera me da el recibo para firmar, ni siquiera miro el importe.

15.00 h. La habitación del hotel es igual a cientos de otras en las que he estado. El papel de las paredes es beige, con dibujos en beige; las cortinas, en atrevido contraste, parecen una explosión en un arriate herbáceo. Miro a ver si en el minibar hay una tableta de chocolate de emergencia y luego abro el cajón de la mesita de noche; hay una Biblia de los gedeones y –un toque más contemporáneo– una colección de frases de las grandes religiones del mundo.

Miro la hora. Si llamo a casa ahora, tendría que ser más o menos la hora de acostar a los niños. Espero oír la voz de Richard, pero es Paula quien contesta. Dice que Rich le ha pedido que se quede un par de noches hasta que yo vuelva y ha dejado una nota para mí que le ha hecho prometer que me entregaría en mano.

Le pido a Paula que abra la nota y me la lea. Pero, fíjate qué hora es. ¿Dónde diablos puede estar? Pienso en todas las cosas que mi marido podría estar haciendo para ayudarme mientras yo no estoy allí cuando nuestra niñera empieza a decir sus palabras en voz alta.

–«Hace bastante tiempo que trato de hablar contigo, pero cada vez me resulta más difícil conseguir que me prestes atención.»

–Sí, bien, pero ¿dice a qué hora va a volver?

–«Kate, ¿me oyes? ¿Me estás escuchando?»

–Claro que te oigo, Paula.

–No, eso lo dice Richard. En la nota. Dice: «Kate, ¿me oyes? ¿Me estás escuchando?».

–Ah, está bien, perdona. Sigue.

–«Siento mucho, cariño, que hayamos llegado a este terrible imp...»

–¿Qué imp?

–«...as.»

Por todos los santos.

–¿Cómo se escribe?

Paula pronuncia cada letra cuidadosamente.

–I-M-P-A-S-S-E.

–Ah, *impasse*, ya entiendo. Es francés... bueno, ¿qué más?

Paula parece dubitativa.

–No estoy segura de que deba hacer esto, Kate.

–No, por favor, sigue. Tengo que saber qué planes tiene.

–Dice: «Si necesitas ponerte en contacto conmigo estaré en casa de David y Maria unas cuantas noches, hasta que encuentre un sitio». Dice: «No te preocupes, seguiré yendo a recoger a Emily a la escuela».

Así que puede suceder. En la vida real. Algo que has visto en las malas películas por la tele y has quitado porque era tan poco plausible. Sólo que esta vez no puedo cambiar de canal. Quizá tampoco hay vuelta atrás. Un momento, el mundo es bastante como debería ser, rocoso y un tanto estéril tal vez, pero sigue siendo el mundo que conoces, y luego, de repente, tienes la sensación de que el suelo se hunde bajo tus pies. Mi marido, Richard, el racional, Richard, el fiable, Richard, la roca, me ha dejado. Rich, que en la carta que me dio el día antes de nuestra boda escribió: «Yo soy Ever y tú eres Reddy... brindo por una larga vida, cariño»[1], se ha marchado, me ha dejado. Y he prestado tan poca atención a lo que pasaba que ha sido la niñera quien me ha tenido que dar la noticia.

Durante la larga pausa, oigo que Paula respira entrecortadamente; un resuello de ansiedad recorre la línea.

–Kate –pregunta–, ¿estás bien?

–Sí, estoy bien. Paula, puedes dormir en la habitación de invitados, o en nuestra cama –al decir esas palabras se me ocurre que puede que ahora sea mi cama, no la nuestra–, las sábanas están limpias. Sé que es pedirte mucho, Paula, pero si pudieras hacerte cargo de todo de momento. Y por favor, ¿puedes decirles a Emily y Ben que su mamá volverá mañana lo antes posible?

1. La autora juega con la pronunciación del apellido Reddy, igual que la de *ready* (dispuesto, preparado). *Ever ready* significa «siempre dispuesto». *(N. de la T.)*

Paula no contesta inmediatamente y pienso que si me deja tirada ahora no sabré qué hacer.

–¿Puedes hacerlo, Paula?

–Lo siento, perdona, Kate; es que acabo de ver una posdata al otro lado. Richard dice: «Sé que nunca podré dejar de quererte porque, créeme, lo he intentado».

No hay respuesta posible a eso y mientras yo callo, Paula dice:

–No te preocupes, me ocuparé de todo. Ben y Em estarán bien. Todo se arreglará, Kate, ya lo verás, de verdad.

Después de colgar el teléfono, me olvido de respirar durante unos segundos. De repente la mecánica de tomar aire parece complicada y agotadora; tengo que empujar el diafragma hacia arriba y luego impulsar el pecho hacia fuera; empujar, impulsar una y otra vez.

Cuando me he calmado un poco, llamo a Jack y dejo un mensaje en su móvil cancelando la cena. Luego me desnudo y me ducho. Las toallas son de ese tipo italiano, inútiles, finas y frugales como el mantel de un altar, te esparcen el agua por la piel, en lugar de secarla. Necesito una toalla que me rodee, que me abrace.

Al verme en el espejo del baño, me sobresalto porque sigo teniendo casi el mismo aspecto que la última vez que me miré. ¿Por qué no se me está cayendo el pelo? ¿Por qué no lloro lágrimas de sangre? Pienso en mis hijos dormidos en sus camas y en lo lejos que estoy de ellos, en lo increíblemente lejos. Desde esta distancia, veo a mi pequeña familia como si fuera un campamento en la falda de una colina y los vientos lo azotan y yo tengo que estar allí para atarlo todo. Tengo que estar allí.

El río es ancho, no lo puedo cruzar
ni tampoco tengo alas.

Me meto en la cama, entre sábanas blancas, bien estiradas y me deslizo la mano por el cuerpo. Mi cuerpo y, durante tanto tiempo, el cuerpo de Richard. Con este cuerpo, te venero. Intento pensar en la última vez que lo vi. Que lo vi de verdad, quiero decir, no sólo como se ve la silueta borrosa de alguien por el retrovisor. En los últimos meses, yo salgo y él se queda al cargo o él sale y yo me quedo al cargo. Intercambiamos instrucciones en el recibidor. Decimos que Emily ha almorzado muy bien, así que no te preocupes demasiado por la merienda. Decimos que Ben tiene que irse a dormir temprano esta noche, porque no ha querido hacer la siesta esta tarde. Decimos que ha ido de vientre o que no ha sido así y que, quizá, habría que darle unas ciruelas. O dejamos una nota. A veces, apenas nos miramos a los ojos. Kate y Richard, como un equipo de relevos, donde cada corredor sospecha que el otro es el eslabón más débil, pero lo importante es seguir corriendo alrededor de la pista para que el testigo cambie de mano y la carrera siga y siga.

> Oh, el amor es hermoso, el amor es amable,
> el amor es un tesoro cuando es nuevo.
> Pero cuando es viejo, se vuelve frío;
> y desaparece como el rocío.

–Mami, yo sé por qué te enfadas con papá –me dijo Emily el otro día.

–¿Por qué?

–Porque hace cosas malas.

Me arrodillé a su lado para poder mirarla a los ojos. Pensé que era importante corregir esa falsa impresión.

–No, tesoro, papá no hace cosas malas, es que, a veces, mamá está muy cansada y eso hace que no tenga paciencia con papá, eso es todo.

–Paciencia quiere decir esperar un minuto –dijo ella.

Cojo *Frases de las grandes religiones del mundo* de la mesita y paso las páginas. Hay secciones sobre creencias, justicia y educación. Me detengo donde dice Matrimonio.

> Nunca he llamado «esposa» a mi esposa, sino «hogar».
> *(El Talmud)*

Hogar. Me quedo mirando la palabra mucho rato. Hogar. Oigo su centro tan redondo. Imagino lo que significa. Estoy casada, pero no soy una esposa; tengo hijos, pero no soy una madre. ¿Qué soy yo?

Conozco a una mujer que tiene tanto miedo de la necesidad que sus hijos tienen de ella que, en lugar de volver a casa después del trabajo, se va a un bar y espera hasta que están dormidos.

Conozco a una mujer que despierta a su hijo cada día a las cinco y media para poder pasar un poco de tiempo con él.

Conozco a una mujer que fue a un programa de debate por televisión y habló de sus carreras a la escuela. Su niñera me dijo que ni siquiera sabía dónde estaba la escuela de sus hijos.

Conozco a una mujer que supo que su hijo había dado sus primeros pasos cuando se lo contó la niñera por teléfono.

Y conozco a una mujer que se enteró de que su marido la había dejado por una nota que le leyó la niñera por teléfono.

Me quedo allí, tumbada en la cama, durante horas, esperando hasta sentir algo. Y finalmente, llega. Un sentimiento a la vez intensamente conocido y escandalosamente extraño. Tardo unos segundos en darme cuenta de qué es: necesito a mi madre.

34

A CASA CON MAMÁ

Por mucho que busco, no logro recordar a mi madre sentada. Siempre la veo de pie. De pie al lado del fregadero, sosteniendo una sartén bajo el chorro de agua; de pie frente a la tabla de planchar; de pie a la puerta de la escuela con su chaquetón bueno, de color azul marino; de pie, yendo y viniendo de la cocina con la comida caliente o los platos vacíos. El sentido común me dice que tiene que haber habido un intervalo entre traer los platos y llevárselos, un espacio en que se sentaría y comería con nosotros, pero no lo recuerdo. Los platos, una vez fuera del armario, se convertían en desorden para mi madre y es necesario ordenar el desorden. Podías estar todavía con el tenedor en la boca, pero si el plato parecía vacío, mamá se lo llevaba volando.

La generación de mi madre nació para el servicio; era su vocación y su destino. El espacio entre la escuela –la rutina, las cosas que haces porque debes hacerlas, los malos olores– y la maternidad –la rutina, las cosas que haces porque debes hacerlas, los malos olores– era cuestión de pocos años. Aquellas chicas de los cincuenta tenían una ventana de libertad, pero la ventana era apenas lo bastante ancha para pasar por ella y, en cualquier caso, ¿qué les pasaría si conseguían salir? Las mujeres como mi madre no esperaban mucho de la vida y, en general, la vida no las decepcionaba. Incluso cuando los hombres a quienes servían las dejaban tiradas o morían demasiado pronto de un ataque o de problemas de estómago, solían permanecer en su puesto, preparando comidas, pasando el aspirador, encargándose de planchar para sus hijos o nietos, sin sentarse nunca si podían evitarlo. Era como si se definieran al hacer cosas para los demás y la pérdida de esa definición las dejaba borrosas, confusas; como esos ponis de las minas que seguían con su visión de túnel mucho después de que los hubieran soltado en los campos.

Para mi generación, la maternidad, a la que llegábamos más tarde y, a veces, incluso demasiado tarde, era un choque. El sacrificio no venía escrito en nuestro contrato. Después de quince años como adultas independientes, la súbita falta de libertad podía ser tan apabullante como que te cortaran un miembro. Entretejida en el intenso amor por tu hijo, había una fina hebra de pérdida; quizá siempre sentiremos el dolor de la amputación.

Lo que mamá sigue llamando la «liberación de la mujer» acababa de empezar cuando yo nací, pero nunca penetró de verdad en las zonas donde vivían mis padres y, en gran medida, todavía no lo ha hecho. Un verano, mi madre decidió prescindir de su permanente y se cortó el pelo con un estilo despeinado, que sentaba bien a sus facciones menudas. A Julie y a mí nos encantaba, parecía bonita y descarada, pero cuando mi padre llegó por la noche dijo:

–Parece un poco liberación de la mujer, Jean.

Y ella se dejó crecer el pelo de nuevo sin protestar, sin que fuera necesario decir nada más.

Cuando entré en la adolescencia, se me ocurrió que las cosas no eran lo que parecían; aunque los hombres de nuestro ambiente asumían todos los papeles dominantes, eran las mujeres quienes dirigían el espectáculo, pero nunca se les permitía aparecer en escena. Era un matriarcado que fingía ser un patriarcado para que los chicos estuvieran contentos. Siempre había pensado que era así porque allí de donde yo venía, la gente no recibía mucha educación. Ahora pienso que en todo el mundo es así; sólo que en algunos sitios lo ocultan mejor que en otros.

En el patio, las voces de los niños llenan el aire como si fueran estorninos. La escuela es un edificio de ladrillo rojo, con unas altas ventanas de iglesia, construido en una época en que tenían fe en Dios y en la educación. En una esquina, al fondo, al lado de la rueda de escalar, hay una mujer vestida con una chaqueta tres cuartos, de color azul marino. Está inclinada. Cuando se endereza, veo que sostiene un pañuelo apretado contra la nariz sangrante de una niña pequeña.

Mi madre trabaja de auxiliar en una guardería. Hace años que está allí; básicamente es ella quien la lleva, pero siguen llamándola auxiliar. Porque pueden hacerlo –a mamá no le gusta armar jaleo– y porque así le pagan menos. Lo que le pagan es una miseria. Cuando me dijo cuánto, quedé consternada. Yo me lo gastaba en tres días en viajes de taxi. Pero si utilizas la palabra «explotación», mi madre se echa a reír. Dice que le gusta el trabajo, que la obliga a salir de casa. Además, tiene mano con los niños. Si a vuestra hija de tres años le sangrara la nariz, creedme, querríais que fuera mi madre quien la consolara. Jean Reddy es una de esas personas que reconfortan, igual que una botella de agua caliente con forma humana.

Cuando mira hacia donde estoy, me reconoce inmediatamente, pero pasa otro segundo antes de que el placer le inunde la cara.

–Kathy, cariño –dice viniendo hasta mí, con la pequeña herida a remolque–, qué sorpresa tan agradable. Pensaba que estabas en América.

–Lo estaba. Volví hace un par de días.

Cuando le beso la mejilla, la noto fría como el hielo.

–Mira, Lauren –dice mi madre, dirigiéndose a la niña que está tratando de no llorar–, ésta es mi hija. Dile «hola».

El timbre señala el final del turno de mamá y vamos dentro a buscar su bolso en la sala del personal. En el pasillo, me presenta a Val, la directora.

–Ah, sí, Katharine, hemos oído hablar mucho de usted. Jean me enseñó el recorte del periódico. Lo ha hecho muy bien.

Tengo muchas ganas de salir de aquí, pero a mi madre le gusta presumir de mí. La mano que me pone en el brazo mientras me hace pasar entre sus compañeras me recuerda la de Emily, el día de la Fiesta Mundial, exhibiéndome ante sus amigas.

Aparcado frente a la escuela, el Volvo está lleno de cosas de los niños.

–¿Cómo están? –pregunta mi madre cuando subimos. Le digo que bien, que están con Paula. De camino al piso, pasamos por delante de mi vieja escuela y suspira–. ¿Te has enterado de lo de Mr. Dowling? Horroroso.

–Aceptó la jubilación anticipada, ¿no?

–Sí. Una chica. ¿Puedes imaginar que una mocosa hiciera algo así, Kath?

Mr. Dowling era mi profesor de historia, un hombre de ojos parpadeantes y voz suave con un enorme entusiasmo por la Inglaterra isabelina y la poesía de la Primera Guerra Mundial. Hace unos cuantos meses, una pequeña arpía de quinto curso le rompió las gafas de un puñetazo. Mr. Dowling se retiró poco después. Arquetipo de alumno de una selecta escuela secundaria, se había convertido en una de las víctimas del sistema de la *Comprehensive school*, una doctrina de igualdad que significa que todos los chicos y chicas que quieren aprender algo están en las mismas clases que los chicos y chicas que no quieren.

–Se espera que hayas leído mucho, Katharine, pero tenemos muy poco tiempo –me dijo Mr. Dowling cuando me preparaba para mi examen de ingreso en Cambridge.

Era la única de mi curso, la única que nadie recordara desde Michael Brain, que fue a Oxford a estudiar leyes y ahora estaba en el *Bar*[1], que según nos dijeron no tenía nada que ver con un *pub*. Eso fue después de la escuela, en la habitación de Mr. Dowling, junto a la biblioteca, con la estufa eléctrica funcionando a medias. Me encantaba estar allí con él, leyendo y oyendo cómo chasqueaban los filamentos. Vimos a los *cartistas*[2] en un día, la Primera Guerra Mundial en un fin de semana.

–No lo sabrás todo, pero creo que podemos dar la impresión de que conoces el terreno –dijo mi maestro.

Pero yo tenía la famosa memoria Reddy; Inglaterra bajo los Tudores y Estuardos, el Imperio otomano, la brujería. Me sabía al dedillo las fechas de las batallas, igual que mi padre memorizaba los resultados de fútbol. Corunna, Bosworth, Ypres, Raith Rovers, Bre-

1. *The Bar* es el conjunto de abogados que pueden defender causas en un Tribunal Superior. *(N. de la T.)*

2. El cartismo *(chartism)* fue un movimiento de un partido de reformistas políticos, principalmente obreros, que tuvo lugar en Inglaterra entre 1838 y 1848, llamado así por la *People's Charter*, documento donde se recogían sus principios y peticiones. *(N. de la T.)*

chin City, Swindon Town. Podíamos con todo, mi padre y yo, si pensábamos que valía la pena. Mientras subía los peldaños que me llevaban a mi asiento, sola en la sala de exámenes, sabía que podía hacerlo, si conseguía retener los conocimientos ahí dentro durante el tiempo suficiente. Debía recordar.

–Una buena taza de té. Y haré unos sándwiches, ¿de acuerdo? ¿Te va bien el jamón?

Mamá pone en marcha la tetera en la cocina de su piso. Más parecida a un hueco en la pared que a una cocina; sólo hay sitio para una persona.

Nunca me apetecen los sándwiches, pero hace un par de años, tuve un arrebato de madurez y comprendí que comerlos no era lo importante en los sándwiches de mi madre. Su función era proporcionarle algo que ella pudiera hacer por mí, cuando hay tanto que ya no puede hacer. De repente, su necesidad de ser necesaria parecía más importante que mi necesidad de escapar. Me siento a la mesa de formica con las alas plegables, la mesa que estuvo en todas las cocinas de mi infancia; tiene una herida negra que le hizo una Julie furiosa después de una pelea con papá para que se comiera todos los nabos. Mientras como, mamá saca la tabla de planchar y ataca el cesto de ropa que hay a sus pies. Pronto la habitación se llena del olor somnoliento y hogareño del agua caliente. La plancha emite resoplidos exasperados mientras recorre una blusa o mete su nariz en un puño complicado.

Mi madre es la campeona de la plancha. Es un placer ver cómo desliza la mano un par de centímetros por delante del pequeño tren de vapor, preparándole el camino. Alisa y alisa y luego, le da una sacudida a la tela, como un prestidigitador, y la dobla. Las mangas de una camisa, dobladas detrás, como alguien bajo arresto. Mientras la miro, se me llenan los ojos de lágrimas; pienso que cuando ella se haya ido, ya no habrá nadie que haga eso por mí; nadie que planche mi ropa tomándose tantas molestias.

–¿Qué tienes en los ojos, cariño?

–Nada.

Viene hasta mí y me aparta el flequillo para poder mirar mejor el eccema y yo parpadeo para ocultar las lágrimas.

–Conozco tus «nadas», Katharine Reddy –dice riendo–. ¿Le has pedido al médico que te dé alguna pomada para esto?

–Sí.

No.

–¿Lo tienes en algún otro sitio?

–No.

Sí, en un círculo ardiente, que pica mucho, en torno a la cintura y detrás de las orejas y detrás de las rodillas.

En el bolsillo, empieza a sonar el móvil. Lo saco y miro el número. Rod Task. Lo desconecto.

–¿Qué te he dicho de cuidarte? No sé cómo te las arreglas con ese trabajo encima todo el tiempo –mi madre señala el móvil con un dedo acusador– y además los niños. Eso no es vida.

De nuevo detrás de la tabla de planchar dice:

–Y ¿qué tal está nuestro Richard?

Murmuro algo confuso. He venido hasta aquí para decirle que Rich se ha ido. Detestaba la idea de dejar a los niños con Paula tan poco tiempo después de volver de Estados Unidos, pero si pisaba fuerte el acelerador, podía hacer el viaje de ida y vuelta en un día. Y no quería que mamá se enterara por teléfono de que Richard y yo nos habíamos separado, igual que había hecho yo. Pero ahora que estoy aquí, no encuentro las palabras. «Ah, por cierto, mi marido me ha dejado porque no le he prestado atención desde 1994.» Pensaría que estaba bromeando.

–Richard es un buen hombre –dice, metiendo una funda de almohada por el extremo curvo de la tabla–. Tienes que conservarlo, cariño. No los hacen mejores que Richard.

En el pasado, tomé el entusiasmo de mi madre por mi hombre como señal de los sentimientos contrarios hacia mí. Su admiración por otra de sus supuestamente milagrosas virtudes (su capacidad para preparar una comida, su voluntad de pasar tiempo con los niños) siempre parecía destacar mis correspondientes vicios (mi dependencia de la comida cocinada y refrigerada, mis fines de semana de trabajo en Milán). Ahora, sentada en la cocina de mi madre, oigo sus elogios tal como son; la verdad sobre alguien que tiene el mismo don que mi madre; poner a los demás por delante de sí mismos.

Tomamos el té en esta habitación la primera vez que traje a Rich para que la conociera. Estaba tan decidida a no avergonzarme del lugar de donde procedía que, para cuando llegamos allí desde Londres, después de un viaje espasmódico, por una carretera calurosa y atestada, me había atrincherado en una actitud desafiante de «así es como somos, o nos tomas o nos dejas». ¿Y qué si no tenemos una cubertería? ¿Y qué si mi madre dice *settee* en lugar de *sofa*[1]? ¿Buscas pelea, eh, eh, eh?

Richard no buscaba pelea, no le daba importancia a todo aquello. Diplomático nato, pronto tenía a mi madre comiendo en la palma de su mano, por el sencillo sistema de engullir cantidades ingentes de pan y mantequilla. Recuerdo lo grande que se le veía en nuestra casa –los muebles se habían convertido de repente en muebles de una casa de muñecas– y lo amablemente que evitó todas las zonas prohibidas del pasado de mi familia. (Mi padre ya se había marchado para entonces, pero su ausencia era casi tan dominante como lo había sido su presencia.) Aterrada por la idea del elegante novio de Kath, mi madre, que siempre se toma unas molestias excesivas, aquella vez se había quedado corta. Pero Rich se ofreció para ir a la tienda de la esquina a buscar otra botella de leche y volvió con dos clases de galletas y un enorme entusiasmo por las colinas cuyas siluetas cubiertas de hollín se podían ver desde el extremo de la calle.

–Julie me ha dicho que vinieron unos hombres pidiendo un dinero que papá les debe.

Con una mano mi madre se arregla sus grises rizos.

–No tiene importancia. No tenía que haberte molestado con esa tontería. Ya está todo resuelto. Tranquila.

Debo de haber hecho una mueca, porque añade:

–No tendrías que ser demasiado dura con tu padre, cariño.

–¿Por qué no? Él fue duro con nosotros.

«Chuuuuush, chuuuuush.» La plancha y mi madre me reprenden simultáneamente con sus almohadillados resoplidos.

1. Términos que señalan la clase social de quien los utiliza. *(N. de la T.)*

–No es fácil para él, ¿sabes? Es muy listo pero no ha tenido oportunidades, no como tú. En la familia de tu padre, ni siquiera se hablaba de ir a la universidad. A él le hubiera gustado hacer medicina, pero eran años de estudio y no había dinero.

–Si tan listo es, ¿por qué está siempre metiéndose en líos?

Mi madre siempre pone fin a las conversaciones que no le gustan con una incongruencia.

–Mira, él estaba muy orgulloso de ti, Kathy. Tenía que evitar que fuera por ahí enseñando tus notas del GCSE a todo el mundo.

Dobla las mangas de la última blusa detrás y la incorpora a la cesta. No hay señal alguna de las dos que le compré el año pasado en Liberty's para su cumpleaños ni de otros regalos.

–¿Te has puesto la chaqueta de punto rojo que te regalé, mamá?

–Pero es de cachemira, cariño.

Desde que empecé a trabajar, le he comprado a mi madre cosas bonitas. Quería que las tuviera, necesitaba que las tuviera. Quería que se sintiera bien. Pero ella siempre guardaba todo lo que le traía para una ocasión mejor. Mejor era una fecha indeterminada del futuro en que la vida por fin cumpliría sus promesas.

–¿Quieres un poco de pastel?

No

–Sí, estupendo.

En el aparador, junto al reloj de sobremesa comprado hace un cuarto de siglo con cupones Green Shield, hay una fotografía de mis padres, tomada a finales de los cincuenta. Un sitio al lado del mar. Están riendo y detrás de ellos el cielo está punteado de gaviotas. Parecen estrellas de cine. Papá posando a lo Tyrone Power y mamá con sus ojos negros como Audrey Hepburn y aquellos pantalones ceñidos que acababan en la pantorrilla y un par de manoletinas negras. Cuando era niña, la foto se burlaba de mí con su felicidad; yo quería que la madre de la imagen volviera. Sabía que si esperaba lo suficiente, volvería. Era sólo que se estaba reservando para una ocasión mejor. Al lado de la foto, hay un marco de plata con una foto de Emily el día de su segundo cumpleaños. Acababa de ver el pastel y refulge de felicidad. Mamá sigue la dirección de mi mirada.

–Preciosa, ¿verdad?

Asiento, feliz. Por maltrechas que estén las relaciones familiares, un niño siempre puede restaurarlas. Cuando nació Emily y mamá vino a vernos al hospital y puso la mano, manchada por la edad, sobre la recién nacida, comprendí que tener una hija podía ayudarte a soportar la idea de la muerte de tu propia madre. Me habría gustado saber si ayudaba a mamá a soportar la idea de dejarnos a Julie y a mí, pero nunca me atreví a preguntarlo.

Se oye ruido de cacharros en la cocina.

–Mamá, por favor, ven y siéntate.

–Descansa un rato, cariño.

–Pero es que quiero que vengas y te sientes.

–Dentro de un momento.

No puedo hablarle de Richard. ¿Cómo podría decírselo?

Julie vive a cinco minutos en coche de casa de mi madre. Las calles en este tipo de urbanizaciones siempre suelen llevar nombres de plantas y árboles, como si eso pudiera, de algún modo, compensar al medio natural que han destruido para construirlas. Pero el camino del Huerto, la calle del Olmo y el paseo del Cerezo parecen ahora una burla cruel, notas pastorales en una sinfonía de cemento y vidrio reforzado. La casa de mi hermana está en la calle del Abedul, una calle sin salida, en forma de herradura, con casas pareadas, construidas en los sesenta, encerradas entre propiedades de las décadas siguientes, todas llenas de las buenas ideas de los urbanitas planificadores para restablecer el sentido de comunidad tan cuidadosamente destruido por los urbanitas.

Cuando aparco el Volvo, un grupo de chicos que andan holgazaneando en la acera suelta un ruido que está entre el aplauso y el abucheo, pero en cuanto salgo del coche y les lanzo una mirada furiosa, se largan; hasta los matones carecen de convicción aquí arriba. El jardín frente al número 9 tiene un círculo de tierra en el centro del césped con un único y desmedrado rododendro rodeado por matas de esa diminuta flor blanca que siempre me parece la respuesta inglesa al edelweiss. Aparcado con una rueda sobre el borde de hormigón del camino de entrada, hay un triciclo que debió de quedar abandonado allí cuando los hijos de Julie eran pequeños; encima del oxidado asiento amarillo, hay una oscura compota de hojas y lluvia.

La mujer que abre la puerta es ya de mediana edad, con un lánguido corte de pelo estilo paje, aunque tiene tres años y un mes menos que yo; algo que nunca olvidaré porque mi primer recuerdo es el de que me llevaron a la habitación de mis padres para verla la noche en que nació. El papel de las paredes era verde y el bebé estaba rojo y envuelto en un chal blanco que yo había visto tejer a mi madre delante de la Rayburn. La pequeña hacía unos divertidos ruiditos, como resoplidos y cuando le dabas el dedo no te lo soltaba. Se llamaba hermana. Le dije a mamá que tendría que llamarse Valerie, como la presentadora de *Blue Peter*. Así que, pensando que quizá tuviera menos celos si había invertido algo en la recién llegada, mis padres la bautizaron Julie Valerie Reddy y ella nunca me ha permitido olvidarlo.

–Será mejor que entres –dice mi hermana. Al ver el coche por encima de mi hombro, chasquea la lengua y dice–: Te robarán los neumáticos. ¿Quieres meterlo aquí en el camino? Puedo quitar todo esto.

–No, seguro que no pasa nada.

Atravesamos el estrecho recibidor con su macetero blanco, de hierro forjado, desbordante de plantas, cintas verdiblancas.

–Crecen bien las plantas aquí, Julie –digo.

–No hay manera de matarlas aunque quieras –dice con un encogimiento de hombros–. Tengo té recién hecho, ¿te apetece tomar una taza? Steven, saca los pies del sofá, ha venido tu tía Kath de Londres.

Un guapo niño atrapado en el cuerpo de un gigante avanza indolentemente para saludarme mientras su madre va a buscar las tazas.

Traigo la noticia de que mi marido me ha dejado como regalo para mi hermana, como una ofrenda de paz. Julie creció vestida con mi ropa, oyó cómo los maestros la comparaban con la otra Reddy, la que fue a Cambridge y nunca ha tenido nada más bonito que yo en toda su vida. Bueno, pues ahora su hermana mayor ha fracasado, no ha conseguido conservar a su hombre y en esta lucha, la más antigua de todas, tengo que admitir la derrota.

–Esto está hecho un basurero –dice Julie, a guisa de descripción, no de disculpa, mientras recoge unas revistas de encima del sofá y envía el equipo de fútbol de Steven hacia la puerta de una patada.

Me hace sentar en el sillón junto al fuego de gas.

–Venga, cuéntame, ¿qué hay de nuevo?

–Richard me ha dejado –digo, y es la primera vez que lloro desde que Paula me lo dijo por teléfono.

No hubo lágrimas cuando le expliqué a Emily que papá viviría en otra casa durante un tiempo, porque de ninguna manera quería compartir mi angustia con una niña de seis años, cuya idea de los hombres se basa en el príncipe de *La Bella Durmiente*, y tampoco hubo lágrimas cuando anoche Richard y yo sostuvimos una educada conversación en el umbral para organizarnos respecto a los niños. Siempre estamos organizándonos respecto a los niños, sólo que la conversación suele acabar conmigo saliendo de casa a todo correr y diciendo que tengo que marcharme; esta vez fue Richard quien bajó los escalones y se fue, echándose por encima de los hombros el jersey gris que le compré para que hiciera juego con sus ojos, hace dos cumpleaños.

–Vaya pedazo de cabrón inútil que ha resultado ser –dice Julie–. Con todo el trabajo que tú tienes que hacer y a él no se le ocurre nada mejor que dejarte colgada.

Sin que me diera cuenta, se ha arrodillado delante de mí y me rodea el cuello con el brazo.

–Es culpa mía.

–Y una mierda.

–No, de verdad, de verdad. Dejó una nota para mí.

–¿Una nota? Vaya, eso es estupendo, estupendo de verdad. Mierda de hombres. O son demasiado listos para sentir nada o son como nuestro Neil, demasiado estúpidos para decir nada.

–Neil no es estúpido.

Cuando Julie ríe, la niña que yo conocí está allí, en la habitación, llena de diversión y sin miedo a nada.

–No, pero cualquiera tendrá más idea de cómo le va al hámster que Neil. Entonces, ¿tu Richard tiene otra mujer?

Ni siquiera se me había ocurrido.

–No. No lo creo; creo que la que es otra mujer soy yo. La mujer con la que se casó ya no está ahí. Ha dicho que ya no puede hablar conmigo, que no lo escucho.

Julie me alisa el pelo.

–Bueno, estás trabajando demasiado para ocuparte de sus lápices.

–Es un arquitecto muy bueno.

–Sí, pero eres tú quien hace que el negocio marche, pagando todas esas cuentas y todo eso.

–Me parece que eso es difícil de aceptar para él, Julie.

–Sí, pero mira, si el mundo funcionara según lo que los hombres encuentran difícil de aceptar, seguiríamos andando por ahí con el cinturón de castidad puesto, ¿o no? ¿Quieres azúcar?

No

–Sí.

Algo más tarde, Julie y yo vamos a dar una vuelta hasta el parque en la parte alta de la urbanización. El camino está invadido de helechos y hay un Fiesta quemado lleno de dedaleras. Cuando llegamos a los columpios, encontramos un par de madres adolescentes sentadas en el banco. Por aquí hay una gran afición a los embarazos juveniles. Estas dos chicas son bastante típicas; amarillentas de cansancio y con la cara cubierta de una gruesa capa de maquillaje, parecen cadáveres con sus hijos saltando arriba y abajo encima de ellas, llenos de pura vida.

Julie me dice que la dificultad para respirar y los dolores en el pecho que tiene mi madre se remontan a hace unos meses, cuando un par de acreedores de papá se presentaron a su puerta. Mamá les explicó que Joseph Reddy ya no vivía allí, que en realidad hacía muchos años que no vivía allí, pero los hombres entraron de todos modos y miraron los muebles, el reloj de sobremesa y los marcos de plata que yo le había dado con las fotos de los niños.

Libre de la maldición que aqueja al hijo mayor que necesita su aprobación, Julie consiguió mantenerse fuera de la onda expansiva del encanto de papá y durante la mayor parte de nuestra vida lo ha observado fríamente y sin miedo a sufrir efectos secundarios. Le cuento el día que vino a verme al despacho y estalla de indignación.

–Joder, eso es típico de él. No le preocupó ponerte en evidencia delante de tu jefe. ¿A qué cree que está jugando?

–Ha inventado un pañal biodegradable.

–¿Él?, si no ha visto un culo de niño en su vida.

Y las dos rompemos a reír a carcajadas, mi hermana y yo, y nuestras risas escapan rugiendo por la boca y la nariz y, finalmente, nos caen por las mejillas en forma de lágrimas. Del fondo del bolsillo de la chaqueta saco un pañuelo de papel usado, reseco. Julie aporta otro en un estado parecido, pero con manchas de sangre.

–Del concierto de Navidad de Emily.

–Del partido de rugby de Steven.

Nos volvemos y miramos hacia la ciudad. Su fealdad queda tapada por una puesta de sol a lo Vivienne Westwood, todo tules de color rosa braga y púrpuras escandalosos. El horizonte está dominado por gigantescas chimeneas; sólo unas cuantas todavía activas; que sueltan bocanadas de humo, cortas y rápidas, como si fueran fumadores furtivos.

–No le diste nada a papá, espero –dice Julie y cuando yo no contesto, exclama–: Joder, Kath, eres una blandengue.

–La Doncella de Hielo de la City –anuncio con mi voz de locutor de Radio 4.

–Una Doncella de Hielo que se funde con mucha facilidad –me espeta mi hermana–. Tienes que superar eso de papá, ¿sabes? No se lo merece. Hay millones de padres de mierda por ahí, no es nada especial. Acuérdate de cómo te enviaba a abrir la puerta cuando venían a cobrar el alquiler. Te acuerdas, ¿no?

–No.

–Claro que te acuerdas. Sé que te acuerdas. Ésa no es forma de tratar a una niña, Kathy. Hacer que mienta por ti. Y se lo hacía pagar a mamá cuando las cosas no salían como él quería.

–No.

–¿No? ¿Quién era la que bajaba para distraerlo cuando se arrancaban la piel a tiras? Una niña llamada Katharine. ¿Te suena de algo?

–Jules, ¿cómo se llamaban aquellos helados con grageas?

–No cambies de tema, joder.

–¿Te acuerdas?

–Claro que sí. Eran fabulosos, pero tú nunca te los comprabas. Siempre te guardabas el dinero que te daban para comprarte un Cornish Mivvi. Mamá decía que siempre querías lo mejor de cualquier cosa desde que empezaste a aguantarte de pie. «Con gustos de champán y dinero de cerveza, ésa es nuestra Kath.» Así que fuiste e hiciste el dinero para comprar champán, ¿verdad?

–No es tan estupendo –digo, contemplando mi alianza.

–¿Vino con burbujas? –pregunta como si, de verdad, quisiera saberlo.

¿Cómo puedo explicarle a mi hermana que el dinero ha mejorado mi vida? Pero ¿acaso la ha hecho más profunda o más fácil?

–Mira, gastas la mayor parte del dinero comprando tiempo para hacer dinero para pagar todas las cosas que crees necesitar porque tienes dinero.

–Ya, pero es mejor que esto. –Julie señala con un gesto a las madres adolescentes, al otro lado del parque. Habla con rabia, pero cuando lo repite, suena como una bendición–: Tiene que ser mejor que eso, cariño.

Había una camioneta de Mr. Whippy que recorría nuestro barrio haciendo sonar una versión demencial de *Greensleeves*. Un día durante las vacaciones de verano, Annette y Colin Jones estaban comprando un helado en la camioneta cuando su gatito salió corriendo y quedó atrapado en la rueda trasera. Chillamos a voz en grito, pero el conductor no nos oyó y la camioneta empezó a ponerse en marcha. Recuerdo que hacía un calor espantoso, el asfalto se levantaba en la calzada y se adhería en pegotes a la suela de nuestras sandalias como si fueran excrementos de conejo. Y recuerdo cómo chillaba Annette y recuerdo la música y la sensación de que algo infinitamente suave se partía según giraba la rueda.

Los Jones vivían dos puertas más abajo. Carol Jones era la única madre que conocíamos que trabajaba fuera de casa. Empezó a trabajar en un bar para tener algo de dinero para sus gastos y poco después consiguió un empleo a jornada completa en la sección de Contabilidad de una fábrica de metales.

Diseccionando a las vecinas mientras tomaban el té de media mañana, mi madre y Mrs. Frieda Davies decidieron que Carol gastaba su sueldo en la peluquería y en otras cosas que entraban en la categoría de «pasárselo bien». No pudieron estar más encantadas cuando Annette suspendió su examen de ingreso en el colegio de enseñanza secundaria. Vaya, ¿qué se puede esperar cuando no hay nadie en casa para darle a la pobrecita un té caliente?

Pero yo, yo recuerdo que Carol llevaba los labios pintados y reía con frecuencia y parecía más joven que mi madre, aunque cumplían años el mismo día.

El día del accidente, mamá oyó nuestros gritos, salió corriendo y nos metió dentro de casa, mientras el hombre de Mr. Whippy intentaba limpiar la rueda. Yo había dejado caer mi Cornish Mivvi en la calle. Mamá calmó a Annette, hizo naranjada para todos y le puso una tirita a Colin (no tenía ningún arañazo ni corte, pero necesitaba una tirita). Luego les dio la merienda a los Jones y todos esperamos a que su madre volviera del trabajo.

Carol llegó tarde y cargada de bolsas de la compra. Había recibido el recado de mi madre, pero no había podido salir antes. Cuando pienso en el momento en el que Carol entró en la cocina y todos nosotros estábamos allí, sentados a la mesa de formica, recuerdo la indignación que se respiraba en el ambiente; Colin derramó su naranjada y Annette no quería mirar a su madre, pero no puedo recordar si se expresó con palabras eso que todos pensábamos.

¿Lo dijo alguien? «Si tú hubieras estado aquí, el gatito no habría muerto.»

35

SIN RESPUESTA

18.35 h. –Y, por añadidura, hay muchas pruebas de que la participación de los dos sexos es fundamental para el buen funcionamiento del equipo.

–Joder, Katie, nunca pensé que te oiría decir algo así.

Rod Task no está impresionado y no es el único. La sala está llena de gente que preferiría estar en el bar que escuchando mi discurso como coordinadora para la diversidad. Me siento como una vegetariana estricta en un matadero.

Chris Bunce está repantigado en su silla, con los pies encima de la mesa.

–Yo estoy totalmente a favor de la mezcla de sexos –dice, hurgándose entre los dientes.

–¿Podemos largarnos ya? –pregunta Rod.

–No –dice Celia Harmsworth–, tenemos que redactar una declaración de misión.

La sala gruñe y mi teléfono responde repiqueteando desde el interior del bolsillo. Un mensaje de texto de Paula.

Ben enfermo.
Ven enseguida.

–Tengo que marcharme –digo–. Una llamada urgente de Estados Unidos. No me esperéis.

Llamo a Paula desde el taxi de camino a casa. Me explica qué ha pasado. Ben se ha caído por la escalera.

–¿Sabes aquel trozo deshilachado de alfombra arriba, cerca del final de la escalera al lado de su dormitorio, Kate?

Por favor, no, Dios mío, no.

–Sí.

–Bueno, pues esta mañana tropezó no sé cómo, se cayó y se dio un golpe en la cabeza. Le salió un chichón, pero parecía estar como si tal cosa. Pero hace un rato ha vomitado y está como desmadejado.

Le digo a Paula que lo mantenga caliente. ¿O tendría que mantenerlo frío? Mis dedos, sin tacto, parecen muñones cuando marco el número del móvil de Richard. Ruego que lo coja él, pero es la voz del contestador que dice que deje un mensaje.

–¿Oiga? No quiero dejar un mensaje. Quiero que vengas. Soy yo, Kate. Ben se ha caído y voy a llevarlo al hospital. Tendré el teléfono conectado.

A continuación llamo a Pegaso y le pido a Winston que me esté esperando cuando yo llegue. Tengo que llevar a Ben al hospital.

20.23 h. ¿Cuánto tiempo es demasiado tiempo para que atiendan a tu hijo? Me dicen que me siente y espere con Ben en la hilera de sillas de plástico gris. A nuestro lado hay un par de chicos de una escuela privada que están totalmente idos por algo que han tomado. Éxtasis, probablemente.

–No me noto los dedos –gime uno, una y otra vez, fingiendo que no tiene ni idea de por qué.

No me interesa. Tengo ganas de decirle que vuelva a cualquier ciénaga de la que haya salido y expire en silencio. Me gustaría darle de bofetadas por malgastar el tiempo del hospital.

Winston, que ha ido a aparcar a Pegaso, vuelve y se acerca al mostrador de recepción. Al verme la cara, toma el mando y se muestra avasallador.

–Perdone, señorita, tenemos un niño pequeño que necesita atención urgente. Muchas gracias.

Después de una eternidad –quizá cinco minutos– nos hacen entrar a Ben y a mí a ver a un médico. Medio dormido y sin afeitar desde el jueves pasado, el joven interno está sentado en un cubículo separado del atestado pasillo por una fina cortina de color albaricoque. Empiezo a explicarle los síntomas de Ben, pero me hace callar con un gesto mientras estudia las notas que tiene delante, encima de la mesa.

–Hummm, ya veo, ya veo. ¿Y cuánto hace que el pequeño tiene fiebre, Mrs. Shattock?

–Bueno, no estoy segura, pero estaba muy caliente hasta hace una hora.

–¿Y antes?

–No lo sé.

El doctor se acerca y le pone la mano en la frente a Ben. El pequeño gime y aflojo un poco los brazos.

–¿Mareos o vómitos en las últimas veinticuatro horas?

–Creo que vomitó ayer tarde, pero Paula, la niñera, pensó que era sólo una indigestión.

–¿Ha ido de vientre desde entonces?

–Me temo que no lo sé.

–¿No lo vio ayer en todo el día?

–Sí. No. Quiero decir, procuro estar en casa a la hora de acostarlo, pero ayer no.

–Y la noche anterior tampoco.

–No, tuve que ir a Frankfurt. Mire, Ben se ha caído por la escalera esta mañana y parecía estar bien, pero luego Paula se preocupó mucho porque él quedó como flácido y...

–Sí, ya entiendo.

No creo que entienda. Debo procurar hablar con calma y lentamente para que lo entienda.

–¿Puede desnudarlo, por favor?

Le quito el pelele de Thomas the Tank, desabrocho los cierres de la entrepierna de la camiseta y se la saco por la cabeza. La piel de Ben es tan clara que parece casi translúcida y a través del armazón de las costillas puedo ver los pequeños latidos de su corazón.

–Y el peso del pequeño. ¿Cuánto pesa ahora, Mrs. Shattock?

–No estoy del todo segura. Debe de pesar unos catorce o quince quilos, creo.

–¿Cuándo fue la última vez que lo pesaron?

–Bueno, le hicieron la revisión de los dieciocho meses, pero, ya sabe, es mi segundo hijo y no te preocupas tanto por cosas como el peso con el segundo, mientras esté...

–Y en la revisión de los dieciocho meses, ¿cuánto pesaba?

–Como le he dicho, no estoy segura, pero Paula dijo que todo estaba perfectamente bien.

–Y la fecha de nacimiento de Benjamin; eso sí que lo sabrá..., imagino.

El insulto es tan hiriente que se me llenan los ojos de lágrimas como si hubiera estado andando por la nieve. Yo lo hago muy bien en los exámenes. Sé todas las respuestas, pero estas respuestas no las sé y tendría que saberlas. Sé que tendría que saberlas.

Ben nació el 25 de enero. Es muy fuerte y muy feliz y nunca llora. Sólo cuando está cansado o si le duelen los dientes. Y su cuento favorito es *Owl Babies* y su canción favorita es *The Wheels on the Bus*. Y es mi único y muy querido y maravilloso hijo varón y si algo le pasa, le mataré a usted y luego convertiré el hospital en cenizas y luego me mataré.

–El 25 de enero.

–Gracias, Mrs. Shattock. Veamos, hombrecito, déjame que le eche una ojeada a ese pecho.

0.17 h. No sé cómo me las habría arreglado sin Winston. Se quedó con nosotros en el hospital todo el tiempo, me traía té de la máquina, cogía a Ben en brazos cuando yo tenía que ir al baño... La única vez que se mostró incómodo fue cuando ofrecí pagarle por su tiempo. Mientras me ayuda a salir a mí y al pequeño dormido del taxi, distingo una figura de pie en los escalones de la entrada. Pienso que si es un ladrón, no seré responsable de mis actos, pero al acercarme unos pasos más, veo que es Momo. No puedo soportar ver a nadie del trabajo. Ahora no.

–Sea lo que sea, ¿no podía haber esperado hasta la mañana? –digo metiendo la llave, con rabia, en la cerradura.

–Perdóname, Kate.

–Me temo que «perdóname» no es suficiente. Acabo de volver con Ben del hospital. Ha estado bajo observación. Ha sido una noche muy larga. Si el Hang Seng ha caído un diez por ciento, francamente, me importa una mierda y puedes decírselo a Rod con estas mismas palabras. Dios mío, ¿qué te pasa?

Bajo el hilo de luz que la puerta abierta refleja en la calle, veo que Momo ha estado llorando. Es un choque ver esa cara tan perfecta hinchada por el sufrimiento.

–Perdóname –dice y no puede decir nada más, porque hablar ha disparado de nuevo el llanto.

Hago que entre y que se siente en la cocina mientras llevo a Ben arriba, a su cuna. Una erupción viral, ha dicho el médico. Nada que ver con la caída y, con toda seguridad, tampoco es meningitis. Sólo tenemos que cuidar de mantener los fluidos del pequeño durante las próximas veinticuatro horas y vigilar la temperatura. Al doblar el recodo del tramo de escalera que lleva a las habitaciones de los niños, veo el trozo gastado de la alfombra donde Ben tropezó. Odio esa maldita alfombra, odio el hecho de que encontrar tiempo para llamar a alguien que midiera la escalera pareciera un lujo imposible, cuando era una necesidad absoluta. El criterio de selección. Lo escogí mal; lo que puede causar daño a los niños es lo primero, todo lo demás puede esperar. Entro a mirar a Emily y la encuentro acurrucada junto a Paula, que se ha quedado dormida en la cama. Me acerco, apago la luz de Cenicienta y las tapo a las dos con el edredón.

De vuelta en la cocina, preparo té con menta y trato de entender lo que me dice Momo. Al cabo de diez minutos, comprendo por qué le cuesta tanto explicar el problema; sencillamente, no tiene un vocabulario lo bastante grosero como para describir lo que ha visto.

Anoche después del trabajo, Momo fue al 171, un bar frente a Liverpool Street, con un grupo de amigos de la sección EE.UU. Luego, volvió a la oficina a recoger unas carpetas para nuestra próxima final. Chris Bunce estaba allí con un grupo de tíos, todos alrededor de la pantalla de su ordenador; entre ellos estaba su amigo Julian, que entró en EMF el año pasado, el mismo día que Momo. Los hombres no la oyeron llegar y no se dieron cuenta hasta que fue demasiado tarde y ella se había acercado a mirar lo que ellos estaban mirando.

–Fotos de una mujer, ¿sabes, Kate?, sin nada encima. Quiero decir, peor que nada.

–Pero bajan esa porquería constantemente, Momo.

–No lo entiendes, Kate, eran fotos mías.

2.10 b. He ayudado a Momo a subir, le he dado ropa para dormir y la he arropado en la cama de la habitación de invitados. Andando vacilante, con mi camiseta Gap, talla XXXL, la que tiene el dibujo del perro salchicha, parece que tenga ocho años. Más calmada ahora, consigue acabar de contarme toda la historia. Al parecer, soltó un alarido al ver las fotos en la pantalla y les preguntó a voz en grito quién lo había hecho.

Bunce, naturalmente, decidió hacerse el gallito. Se volvió hacia Momo y dijo:

–Bueno, ahora que la de verdad está aquí, a lo mejor le gustaría mostrarnos qué sabe hacer, ¿eh, tíos?

Todos se rieron al oírlo, pero cuando ella rompió a llorar, se marcharon de la oficina muy rápidamente. Sólo Julian se quedó y trató de calmarla. Ella le gritó y le gritó hasta que consiguió que le dijera que Bunce había cogido las fotos de Momo en la página Web de EMF –las mismas fotos que la empresa utilizaba en el folleto para ilustrar su compromiso con la diversidad–, y había pegado la cabeza, digitalmente, en el cuerpo de otras mujeres, fácilmente disponibles en la Red.

–Cuerpos desnudos –repetía Momo y su decoro lo hace doblemente doloroso.

Momo dice que dejó de mirar cuando vio su propia cabeza haciendo una mamada. Había subtítulos acompañando las imágenes, pero le resultaba difícil saber qué decían, porque había dejado caer las gafas al suelo y se habían roto.

–Era algo de Muñecas Asiáticas, creo.

–Por supuesto.

–¿Qué vamos a hacer? –me pregunta, y ese «vamos» parece a un tiempo presuntuoso y absolutamente acertado.

Nada, eso es lo que vamos a hacer.

–Pensaremos en algo.

Apago la luz principal y dejo la de la mesita de noche encendida. A su lado hay una flor de muguete seca, olvidada desde la visita de Donald y Barbara.

–No lo entiendo, Kate –dice Momo–. ¿Por qué querría Bunce hacer algo así? ¿Por qué alguien querría hacer algo así?

–Pues porque eres bonita y eres una mujer y porque puede hacerlo. No es muy complicado.

Durante un segundo, se enciende de ira.

–¿Estás diciéndome que lo que Chris Bunce me hizo no era nada personal?

–No. Sí. –Me siento exhorbitantemente cansada, como si tuviera las venas llenas de plomo. El tremendo miedo a que Ben tuviera algo grave, y ahora esto. ¿Por qué siempre tengo que explicarle cosas a Momo, cosas importantes, cuando más estúpida me siento? Le cojo la mano, morena y fría, y ruego que salgan las palabras–. Lo que digo es que estaba toda la historia y ahora estamos nosotras. Nunca ha habido nada como nosotras antes, Momo. Siglo tras siglo, las mujeres sabían cuál era su puesto y, de repente, hace veinte años que las mujeres no saben cuál es su puesto y eso asusta a los hombres. Ha pasado muy rápido. Chris Bunce te mira y ve a alguien que se supone que es su igual. Sabemos qué quiere hacer contigo, pero ya no le está permitido tocarte, así que falsifica fotos tuyas con las que puede hacer lo que le da la gana.

Debajo del edredón, Momo se estremece; con el escalofrío de la todavía reciente vergüenza, y me aprieta más fuerte la mano.

–Momo, ¿sabes cuánto calculan que tardó el hombre primitivo en andar erguido?

–¿Cuánto?

–Entre dos y cinco millones de años. Si le dan a Chris Bunce cinco millones de años, quizá comprenda que es posible trabajar al lado de mujeres, sin que necesite quitarles la ropa.

Veo el brillo opalino de las lágrimas que le caen por las mejillas.

–Me estás diciendo que no podemos hacer nada, Kate, ¿no es verdad? Respecto a Bunce. Sencillamente, tengo que aguantarme porque así es como son y no sirve de nada tratar de cambiar las cosas.

Eso es exactamente lo que le estoy diciendo.

–No, yo no diría exactamente eso.

Mientras Momo suspira y trata de dormirse, bajo a apagar las luces y cerrarlo todo. Constantemente echo en falta a Richard, pero ésta es la hora en que más lo añoro. Cerrar es tarea suya y el cerrojo parece menos seguro cuando yo lo corro, el crujido del marco de las ventanas más fantasmagórico. Mientras cierro los postigos, no dejo de pensar en lo que pasará los próximos días. Por la mañana, Momo presentará una queja formal sobre la conducta de Christopher Bunce ante el director de su sección, Rod Task. Task pasará la queja a Relaciones Humanas. Momo quedará entonces suspendida de empleo con paga completa a la espera de una investigación interna. En la primera reunión de la comisión investigadora, a la cual me invitarán a asistir, se hará constar públicamente que la reputación de Momo Gumeratne es intachable. Se hará constar, en silencio, que Chris Bunce es el empleado con mejores resultados; el año pasado ganó diez millones de libras para la compañía. Al poco, la ofensa contra Momo pasará a ser «un mal asunto» o, sencillamente, «ese asunto de Bunce».

Después de tres meses en casa, tiempo suficiente para que ella empiece a sentirse ansiosa y deprimida, convocarán a Momo a la oficina. Le ofrecerán un acuerdo económico. La dama de Cheltenham que hay en ella se pondrá de pie, muy erguida, y dirá que no pueden comprarla; que lo único que quiere es que se haga justicia. El comité de investigación se escandalizará; también ellos quieren que se haga justicia; pero la naturaleza de las pruebas es –¿cómo lo diríamos?– problemática. Sin darle importancia, de forma imperceptible, se insinuará que la carrera de Momo en la City podría acabarse. Es una joven que promete ser excepcional, pero estas cosas suelen acabar malinterpretándose. Cuando el río suena, agua lleva, todo tremendamente desafortunado. Si llegaran noticias de las imágenes pornográficas del ordenador, digamos, a los medios...

Al cabo de dos días, Momo Gumeratne llegará a un acuerdo, fuera de los tribunales, por una suma no revelada. Cuando baje la escalera de Edwin Morgan Forster por última vez, una reportera de las noticias de televisión le pondrá un micrófono delante de la cara y le pedirá detalles de lo sucedido. ¿Es verdad que la llamaron Muñeca Asiática y pasaron fotos porno suyas? Bajando la encantadora cabeza, Momo rehusará contestar. Al día siguiente, cuatro periódicos publicarán una historia en la página 3. Uno de los titulares dirá:

LA MUÑECA ASIÁTICA DE LAS FOTOS PORNO ABANDONA LA CITY. El desmentido de Momo aparecerá en el penúltimo párrafo. Poco después, aceptará un trabajo en el extranjero y rezará por que la olviden. Bunce continuará en su puesto y la mancha negra en su reputación pronto se irá borrando por la acción de una continuada oleada de beneficios. Y nada cambiará. Eso es seguro.

Cuando alargo la mano hacia el interruptor, veo que hay un nuevo dibujo sujeto a la nevera con el imán de Tinky Winky. Es el dibujo de una mujer con el pelo amarillo, lleva un traje sastre a rayas y unos tacones altos como zancos. El reflejo de la luz hace que resulte difícil leer lo que hay escrito a lápiz debajo. Me acerco. Lo ha pintado Emily y, con ayuda de su maestra, ha escrito: «Mi mamá va a trabajar, pero piensa en mí todo el día».

¿De verdad le dije eso? Debo de haberlo hecho. No puedo recordar cuándo, pero Em se acuerda absolutamente de todo. Abro la nevera y meto la cara dentro de su frío polar. El impulso de meterme en su interior y no dejar de andar es inmenso. Voy a entrar ahora; quizá me quede un tiempo.

De vuelta arriba, entro a ver a Momo. Tiene los párpados cerrados, pero los ojos debajo de ellos aletean como polillas. Está soñando, pobrecilla. Estoy apagando la luz cuando los ojos se abren y murmura:

–¿Qué estás pensando, Kate?

–Estaba pensando en lo que te dije el día que nos conocimos.

–Dijiste que tenía que dejar de pedir perdón.

–Eso es exactamente lo que dije. ¿Y qué más?

Me mira fijamente, con esa mirada confiada de spaniel que vi en la final, hace todos esos siglos.

–Dijiste que la compasión, aunque cara, no es necesariamente un despilfarro de dinero.

–Yo no dije eso.

–Sí que lo dijiste.

–Dios, qué horror, pero qué bruta soy. ¿Qué más te dije?

–Dijiste que el dinero no entiende de sexos.

–Exacto.

–¿Exacto? –repite insegura.

–¿Dónde les duele más, Momo? ¿Dónde crees que podemos hacerles más daño?

No pude dormir en toda la noche. Me la pasé entrando de puntillas en la habitación de Ben, escuchando su respiración como solía hacer con Emily cuando la traje del hospital y me preocupaba que no se despertara. Ben dormía y dormía, pero no había nada que temer. Dormía como un niño.

Richard llamó hacia las dos. Estaba en Bruselas presentando el proyecto para un centro artístico en el norte, a fin de conseguir una subvención de la UE, y acababa de recibir mi mensaje. Me preguntó si estaba bien y le dije que no. Dijo que teníamos que hablar y le dije que sí.

A las cinco y media llamé a Candy. Sabía que se despertaba temprano porque el bebé le daba patadas en las costillas. Le expliqué lo de las fotos de Momo en la Red. No tenía ni idea de qué podíamos hacer, pero pensaba que ella, con sus conocimientos técnicos y su formación en Internet, quizá sí la tuviera. Entre las cinco y media y las seis y media elaboró un programa que buscaría y destruiría todos los archivos que tuvieran referencias a Momo Gumeratne.

–Será difícil seguirle la pista a todo lo que haya salido del edificio –dijo–, pero puedo cargarme cualquier cosa que todavía esté en el sistema de EMF.

Acordamos que guardaría una única copia de las fotos como prueba.

A las seis, Momo entró en la cocina, sosteniendo algo en la mano.

–Lo he encontrado en la cama. ¿Es de alguien?

Fui hasta ella y la abracé.

–Es Roo. Es un miembro de la familia.

Le di una taza de té para que se la llevara a la cama, luego subí con ella y fui a la habitación de Ben. Seguía completamente dormido. Le puse a Roo junto a la mejilla. Dentro de muy poco tiempo, un niño pequeño iba a ser más feliz que si fuera Navidad.

Entré en mi dormitorio, abrí el armario y pasé la mano por la barra hasta que llegué a mi mejor armadura Armani. Un traje negro como ala de cuervo. Del zapatero, elegí un par de zapatos de charol con puntera de piel de serpiente y tacones altos, tan altos que era imposible andar con ellos, pero hoy no se trataba de andar. Mientras me vestía, repasé todos los recursos de que podía hacer uso, las fuerzas que podía reunir. Quería que Richard volviera a casa y sabía que haría lo que fuera necesario para que eso sucediera, pero primero mamá tenía que acabar su trabajo.

DEBO RECORDAR

Destruir a Bunce.

36

EL AGUIJÓN

Todo el mundo estuvo de acuerdo en que el plan de negocio para el Power's Biodegradable Nappy era un documento excepcional. A lo largo de treinta hermosas páginas en DIN A4, exponía los detalles del mercado objetivo para aquel nuevo pañal milagroso y la tasa de crecimiento proyectada. Había un análisis impresionante de la competencia, una revisión de las ventajas medioambientales y un detallado plan de implantación. Las cifras eran excelentes sin ser indebidamente optimistas. Los currículos del equipo directivo eran de primera línea, especialmente el del inventor mismo, Joseph R. Power que, según se hacía constar, había estado relacionado con el programa espacial Apolo y había disfrutado de los subsiguientes y lucrativos beneficios indirectos. La patente para el pañal biodegradable estaba pendiente de aprobación, pero la solicitud presentada, que describía el producto con unos detalles tan cristalinos, no dejaba ninguna duda de su éxito. El mercado que se quería alcanzar con el Power's Biodegradable Nappy no eran millones de bebés empapados, sino un tal Mr. Christopher Bunce.

Bunce acababa de ser nombrado director de la unidad de Capital Riesgo de EMF. Eran buenas noticias por dos razones. En primer lugar, hacía que resultara más fácil que apostara muy fuerte por el bodrio de pañal de mi padre; jugar fuerte en productos nuevos y estimulantes antes que nadie les eche mano era parte del trabajo. En segundo lugar, podía confiarse en que Veronica Pick, la número dos de Capital Riesgo, que esperaba conseguir el puesto y estaba furiosa por tener que ceder el paso a un novato en el campo, no apartaría a su nuevo jefe de cualquier campo de minas; es más, incluso se la podría convencer para guiarlo hacia uno con una sonrisa amistosa en los labios.

Club Suckling. Viernes, mediodía.

–Venga, repasemos todo esto una vez más.

Candy ni siquiera intenta ocultar su desdén.

–Tu padre, un tipo que ni siquiera puede acordarse de cómo se llaman sus propias hijas y que nunca, que se sepa, les ha visto el culo, ha inventado un pañal que va a cambiar la faz del reino mundial de los pañales. Sólo que sabemos que el pañal no funciona porque tú has probado el prototipo con tu hijo Benjamin y cuando Benjamin hizo...

–Candy, por favor.

–De acuerdo, cuando Ben tuvo necesidad de ir al cuarto de baño, el pañal se deshizo en pedazos. Así que lo que vamos a hacer es venderle el proyecto pañal al nuevo jefe de nuestra propia unidad de Capital Riesgo quien, como es un capullo arrogante y sabe menos aún que tu padre de los traseros de los niños pequeños, invertirá miles de dólares en la Gran Aventura del Pañal y perderá todo ese dinero porque... Recuérdame el porqué, Kate.

–Porque la compañía de mi padre está fuertemente endeudada y el dinero que EMF invierta en ella será reclamado por los acreedores y la compañía de pañales entrará inmediatamente en liquidación y Bunce perderá la camisa, los calcetines y sus calzoncillos de mierda y quedará en evidencia como el asqueroso oportunista que es. ¿Tienes algún problema con el plan, Candy?

–No, suena muy bien. –Olisquea al aire como si probara un nuevo perfume–. Lo único que necesito que me digas es cómo vamos a conservar nuestros puestos después de esto, cuando estoy a punto de convertirme en madre soltera y cuando, hasta que Richard *el Lento* vuelva al rancho Reddy, tú también eres de facto una madre soltera.

–Candy, lo que hay en juego aquí es una cuestión de principios.

De momento parece alarmada.

–Ah, ya lo entiendo. Es nuestro viejo amigo Oates.

–¿Quién?

–El hombre de la nieve. Ese del que le hablaste a Rod. Perdonen, caballeros, tengo que marcharme ahora, quizá tarde la hostia en volver. Eso no es un plan, Katie, es un noble acto de autosacrificio sin sentido. Muy británico, pero ya sabes que en Estados Unidos tenemos esa absurda manía de que nos gusta que los buenos sigan vivos al final de la película.

–No todo autosacrificio carece de sentido, Candy.

Mi amiga suelta su enorme carcajada y todo el mundo se vuelve a mirar a esa loca mujer embarazada.

–Guauu –dice–, estás guapísima cuando eres ética.

–Mira, no habrá nada que te relacione con el asunto de los pañales, te lo prometo.

–¿Así que todos los caminos llevarán a Reddy? Sabes que después de esto nadie va a darte un empleo nunca más, Kate. Nadie. No te van a contratar ni para cambiar el jodido papel del fax.

Con esta grave advertencia, Candy tiende la mano, coge la mía y la lleva al bulto de su barriga. A través de la piel, tirante como un tambor, noto el golpe inconfundible de un talón. Es la primera vez que reconoce al bebé como algo permanente, no desechable, y soy lo bastante lista como para no decir nada sensiblero.

–¿Te da muchas patadas?

–Uuuf. Cuando tomo un baño, se vuelve loca ahí dentro. Es como un condenado espectáculo con delfines.

–No es necesariamente una niña, Cand.

–Eh, yo soy una chica; ella es una chica, ¿vale? –Candy observa mi sonrisa y añade rápidamente–: Claro que todavía puedo darla en adopción.

–Claro.

Me parece recordar que fue idea de Candy que siete mujeres que se reunían en secreto en la City serían menos llamativas en un club de *lapdancing* que en, digamos, un restaurante donde la gente fuera vestida. Sentada allí, me gustaría tener una Polaroid para captar las expresiones de mis amigas según van entrando en el local. En el caso de Momo, su buena cuna controla inmediatamente el choque y le pregunta dulcemente a la rubia del mostrador:

–¿Y cuánto tiempo lleva esto abierto?

No somos las únicas mujeres en el club Suckling, un emporio para entretenimiento de los caballeros situado a una distancia cómoda del principal barrio financiero del mundo, pero somos las únicas que no llevamos los pechos al aire. Todas las que nos hemos reunido a esta hora del almuerzo tenemos un trabajo importante que hacer. Yo ya sabía que Chris Bunce era lo bastante codicioso y ambicioso como para invertir dinero en un proyecto sin informar a nadie de su equipo; ¿por qué iba a querer compartir el mérito si podía quedárselo todo él?

Pero también sabía que tendríamos que hacer un trabajo altamente profesional con el pañal biodegradable para que quisiera comprarlo. El dibujo hecho por mi padre y que parecía un cerdo con alas tenía que subir de categoría; tenía que haber un folleto, información del mercado y la producción, más la aportación de un abogado comercial de altura. Cuando llamé a Debra, tenía mucho miedo de que dijera que no –nuestra ristra de almuerzos cancelados a lo largo del pasado año había tensado nuestra amistad hasta el punto de ruptura–, pero no fue necesario pedírselo dos veces. Sin siquiera conocer, en persona o de oídas, a Chris Bunce, Deb supo inmediatamente la clase de hombre que era y lo que teníamos que hacerle.

Así que nuestra alegre pandilla está formada por Candy, yo, Debra y Momo y Judith y Carolina, de mi antiguo grupo de Mamás y Bebés. Estamos esperando a Alice. (Era vital que Alice, que produce programas de televisión, nos ayudara, pero no había sabido nada de ella, así que supuse que no quería tomar parte en el plan. Por suerte, ha telefoneado esta mañana. Ha dicho que había estado fuera, filmando y que estará encantada de unirse a nosotras, aunque llegará tarde.)

Agente de patentes antes de convertirse en mamá a jornada completa, Judith ha redactado la solicitud de patente para el pañal y ha hecho que suene tan convincente que me siento tentada de encargar, inmediatamente, un camión lleno para Ben. Con su tranquilo dominio del lenguaje y la ciencia, descubro un lado de Judith que no conocía. Carolina, la diseñadora gráfica, ha aparecido con un folleto que destaca la no agresividad medioambiental del pañal y muestra una foto irresistible de su propio bebé, Otto, sentado encima de un orinal hecho de hojas de lechuga.

Debra me dice que EMF no podrá presentar ninguna reclamación contra mi padre.

–Mira, no es un fraude. Está mal, pero no es ilegal. Es un caso claro de *caveat emptor;* si el comprador no tiene cuidado con lo que compra, ése es su problema.

Deb actuará como abogada de mi padre durante la reunión que él tiene que tener con Chris Bunce; la hemos organizado para que se celebre en una suite del Savoy.

–No tienes ni idea de lo brillante que soy en estas cosas –exclama Deb mientras me enseña toda la documentación–. ¿Cómo vamos a llamarnos: las Siete Hermanas Implacables?

–Deb, esto es serio.

–Lo sé, pero no me había divertido tanto desde Enid Blyton. Por todos los santos, Kate, he echado en falta la diversión, ¿tú no?

Momo tiene la tarea de investigar en el mercado global de los pañales. Al cabo de muy pocos días se ha convertido en un plomo increíble que no para de hablar de la dispersión de la orina y la contención del olor.

–Perdona, Kate, pero ¿tienes idea de la cantidad de afrentas que puede soportar el pañal medio?

–De todo eso me puedo enterar en casa, gracias.

Mi ayudante parece nerviosa.

–No funcionará, ¿verdad?

–¿El plan?

–No, el pañal.

–Claro que no.

–¿Cómo puedes estar tan segura, Kate? Si Bunce hiciera el negocio del siglo, no podría soportarlo.

–Mira, lo ha diseñado mi padre; así que es una catástrofe cantada. Además, me llevé un prototipo a casa y se lo puse a Ben.

–¿Y?

–Es tan biodegradable que se parte en pedazos a las primeras cacas.

Alice llega tarde al club. Viene de una reunión con la BBC en White City. Por encima de la vibrante música, señala a las chicas del escenario y dice articulando para que le lea los labios:

–¿Estamos haciendo una audición?

El papel de Alice empieza una vez que Bunce haya invertido en el pañal. Es una maniobra de pinza del tipo utilizado por los generales en todas esas batallas de las que me sabía el nombre. Se trata de atacar por un flanco y luego cortarle la vía de escape. Las pruebas de que Bunce ha tirado el dinero, de forma temeraria, en un producto de mierda no serán suficientes, por sí solas, para que Edwin Morgan Forster lo despida. Si dice cosas embarazosas en una entrevista, que Alice grabará y enviará a la prensa, entonces se convertirá en un riesgo ante los clientes y, después de eso, lo colgarán de un gancho de carne en Smithfield.

Gritando por encima de la batería, Alice nos dice que ya ha llamado a Bunce para invitarle a aparecer en una importante serie de la BBC2 llamada *MoneyMakers*, la City, bajo un aspecto *sexy* para los espectadores de sofá.

–¿Cómo se lo tomó? –pregunta Momo, que está más preocupada que nadie.

Alice sonríe.

–Prácticamente vino a través del cable. No creo que tenga ningún problema en tirarle de la lengua.

Intento llamar al orden la reunión, pero compito con *Mamma Mia*. Así que les paso una fotocopia de lo que todas tenemos que saber, junto con una foto de Chris Bunce que Candy ha sacado de la página Web de EMF. Me disculpo y me dirijo a los lavabos de señoras.

En el reservado del rincón, al fondo, cerca de la salida, hay una figura de pelo oscuro que me parece reconocer. Al acercarme un poco más veo quién es.

–¡Jeremy! ¡Jeremy Browning! –Saludo a mi cliente con un calor y volumen que resonarán en su alma para siempre–. Vaya, Jeremy, qué casualidad encontrarte aquí –digo con gran entusiasmo–. Y ésta debe de ser... Annabel, ¿no es así?

La chica que estaba sentada en la pierna izquierda de mi cliente me regala una mirada que es una mezcla de complicidad, sorna y sonrisa, una sonrisa que dice que, por desgracia, no es Mrs. Browning, pero que no diría que no, si le ofrecieran la oportunidad.

Tiendo una mano amistosa hacia ella, pero es Jeremy quien la coge ansiosamente.

–Cielos, Kate –dice–. No esperaba verte aquí.

–Verás, es que estoy haciendo una investigación para ampliar mi cartera de ocio. ¿Quizá tú puedas orientarme? Este sector es nuevo para mí. Fascinante, ¿verdad? Bueno, tengo que irme, encantada de conocerte...

–Cherelle.

–Encantada de conocerte, Cherelle. Cuídamelo bien.

Me marcho, con la seguridad de tener por lo menos un hombre en mi poder para toda la eternidad. Cuando vuelvo a la mesa, Candy está muy ocupada señalando cuáles de las chicas del escenario cree que se han operado las tetas y el grado de éxito que han tenido.

–Jesús, mira a esa pobre chica con el pelo rojo. Pensaba que iban a retirar todas las armas nucleares de suelo británico.

–Tendrías que haber visto el estado de mis tetas cuando tuve los mellizos –dice Judith, que va por su tercer Mai Tai.

Observo horrorizada que la bailarina en cuestión abandona el escenario y se dirige hacia nosotras, sosteniéndose los pechos igual que un criador de perros sostiene a los cachorros para que los vean.

–Bravo, eso es lo que yo llamo hacer malabarismos –grita Alice–. El equilibrio entre vida y trabajo; ¿tú qué opinas, Kate?

–Su zona pélvica debe de estar en buena forma –dice Caroline, señalando a otra bailarina, que está haciendo movimientos a lo Mr. Whippy como si tratara de parir un helado.

–¿Qué es la zona pélvica? –preguntan Candy y Momo a la vez.

Cuando lo explico, Candy, que opina que todas las clases prenatales están en manos de los comunistas, no oculta su repugnancia.

–Pero eso de la pelvis vuelve a su sitio después del parto, ¿no?

La pista de baile se estremece, las mujeres en torno a la mesa ríen y ríen y los hombres que hay en el club parecen incómodos, con esa incomodidad que sólo la risa de las mujeres puede provocar en ellos.

Levanto mi vaso:

–«*Screw our courage to the sticking place and we'll not fail!*»[1]

–¿*La jungla de cristal 2?* –pregunta Momo.

–No, Lady Macbeth.

No sé qué les enseñan hoy en día en la escuela.

1. «Tú tensa tu valor hasta su límite y no fallaremos.» *(N. de la T.)*

37

ALMUERZO CON ROBIN

Cuando Robin Cooper-Clark se siente violento, tiene el mismo aspecto que alguien que tratara de arrestarse a sí mismo; un brazo apretado rodeando el pecho, el otro engarfiado en el cuello. Ése es el aspecto incómodo que muestra durante nuestro paseo a Sweetings, tres días después de la reunión en el Suckling Club. El restaurante está a bastante distancia del despacho, pero Robin ha insistido mucho en que comiéramos allí, así que, mientras él avanza con sus pasos de siete leguas, yo troto a su lado, dando tres pasos por cada uno de los suyos.

Sweetings es una institución en la City. Un sitio de pescado que quiere parecer una pescadería, con muchos gritos alegres, ajetreo y mesas de mármol; un Billingsgate para las clases adineradas. Hay barras en la parte delantera donde puedes sentarte en unos taburetes altos y picar cangrejo y, al fondo, hay una sala con largas mesas, como en la cantina de una escuela. Si el privilegio es otro país, entonces Sweetings es su café de la esquina.

Robin y yo estamos sentados en el extremo más alejado de una de las largas mesas comunes.

–Un mal asunto, eso de Bunce –murmura, estudiando la carta.

–Humm.

–Momo Gumeratne parece una buena persona.

–Es estupenda.

–¿Y Bunce?

–Ponzoña pura.

–Entiendo. Veamos, ¿qué vamos a tomar?

El camarero espera, con el boli a punto, y por vez primera me doy cuenta de que Robin está hecho un desastre; la punta derecha del cuello de la camisa está más surcada de arrugas que un entrecejo fruncido y lleva churretes de espuma de afeitar detrás de las orejas. Jill nunca le habría dejado salir de casa con ese aspecto.

–Esto... sí. Algo feroz, con dientes, para la señora y una especie en peligro de extinción para mí. Sopa de tortuga, quizá, o bacalao pescado hasta la desaparición por los malditos españoles... ¿Qué opinas, Kate?

Todavía estoy riendo cuando Robin dice:

–Kate, voy a volver a casarme.

Y es como si hubieran cerrado el grifo del ruido de la sala. Los comensales a mi alrededor, boquean, mudos, como hacían los peces que están a punto de consumir.

Entonces sé por qué me ha traído aquí, a este restaurante, a esta sala. Es un lugar donde no puedes gritar de rabia o llorar de dolor; un lugar donde tienes que mostrarte comedido, un lugar para la *bonhomie*, quizá para una pequeña bronca, en el peor de los casos, un sitio de hombres. ¿Cuántas almas habrán sido socarradas en estas mesas con una sonrisa, a cuántas se les habrá pedido educadamente que se fueran o se hicieran a un lado, tomando una copa sorprendentemente decente de Chablis? Ahora siento como si fuera a Jill Cooper-Clark a quien se apartara y yo quien tuviera que hacer lo decente. Parecer interesada, contenta incluso, en lugar de volcar la mesa y dejar a todos esos hombres boquiabiertos con sus servilletas y sus espinas. Sólo hace seis meses que murió.

Me doy cuenta de que Robin ha empezado a hablarme de alguien llamado Sally. Encantadora, increíblemente amable, acostumbrada a los chicos, ella tiene dos. No a la altura de Jill, pero ¿quién puede estarlo? Se encoge de hombros, con aire desvalido. Y tiene muchas cualidades, esa Sally, y los chicos necesitan... bueno, Alex sólo tiene diez años, él necesita una madre.

–Y tú –digo, encontrando algunas palabras en la reseca bodega de mi boca–, ¿la necesitas?

–Humm. Necesito una mujer, sí, Kate. No valemos mucho nosotros solos, ¿sabes? Sé que puedes pensar que es... –Rechaza con un ademán la salsa tártara que le ofrecen.

–¿Qué?

–Débil, supongo. –Deja la copa en la mesa y se pellizca el puente de la nariz–. Nadie podrá sustituirla nunca, si eso es lo que estás pensando.

Entonces, ¿por qué sustituirla, si es insustituible? Eso es lo que pienso, hundida de tristeza, como el día del funeral de Jill. Siempre había sabido dónde encontrar a Robin, siempre parecía tan firme, tan fiable; al mirarlo ahora, frente a mí, es chocante encontrarme con un niño perdido. Los hombres sin esposa bien podrían ser hombres sin madre; son más huérfanos que viudos. Los hombres sin esposa pierden su columna vertebral, su capacidad de andar erguidos por el mundo, hasta de limpiarse la espuma de las orejas. Los hombres necesitan a las mujeres más que las mujeres a los hombres; ¿no será ése el secreto nunca revelado del mundo?

–Me alegro por ti –digo–. Jill estaría contenta. Sé que no podría soportar la idea de que no salieras adelante.

Robin asiente, agradecido por haber resuelto el problema de darme la noticia, feliz de volver a levantar el puente levadizo. Una vez retirados los platos, volvemos a la carta y la estudiamos como si fuera el cuestionario de un examen.

–¿Qué tal una tarta de melaza con dos cucharas? –dice Robin–. ¿Sabes que están buscando otro nombre para el *spotted dick*[1]?

–Chris Bunce.

–¿Cómo dices?

–Polla con pintas. Bunce es el campeón de las enfermedades venéreas en el despacho. Pregúntaselo a cualquiera de las secretarias.

Robin se lleva la servilleta a la boca.

–Te pone furiosa, ¿verdad?

–Sí, así es.

Por un momento, pienso en si le cuento el plan. Pero en tanto que superior mío, se vería obligado a vetarlo y, en tanto que amigo y mentor mío, probablemente haría lo mismo. Por lo tanto, digo:

–Creo que no tendría que permitírsele a nadie que siguiera siendo una mierda, sólo porque no es conveniente impedírselo.

Robin le hace un gesto al camarero pidiendo la cuenta.

1. El *spotted dick* es un pudin hecho con frutos secos y cocido al vapor. También podría traducirse por *polla con pintas*. De ahí el siguiente juego de palabras. *(N. de la T.)*

–Jill decía siempre que puedes conseguir que un hombre haga cualquier cosa siempre que no se dé cuenta de que lo estás obligando a hacerla.

–¿Lo hizo ella contigo?

–Nunca me di cuenta.

15.13 h. Dejo a Robin en la esquina de Cheapside. A continuación, llamo a Guy por el móvil y le digo que no volveré esta tarde. Tengo una cita urgente con las castañas.

–¿Las castañas?

–Es un grupo recreativo en el que estoy pensando en hacer una inversión muy importante. Tengo que comprobar la perspectiva del consumidor.

Cuando llego a casa, los niños se quedan tan estupefactos al verme que, al principio, ni reaccionan. Le digo a Paula que se tome el resto del día libre, les pongo los abrigos a Emily y Ben y los llevo a dar un paseo al parque. Por lo menos, Em y yo paseamos; Ben se niega a ir andando a donde sea; prefiere correr hasta que se cae. Ha hecho un tiempo muy suave y las hojas, todavía verdes en muchos casos y salpicadas de albaricoque, parecen sorprendidas de encontrarse en el suelo. Pasamos, sinceramente no sé cuánto tiempo pasamos, deambulando entre ellas.

A Ben le encanta correr entre las hojas sólo por oír cómo crujen, por el placer del ruido. A Emily le encanta regañarlo, aunque está claro que lo encuentra adorable. El trato entre mi hijo y mi hija es que él puede ser travieso para que ella disfrute siendo buena. Al contemplar cómo se persiguen riendo y chillando, me pregunto si no será una variante del juego al que se han dedicado siempre chicos y chicas.

Un poco más allá, encontramos las castañas. En algunas de ellas, la cáscara punzante que las cubre se ha roto con el impacto de la caída, y sacamos el brillante fruto de su nido.

–Puedes hacer que las castañas se vuelvan duras –le digo a Em.

–¿Cómo?

–No lo sé exactamente, tendremos que preguntárselo a papá. –Maldición, no tenía intención de hablar de él.

Emily levanta los ojos llena de esperanza.

–Mamá, ¿cuándo volverá papá a vivir en casa?

–Papá –gorjea Ben–. Papá.

De vuelta en casa, acuesto a Ben para que haga la siesta y dejo que Em elija un vídeo mientras empiezo a preparar una salsa boloñesa para la cena. No encuentro el aparato para estrujar el ajo y ¿dónde está el rallador? Propongo *La Bella Durmiente*, que siempre fue el sedante perfecto cuando Em era pequeña, pero estoy desfasada. Mi hija me habla de algo con una princesa guerrera de la que yo nunca había oído hablar.

–¿Qué es guerrera, mamá?

–Un guerrero es un luchador muy valiente.

–¿Sabes de qué trata *Harry Potter*?

–No, ¿de qué trata?

–Trata de valentía y de brujas.

–Suena bien. ¿Has decidido qué vamos a ver?

–*Mary Poppins*.

–¿Otra vez?

–Por favooor, mamá.

Cuando yo tenía la edad de Emily, veíamos una o dos películas al año, una por Navidad y otra durante las largas vacaciones de verano. Para mis hijos, las imágenes en movimiento serán el principal vehículo de sus recuerdos.

–Es una sufre chiste.

–¿Quién?

–La mamá de Michael y Jane es una sufre chiste.

Había olvidado que Mrs. Banks era una sufragista. No es la parte de la película que uno recuerda. Bajé el fuego de la salsa y luego fui al sofá y me acurruqué con Em. Y allí estaba, la encantadora y chiflada Glynis Johns, de vuelta de un mitin, recorriendo arriba y abajo la gran casa blanca cantando «Las hijas de nuestras hijas nos adorarán y cantarán a coro, agradecidas: "¡Bien hecho! ¡Bien hecho, hermana sufragista!"».

–¿Qué es una sufre chiste?

Sabía que iba a preguntármelo.

–Las sufragistas eran mujeres, Em, que hace cien años desfilaron por Londres, y protestaron y se ataron a las verjas de hierro para convencer a todo el mundo de que había que dejar votar a las mujeres.

Se deja caer encima de mí, acomodando la cabeza debajo de mis pechos. Sólo cuando Mary y Bert y los niños han saltado dentro del dibujo de tiza en la acera, dice:

–Mamá, ¿por qué no dejaban votar a las mujeres?

¿Dónde estará el Hada Madrina de las Explicaciones cuando la necesitas?

–Porque entonces, en aquellos días, las mujeres y los hombres eran... bueno, las chicas se quedaban en casa y se pensaba que eran menos importantes que los chicos.

Mi hija me mira con un asombro furioso.

–Eso es una tontería.

Nos recostamos juntas. Em conoce todas las canciones. Incluso respira cuando los actores respiran. Al verla siendo adulta, *Mary Poppins* parece muy diferente. Había olvidado que Mrs. Banks, que quiere hacer que el mundo sea un lugar mejor para las mujeres, se muestra aturdidamente ajena a sus propios hijos. Que Jane y Michael son niños tristes y rebeldes hasta que aparece la niñera y trae regularidad y entusiasmo a sus vidas. Mientras tanto, Mr. Banks trabaja demasiado –el propio nombre nos dice que el hombre es su trabajo– y es un extraño para su mujer y sus hijos, hasta que lo despiden y, en su propio salón, Bert, el deshollinador, se enfrenta a él y le advierte con una canción:

> Te tienes que machacar, machacar, machacar
> aunque la niñez se escapa como la arena por un cedazo
> y muy pronto han crecido,
> y luego han volado
> y es demasiado tarde para que les des... sólo una...

–«... cucharadita de azúcar para que se pase la medicina.»

Emily y yo nos unimos a la canción y nuestras voces se enlazan como en una hélice plateada. De repente, tengo la inquietante sensación de que la película me está hablando a mí y es entonces cuando Emily anuncia:

–¿Sabes, mamá?, cuando tenga niños, voy a cuidarlos yo misma hasta que sean mayores. Nada de niñeras.

¿Me ha hecho ver *Mary Poppins* para poder decir eso? ¿Es su manera de decirme lo que piensa? Escudriño su cara, pero no hay señal alguna de cálculo; no parece estar esperando una reacción.

–Maaa-maaa –el monitor chirría volviendo a la vida. Ben debe de estar despertándose. Antes de irme arriba, siento a Em en mis rodillas.

–Estaba pensando que tú y yo, juntas, podríamos hacer una excursión especial un día, ¿te gustaría?

Arruga la nariz igual que Momo cuando está excitada.

–¿Adónde?

–Al *Egg Pie Snake Building.*

–¿Dónde?

–Al *Egg Pie Snake Building.* ¿Te acuerdas de que así es como llamabas al Empire State Building?

–No es verdad.

–Sí que lo es, cariño.

–Maa-maá –dice Emily, arrastrando mi título con el máximo desdén–, así es como hablan los bebés y yo ya no soy un bebé.

–No, cariño, no lo eres.

Va demasiado rápido, ¿no es verdad? Un día dicen todas esas cosas tan divertidas que te prometes que anotarás y nunca lo haces y, de repente, hablan como cualquier pilluelo avispado o, peor todavía, hablan como tú. Quiero que mis hijos crezcan más rápido y lloro cada minuto que me he perdido de su infancia.

Después de darles la comida, bañarlos y secarles el pelo y leerles *Owl Babies* (tres veces) e ir a buscar un vaso de agua para Emily, finalmente bajo y me quedo sentada, sola en la oscuridad, pensando en todo ese tiempo irrecuperable.

De: Kate Reddy

Para: Debra Richardson

Me he pasado la tarde con un permiso de mamá ilícito. Las horas más provechosas del año financiero hasta hoy. ¿Cuánto crees que puedo cargar por hora a mis clientes por arrastrar los pies entre las hojas y ver *Mary Poppins*?

Ese tiempo clandestino para los niños da una sensación como la que debe de dar tener un asunto amoroso; las mismas mentiras para escaparte y acudir a la cita, el mismo estallido de satisfacción y, por supuesto, la culpa.

Creo que me he olvidado de cómo desperdiciar el tiempo y necesito que los niños me recuerden cómo se hace.

No me odiarás si dejo el trabajo, ¿verdad? Sé que dijimos que es necesario que todas sigamos para demostrar que se puede hacer. Es sólo que antes pensaba que quizá mi trabajo me estaba matando y ahora tengo miedo de haber muerto y no haberme dado cuenta.

Las hijas de nuestras hijas nos adorarán y cantarán a coro, agradecidas: «Bien hecho, bien hecho, bien hecho, hermana sufragista».

Con todo mi cariño

K xxxxxxxxxxxxx

38
LA CASCADA

7.54 h. Mientras espero que llamen a la puerta, me doy cuenta de las ganas que tenía de contarle el plan a Winston. Finalmente, aquí tengo algo con que impresionar a Pegaso; la prueba de que no soy sólo una lacaya del sistema capitalista que no ve más allá de sus narices. Pero después de que se lo he soltado todo sobre el pañal de papá y la entrevista de Alice con Bunce, Winston no dice nada, salvo un cortante:

–No puedes olvidar que tienes dos niños que alimentar.

Sin embargo, cinco minutos después, mientras estamos parados en nuestro atasco habitual, me pregunta si conozco la historia de Escipión. Niego con la cabeza.

–Bien, pues ese general romano Escipión tuvo un sueño. Y en el sueño encontraba un pueblo construido justo al lado de una gran cascada. El ruido de la cascada era tan fuerte que había que gritar para que te oyeran.

»–¿Cómo podéis vivir con ese ruido todo el día? –le preguntó Escipión al jefe del pueblo, gritando por encima del rugido del agua.

»–¿Qué ruido? –respondió el viejo.

Pegaso avanza medio palmo y cuando Winston pisa el freno se oye un gemido como de vaca moribunda.

–¿Y la moraleja de la historia, por favor, señor?

Por el retrovisor, veo cómo sonríe, con una sonrisa pícara y llena de diversión.

–Bueno, es que yo pienso que todos nosotros tenemos este ruido de fondo y estamos tan acostumbrados a él que ni lo oímos. Pero si te apartas lo suficiente, puedes volver a oír y piensas, Jesús, aquella cascada hacía un ruido de todos los demonios. ¿Cómo podía vivir con aquel ruido?

–¿Me estás diciendo que tengo una cascada, Winston?

Suelta aquella risa profunda y granulosa que tanto me gusta.

–Kate, tú tienes las jodidas cataratas del Niágara.

–¿Te importa que te pregunte algo personal, Winston?

Cuando sacude la cabeza, el taxi se llena de aquel polvo dorado una vez más.

–¿Soy tu principal cliente?

–Eres mi único cliente.

–Entiendo. ¿Y cuántos conductores tiene Coches Pegaso? Déjame que lo adivine. ¿Eres el único?

–Sí, pero pronto dejaré esto del taxi. Tengo exámenes.

–¿Ingeniería mecánica?

–Filosofía.

–¿Así que eres una especie de chófer particular mío, mi propio caballo alado?

Toca la bocina, reconociendo alegremente que así es.

–¿Sabías que los chóferes podían deducirse de los impuestos y las niñeras no, Winston?

Otro bocinazo sobresalta a un grupo de ejecutivos que hay en la acera; se dispersan como palomas.

–Hombre, tenemos un mundo jodidamente loco.

–No, tenemos un mundo de hombres jodidamente loco. ¿Tienes cambio?

Mientras me alejo del taxi, pensando cuánto lo voy a echar en falta, oigo una voz que grita:

–Eh, ¿necesitarás un coche para escapar, mi señora?

10.08 h. Una llamada de Recepción. Dicen que hay un hombre llamado Abelhammer esperándome y el corazón quiere perforarme un agujero en el pecho. Cuando bajo, está allí, con una enorme sonrisa y dos pares de patines.

Voy negando con la cabeza mientras atravieso el vestíbulo hacia él.

–No, no sé patinar.

–Ya, pero yo sí. Lo suficiente para los dos.

–No, nada de eso.

Más tarde, cuando hacemos nuestro cuarto circuito de la pista, Jack dice:

–Lo único que tienes que hacer es apoyarte en mí, Kate; ¿tan difícil es?

–Sí, es difícil.

–Jesús. Mujer, apóyate en mí así; recuerda a tu John Donne, piensa en nosotros como las agujas de un compás. Yo me quedo quieto y tú giras a mi alrededor, ¿de acuerdo? No te vas a caer, yo te sujeto. Déjate llevar.

Así que me dejo llevar. Patinamos durante una hora y no estoy segura de lo que escribimos en el hielo. Hay que ser un pájaro –una de mis palomas– o estar allá arriba en el despacho de mi jefe para ver lo que escribimos ese día. «Amor» o «Adiós», o las dos cosas.

Quería invitarme a tomar un chocolate caliente, pero le dije que tenía que marcharme.

La sonrisa no decayó ni un momento.

–Debe de ser una cita importante.

–Mucho. Un hombre que conocía.

Es asombroso lo rápidamente que olvidas cómo abrazar a alguien, incluso a tu esposo. Quizá especialmente a tu esposo. Es necesaria una cierta ausencia del contacto para que aprecies plenamente la geometría del abrazo; el ángulo preciso de tu cabeza en relación a la suya. ¿Debería acomodarse debajo del cuello, como hacen las palomas, o con la nariz apretada contra su pecho? ¿Y las manos; ahuecadas al final de la espalda o con las palmas planas sobre el borde de los muslos? Cuando Richard y yo nos encontramos frente a Starbucks para almorzar, los dos teníamos intención de darnos un ligero beso en la mejilla, pero parecía demasiado tonto, la clase de beso que sólo le das a tu tía, así que acabamos por abrazarnos. Me sentía tan torpe, tan observada, como la primera vez que mi padre me sacó a bailar en una boda. El cuerpo de Richard me chocó por ser un cuerpo; su pelo y su olor, el volumen del hombro bajo el jersey. El abrazo no fue ese frío choque de huesos que recibes al abrazar a alguien cuando la pasión ha muerto. Fue más como bailar con una sombra; yo todavía lo quería y creo que él me quería, pero no nos habíamos tocado desde hacía mucho tiempo.

–Vaya, tienes las mejillas encendidas –dice Rich.

–He estado patinando.

–¿Patinando sobre hielo? ¿En una mañana laboral?

–Una especie de relación con los clientes. Un nuevo enfoque.

Rich y yo hemos acordado una reunión para hablar. Nos hemos visto casi cada día desde que se fue. Como prometió, ha recogido a Em de la escuela y luego, muchas veces, se ha quedado a merendar con los niños. Starbucks parece la clase de sitio adecuado para negociar la paz, es una Tierra de Nadie moderna, uno de esos negocios que se disfraza para parecer ese hogar al que no podemos ir porque estamos demasiado ocupados. Es un lugar sorprendentemente tranquilo, pero la reunión tiene toda la ansiedad de una primera cita –¿querrá o no querrá?– sólo que ahora esa ansiedad va unida al divorcio. ¿No querrá o sí querrá?

Encontramos un par de enormes y mullidos sillones de terciopelo en un rincón y Rich va a buscar las bebidas. Le he pedido un café con leche descremada; vuelve con el chocolate caliente que quiero y necesito.

–¿Cómo va el trabajo, Kate?

–Bien. En realidad, puede que lo deje pronto. Mejor dicho, puede que mi trabajo me deje a mí.

Rich sonríe y con un gesto negativo dice:

–Nunca te despedirían.

–Bajo ciertas circunstancias, puede que sí.

Me mira con aire de hombre de bata blanca.

–No estaremos hablando de un autosacrificio sin ningún sentido, Mrs. Shattock, ¿o da la casualidad de que sí?

–¿Por qué lo preguntas?

–Sólo porque soy lo bastante viejo como para recordar tu fase de Ciclistas contra la Bomba.

–Se lo he dado todo a la empresa, Rich. Un tiempo que os pertenecía a ti y a los niños.

–Y a ti, Kate.

Hubo un tiempo en que podía leerle la cara como un libro abierto, ahora ese libro lo han traducido a otro idioma.

–Pensaba que lo aprobarías, Rich. Romper con el sistema. –Parece más joven desde que me dejó–. Tu madre piensa que me estoy abandonando.

–Mi madre piensa que Grace Kelly se fue abandonando.

Nos echamos a reír al mismo tiempo y durante unos momentos Starbucks se llena con el sonido de Nosotros.

Empiezo a contarle a Rich la historia que me había explicado Winston.

–¿Quién es Winston?

–El de Coches Pegaso, pero resulta que es un filósofo.

–Un filósofo que conduce un taxi, suena fiable.

–No, de verdad, es fantástico. Bueno pues, Winston me contó la historia de ese general que encontró una tribu junto a una cascada y el jefe de la tribu...

–Cicerón.

–No...

–Cicerón, es de Cicerón.

Mi marido parte una galleta por la mitad y me da uno de los trozos.

–Déjame que lo adivine. ¿Es alguien que murió hace mucho tiempo y del que yo no he oído hablar porque fui a una secundaria de mierda, pero que es una parte vital de la educación de cualquier persona civilizada?

–Te quiero.

–Así que, verás, estaba pensando en alejarme de la cascada para ver si oía mejor.

–Kate.

Desliza la mano derecha a través de la mesa para que esté cerca de la mía. Las dos manos descansan, una al lado de la otra, como si esperaran que un niño resiguiera su contorno.

–No queda nada que querer, Rich. Estoy vacía por dentro. Kate ya no vive aquí.

Ahora, su mano está sobre la mía.

–Estabas diciendo algo sobre alejarte de la cascada.

–Pensaba que si yo, si nosotros nos alejábamos de la cascada, podríamos oír de nuevo y entonces podríamos decidir si...

–Si era el ruido lo que nos impedía oír o si era que ya no teníamos nada que decirnos.

¿Sabéis esos momentos... ese puro y bendito alivio de que haya alguien en el mundo que sepa lo que estás pensando justo cuando tú lo estás pensando? Asiento, agradecida.

–Me llamo Kate Reddy y soy una adicta al trabajo. ¿No es eso lo que tienes que decir en esas reuniones?

–Yo no he dicho que fueras una adicta al trabajo.

–¿Por qué no? Es la verdad, ¿no? No puedo «dejar» el trabajo. Eso me convierte en adicta, ¿no?

–Tenemos que comprarnos un poco de tiempo, eso es todo.

–Rich, ¿te acuerdas de cuando Em intentó salvar a La Bella Durmiente? Yo no dejo de pensar en ello.

Sonríe. Una de las mejores cosas de tener hijos es que te permite tener los mismos recuerdos tiernos que otra persona; puedes evocar el mismo pasado. Dos instantáneas pero una única imagen. ¿Es igual de bueno que dos corazones que laten como uno solo?

–Chiquilla tonta. Se disgustó tanto por no poder llegar a esa princesa estúpida, ¿verdad? –dice Rich, con ese orgullo exasperado que Em provoca en nosotros.

–Le gustaría muchísimo que volvieras a casa.

–¿Y a ti, Kate, a ti también te gustaría?

La posibilidad de decir algo lleno de orgullo y desafío está ahí en el aire, esperando que la coja como si fuera una fruta madura. La dejo en el aire y digo:

–A mí también me gustaría volver a casa.

La Bella Durmiente ha sido la favorita de Emily desde siempre; fue el primer vídeo al que prestó atención de verdad. Cuando tenía dos años se obsesionó con la historia y se quedaba frente al televisor gritando:

–¡Bobínala, bobínala!

Siempre gritaba en esa parte, cuando Aurora, con su cara de muñeca aturdida, sube por la escalera que lleva a la buhadilla, perseguida por la sombra de un cuervo y la risita malvada del hada. Durante mucho tiempo, Richard y yo no conseguimos averiguar qué es lo que la ponía tan furiosa, luego caímos en la cuenta. Quería que rebobináramos la cinta para que la princesa no llegara a la buhardilla y así no se pinchara el dedo con el huso de la vieja.

Un día, Emily trató, incluso, de meterse dentro del televisor; la encontré de pie en una silla, intentando meter el pie, con su zapato rojo, dentro de la pantalla. Creo que su plan era agarrar a la insensata princesa para impedir que se cumpliera su destino. Tuvimos una larga charla, bueno, yo hablé y ella escuchó, sobre que había que dejar que esas cosas sucedieran, porque incluso si llegaba una parte que daba miedo, la historia sabía hacia dónde iba y no era posible detenerla por mucho que quisieras. Y lo bueno era que sabías que, al final, todo iba a acabar bien.

Pero ella seguía negando con la cabeza tristemente y diciendo:

–No. Bobínala, mamá, bobínala.

Poco después, mi hija transfirió su lealtad a *Barney the Dinosaur*, que no mostraba ningún espacio de maldad que exigiera su intervención personal.

También los adultos quieren rebobinar la vida. Lo que pasa es que, a lo largo del camino, perdemos la capacidad de decirlo en voz alta. Rebobínala, rebobínala.

39

FINAL

Artículo del número de noviembre de *Inside Finance.*

Edwin Morgan Forster, una de las instituciones más antiguas de la City, ha sido la triunfadora en la quinta concesión anual de premios Igualdad Ahora, entregados el martes por la noche, ganando en la categoría de Empresa con la Máxima Superación por su compromiso con la diversidad.

La firma obtuvo una alta puntuación en el estudio comparativo anual llevado a cabo por *Equality Yes!*, organización comprometida con la paridad de sexos y cuyos miembros incluye el ochenta y uno por ciento de las cien compañías FTSE.

Los jueces se mostraron particularmente impresionados por el volumen de negocio generado por Katharine Reddy, la directora más joven de EMF, y Momo Gumeratne, de Sri Lanka, veinticuatro años de edad y licenciada por la *London School of Economics*. Por desgracia, ninguna de las dos pudo asistir a la ceremonia, pero el premio fue recogido por Rod Task, director de Marketing de EMF. En su discurso de aceptación, Task dijo: «Hay muchas pruebas de que la participación de los dos sexos es beneficiosa para el buen funcionamiento del equipo. EMF está a la vanguardia de la incorporación de la mujer a cometidos de importancia en la comunidad financiera».

Catherine Mulroyd, presidenta de WOMEN MEAN BUSINESS, aportó una opinión menos optimista diciendo: «Estos premios no cuentan la historia completa. Es bastante difícil, como mujer, alcanzar un puesto auténticamente influyente en la Milla Cuadrada, sin arruinar tu carrera al abrir la boca para criticar la cultura. La igualdad para las mujeres sigue siendo una cuestión marginal para la mayoría de firmas de la City. No parece tener sentido que los bancos gasten enormes sumas de dinero formando a sus nuevas empleadas, sólo para perderlas porque no tienen horarios flexibles ni ninguna de las cosas que haría que las mujeres no dejaran el barco».

Cuando le preguntaron si la vieja cultura de «antiguos compañeros» era cosa del pasado, Task señaló que él era australiano y por lo tanto, formaba parte de la red de «nuevos compañeros». «Las chicas lo han hecho muy bien este año y me siento orgulloso de ellas.»

Mi padre tuvo la mejor actuación de su vida durante la presentación del pañal biodegradable a Chris Bunce. Debra, que estuvo presente todo el tiempo, en su condición de consejera legal, me dijo que mi padre no sólo estaba sobrio sino que disfrutaba claramente con el papel de inventor poco convencional. Su golpe maestro, según dijo Deb, fue cuando Bunce ofreció extenderle un cheque allí mismo y Joe, que se había pasado toda la vida tratando de camelar a la gente para sacarle un cheque, dijo que su abogada y él iban a reunirse con una serie de personas interesadas durante los próximos días, pero que, naturalmente, mantendrían informada a EMF.

Le había explicado a mi padre que creía haber encontrado algo de capital riesgo para su invento, pero que era necesario que fingiera ser otra persona y mostrarse un tanto creativo con la verdad. En casi cualquier otra relación padre-hija, ésta habría sido una conversación bastante singular, pero a nosotros nos parecía la culminación natural de años de fingimiento, la admisión de que la falsificación está entretejida en el ADN de los Reddy junto con los ojos azules y la facilidad con los números.

–Es un tío genial, tu padre –dijo Winston, que actuó como chófer del empresario de los pañales, en un BMW negro con ventanas ahumadas que le había prestado alguien de quien dijo que era su tío–. Joe deja unas propinas estupendas de verdad.

–Sí, con mi dinero.

Tres días después, Bunce firmaba el cheque. Fanfarroneando al volver del almuerzo, le dijo a su adjunta, Veronica Pick, que tenía que prestar atención a su increíble golpe maestro; era ahí donde los hombres dejaban en mantillas a las mujeres, porque actuaban con decisión, porque olían las grandes oportunidades y no se quedaban empantanados en la letra pequeña.

–Habrás hecho las debidas diligencias, ¿verdad? –preguntó Veronica con dulzura.

–¿A qué te refieres? –preguntó Bunce.

–Las debidas diligencias –repitió Veronica–. Ya sabes, comprobar las credenciales de los directores, contrastar la viabilidad de las fábricas y la producción, la veracidad de las referencias bancarias... Pero seguro que no tengo que explicarte nada de todo esto, ¿no es así?

–Si necesito tus consejos, ya te los pediré –dijo Bunce.

Tampoco pudo resistirse a la tentación de refocilarse ante mí, a la mañana siguiente, en la sala de reuniones, mientras con una mano masajeaba su virilidad como si fuera la lámpara de Aladino.

–He descubierto ese estupendo producto, un nuevo pañal, Kate. Vamos a hacer un montón de dinero de la leche, ¿te enteras? ¡La leche de dinero! Justo tu tipo de asunto, mamaíta, lástima que yo he llegado primero.

Le otorgué mi sonrisa más comprensiva y maternal.

El dinero que Bunce invirtió fue suficiente para cubrir las deudas de la empresa y, por lo tanto, para pagar a los acreedores de mi padre. No bien entró en la cuenta de JR Power's que ya había desaparecido. Tal como había predicho, ni eso ni la denuncia formal de acoso sexual presentada por Momo eran suficientes para hundir a Bunce para siempre en EMF.

De eso nos encargamos unos días más tarde, cuando la entrevista que el director de Capital Riesgo de Edwin Morgan Forster le había concedido a la periodista de investigación de la televisión Alice Lloyd, apareció en un periódico popular con el titular: ¡PORNO DE NUEVO! (CÓMO UN PEZ GORDO DE LA CITY LA MANTIENE EN ALTO.)

Alice se llevó a Bunce a uno de los bares favoritos de los medios en el Soho. Después de ingerir cantidades ingentes de drogas, legales e ilegales, se puso muy comunicativo y ver a una joven estrella de las series de televisión al otro lado del bar le hizo perder el control por completo.

–Me gustaría meterla en mi página Web –le dijo a Alice–; en realidad, me gustaría metérsela en cualquier sitio que ella quiera.

Alardeando de su habilidad para elegir ganadores, Bunce citó una reciente inversión hecha en un cierto pañal biodegradable que calculaba iba a ser «algo más grande que esa Viagra de la leche».

La City siempre puede actuar para neutralizar los malos olores dentro de la Milla Cuadrada, pero cuando la peste llega más allá, hasta las sensibles narices de los clientes y de quienes forman la opinión general, entonces, el castigo es rápido y despiadado.

A la mañana siguiente de aparecer el artículo, Candy y yo observamos cómo Chris Bunce era llamado al despacho de Robin Cooper-Clark, escoltado por dos guardias de seguridad hasta su mesa, que tuvo que vaciar en tres minutos y acompañado, sin miramientos, hasta el exterior del edificio.

–¿Alguien tiene el teléfono de aquel halconero? –gritó Candy–. Hay una rata en la calle.

Unos minutos despues, en los lavabos de señoras, me encontré a Momo Gumeratne llorando, con la cara enterrada en la toalla de rodillo.

–Lloro de alegría –decía entre hipidos.

¿Y yo? Me alegré de que Bunce se fuera, claro. Pero sin darme cuenta, había empezado a encontrarlo más lastimoso que malvado.

A la hora del almuerzo, Momo y yo cogimos un taxi para ir a Bond Street. Le dije que era importante, un asunto relacionado con el trabajo, lo cual era verdad.

Mi adjunta estaba desconcertada.

–¿Qué estamos haciendo en una zapatería, Kate?

–Verás, estamos buscando una zapatilla de cristal que aguante la máxima presión posible por milímetro cuadrado y no se caiga al llegar la medianoche. En su defecto, nos llevaremos estos zapatos y éstos y, ah, esas botas marrones son fantásticas. Perdone, ¿las tiene en un treinta y siete?

–¿Tú calzas el treinta y siete? –preguntó Momo dubitativa.

–No, pero tú sí.

–Pero yo no podría...

Veinte minutos más tarde, estábamos en la caja con cuatro paquetes. Obligadas a elegir entre unos zapatos de tacón alto de color tostado y otros sin talón de color azul oscuro, optamos por quedarnos los dos. Y luego nos llevamos los negros con tacón de aguja porque eran demasiado bonitos para dejarlos y las botas de color caramelo, que eran una absoluta ganga.

–Me encantan estos zapatos negros –dice–, pero no sé andar con ellos.

–No se trata exactamente de andar, Momo. Se trata de andar con la cabeza muy alta. Y en el peor de los casos, siempre puedes usar uno de los tacones para perforarle la carótida a Guy.

La sonrisa se desvanece.

–¿Y tú dónde estarás?

–Me voy a marchar durante un tiempo.

–No –dice–, no quiero un regalo de despedida.

–Te va a ir todo estupendamente.

–¿Cómo lo sabes?

–Eh, ¿quién te preparó? Fíjate, ya has dejado de decir «perdona», así que seguro que estás tan preparada como yo.

–No –insiste Momo y me mira de reojo–, sólo hay una Kate Reddy.

Luego me pone la mano en el hombro y me da un rápido beso en la mejilla.

En el taxi, en el viaje de vuelta con una montaña de cajas de zapatos entre los pies, me ha preguntado por qué me iba y le he mentido. Le he dicho que tenía que trasladarme para estar cerca de mi madre, que estaba enferma. Hay cosas que no puedes decir ni siquiera a las mujeres que quieres. Ni siquiera a ti misma.

RAZONES PARA DEJAR EL TRABAJO

1. Porque tengo dos vidas y no tengo tiempo para disfrutar de ninguna de las dos.
2. Porque veinticuatro horas no son suficientes.

3. Porque mis hijos sólo serán pequeños muy poco tiempo.
4. Porque un día pillé a mi marido mirándome como mi madre miraba a mi padre.
5. Porque convertirse en hombre es desperdiciar a una mujer.
6. Porque estoy demasiado cansada para pensar en otro porqué.

A la mañana siguiente, antes de dimitir, tenía que hacer un poco de limpieza. La familia de las palomas se había marchado hacía tiempo –los dos polluelos dejaron el nido cuando la primavera daba paso al verano–, pero los libros que habían ocultado a la madre y los pequeños a los ojos del halcón de la City seguían allí. Esta vez no me arriesgué a salir a la repisa. Llamé a Gerald, de Seguridad, para que me echara una mano y abriera la ventana. Todos los libros han sobrevivido bien, excepto *Las diez leyes naturales para el éxito en la gestión del tiempo y la vida: Técnicas probadas para una productividad incrementada y para la paz interior*. Parecía el suelo de una cueva, con pequeñas estalactitas de excremento de paloma que ocultaban los animosos lemas de la portada.

Cuando entré en el despacho de Rod, lo encontré sentado a la mesa, detrás del trofeo de *Equality, Yes!*, una balanza con una diminuta figura de mujer en bronce en uno de los platillos; en el otro, Rod había puesto un puñado de caramelos.

Se tomó muy mal que me marchara. Tan mal, en realidad, que los gritos atravesaron la pared hasta el despacho contiguo, el de Robin Cooper-Clark.

–Que Kate nos deja más tirados que una colilla –anunció Rod cuando el director de Inversiones se asomó a la puerta para ver qué era aquel estruendo.

Robin me llamó a su oficina, como yo sabía que haría.

–¿Hay algo que yo pueda hacer para convencerte de que cambies de opinión, Kate?

Sólo cambiar tu mundo, pensé yo.

–En realidad, no.

–¿Quizá que trabajes a media jornada? –aventuró con un amago de sonrisa.

–Ya he visto lo que les pasa a las mujeres que tratan de pasarse a la media jornada, Robin. Les dicen que se tomen días libres. Y luego las eliminan del círculo. Y luego les van quitando sus fondos de uno en uno, porque, como todo el mundo sabe, la gestión del dinero es un trabajo a tiempo completo.

–Es difícil gestionar dinero menos de cinco días a la semana.

No digo nada. Prueba por otro lado.

–Si se trata de dinero...

–No, se trata de tiempo.

–Ah. *Sed fugit interea, fugit irreparabile tempus.*

–Si eso quiere decir que no deberíamos desperdiciar catorce horas al día mirando una pantalla, entonces de acuerdo.

Robin rodea la mesa, se pone a mi lado y se queda allí, con esa torpeza que llaman dignidad.

–Te echaré en falta, Kate.

A modo de respuesta, le doy un abrazo; quizá el primero nunca administrado en las oficinas de Edwin Morgan Forster.

Luego me voy a casa y tengo buen cuidado de hacerlo corriendo a través del césped.

40

EL TRIBUNAL DE LA MATERNIDAD

Ya no tenía miedo del tribunal. Ya no les quedaba nada que echarle en cara. No podían acusarla de nada de lo que ella no se hubiera acusado mil veces. Así que allí estaba, confiada y tranquila, y entonces dijeron el nombre del siguiente testigo y, de repente, supo que no había nada que hacer. Se le había acabado el tiempo. Osciló hacia delante, sintiéndose ligeramente mareada, y se aferró con las manos a la barandilla de roble del banquillo de los acusados. Aquí estaba la única persona en el mundo que la conocía mejor que nadie.

–El tribunal llama a Mrs. Jean Reddy.

La acusada se alteró al ver subir a su madre al estrado para declarar contra ella, pero había algo en el aspecto de la mujer mayor que encontraba extrañamente alentador. Le costó unos segundos identificar qué era; su madre llevaba la chaqueta roja de cachemira, la que Kate le había regalado por Navidad, encima de la blusa de Liberty's, con el estampado de flores, que le había comprado hacía dos años por su cumpleaños. Las cosas que guardaba para una ocasión especial salían por vez primera a la calle.

–Diga su nombre completo, por favor.

–Jean Katharine Reddy.

–¿Es familia de la acusada?

–Kath... Katharine es mi hija. Soy su madre.

El fiscal no sólo está de pie; se sostiene de puntillas de tan excitado como está.

–Mrs. Reddy, su hija está acusada de poner su trabajo por encima del bienestar de sus hijos. ¿Es una descripción acertada de la situación que usted ha observado directamente?

–No.

–Por favor, hable más alto –vocifera el juez.

Mi madre lo intenta de nuevo. Está claro que está nerviosa, no deja de tocar su brazalete de la suerte.

–No, Katharine siente devoción por sus hijos y trabaja mucho, siempre lo ha hecho. Siempre ha estado ansiosa por progresar, por mejorar.

–Sí, sí –le espeta el fiscal–, pero entiendo que, en la actualidad, no vive con su marido, Richard Shattock, que la dejó después de decir que ella había «dejado de darse cuenta de que él estaba allí».

La mujer del banquillo emite un gemido apenas audible. La madre de Kate no sabía que Richard la había dejado.

Pero Jean Reddy encaja la noticia como un boxeador encaja un golpe y lo devuelve admirablemente.

–Nadie dice que sea fácil. Los hombres quieren que les cuiden y es difícil para una mujer cuando además tiene su trabajo. Kath tiene muchas obligaciones, a veces he visto cómo se ponía enferma por esa causa.

–Mrs. Reddy, ¿ha oído hablar de Jack Abelhammer? –dice el fiscal, con una sonrisa rápida, entre dientes.

–¡No! ¡No! –La acusada ha saltado por encima de la baranda y está de pie delante del juez, con su camiseta Gap, talla XXXL, con el perro salchicha–. Está bien, ¿qué quiere que diga? ¿Culpable? ¿Eso es lo que quiere que diga? No hay nada que usted no sea capaz de hacer para demostrar que no puedo vivir mi vida, ¿verdad?

–¡Silencio! –brama el juez–. Ms. Reddy, una interrupción más y la condenaré por desacato al tribunal.

–Me parece muy bien, porque desacato a este tribunal y a todos los hombres que hay en él.

Y entonces rompe a llorar, maldiciéndose por mostrarse débil.

–Jean Reddy –prosigue el fiscal, pero la testigo no le escucha. También ella ha abandonado el estrado. Va hacia la mujer que llora, a quien rodea con sus brazos. Y luego, la madre se vuelve hacia el juez:

–¿Y qué hay de usted, Su Señoría? ¿Quién le preparará la cena esta noche? No se la preparará usted mismo, ¿verdad?

–Por todos los santos –balbucea el juez.

–Las personas como usted no entienden nada de las mujeres como Katharine. Y usted cree que puede sentarse ahí y juzgarla. Tendría que avergonzarse –dice Jean Reddy, tranquila, pero con la fuerza que generaciones de niños han oído en su voz cuando reprendía al matón de la clase.

41

CARIÑO, ERES TÚ

El día que Seymour Troy Stratton llegó a este mundo, un golpe de estado en Qatar lanzó los precios del petróleo por las nubes y los valores se hundieron en las Bolsas de todo el globo, ayudados por una subida sin precedentes de los tipos de interés aplicada por la Reserva Federal. Sólo en el Reino Unido, veinte mil millones de libras desaparecieron del valor del FTSE 100. Un terremoto menor en las afueras de Kyoto provocó nuevas oleadas de espanto en un entorno global ya conmocionado. Nada de esto tuvo efectos adversos en la madre y el hijo, que dormían plácidamente en su cubículo acortinado en el tercer piso de la planta de maternidad junto a Gower Street.

Mientras recorro el pasillo para dirigirme hacia ellos, vuelvo a mis recuerdos de este lugar, las comadronas con sus pijamas azules, las puertas grises detrás de las cuales mujeres pequeñas y mujeres altas y una mujer que rompió aguas en las escaleras mecánicas del banco, un día a la hora del almuerzo, hacen realidad, una y otra vez, el primer gran acto de la vida. Un lugar de dolor y euforia. Carne y sangre. El llanto de los bebés, desnudos y estupefactos; las caras de sus madres, saladas de lágrimas de alegría. Cuando estás aquí crees saber qué es lo importante. Y estás en lo cierto. No es el Pethidine lo que habla; es la verdad en boca de Dios. Dentro de poco, tendrás que volver al mundo exterior y fingir que lo has olvidado, fingir que hay cosas mejores que hacer. Pero no hay cosas mejores. Todas las madres saben lo que sintieron cuando esa cámara del corazón se abrió y el amor las inundó. Todo lo demás es sólo ruido y hombres.

–Lo único que quiero es mirarlo –dice Candy.

Incorporada sobre almohadas, mi compañera ha desabrochado todos los botones de mi camisón blanco de bordado inglés para darle el pecho a su hijo. Los pezones son como frutos oscuros. Utiliza la palma de su mano derecha para sostenerle la cabeza mientras él chupa con hambre.

–No quiero hacer nada más que mirarlo, Kate. ¿Es normal? Dime que es normal.

–Absolutamente normal.

He traído un sonajero, un osito Paddington, para el bebé, el que lleva el gorro rojo, el que Emily siempre prefirió y una cesta de bollos americanos para la mamá. Candy dice que necesita perder el peso extra inmediatamente y luego, como tiene las manos ocupadas, le voy metiendo un bocado tras otro en su boca, que no protesta.

–El bebé chupará toda la grasa de esas cartucheras, Cand.

–Guau, eso es estupendo. ¿Cuánto tiempo puedo seguir amamantándolo? ¿Veinte años?

–Por desgracia, al cabo de un tiempo, vienen y te detienen. A veces, pienso que me enviarían los servicios sociales si supieran la pasión que siento por Ben.

–No me lo habías dicho –me riñe con una sonrisa cansada.

–Lo intenté. Aquel día en Corney and Barrow. Pero no se sabe hasta que se vive.

Candy inclina la cabeza y le huele la cabeza a su hijo.

–Un chico, Kate. He hecho un chico. ¿Soy o no soy una tía legal?

Como todos los recién nacidos, Seymour Stratton parece viejísimo, parece que tiene por lo menos mil años. Tiene la frente arrugada, no sé si por sabiduría o perplejidad. Todavía no es posible especular con el tipo de hombre que llegará a ser, pero por el momento es perfectamente feliz tal como está, con los brazos de una mujer rodeándolo.

Epílogo

LO QUE KATE HIZO A CONTINUACIÓN

Me parece que un final no tiene cabida aquí. Las ruedas del autobús giran y giran, todo el día.

No obstante, han pasado muchas cosas y otras han seguido igual. Tres meses después de nacer Seymour, Candy volvió a su puesto en EMF y dejó al bebé en una guardería cerca de Liverpool Street que cargaba más que el Dorchester. Candy calculaba que cada vez que le cambiaban el pañal le costaba veinte dólares.

–Es un montón de dinero por unas cacas, ¿no?

Por teléfono sonaba como la vieja Candy de siempre, pero yo sabía que aquella Candy, la de antes de los niños, había desaparecido. Por supuesto, todas esas horas brutales que había trabajado, sin quejarse, durante toda su vida de adulta, pronto le parecieron estúpidas e innecesarias. Le molestaba que cuando trataba de marcharse a las cinco y media, Rod Task dijera que era la «hora del almuerzo». Le molestaba no ver a su hijo con la luz del día. Cuando Seymour tenía siete meses, Candy entró en el despacho de Rod y le dijo a su jefe que lo sentía, pero que iba a tener que dejarle. La entrega que él le exigía le causaba problemas, era demasiada.

De vuelta a New Jersey, vivió durante un tiempo con su madre, hasta que encontró un sitio propio. Candy dijo que Seymour le había hecho comprender para qué estaba su madre. Poco después, detectó un vacío en el floreciente mercado de pedidos por correo y montó un negocio que, al poco tiempo, hizo que la revista *Fortune* la seleccionara como una de las Caras que Observar. *Sólo trabajo y nada de diversión* era una gama de objetos sexuales para las ejecutivas que lo tienen todo salvo tiempo para el placer. Me envió una caja de muestras y la abrimos en la mesa, a la hora del desayuno, durante una visita de Barbara y Donald. Richard, durante lo que muchos consideran la mejor media hora de nuestro matrimonio, fingió que los vibradores eran utensilios de cocina.

Mi querida Momo se quedó en EMF donde escaló posiciones a la velocidad del rayo, tocando apenas los peldaños. Aquel punto de acero que había en su naturaleza y que yo había observado en nuestra primera reunión demostró tener un valor incalculable, al igual que su capacidad para escuchar y absorber lo que los clientes querían. De vez en cuando, me llamaba en mitad del día, pidiéndome consejo desde los lavabos de señoras y sus susurros quedaban medio ahogados por el ruido de las cisternas al vaciarse. En verano, se tomaba un par de días y venía a vernos. Por vez primera en toda su vida, conseguí impresionar a Emily; por fin, su madre había hecho aparecer una princesa de verdad.

–¿Eres la princesa Jasmine, de *Aladino*? –preguntó Emily.

Y Momo dijo:

–En realidad, soy más la Bella Durmiente. Estaba como dormida y llegó tu madre y me despertó.

Debra descubrió que Jim tenía un lío con una mujer en Hong Kong. Se divorciaron y Deb acordó una semana de cuatro días en el bufete. Pronto descubrió que iban quitándole sus clientes más importantes, pero lo dejó pasar. Se dijo que el momento de pelear llegaría cuando Felix y Ruby fueran mayores. Deb y yo estamos pensando en un fin de semana de descanso juntas en un balneario y, hasta ahora, sólo lo hemos cancelado cuatro veces.

Winston prosiguió sus estudios y se examinó de filosofía en la Universidad de East London. Su disertación sobre ética, «¿Cómo sabemos qué es lo correcto?», consiguió la nota más alta del año. Para pagar su último año, vendió a Pegaso, que inició una nueva actividad como coche de carreras con choques incluidos.

Enarbolando las referencias que le di teñidas de culpabilidad y, por lo tanto, llenas de alabanzas, Paula consiguió un puesto como niñera para la estrella de películas de acción de serie B, Adolf Brock y su esposa, antigua Miss Bulgaria. La familia vivió durante un tiempo en el Plaza, de Nueva York, hasta que Paula, cuya habitación daba a Central Park, anunció que creía que tenían poco espacio, en vistas de lo cual, la familia se trasladó, obedientemente, a Maine.

Después de aquella mañana en la pista de hielo, no he vuelto a ver a Jack Abelhammer. Cambié mi dirección de correo electrónico porque sabía que mi fuerza de voluntad no era lo suficientemente fuerte como para resistirme a contestar a un mensaje suyo. Sabía también que mi matrimonio sólo tenía alguna posibilidad de salir adelante si yo abandonaba a mi amante fantástico; si Jack era el lugar adonde yo iba a jugar, ¿en qué se convertía Richard? Incluso así, cada vez que conecto el ordenador, una parte de mí sigue esperando ver su nombre en la Bandeja de Entrada. Se dice que el tiempo todo lo cura. ¿Quién lo dice? ¿De qué hablan? Creo que algunos de los sentimientos que experimentas en tu vida están escritos con tinta indeleble y que lo máximo que puedes esperar es que se desdibujen un poco con los años.

Nunca me acosté con Jack –y mi pesar por ello es mayor que todo un continente– pero la mala comida y las estupendas canciones en el Sinatra Inn han sido el mejor sexo de toda mi vida. Cuando sientes tanto por un hombre y desaparece de tu vida, al cabo de un tiempo empiezas a pensar que fue sólo una ilusión insensata por tu parte y que él se alejó limpiamente, sin herida alguna. Pero quizá él también sentía lo mismo. Todavía conservo el último mensaje que me envió.

De: Jack Abelhammer

Para: Kate Reddy

Kate:

No he sabido nada de ti desde hace bastante, así que supongo que asumiste las castañas y la maternidad a tiempo completo. Pero sé que volverás.

Rod, en EMF, dijo que te habías marchado de Londres. ¿Recuerdas cómo llamaba tu padre a Sinatra? El santo patrón del amor no correspondido.

Lo bueno del amor no correspondido es que es el único que dura.

Tuyo para siempre,

Jack

Richard y yo vendimos la casa de Hackney, nos trasladamos a Derbyshire, cerca de mi familia y compramos una casa con vistas y un prado para caballos a las afueras de una ciudad. (Siempre había querido tener un prado así, pero ahora que lo tengo no sé qué hacer con él.) La casa necesita un montón de trabajo, pero hay un par de habitaciones que están bien y el resto puede esperar. A los niños les encanta tener todo ese espacio para correr arriba y abajo y Richard está en su elemento. Cuando no está trabajando en el nuevo centro de trabajos artísticos, se dedica a construir un muro de mampostería en seco y cada cinco minutos me llama para que vaya a verlo.

Poco después de dimitir, me llamó Robin Cooper-Clark para preguntarme si participaría con él en un fondo de protección. Trabajo a tiempo parcial, mínimos viajes al extranjero, promesas, todas, que sabía que quedarían reducidas a cenizas en el calor de la caza. Era tentador; con el dinero que me ofrecía podría haber comprado la mitad del pueblo, además, íbamos bastante justos sólo con los ingresos de Richard, pero cuando Emily me oyó pronunciar el nombre de Robin, se puso rígida y dijo:

–Por favor, no hables con él.

Cooper-Clark era un nombre que asociaba con el enemigo.

Conozco a mi hija un poco mejor ahora. Un par de meses después de dejar el trabajo, comprendí que todas aquellas charlas, tan cuidadosamente calculadas, a la hora de dormir no me habían revelado nada de lo que pasaba en la cabeza de Em. Esas cosas salen de forma espontánea, no es posible forzarlas. Hay que estar ahí cuando sucede. En cuanto a su hermano, su encanto crece en proporción directa a sus travesuras. Recientemente, ha descubierto el Lego, con el cual construye un muro y cada cinco minutos me llama para que vaya a verlo.

Richard y yo llevamos a los niños a conocer a Sally Cooper-Clark. Era tan amable y cálida como Robin había dicho y vi que le había devuelto la soltura y la elasticidad, por no hablar de unas camisas inmaculadas. En el camino de vuelta, dejé a Rich y los niños en el jardín de un *pub* y fui hasta la iglesia y colina abajo hasta la tumba de Jill Cooper-Clark.

¡Qué extraño, ¿no es verdad?, que queramos ver el lugar físico donde alguien está enterrado! Si Jill está en algún sitio, está en todas partes. Pero de todos modos, permanecí allí, frente a la pulcra lápida blanca, con las letras gris claro. Al pie dice: FUE MUY AMADA.

No llegué a hablar en voz alta –estábamos en Sussex, por todos los santos–, pero pensé en todas las cosas que quería que Jill supiera. Dicen que las mujeres necesitan modelos y supongo que así es, pero lograr mucho en la vida no es algo reservado sólo para las que vuelan alto. Hay una divisa con la que nunca nos han pedido que negociemos en EMF y en ella, Jill era la persona más rica que he conocido nunca.

¿Y yo? ¿Qué ha pasado conmigo? Bueno, pasé un tiempo conmigo misma; una compañera poco satisfactoria. Me gustaba ir con Emily a pie hasta la escuela del pueblo y esperarla a la puerta cuando salía; los charcos se hielan en esta época del año y nos gusta ponernos encima y esperar a oír el chasquido antes de que se partan. Mientras Emily estaba en la escuela, Ben y yo nos entreteníamos en casa o íbamos a tomar café con otras mamás con niños pequeños. Me aburría hasta tener ganas de matar a alguien. El eccema desapareció, pero me dolían las mejillas de tanto esforzarme por parecer amistosa e interesada. Cuando hacía cola en el banco del pueblo, me pillaba mirando a hurtadillas los tipos de cambio de divisas. Tengo la sensación de que creían que estaba planeando un robo.

Y entonces, un viernes, hace un par de semanas, me llamó Julie. Me llamaba desde un móvil asmático, pero me di cuenta de que estaba llorando. Durante un segundo, pensé en mamá y en el estómago se me hizo un nudo muy apretado, pero no era eso; la fábrica para la que Julie trabajaba a destajo se había ido a paseo. El director se había largado y había presentado suspensión de pagos. Estaban poniendo candados en las puertas. Todas las mujeres que estaban trabajando en las máquinas, ahora estaban en el patio, temblando de frío. ¿Podía ir?

Le dije que no. Era la hora del almuerzo de Ben y, además, no sabía en qué podía ayudarlas. Cuando Julie contestó, fue con una voz que reconocí de la niñez, la que mi hermana pequeña usaba cuando me pedía si podía venir a mi cama, mientras las voces airadas de mis padres atravesaban el suelo de madera.

–Pero le he dicho a todo el mundo que eres una mujer de negocios, Kath, y que nos explicarás lo que pasa.

Me peiné, me pinté los labios y saqué el traje de chaqueta de Armani del fondo del armario. Quería parecer esa mujer que Julie había descrito a sus compañeras. Cuando me puse la chaqueta era como si volviera a ir de uniforme; la lana gris impregnada con el perfume del poder, del dinero que se hace, de las cosas que se realizan. Metí a Ben en la sillita del coche –se le está quedando pequeña, tendré que hacerme con otra más grande– y conduje hasta la zona industrial. No fue difícil encontrar a Julie. El letrero de la valla decía: CASAS DE MUÑECAS TRADICIONALES INGLESAS y, encima, otro letrero pegado decía: VENTA TOTAL POR LIQUIDACIÓN. En el patio, había unas cuarenta mujeres, costureras, algunas vestidas con los más increíbles saris. Se apartaron a los lados para dejarme paso y fue como si anduviera entre una bandada de pájaros tropicales. Le enseñé rápidamente mi antigua Amex Platino al tipo que estaba en una puerta lateral, le dije que venía de Londres y que estaba pensando en comprar algo. En el interior, las casas de muñecas estaban abandonadas a medio hacer; diminutos sofás, escabeles, galerías para cortinas, baños de porcelana esperando sus asientos de madera, pianos de cola del tamaño de una caja de maquillaje compacto.

–¿Qué podemos hacer, Kate? –me preguntó Julie cuando salí.

Absolutamente nada.

–Intentaré averiguar qué ha pasado.

Al día siguiente, llevé a Em a la escuela, dejé a un Ben encantado con su abuela igualmente encantada y cogí el tren a Londres y un taxi hasta el Registro Mercantil. No me llevó mucho tiempo encontrar las cuentas de la gente de las casas de muñecas durante los últimos cinco años. Tendríais que haberlas visto. La empresa era un desastre; márgenes desaparecidos, nada de inversión, montones de deudas, un caso totalmente perdido.

En el tren, de vuelta al norte, traté de leer el periódico, pero las letras no querían quedarse quietas. Había muchos fondos éticos por ahí con instrucciones de invertir en empresas de mujeres exclusivamente; yo lo sabía mejor que nadie. Dinero para quien lo quisiera, realmente. Pero cuando el tren se detuvo en Chesterfield, la sacudida que dio hizo que recobrara algo de sentido.

Kate Reddy, no puedo creer que estés siquiera pensando lo que estás pensando. ¿Ocuparte de algo así? Tienes que estar mal de la cabeza, mujer. Mal de esa maldita cabeza tuya.

19.37 h. Hora de dormir. Cepillar dientes, leer dos veces *The Cat in the Hat*, recitar cuatro veces *Goodnight Moon* y tres, *Owl Babies*, visitas al cuarto de baño (4), intentos en el orinal (2), tiempo pasado hasta apagar las luces: 48 minutos. Debe mejorar.

20.37 h. Llamo a Candy Stratton en New Jersey para hablar del mercado y la distribución de pedidos por correo con vistas a un negocio global de casas de muñecas.

–Lo sabía –exclama a voz en grito.

–Estoy haciendo averiguaciones para una amiga.

–Sí, claro. Dile que se ponga aquellos sostenes rojos que tiene cuando vaya a pedir financiación.

21.11 h. Llamo a Gerry de Dickinson Bishop de Nueva York. Le pregunto por los fondos específicamente destinados a invertir en empresas de sólo mujeres. Gerry dice que es un chollo:

–Lo ético es la nueva Viagra, Kate.

22.27 h. Ben tiene un accidente en la cama. Cambio sábana. Trato de encontrar una braga pañal. ¿Dónde están los pañales?

23.48 h. Despierto a Momo en su casa para hablar de la posibilidad de que las estructuras de madera de las casas de muñecas las hagan trabajadoras empleadas por un organismo de ayuda a Sri Lanka a quienes lleva un tiempo asesorando.

–Kate –dice–, ¿me dejas que lo haga contigo?

–Yo no estoy haciendo nada. Vuelve a dormirte.

Medianoche. Le llevo un vaso de agua a Emily. Sus enormes ojos grises me miran fijamente en la oscuridad.

–Mamá, estás pensando –dice, acusadora.

–Sí, cariño; está permitido, ¿sabes? ¿Te gustaría ayudar a mamá a construir un palacio?

–Sí, pero tiene que tener una torre para que duerma la Bella Durmiente.

–Por supuesto que sí.

1.01 h. Me queda tiempo para repasar los números de la fábrica. Lo que se necesita es un buen plan de marketing y algo de diversificación. ¿Qué tal una gama de edificios, en lugar de la tradicional casa georgiana? ¿Quizá una casa neoyorquina de piedra rojiza? Un *cottage*, oficinas, castillos, barcos, el palacio de Emily. Richard podría diseñarlos.

1.37 h. –Kate, ¿qué crees que estás haciendo? Son las dos de la madrugada.

Mi marido Richard está en el umbral de la cocina. Rich con sus acres de sentido común inglés y su invencible amabilidad.

–Cariño –dice–, es muy tarde.

–Ya voy.

–¿De qué se trata?

–De nada.

Me mira entrecerrando los ojos con curiosidad.

–¿Qué clase de nada?

–Bueno, sólo estaba pensando, ya sabes, en la construcción de un hogar.

Enarca una ceja.

–Prométeme que no tiene nada que ver con los pasteles de picadillo.

–Te lo prometo. Calienta mi lado de la cama, voy enseguida.

El beso que me da en la frente tiene tanto de pregunta como de regalo.

Mientras miro cómo se va escalera arriba, siento un enorme deseo de seguirlo, pero no puedo dejar la cocina en este estado. Sencillamente, no puedo.

La habitación muestra señales de una dura batalla; hay una pequeña muralla defensiva en construcción y metralla de Lego por todas partes. En mi ausencia, alguien ha añadido tres manzanas y tres mandarinas al gran cuenco de cristal, pero nadie ha pensado en tirar las frutas viejas de debajo y las peras del fondo han empezado a soltar una resina pegajosa de color ámbar. Mientras tiro cada pera a la basura, me preocupa el gasto. Después de lavar y secar el cuenco, limpio cuidadosamente cualquier resto ambarino de las otras frutas y las pongo de nuevo en su sitio. Lo único que me queda por hacer ahora es preparar la fiambrera del almuerzo de Emily para mañana, comprobar la hora de Ben en el médico, ver si, desde allí, puedo ir al banco para hablar con el director, convocar una reunión con las trabajadoras de la fábrica, llamar a los síndicos y llegar a tiempo para recoger a Emily. Sacar la gallina del congelador. Dejar –gallina, más que gallina– la APM. Emily quiere un caballo. Por encima de mi cadáver. ¿Quién acabaría limpiando el establo? Cumpleaños de Richard... ¿cena sorpresa? Pan. Leche. Miel. Y había algo más; sé que había algo más.

¿Qué era?

AGRADECIMIENTOS

No podría haber escrito este libro sin Miranda Richards, quien me enseñó a no tener miedo al Dow Jones y a tantas otras cosas.

Quiero dar las gracias a Hilary Rosen por todos esos *e-mails* que me hicieron soltar una carcajada siempre que mi vida se parecía demasiado a la de Kate. Hay muchas Kate Reddy por ahí que me ofrecieron sus desastres con un increíble buen humor; ellas saben quiénes son y las saludo.

Algunos episodios de esta obra aparecieron primero en el *Daily Telegraph*. Estoy en deuda con Sarah Sands por poner en marcha a Kate, y a Charles Moore por su paciencia y amabilidad.

Fui muy afortunada con mis agentes, Pat Kavanagh y Joy Harris, y con mis editores, Alison Samuel, Caroline Michel y Jordan Pavlin. Norman North, de PFD, y Lola Bubbosh, de Miramax garantizaron que, un día, Kate tuviera una segunda vida en la pantalla grande, mientras que Nicky Kennedy, de ILA, la vendía por todo el mundo con un entusiasmo sin límites. Otras personas me prestaron apoyo moral y críticas prácticas: Nicola Jeal, Adam Gopnik, Martha Parker, Anne McElvoy, Kathryn Lloyd, Claerwen James, Philippa Lowthorpe, Prue Shaw, Tamsyn Salter, Justine Jarrett, Naomi Benson, Richard Preston, Quentin Curtis y Niamh O'Brian.

Es natural que un libro sobre madres deba mucho a la madre de la escritora. Quiero agradecerle a mi madre su precioso tiempo, cuyo valor sólo ahora estoy empezando a apreciar.

No podría haber creado el personaje de Ben sin Thomas Lane, un maravilloso estorbo. Las observaciones de Emily se inspiraron en el ingenio y sabiduría de Eveline Lane, Isabelle y Madeleine Urban y Polly, Amelia y Theodora Richards.

Por último, envío mi gratitud a Anthony Lane, a quien le corresponde el mérito de la mayoría de comas de este libro y de todos los puntos y comas. Mientras en nuestra casa, se iba creando la vida literaria de una agobiada mujer trabajadora, él cargaba la lavadora, preparaba la cena, leía *Owl Babies* trescientas veces e incluso encontraba tiempo para escribir alguna que otra crítica de cine. No sé cómo lo hace.

ALISON PEARSON
Londres, abril 2002

ÍNDICE

PRIMERA PARTE

SEGUNDA PARTE

TERCERA PARTE

CUARTA PARTE

Título de la edición original: *I Don't Know How She Does It*
Traducción del inglés: Isabel Merino,
cedida por Editorial Lumen, S. A.
Diseño: Eva Mutter
Ilustración: Gonzalo Cutrina

Círculo de Lectores, S. A. (Sociedad Unipersonal)
Travessera de Gràcia, 47-49, 08021 Barcelona
www.circulo.es
1 3 5 7 9 3 0 1 1 8 6 4 2

Licencia editorial para Círculo de Lectores
por cortesía de Editorial Lumen, S. A.

Depósito legal: B. 39191-2003
Fotocomposición: Víctor Igual, S. L., Barcelona
Impresión y encuadernación: Printer industria gráfica, s. a.
N. II, Cuatro caminos s/n, 08620 Sant Vicenç dels Horts
Barcelona, 2003. Impreso en España
ISBN 84-672-0308-0
N.º 23945